T. L. HUCHU

Das Hospital von Edinburgh

T. L. HUCHU

Das HOSPITAL von EDINBURGH

Roman

Ins Deutsche übertragen
von Vanessa Lamatsch

penhaligon

Die Originalausgabe erschien unter dem Titel
»Our Lady of Mysterious Ailments« bei Tor, London, 2022.

MIX
Papier | Fördert gute Waldnutzung
FSC www.fsc.org FSC® C083411

Klimaneutral*
Druckprodukt
ClimatePartner.com/14044-1912-1001

Penguin Random House Verlagsgruppe FSC® N001967

1. Auflage 2022

Umschlaggestaltung und -motiv: © bürosüd
LO Herstellung: mar
Satz: Leingärtner, Nabburg
Druck und Einband: CPI books GmbH, Leck
Printed in the EU

ISBN: 978-3-7645-3253-6

Bedeutendste magische Institutionen:

Alliierter Esoterischer Berufsrat: Der AEBR ist eine Gelehrtengesellschaft, welche die Aktivitäten der magieverwandten Berufe regelt. Dies sind typischerweise Berufe, für deren Ausübung keine Qualifikation von einer der vier Magieschulen in Schottland nötig ist. Der AEBR wurde am 17. November 1945 gegründet.

Calton Hill Bibliothek mit eingegliederter Bibliothek der Toten: Schottlands wichtigste magische Bibliotheken, beide beherbergt unter Calton Hill in Edinburghs Stadtmitte. Zusammengenommen beinhalten sie eine eindrucksvolle Sammlung von magischen Texten und Büchern. Es gibt einen Eingang nahe der Säulen des National Monument of Scotland, auf der Kuppe des Hügels. Alternativ kann man die Bibliothek auch über David Humes Mausoleum auf dem Old Calton Burial Ground betreten. Jedem, der keine Magie praktiziert, wird dringend davon abgeraten, die Bibliothek zu besuchen, da die Strafen für unerlaubtes Betreten unverhältnismäßig drastisch sind.

Elgin (das): Ein Begriff, der überwiegend von den Absolventen der Edinburgh-Schule verwendet wird (siehe Calton Hill Bibliothek mit eingegliederter Bibliothek der Toten).

Allgemeines Entdeckungsdirektorat: Ein unabhängiger Fachbereich innerhalb der Gesellschaft der Skeptischen Fragenden. Es unterstützt den Sekretär der Gesellschaft (momentan Sir Ian Callander) in seiner Rolle als Schottlands Entdeckungsgeneral.

Unsere liebe Frau der geheimnisvollen Gebrechen: Eine exklusive, holistische Heil- und Therapieklinik an der Colinton Road. Zu den Patienten gehören Aristokraten, Prominente und die Crème de la Crème der Gesellschaft von Edinburgh.

Gesellschaft der Skeptischen Fragenden: Die führende Standesvertretung der Magier von Schottland. Ihr Hauptsitz befindet sich im Dundas House am St Andrews Square in der New Town.

Wichtigste Orte:

Advocate's Library: Die Advocate's Library im Parliament House in der Old Town, formell eröffnet 1689, ist die Bibliothek der Anwaltsvereinigung.

Camelot: Eine berüchtigte Zeltstadt auf Arthur's Seat. Die Bevölkerungszahl ist wegen des ständigen Zu- und Wegzugs der Bewohner schwer zu schätzen. Aufgrund von Sorgen über die Verbrechensrate vonseiten der Bewohner der umliegenden Siedlungen Duddingston und Meadowbanks hat der Stadtrat mehrfach versucht, Camelot räumen zu lassen – mit sehr eingeschränktem Erfolg.

Dundas House: Geplant vom Architekt Sir William Chambers und fertiggestellt 1774, war dieses neoklassizistische Gebäude mit der Adresse 36 St Andrew Square in der New Town früher einmal das Hauptquartier der Royal Bank of Scotland. Es bleibt die Geschäftsadresse der Bank und dient gleichzeitig als Hauptsitz der Gesellschaft der Skeptischen Fragenden.

AllDort (das): Diese astrale Ebene ist ein Nicht-Ort jenseits der gewöhnlichen Welt. Dorthin gehen die verstorbenen Seelen, bevor sie weiterziehen können. Nur wenige Lebende können es erreichen und sich dort sicher bewegen.

Slum seiner Majestät in Hermiston (SSM Hermiston): Dieser Slum liegt auf Farmland südwestlich von Edinburgh. Er zieht sich ab der Umgehungsstraße an der M8 entlang. Die Siedlung ist ein Chaos aus Wohnanhängern, Wohnmobilen, Containern, Gartenhütten und Ähnlichem.

Andere Seite (die): Über dieses Reich der astralen Ebene ist nur wenig bekannt, aber widerspenstige Geister können dorthin verbannt werden. Es wird angenommen, dass von dort keine Rückkehr möglich ist.

Royal Bank of Scotland (RBS): Gegründet 1727 ist die RBS eine wichtige Privat- und Geschäftsbank.

RBS Archive: Untergebracht in South Gyle sammeln und bewahren die Archive die Aufzeichnungen sowohl der Royal Bank of Scotland als auch der Gesellschaft der Skeptischen Fragenden. Selbst wenn die Räumlichkeiten der RBS gehören, werden die Archivare dort von der Calton Hill Bibliothek beschäftigt.

UnterHume: Der Kellerbereich der Calton Hill Bibliothek. Dort befinden sich Übungszimmer, Labore und Lagerräume.

Wichtigste Protagonisten:

Callander, Ian (Sir): Schottlands führender Magier. Sekretär der Gesellschaft der Skeptischen Fragenden. Durch seine Stellung in der Gesellschaft spielt er auch eine Rolle als Entdeckungsgeneral von Schottland.

Clan (der): Diese berüchtigte Gang zeichnet für den Großteil des verbrecherischen Geschehens sowohl in Edinburghs Old Town als auch der New Town verantwortlich. Ihr Territorium erstreckt sich bis nach Leith und Tollcross. Der Clan wird als furchterregendste Gang in der Stadt betrachtet.

Cockburn, Frances: Direktorin des Mitgliederservice der Gesellschaft der Skeptischen Fragenden.

Cruickshank: Ropa Moyos magischer Schal. Ein Geschenk ihres Mentors Sir Callander.

Duffie, Douglas: Student an der Edinburgh-Schule für gewöhnliche Jungen.

Evelyn (Mr.): Bibliothekar der Calton Hill Bibliothek.

Featherstone, Calista: Direktorin der Aberdeen-Schule für Magie und Esoterika.

Kapoor, Priyanka: Heilerin in der Klinik Unsere liebe Frau der geheimnisvollen Gebrechen an der Colinton Road. Priya hat Heilung und Kräuterkunde am Lord Kelvin Institut in Glasgow studiert.

Lethington, Cornelius: Fachheiler in der Klinik Unsere liebe Frau der geheimnisvollen Gebrechen an der Colinton Road.

Logan, Eilidh: Archivarin in den RBS Archiven in South Gyle.

MacCulloch (Lord): Rorys Vater. Besitzt ein Anwesen in Clackmannanshire.

MacCulloch, Rory: Student an der Edinburgh-Schule für gewöhnliche Jungen.

Maige, Jomo: Bibliothekar in Ausbildung an der Calton Hill Bibliothek. Jomo Maige ist Ropa Moyos bester Freund.

Maige, Pythagoras (Dr.): Chefbibliothekar der Calton Hill Bibliothek.

Mhondoro, Melsie: Ropas Großmutter.

Moyo, Izwi: Ropa Moyos altkluge jüngere Schwester.

Moyo, Ropa: Eine Geistersprecherin im Teenageralter aus dem SSM Hermiston am südwestlichen Rand der Stadt. Ropa hat die Schule abgebrochen, um ihre kleine Schwester und Großmutter zu unterstützen, indem sie Botschaften von Edinburghs Frischverstorbenen an die Lebenden überbringt. Ihre Aktivitäten – die auch beinhalten, vermisste Kinder zu finden und zu retten – haben dafür gesorgt, dass sie die Aufmerksamkeit der Gesellschaft der Skeptischen Fragenden auf sich gezogen hat, was für eine nicht qualifizierte Solopraktizierende ausgesprochen ungewöhnlich ist.

O'Donohue, Gary: Einwohner des SSM Hermiston.

Rooster Rob/Red Rob: Anführer der berüchtigten Straßengang, die *der Clan* genannt wird. Er regiert Camelot auf Arthur's Seat in der Mitte von Edinburgh.

Sneddon (Mr.): Bibliothekar in der Calton Hill Bibliothek.

Wedderburn, Montgomery: Rektor der renommierten Edinburgh-Schule für gewöhnliche Jungen.

Wharncliffe, Lewis: Student der Sonikologie an der Edinburgh-Schule für gewöhnliche Jungen.

Wu, Bing: Max Wus Vater.

Wu, Connie: Max Wus Mutter.

Wu, Max: Student an der Edinburgh-Schule für gewöhnliche Jungen.

Die vier magischen Schulen:

Dies sind die einzigen zugelassenen Magieschulen in Schottland. In der Auswahl ihrer Studenten sind sie sehr exklusiv und haben äußerst strenge Aufnahmebedingungen. Die Ausbildung an einer dieser Institutionen ist Grundvoraussetzung für eine professionelle Registrierung in der Gesellschaft der Skeptischen Fragenden:

Aberdeen-Schule für Magie und Esoterika, Aberdeen
Edinburgh-Schule für gewöhnliche Jungen
Lord Kelvin Institut, Glasgow
St Andrews-Akademie, St Andrews

I

Also, ich bin mal wieder pleite. »Ist ja nichts Neues, Ropa«, höre ich euch sagen. Steckt euch das sonst wohin. Dieses Mal allerdings hat dieses Mädchen Glück – Sir Callander, Schottlands führender magischer Bonze, hat mir ein Vorstellungsgespräch für eine Lehrstelle verschafft. Kostenloses Essen und ein richtiges Gehalt – und das für nicht mehr als ein bisschen Aktenablage. Juchhu!

Ich schlendere durch die George Street in Edinburghs Stadtmitte, in Richtung des East Ends, und komme an einem Bettler mit verfilztem Haar vorbei, der auf Kartonresten auf dem Pflaster sitzt, die Hände bittend erhoben. Seine Hosenbeine sind unter den Knien gefaltet und festgesteckt, seine Beine amputiert. Muss während der Katastrophe Soldat gewesen sein oder einfach nur ein Zivilist, der ins Kreuzfeuer geraten ist. Die schlechten alten Zeiten waren wirklich wild.

»Ein bisschen Kleingeld«, sagt er mit niedergeschlagener Stimme. Macht mich superdepri.

»Sorry, Kumpel, hab nichts dabei«, sage ich, und das stimmt hundertprozentig. Die letzte Zeit war mager. Könnte ich einen Shilling entbehren, würde ich das tun. Ich weiß besser als die meisten, wie es ist, pleite zu sein.

»Gott schütze den König«, antwortet er.

»Möge er lange leben«, gebe ich zurück.

Ich verschwinde so schnell ich kann und hoffe, dass jemand mit tieferen Taschen Mitleid mit dem alten Knacker haben wird. Früher einmal hatte ich ein kleines Geschäft als Geistersprecherin am Laufen, um für unsere lieben Verstorbenen Botschaften in der Stadt auszuliefern. Aber gewisse Fisimatenten, über die ich gar nicht mehr so genau nachdenken möchte, haben diesen Geschäftszweig gefutscht. Ich habe mich in Edinburgh als Sherlock betätigt, um für einen meiner spektralen Klienten ein vermisstes Kind zu finden. Muss zugeben, dass ich ziemlich gut darin war. Aber die Sache hat mich so viel Zeit gekostet, dass ich meinen Hauptjob nicht erledigen konnte. Die spektrale Gemeinde hat das übel genommen, und so hab ich massenweise Kunden verloren. Seufz. Ist gar nicht einfach, das Geschäft wieder aufzubauen. Aber ihr wisst ja, was man sagt: Wenn eine Tür sich schließt und all dieser Quatsch. Diese Sache, die Callander für mich im Visier hat, ist ein ganz neues Level. Eine echte Anstellung – wer hätte gedacht, dass eine Fünfzehnjährige aus dem Hermiston Slum ohne Schulabschluss oder irgendwas in der Art einen Job bei diesen Anzugträgern ergattern würde? Meine Zukunft strahlt so hell, dass ich meine Sonnenbrille aus Plastik besser mal gegen eine Schweißerbrille austauschen sollte.

Normalerweise zieh ich mich nicht schick an, aber für heute habe ich mich krass rausgeputzt. Habe eine schwarze Stoffhose und eine beige Bluse mit langen Ärmeln aufgetrieben. Zur Hölle, ich hab mir sogar ein paar Clarks geliehen, um sicherzustellen, dass ich so richtig büromäßig aussehe. Für meinen alten Job musste ich überwiegend wie ein Postler rumrennen, also brauchte ich mich gar nicht erst schick zu machen oder irgendwas. Aber für diesen neuen Job habe ich im Internet gelesen, dass man besser dementsprechend aussieht … besonders beim Vorstellungsgespräch.

Es ist ein schöner Sommermorgen, nicht zu heiß, was echt brill ist, weil ich nicht verschwitzt wie ein Borstentier auftauchen will. Vor einem Café riecht es nach gemahlenem Kaffee, bevor ich die Hanover Street überquere. Riesige Statue von George IV. auf einem Sockel, um daran zu erinnern, dass der Knacker Scotland irgendwann damals mal besucht hat. Einfach, weil es vorher Ewigkeiten her war, dass der König es für nötig gehalten hat, diesen Teil seines Reichs zu besuchen. Unser aktueller Monarch war seit Beginn seiner Regentschaft während der Katastrophe nicht hier oben, aber wenn ich mir so anschaue, wie das Haar des alten George von Möwenkacke weiß gefärbt wurde, kann ich es keinem seiner Nachfolger übel nehmen, dass sie sich von diesem Drecksloch fernhalten.

Ein paar Straßenmusikanten jammen auf ihren Gitarren in der Nähe der Kirche auf der anderen Straßenseite. Ihre Stimmen hallen zu mir rüber – Dolly Partons »9 to 5« – und ich weiß, das muss ein Omen sein. Ich halte an, ziehe ein Taschentuch aus der Handtasche, die ich meiner Gran geklaut hab, und wische mir den Schmutz von den Schuhen. Diese Lehrstelle wird meinem Leben eine neue Richtung geben. Ich weiß noch nicht, was sie zahlen – aber es muss mehr sein als das, was ich bis jetzt hatte. Was heißt, dass ich mehr für Gran und meine kleine Schwester Izwi übrig habe. Die letzten paar Jahre waren schon ein bissi hart. Um fair zu sein: Das gilt für so gut wie alle. Aber sobald ich bezahlt werde, schaue ich, dass ich uns aus dem Slum am Rand von Edinburgh raushole, in dem wir bislang leben. In ein echtes Haus. Und dann werde ich eine Behandlung für Gran besorgen, der es nicht so gut geht. Und vielleicht schicke ich

Sis sogar auf eine bessere Schule. Sie ist das klügste Kind auf dieser Seite des Asteroidengürtels.

Steht wirklich viel auf dem Spiel, also hab ich schon ein bisschen Bammel. Glücklich und nervös gleichzeitig – glücknös, wie in diesem Moment vor dem Start, wenn der Countdown läuft und das Herz im Takt der Sekunden pocht. Irre. Ich kontrolliere die Zeit auf dem Handy. Super, es ist erst 9:40 Uhr. Callander meinte, ich soll mich um 10 Uhr am St Andrew Square mit ihm treffen, also hab ich noch Zeit, um mich zu beruhigen. Will das Handy gerade in Grans Tasche zurückstecken, als mich ein Klingeln zusammenzucken lässt. Es ist nur mein Buddy Priya, also geh ich ran.

»Ich habe tolle Neuigkeiten, Ropa«, schreit Priya so laut, dass mir fast das Trommelfell platzt. »Na ja, nicht für die anderen, aber für dich.«

»Bin ganz Ohr.«

»Wir haben da einen Patienten in meiner Klinik. Sein Fall sieht nicht gut aus. Fällt uns schwer, eine Diagnose zu stellen, was unsere Behandlungsmöglichkeiten einschränkt.« Priya ist Heilerin, also bin ich mir nicht ganz sicher, wo das hinführen soll. Es ist nicht so, als hätte ich eine Ahnung von dem Thema. »Was wir brauchen, ist eine Untersuchung dazu, was zu der Zeit passiert ist, als er krank geworden ist, um herauszufinden, ob wir etwas übersehen haben. Könntest du in meine Klinik kommen? Seine Eltern sind bereit, bar für den Job zu bezahlen.«

»Tut mir leid, Priya. Das läuft für mich nicht …«

»Häh? Dieser Job ist doch genau dein Ding.« Sie klingt total entgeistert. »Ich dachte … ist bei dir alles okay?«

»Alles paletti. Aber ich habe jetzt einen neuen Job.« Na ja, fast. »Sir Callander hat das eingefädelt, und ich bin gerade unterwegs zu meinem ersten Arbeitstag.« Ich enttäusche

Priya nur ungern, weil sie weiß, dass ich es in letzter Zeit schwer hatte, aber nun bin ich eine gemachte Frau. Oder zumindest werde ich das bald sein.

»Hast du gar kein Wort gesagt davon. Verdammt, du wärst echt die beste Person dafür gewesen. Wo du doch das Drama mit all diesen anderen, kranken Kindern auch geregelt hast. Aber hey, gratuliere. Gut gemacht. Wir sollten uns bald mal treffen, damit du mir alles über diesen neuen J-O-B erzählen kannst, Baby. Ich bin am Mittwoch im Skatepark in Saughton, falls du Zeit hast«, sagt sie. »Hör mal, ich muss jetzt gehen – Runden drehen, Patienten sprechen. Wir hören uns bald. Mwah – feuchter Kuss.«

Wow, unglaublich. Ich lehne tatsächlich Jobs ab. *Wer hätte das gedacht?* Ich warte, bis die zögernden Fährpassagiere nach Leith vorbei sind, dann überquer ich die Straße und betrete die Grünanlage am St Andrew Square. Hier ist es hübsch und friedlich. Der Duft von frisch gemähtem Gras in der Luft, auch wenn der kleine, halbmondförmige Teich im Mo trocken ist. Ich setze mich auf eine dieser Bankdinger aus Beton, die am Weg stehen, und chille erst mal. Eine echte Erleichterung, weil die Schuhe, die ich mir von Marie geliehen habe, etwas zu klein sind … meine kleinen Zehen zwiebeln.

Die New Town, in der ich mich gerade befinde, ist der vergleichsweise schönere Teil der Stadt. Wenn man über das Loch in die Old Town geht, herrscht dort das reine Chaos. Das Einzige, was diese Seite irgendwie verunstaltet, sind die Pockennarben an den Wänden der prachtvollen alten Gebäude um den Platz rum. Kugellöcher. Die stammen von damals, als die Männer des Königs Straße für Straße weiter vorgedrungen sind, um die Separatisten aus der Stadt in den Forth zu treiben. Eine Menge von ihnen ist ertrunken.

Es gibt die Legende, dass an einem trostlosen Wintertag des Krieges Hunderte eingefleischte Separatisten auf dem großen Damm von Edinburgh aufgereiht standen, Maschinengewehre auf sie gerichtet. Sie wurden angewiesen, durch den Forth nach Fife zu schwimmen – ein paar Meilen durch eiskaltes Wasser – oder eine Kugel in den Hinterkopf zu bekommen. Nur eine Handvoll hat es geschafft … und die genießen bis heute die Gastfreundschaft des Königs im Saughton-Gefängnis.

Muss damals eine ziemliche Horrorshow gewesen sein. Erwachsene reden nicht gern über diese Zeit, tun fast so, als könnten sie ihre Existenz durch Schweigen tilgen. Wenn jemand in meiner Nähe darüber gesprochen hat, mal in einer »Situation zwischen Kugel und Brustschwimmen« gewesen zu sein, wusste man gleich, dass sie sich in einer unmöglichen Position befunden haben. Genau deswegen lese ich Bücher über den Krieg. Damit ich bereit bin, meine Familie zu retten, falls die Kacke mal wieder richtig anfängt zu dampfen.

Ich möwe so vor mich hin, schwebe im Moment und beobachte die Leute bei ihrem Treiben. Pferdekarren und Elektroautos durcheinander, plus ein Arsch voll Fahrradfahrer. Sie verstopfen die Straßen, als wären wir im Peking der Achtzigerjahre. Na ja, Edinburgh ist bei Weitem nicht so schick. China – das wäre ein Traum. Es gab eine Zeit, früher mal, in der jeder und seine Oma in diese Richtung ausgewandert ist, über Hongkong. Aber die Chinesische Mauer wurde wieder hochgezogen, also hängen wir hier fest. Trotzdem, mit diesem magischen Gig gibt es ehrlich schlimmere Orte.

Ich zucke zusammen und schau nach links, weil plötzlich ein Mann neben mir steht. Ich sehe auf, und da ist es Sir

Callander, der ganz ruhig über den Platz schaut, als hätte er meinen Blick schon seit einer Weile verfolgt. Eine leichte Brise weht nach Osten und mir einen Hauch von Tabakrauch in die Nase, der in seinem Dreiteiler hängt.

»Sir Callander, ich hab Sie gar nicht kommen sehen«, sage ich, ein wenig nervös, weil ich von meinem Aussichtspunkt aus eigentlich jeden in der Grünanlage sehen kann.

»Das tut nie jemand, Miss Moyo«, antwortet er sachlich. »Sie wirken distinguiert.«

Ich bin sprachlos, weil Callander sonst niemandem Komplimente macht. Er ist Schottlands oberster Magier. Eine zufällige Begegnung mit ihm vor einer Weile hat mich bis zu diesem Augenblick jetzt geführt. Aber ich glaube nicht an blindes Glück. Nein, Sir, ich habe die Nacht damit verbracht, Posts darüber zu lesen, wie man sich auf einen neuen Job vorbereitet … und darum werden mir selbst meine kleinen Zehen eines Tages verzeihen, wenn wir auf den Zug zum schnellen Reichtum aufgesprungen sind. Callander ist niemand, der blind Geschenke verteilt.

»Eine Position in der Gesellschaft für Skeptische Fragende ist ausgesprochen begehrt und wird selten angeboten, daher sollten Sie das sehr ernst nehmen. Haben Sie sich vorbereitet?«

»Ja«, antworte ich. Ich habe seit dem Ende des Frühlings kaum etwas getan, als davon zu träumen.

»Und Sie haben alle Aspekte des Prometheus-Zaubers gemeistert?«

Pillepalle, dieser Zauber. Ich nicke. Ich will nicht allzu begeistert wirken, aber eine kleine Stimme drängt mich, einfach zu schreien: *Ja, ja, ja, nun kommen Sie schon in die Gänge mit dieser Lehrstelle.*

»Die Zeit ist fast gekommen. Die anderen werden warten. Kommen Sie mit, Miss Moyo.«

Ich folge ihm in seinem Schatten aus dem Park. Sir Callander ist hochgewachsen und voller Selbstbewusstsein. Bewegt sich wie ein großes Schiff, vor dem die Leute sich teilen wie das Meer, um ihn durchzulassen. Jetzt ist es so weit: Mein Traum soll sich erfüllen. Ich halte die Augen weit geöffnet.

Wir überqueren die Tramschienen. Es fahren so gut wie keine Trams mehr, also erreichen wir trotz ein paar Fahrradfahrern schnell das Gebäude auf der anderen Seite. Das mit der Statue von einem Kerl mit Pferd in der Grünanlage davor. Dundas House, Nummer 36 am St Andrew Square – die Hauptniederlassung der Royal Bank of Scotland in dieser Stadt. Ich bin noch nie drin gewesen. Musste ich nicht. Ich bin mir nicht sicher, was wir hier wollen, aber vielleicht braucht Callander vor unserem Termin noch ein bisschen Kohle.

Die Straße, die in den Hof führt, beschreibt ein U für die Autos, die auf den St Andrew Square fahren oder von da kommen. Callander hält direkt auf den Eingang des neoklassizistischen Gebäudes zu. Es hat große Fenster, klare Linien und eine einfache, geometrische Architektur, die angemessen nach Geld stinkt … auch wenn die Wände von Jahren der Luftverschmutzung übel verfärbt sind.

»Dies ist seit zweihundert Jahren das Zuhause der Gesellschaft der Skeptischen Fragenden, Ropa Moyo. Oder, mit anderen Worten, das Haus der schottischen Magie. Merken Sie sich, Sie treten immer am äußersten, linken Rand der Tür ein, sodass Ihre Schulter am Türrahmen entlangstreicht. Pressen Sie Daumen und Zeigefinger Ihrer rechten Hand aneinander und zeigen Sie mit den anderen Fingern zu

Boden. So. Den Arm gesenkt, die Handfläche am Schenkel.« Ich ahme ihn nach, und er nickt befriedigt. »Und seien Sie diskret, damit die normale Öffentlichkeit Ihr Eintreten gar nicht erst bemerkt.« Damit betreten wir die Bank.

Die Luft bekommt etwas Glasiges. Alles wirkt irgendwie verkehrt, als sähe ich in einen Spiegel. Rechts ist links und links ist rechts, weil wir jetzt *Drinnen* sind.

II

Wir befinden uns in einer Art Grenzzone, einer nebelgleichen Verzerrung der Wirklichkeit, in der alles *fast* normal, aber irgendwie auch leicht verschoben ist. Und man kann das Gefühl nicht genau in Worte fassen, als wäre man in der Erinnerung an einen Traum gefangen. Manchmal treibe ich mich im AllDort herum – einer astralen Ebene. Aber dies hier ist unheimlich – bringt einen aus dem Gleichgewicht, und der Körper weiß nicht so recht, wie ihm geschieht. Strange. Man kann einfach spüren, dass man sich in einer anderen Dimension aufhält. Zumindest fühlt es sich für mich so an. Marmorböden, klassische weiße Säulen und aufwendige Friese an der Decke weisen auf Detailfreude hin. Ein goldener Lüster ergänzt die bereits ausgestellte Historie durch eine Zurschaustellung von Reichtum. Wir befinden uns innerhalb der Bank, aber doch noch an einem anderen Ort.

Definitiv ist das kein Ort, an dem jemand wie ich etwas zu suchen hätte. Aber am Ende wartet Kohle, und so werde ich auf diesen Zasterzug aufspringen, ob sie es nun wollen oder nicht. Zur Hölle, ich schaufele sogar Kohle im Maschinenraum, falls das nötig sein sollte.

»Leerer Raum«, sagt Callander, begleitet von einer ausladenden Geste. »Ich möchte, dass du an Wasserstoff denkst, das einfachste Atom von allen. Wenn du dir den Atomkern in der Größe eines Fußballs vorstellst, dann kreist das Elektron ungefähr zwei Meilen entfernt. Auf diese Weise haben schottische Magier alter Zeiten mit viel Anstrengung und Kunstfertigkeit die Struktur dieses Ortes so manipuliert, dass wir in die unsichtbaren Lücken passen. Dies erlaubt der Bank und unserer magischen Gesellschaft, unabhängig voneinander zu existieren und zu funktionieren, während wir dieselben geografischen Koordinaten einnehmen. Wenn diese Bank links ist, sind wir rechts. Wenn sie über der X-Achse schwebt, liegen wir darunter. Wenn sie Kopf sind, sind wir Zahl – die andere Seite der Münze. Dies ist ein mächtiges Werk wissenschaftlicher Magie, Miss Moyo – das nur wenige zeitgenössische Praktizierende verstehen können. Und sie können nur davon träumen, es zu replizieren.«

Auch seine Stimme wirkt im Vergleich zu den Bewegungen seiner Lippen leicht verzerrt, als dauere es vielleicht eine Zehntelsekunde länger als gewöhnlich, bis der Schall meine Ohren erreicht. Eine Art Dopplereffekt, nehme ich an. Callander bleibt stehen, damit ich alles aufnehmen kann. Der Schatten eines Kunden gleitet wie ein Geist durch mich hindurch, auf dem Weg in die Bankhalle. Ich kann die Anwesenden sehen, doch sie scheinen sich unserer Anwesenheit nicht bewusst zu sein. Wenn das hier also die Welt hinter dem Spiegel ist, dann ist es ein Spiegel, der nur halb durchlässig sein kann.

»Wenn Sie wirklich verstehen wollen, wie das moderne Schottland entstanden ist, müssen Sie die Geschichte dieser Bank verstehen. Und um die Bank zu verstehen, müssen Sie die Rolle der schottischen Magie verstehen. Früher einmal waren die Gesellschaft der Skeptischen Fragenden und die Bank untrennbar miteinander verbunden. Sie nahmen nicht nur denselben Raum ein. Und ich hoffe, dass es wieder so sein wird, damit wir unseren früheren Einfluss zurückgewinnen können«, sagt Callander.

Das habe ich nicht ganz kapiert. Was hat dieses Bankzeugs überhaupt mit Magie zu tun?

Sir Callander hebt die linke Hand, die Finger gespreizt, und einige Sekunden später erscheint ein dickes graues Buch. Er reicht es mir.

»Geld ist Macht. Lernen Sie das gut und bringen Sie das Buch zurück ins Elgin, wenn Sie damit fertig sind«, sagt er, dann geht er in Richtung der großen Bankhalle. »In der Bibliothek gibt es noch eine Menge Ressourcen für Sie, wie Sie sicherlich wissen.«

Ich lese den Titel: *Bankwesen in Schottland: 1695 bis 1995*, von Nial Munro. Klingt eher trocken. Ich möchte die Magie meistern, und Callander zieht mich in die Finanzwelt? Schnarch. Aber ich werd das alles mindestens mal ausprobieren, denke ich, als ich das Buch in Grans Handtasche schiebe. Ich folge Callander … aber es ist so seltsam, sich hier zu bewegen. Als wär ich falsch verkabelt. Wenn ich versuche, mein rechtes Bein zu heben, bewegt sich mein linkes, obwohl mein Kopf mir erklärt, ich würde das rechte bewegen – und umgekehrt. Kaugummikauen im Gehen kann man hier mal gepflegt vergessen.

Als wir die Haupthalle betreten, ist mein Magen ein großer Knoten. Der Abdruck der echten Bank ist immer noch vorhanden … Schatten von Kunden und Angestellten, die sich durch den Raum bewegen, vage Umrisse von Möbeln. Doch auf dieser Seite des Spiegels gibt es nur einen leeren Raum, in dessen Mitte ein Mann und eine Frau auf uns warten. Ich halte mich hinter Callanders Schulter, wobei ich verzweifelt hoffe, dass ich mit meinem taumelnden Gang keinen Narren aus mir mache. *Aufrecht halten, Ropa. Nicht lungern.*

»Danke, dass ihr zugestimmt habt«, sagt Callander zu dem Paar.

»Ich bin noch nie jemand gewesen, der ein eigentümliches Angebot ausschlägt«, antwortet der Mann, der ein goldenes Monokel trägt. Und klingt dabei piekfein.

»Das ist also das Mädchen, von dem du uns erzählt hast«, fügt die Frau neben ihm hinzu und mustert mich dabei von oben bis unten, als versuche sie den Verkaufswert einer missglückten Investition abzuschätzen. Sie ist dünn wie ein Bleistift, besteht nur aus Wangenknochen und Kanten und trägt einen schicken grauen Geschäftsanzug mit Schulterpolstern. Ich fühle mich in meinem Outfit billig.

»Ropa Moyo, ich möchte Ihnen Montgomery Wedderburn, den Direktor der Edinburgh-Schule vorstellen. Und das ist Frances Cockburn, Direktorin des Mitgliederservices hier in unserer Gesellschaft.«

Ich strecke die Hand aus, um die beiden zu begrüßen. Fester Handschlag – das hat mir das Netz empfohlen, und ich probiere es.

Montgomery Wedderburn ist ein gut aussehender Mann, mit feinen Gesichtszügen und einer prominenten, römischen Nase. Er trägt sein goldenes Haar perfekt gestylt und rechts gescheitelt. Sein Auftreten erinnert mich an ein Spinnennetz – etwas, das so unauffällig ist, dass man es nicht sieht, bis man wie eine Fruchtfliege hineinfliegt. Doch die angebliche Zerbrechlichkeit wird dadurch ausgehebelt, dass das Seidennetz stärker ist als Stahl. Seine Hand ist warm und weich. Kann nicht glauben, dass ich wirklich grad den Chef der besten magischen Schule in Schottland kennenlerne.

Frances Cockburn dagegen bleibt kühl, sie erwidert meinen Handschlag wie eine Druckpresse, bis meine Mittelhandknochen knirschen. Sie erinnert mich eher an einen Mistkäfer: stark, verlässlich ... und ständig damit beschäftigt, Haufen von Scheiße an ungeahnte Orte zu räumen.

Wedderburn schenkt Sir Callander ein kurzes, wissendes Lächeln, als ich zurücktrete, um den Platz neben meinem Mentor erneut einzunehmen. Irgendwas muss ich schon richtig gemacht haben. Meine Nerven beruhigen sich ein bisschen, auch wenn ich immer noch angespannt bin. Diese Gelegenheit bedeutet mir eine Menge. Ich habe die Mittelschule abgebrochen, nie eine magische Schule oder etwas in der Art besucht, also ist das hier meine beste Chance, es zu schaffen. *Immer ruhig, Mädchen, du kriegst das hin.*

»Sollen wir beginnen?«, fragt Sir Callander.

»Ich möchte wiederholen, was ich bereits sagte, als Sie diese Vorstellung beantragt haben. Es ist äußerst irregulär, einer Nichtpraktizierenden eine Rolle in der Gesellschaft zu übertragen«, erklärt Cockburn schmallippig.

»Das hatten wir bereits besprochen«, antwortet Callander ein wenig genervt.

»Du hast natürlich recht, Frances, aber selbst die Bibliothekare stimmen zu, dass Sir Callander als Sekretär weitläufige Privilegien genießt, für die es Präzedenzfälle gibt«, erklärt Wedderburn. »In der Vergangenheit ist es für die Gesellschaft durchaus üblich gewesen, junge talentierte Männer – meistens die Söhne örtlicher Fischer ohne formelle magische Ausbildung – als Sturmdämpfer auf Schiffen zu beschäftigen. Und ich stimme zu, dass das eine Analogie der gegenwärtigen Situation darstellt.«

»Recht weit hergeholt«, antwortet Cockburn scharf.

»Es obliegt nicht uns, den Lehrling des Sekretärs auszuwählen.«

»Praktikant. Und solche Praktikanten stammten »historisch« immer aus der Schule, oder hast du das vergessen?«, fragt Cockburn. »Und doch stehst du jetzt hier und bist bereit, dieses sogenannte Privileg deinerseits für diese *Geistersprecherin* über Bord zu werfen?«

Die Art, wie sie meinen alten Job betont, geht mir wirklich auf die Nerven. Es ist, als wäre ich Dreck oder irgendwas. Was ist schon dran, wenn ich für meinen Lebensunterhalt mit Geistern rede? Klar, diese Leute hier betrachten das nicht als richtige Magie. Sie denken sich jede Menge hochtrabenden Quatsch aus, um zu begründen, dass es weniger wert ist. Mein Urin steht kurz vor dem Kochen, doch ich bleibe cool, weil ich so ein Gefühl habe, dass alles, was ich sage, gegen mich verwendet werden wird. So nervig.

»Deswegen wurde ich gebeten einzuschätzen, ob ihr eigenständiges Lernen die bewährten Kriterien erfüllt. Damit meine ich, dass Ropa mindestens das Wissen und die Fähigkeiten beweisen muss, wie sie einem Novizen an einer der vier magischen Schulen von Schottland zu eigen sind. Wir haben das bereits besprochen, und ich sehe keinen Grund, alles noch einmal aufzurollen. Ich bitte um Entschuldigung, Sir Callander, aber wir sollten jetzt wirklich anfangen.«

Der Mistkäfer zappelt im Netz, doch die Fäden halten. Wedderburn beendet die Diskussion. Am liebsten hätte ich ihn umarmt. Ich bin es nicht gewöhnt, dass Fremde so heftig für meine Sache kämpfen. Jetzt ist es an mir, Miss Strichlippe zu beweisen, dass sie falschliegt – Direktorin des Mitgliederservices, dass ich nicht lache.

Meine Hände zittern. Ich verstecke sie hinter dem Rücken, damit niemand was merkt. Ist recht einfach, sich in dieser

Art von Umgebung überwältigt zu fühlen. Hier stehe ich auf diesem schicken Boden, der das Sonnenlicht reflektiert, das durch die unglaubliche Galaxie sternförmiger Fensterfläche in der Kuppel fällt. Die fein gearbeiteten Fassungen zeigen, was Geld alles möglich macht – alles, was ich mir nicht leisten kann. Muss mir selbst nicht übel nehmen, dass ich ein Stück vom Kuchen haben will.

Sir Callander schenkt mir ein leises, aufmunterndes Nicken, was mir Auftrieb gibt, als wäre ich eine Boje.

»Ropa, beschreibe uns die Theorien der Magie, wie du sie verstanden hast«, sagt Wedderburn in dem sanften Ton eines Lehrers. Mir fällt auf, dass er mich duzt. Das sorgt nur dafür, dass ich ihn mehr mag … weil es bedeutet, dass er nicht so verkniffen ist.

Jetzt geht's los: Ich habe mich das ganze Frühjahr in dieses Zeug eingelesen, also stelle ich das alles dar, so gut ich kann. Ich fange mit der ontologischen Erklärung der Magie an – die klassischen Geschichten von Göttern und Menschen. Die Theorie postuliert, dass das Universum, in dem wir leben, von einem Gott oder diversen Göttern geschaffen wurde … und dass wir zufällig ihre Fähigkeit teilen, die materielle Welt durch die Macht zu manipulieren, die wir Magie nennen. Ich schwafele ein wenig darüber, dann stürzte ich mich in die wissenschaftliche Theorie, die eine experimentell überprüfbare und reproduzierbare Magieverwendung ermöglicht. Grundsätzlich ist das ein Kochbuch für Magier: dieselben Zutaten hineingeben, dieselben Resultate herausbekommen – voilà.

»Ich bevorzuge die wissenschaftliche Theorie, nachdem sie die einzige evidenzbasierte Erklärung liefert, wie Magie funktioniert«, sage ich und wage mich damit in tiefere Gewässer.

Cockburn mustert mich arrogant, als warte sie nur darauf, dass mir eine Panne unterläuft. Aber ich lasse mich davon nicht aus der Fassung bringen; selbst wenn ich mit einem Äffchen auf der Schulter auf einem Einrad säße, würde ich nicht von diesem Drahtseil fallen. Die Schatten von Bankern und ihren Kunden, die in der normalen Dimension ihren Geschäften nachgehen, fechten mich auch nicht an.

Ich drösele alles auf, angefangen mit Thomas Youngs berühmtem Doppelspaltexperiment von 1801, weiter über den Welle-Teilchen-Dualismus und die Konsequenzen für die Quantenmechanik. Diese Effekte auf subatomarer Ebene führen letztlich zur normalen Welt der klassischen Physik, in der wir leben.

»Und daher ist Magie die bewusste Erregung der Quantenwelt durch ausgebildete Praktizierende, die dadurch Wellenfunktionskollapse mit überprüfbaren Resultaten in der Makrowelt auslösen«, sage ich und umschreibe damit etwas, was ich gelesen habe.

Ich bin bereit, auch auf die anderen Hypothesen einzugehen – Magie als Resultat einer simulierten Realität und was noch alles. Es gibt eine Menge davon. Aber Wedderburn hebt eine Hand.

»Das ist eine befriedigende Erklärung, würdest du nicht auch sagen, Frances?«, meint er.

Cockburn verdreht die Augen, weigert sich aber, den Köder zu schlucken. Es ist, als hasse sie mich mit jeder Minute mehr. Sir Callander bleibt gelassen. Ein großes Schiff, das an meiner Seite ankert.

»Dein Dominus hat mir berichtet, dass du dir auch selbst ein wenig praktische Magie angeeignet hast«, sagt Wedderburn, gleichzeitig gebieterisch und sanft. Ich wette, er gehörte in seinen Tagen zu diesen coolen Lehrern, mit denen sich keiner anlegen will. Die Art von Lehrer, die im Klassenzimmer nie schreien oder wütend werden musste, weil man sie einfach nicht enttäuschen wollte.

»Das ist korrekt.«

»Hast du die Grundlagen des Prometheus-Zaubers gelernt?«

»Ach, komm schon, das ist doch kaum ein Kompetenztest. Du senkst das Niveau ab, damit sie besteht«, wirft Cockburn ein.

Wedderburn steckt die Daumen in seine Westentaschen, die Hände auf dem Bauch.

»Ich soll herausfinden, ob sie auf dem Level der ersten Klasse agieren kann. Alles darüber hinaus wäre überflüssig«, antwortet Wedderburn knapp. »Ropa Moyo, zeig uns den Funken deiner Flamme.«

Ich atme tief ein. Das ist der Moment, um wirklich alles zu zeigen. Callander hat mich vorgewarnt, dass die Demonstration ein ausschlaggebender Aspekt der Vorstellung ist, und ich bin bereit zu liefern. Ich ziehe meine Sonnenbrille aus der Brusttasche und setze sie auf. Balle beide Hände zu Fäusten und versuche, mich zu entspannen. Entscheide mich für eine besonders strahlende Variante des Feuerzaubers. Und los.

»Funke des Prometheus aus der ewigen Flamme des Olymp, erleuchte den Weg voraus und strahle hell auf diesen Pfad.« Damit öffne ich die Finger und fühle, wie etwas durch mein Sein flutet.

Ein Knistern, ein leiser Knall, dann erscheint ein weißes Licht in der Luft zwischen uns, wie eine Funken sprühende Lunte. Callander kneift die Augen zusammen und wendet den Kopf ab, weil das Licht so gleißend ist. Sowohl Wedderburn als auch Cockburn heben die Hände, um sich vor der schieren Brillanz zu schützen. Deswegen habe ich die Sonnenbrille aufgesetzt. Bin mir sicher, dass sie ziemlich beeindruckt sind. Das ist wirklich eine erstaunliche Demonstration. Ein scharfer chemischer Geruch erfüllt die Luft – womit ich bei diesem Zauber inzwischen rechne.

Sir Callander wedelt mit der Hand und löscht damit alle Funken bis auf einen, den er zu sich ruft. Dann schwebt das Licht direkt über seiner Handfläche.

»Also, also«, sagt Wedderburn mit einem wissenden Lächeln und sieht Callander an. »Und damit wurden die Dinge in der schottischen Magie plötzlich um einiges interessanter.«

»Wir haben diese Farbe seit sehr, sehr langer Zeit nicht mehr gesehen«, antwortet Sir Callander.

Ich habe irgendwo gelesen, dass die Schattierung der Flamme eines Magiers etwas über ihr Potenzial aussagt, mächtige Zauber zu wirken. Es gibt sogar Farbtafeln, die von Blau, Grün und Gelb über Rot, Schwarz und Weiß aufsteigen, um bei der unsichtbaren Flamme zu enden. Und natürlich gibt es auch Mischfarben. Alles ziemlich kompliziert … ich komme gerade erst auf den Trichter.

»Sei das, wie es will, das Mädchen ist durch die Prüfung gefallen. Als Direktorin des Mitgliederservices kann ich sie auf Grundlage dieser Vorführung nicht aufnehmen«, erklärt Cockburn.

Moment mal. Was zur Hölle? Ich war doch brillant!

»Du hast um einen Funken gebeten. Einen einzelnen Funken. Und geliefert hat sie dir unkontrolliertes Feuerwerk. Potenzial ist leicht zu finden – wirf einen Stein auf die Princes Street, und du triffst garantiert jemanden, der – mit einer guten Ausbildung – eine Flamme herstellen kann. Doch Kontrolle, Hingabe und Disziplin sind es, die letztlich entscheiden, wie ein Magier sich schlagen wird. Also muss ich voller Bedauern mitteilen …«

»Moment. Ich kann es noch mal machen«, sage ich.

»Ihre Prüfung ist vorbei, junge Dame. Und dieser Ausbruch demonstriert genau die Art von rüpelhaftem Betragen, das wir in dieser Institution gewiss nicht tolerieren.«

»Ich würde vorschlagen, nachdem sie die grundlegenden Kriterien doch überwiegend erfüllt hat, bieten wir dem Mädchen ein vorbehaltliches Praktikum an, mit der Aussicht, ihre Demonstration später noch einmal zu wiederholen«, mischt sich Wedderburn ein. Callander starrt böse hinter seinen buschigen Augenbrauen heraus, bleibt aber stumm. Ich nehme an, er darf sich nicht einmischen, besonders, da er es war, der mich hergebracht hat.

Mir rutscht das Herz in die Hose. Cockburn lässt sich Zeit damit, diesen Vorschlag zu überdenken.

»Wenn wir keine Lösung finden, müssen wir die Bibliothekare involvieren. Willst du wirklich, dass ihr Tribunal dir erklärt, wie du die Gesellschaftsgeschäfte laut ihrem Regelbuch zu führen hast?«, drängt Wedderburn.

»In Ordnung. Aber es wird ein unbezahltes Praktikum, nachdem das Mädchen unsere Standards nicht vollumfänglich erfüllt. Zu mehr Zugeständnis bin ich nicht bereit.«

»Ein fairer Kompromiss. Wie immer ist es ein Vergnügen, mit dir Geschäfte zu machen, Frances«, sagt Wedderburn und sieht selbstgefällig auf seine Taschenuhr. »Sir Callander, ich fände es wunderbar, wenn Sie in nicht allzu weit entfernter Zukunft mal wieder an der Schule vorbeischauten und einen Vortrag hielten.«

»Das werde ich tun, Monty. Und ich danke euch beiden für eure Hilfe in dieser Angelegenheit.«

»Und was dich angeht, junge Dame, es ist schwer genug,

ein guter Magier zu werden, selbst mit allen Vorteilen einer formellen Ausbildung. Ich verlasse mich darauf, dass du diese Gelegenheit bestmöglich nutzt und das nächste Mal, wenn ich dich prüfe, bessere Kontrolle über deine Magie besitzt. Denk daran: Gefühle haben nichts damit zu tun. Die Vernunft allein soll dich leiten.«

Mein Herz hängt auf Kniehöhe, als mein Vorstellungsgespräch zu Ende ist. Ich möchte ihnen sagen, dass das alles Bullshit ist, doch stattdessen schlucke ich schwer und halte die Klappe. Callander sagt etwas darüber, dass ich nächste Woche zurückkommen soll, um meine neue Position anzutreten, doch das Blut, das in meinen Ohren rauscht, übertönt seine Worte fast. Ich dachte, ich bekomme eine Lehrstelle, komplett mit richtigem Lohn. Jetzt habe ich nur dieses miese, unbezahlte Praktikum, das mir erlaubt mit Holzkopf Strichlippe zu arbeiten, die mich hier offensichtlich nicht haben will. Ich bin am Arsch. Geschichte meines Lebens.

III

Fühle mich wie ein ziemlicher Trottel, als ich in den Slum Seiner Majestät in Hermiston in der Nähe der Umgehungsstraße am südwestlichen Rand von Edinburgh zurückkehre. Der dichte schwarze Rauch verbrennender Reifen steigt von der kommunalen Müllkippe in der Nähe der M8 auf. Ich komme an den Schrebergärten vorbei – die Leute hier ziehen ihr eigenes Essen, wenn es möglich ist –, als der alte Mann Gary O'Donohue sich aus dem Beet erhebt, in dem er gerade jätet. Dehnt seinen Rücken und winkt mir zu.

»Alles gut, meine kleine Freundin?«

»Aye. War ein langer Tag.«

»Siehst ziemlich fertig aus, trotz des schicken Outfits.«

Meine Füße bringen mich um. Ich musste den Großteil des Weges nach Hause barfuß zurücklegen, weil die geborgten Schuhe mittelalterliche Folterinstrumente sind. Ich bin aufgedreht und sauer, also starre ich Gary böse an, obwohl er zu den freundlichsten alten Knackern in diesem Slum gehört. Wohnt allein in einem ausrangierten Schiffscontainer ganz hinten, also kaut er einem gern das Ohr ab, wenn sich die Möglichkeit ergibt.

»Gib das deiner Nana Melsie, wenn sie in der Gegend ist«, sagt Gary und reicht mir eine Plastiktüte mit frischem Gemüse aus seinem Garten. Brill. Damit kann ich uns heute Abend eine nette Suppe kochen.

Ich nehme die Tüte, danke ihm und fliehe … weil Gary redet, bis die Kühe nach Haus kommen, wenn sich die Chance ergibt. Vermute, dass er auf Gran steht, da er jedes Mal, wenn ich vorbeikomme, ein kleines Geschenk für sie hat. Gran revanchiert sich hin und wieder mit gekochtem Essen und Strickwaren. Aber soweit ich weiß, reden die beiden nicht direkt miteinander.

Dieser ganze Slum war mal Farmland, bis die ersten Landbesetzer aufgetaucht sind. Inzwischen hat der Farmer aufgegeben, uns vertreiben zu wollen, und nimmt uns stattdessen Miete ab. Es ist eine Explosion aus Wohnmobilen, umgebauten Schiffscontainern, Wohnwagen, Zelten, Schuppen und Wellblechhütten. Manchmal kann es hier ziemlich verrückt werden, aber jeder kennt jeden, und wir passen aufeinander auf. Mehr als es die Leute in den Sozialwohnungen auf der anderen Seite der Umgehungsstraße tun.

Ich erreiche unseren Wohnwagen und knie mich hin, um River zu begrüßen, meine Fuchsgefährtin, die in einem Bau irgendwo im Untergrund lebt.

»Hey, Mädchen«, sage ich, als sie die Nase aus dem Loch streckt.

Früher hat River nicht viel davon gehalten, gestreichelt zu werden oder so was, aber heutzutage kommen wir beide super klar. Ich gebe ihr ein paar Reste, die ich aus einem Container hinter einem Restaurant in der Stadt gerettet habe. Meine Bluse hat dabei ein paar Flecken abbekommen, und insgesamt ist nicht viel dabei rausgesprungen. Jedenfalls wenig, was ich selbst verwenden kann. Aber ich habe mir gedacht, dass River die Knochen und Ähnliches zu schätzen wüsste.

Bald schon richte ich mich wieder auf und gehe in den Wohnwagen. Trautes Heim, Glück allein. Gran strickt eifrig, doch sie lächelt strahlend, als ich reinkomme. Ihr Gesicht leuchtet heller als die Mittagssonne und wärmt mich so sehr, dass ich zu einer Pfütze zerschmelzen könnte.

»Habe auf dem Weg deinen Verehrer getroffen«, sage ich. »Ziemlich schneidig für so einen alten Kauz – hat sogar noch die eigenen Zähne. Du hättest ihn sehen sollen, in Latzhose und Strohhut.«

»Sei nicht albern«, antwortet Gran lachend.

»Gary hat mir 'ne ganze Plastiktüte voller Gemüse gegeben. Mir wären zwar Blumen und eine Schachtel Pralinen lieber, aber hey, deine Generation ist die Dinge eben anders angegangen, oder?«

»Anträge wurden mit Haribo-Ringen gemacht«, gibt Gran zurück.

Ich lasse mich neben Gran auf die Bank fallen und den Kopf an ihre Schulter sinken. Himmel, fühlt es sich gut an, das Gewicht von den Füßen zu nehmen. Als Nächstes möchte ich dieses lächerliche Outfit loswerden, aber das kann noch eine Weile warten. Meine kleine Schwester ist nicht da. Muss draußen mit den anderen Kindern spielen.

»Was strickst du?«

»Oh, das Ding hier? Nur ein Schal für Linda Lyttleton. Es geht ihr nicht gut, seitdem sie im Winter ihr Kind verloren hat. Ich dachte, das könnte ihr vielleicht ein bisschen Trost schenken.« Sie hebt ihre Arbeit hoch, damit ich sie ansehen kann.

Sieht Gran ähnlich, so was zu tun. Sie verschenkt einen Großteil von dem, was sie anfertigt, aber die Leute im Slum liefern ihr genug Wolle, um immer weiterzumachen. Bei der Menge der Wolle müssen sie sich am Spinnrad abwechseln. Und damit fühle ich mich schon besser. Zumindest kann ich hier mit meiner Gran chillen und reden, ohne mir

Gedanken über den Mist zu machen, den ich gerade erlebt habe. Ich schwöre, wenn sich Frances Cockburns missbilligende Visage noch mal in meinen Kopf drängt, werde ich schreien.

Gran schaut auf dem kleinen Fernseher eine Episode von *Diagnose: Mord*. Keine Ahnung, wie lang die Folge schon läuft, aber das spielt auch keine Rolle, weil Dick Van Dyke den Täter jedes Mal erwischt.

»Wie war dein Tag? Hast du den Job bekommen, von dem du mir erzählt hast?«

Gnah, das ist wirklich das Letzte, worüber ich gerade reden will.

»Jepp, Job gesichert, Gran. Habe das Interview gerockt.«

Was soll ich sagen? Die Nummer war eine einzige Katastrophe.

IV

Mittwochmorgen, und ich radle die Calder Road nach oben. Ich fühl mich träge. Wer hätte geahnt, dass Kreide fressen solches Sodbrennen auslöst? Ich brauche einen ordentlichen Schwatz, um das Vorstellungsgespräch aus dem System zu bekommen. Nur gut, dass ich genau das richtige Mädchen dafür kenne. Ich höre das Klappern von Pferdewagen auf dem Weg in die Stadt und das Summen von Elektroautos, die sie überholen.

Ich habe meinen linken Ohrstöpsel eingesteckt und hör ein Audiobuch namens *Der Peloponnesische Krieg*. Diese Griechen haben damals wirklich nichts Gutes im Schilde geführt. Ich liebe es, solches Zeug zu hören, wenn ich unterwegs bin. Ist das Einzige, was mein Hirn davon abhält, in vollem Zombie-Modus zu veröden. Wenn es irgendwas gibt, was ich mit dem Ohr am Schlüsselloch belauschen kann, bin ich dabei. Ist auch die einzige Weise, wie sich teleportieren und durch die Zeit reisen lässt. Wenn man genug liest, wird schnell klar, dass diese Welt von Anfang an ziemlich irre war.

Es dauert nicht lange, bis ich Saughton erreiche. Ich biege in den Park ab. Ein paar Rowdys in runtergekommenen Klamotten lungern rauchend auf einer Bank. Ich fahr an ihnen vorbei. Dieser Ort liegt nur einen Steinwurf von Murrayfield entfernt, und in der Nähe steht auch das große Gefängnis.

Ich bremse am Skatepark, ziehe mein Handy heraus und stoppe den *Peloponnesischen Krieg*. Heute bin ich nicht mehr schick gekleidet, sondern trage meine treuen Stahlkappenstiefel, stonewashed Jeans und ein altes Garbage-T-Shirt mit einer wild dreinschauenden Shirley Manson darauf. Ich habe meine Dreadlocks leuchtend blau gefärbt, aber mein Lippenstift folgt Henry Ford: Ich kann ihn in jeder Farbe tragen, solange die Farbe schwarz ist. Außerdem habe ich meinen Rucksack mit meiner Mbira dabei – auch wenn ich nicht wirklich weiß, warum eigentlich. Gewohnheit, nehme ich an. Das Instrument hilft mir, mit jeglichen Tots zu kommunizieren, die Botschaften zu überbringen haben. Klienten sind im Mo dünn gesät, aber ein Mädchen kann hoffen.

Die Luft ist von den Geräuschen rollender Räder auf Beton und Brettern erfüllt, die wieder auf den Boden knallen. Ich beobachte ein paar Skater dabei, wie sie im Park ihre Tricks üben. Das Gelände ist ein Sturm aus aufragenden Halfpipes, Wallrides, Ledges und sonstigem, alles mit leuchtenden Graffitis verziert, die dem Grau etwas Elan verleihen. Die besten Bilder stammen von einem Kind, das sich für Basquiat hält und seine futuristischen Bilder mit piktischen Einflüssen mit der Krone von Schottland verziert. Verglichen damit sind die restlichen Bilder von Wichsern mit mehr Farbe als Talent.

»Jeeeeeehaaaaa«, jubelt eine weibliche Stimme. Ich entdecke einen Rollstuhl, der hoch in die Luft wirbelt und sich um volle 360 Grad dreht, bevor er wieder hart in der Bowl landet.

Das ist mein Mädchen, Priyanka Kapoor. Ich radle rüber und schließe mich einer Gruppe Jungs an, die beobachtet, wie Priya durch die Bowl zum nächsten Rand saust. Ihr

Rollstuhl hebt ab. Irgendwie schafft sie einen Flip, eine Hand am Rand der Bowl, den Rollstuhl über sich. Priya hält die Position eine Sekunde lag, ein gefrorenes Bild der Vollendung, dann ist sie plötzlich wieder in Bewegung. Sie neigt sich leicht nach links, fängt sich und saust noch mal nach unten.

»Sie ist heute super drauf – noch etwas heißere Moves, und wir würden verbrannten Gummi riechen. Hast du das drauf?«, meint einer der Jungs neben mir.

»Misch dich nicht in meine Arbeit ein«, sagt der Kerl mit der Kamera.

Priya nimmt die nächste Rampe und wendet. Sie gewinnt an Geschwindigkeit, als sie auf unsere Seite der Bowl zusaust. Sie nimmt die Steigung, hebt ab, macht einen doppelten Rückwärtssalto und landet auf dem linken Rad. Irgendwie wackelig. Aber Priya hält das Gleichgewicht und kommt jetzt mit breitem Grinsen auf uns zu. Ihr purpurfarbener Pony haftet verschwitzt an ihrer Stirn, aber der Rest ihres silbernen Haares wirkt nach all den Sprüngen wie ein richtiges Vogelnest.

Priya ist ziemlich abenteuerlustig, eine Radauschwester, ihr wisst schon. Mag ihren Adrenalinstoß am Morgen, bevor sie den ersten Kaffee trinkt. Mir dagegen hat es beim Anblick ihrer Vorführung fast das Herz zerrissen.

Aber seht euch diese Arme an. Sie ist echt durchtrainiert.

»Du solltest dich mal mit deinem BMX reinstürzen«, meint Priya. »Ist ein tolles Rad. Und wenn du Danny freundlich bittest, lässt er dich in seine Werkstatt, um es aufzupeppen, so wie ich es mit meinem Stuhl gemacht hab.«

»Du schuldest mir immer noch was für diese Titanrohre«, sagt ein Grufti mit blutrotem Lippenstift.

»Ich kann zahlen.«

»Das sagen sie alle.« Danny springt auf sein Skateboard und stürzt sich in die Bowl. Seine Freunde schießen Fotos.

»Also, Ropa, wie läuft es mit dem neuen Job? Noch mal Gratulation«, meint Priya so aufgeregt, dass mir das Herz in die Hose rutscht.

Auf keinen Fall kann ich das positiv verkaufen, also spucke ich einfach aus, dass ich dachte, Sir Callander wolle mir eine bezahlte Lehrstelle in der Gesellschaft verschaffen, damit ich tatsächlich Magie lernen kann. Doch alles, was ich gekriegt habe, ist ein jämmerliches, unbezahltes Praktikum. Und das habe ich nur den Taschenspielertricks der dämlichen Frances Cockburn zu verdanken. Denn soweit ich es kapiert habe, soll ich immer noch dieselbe Arbeit erledigen. Aber Lehrlinge werden bezahlt, während man die Praktikanten ausnutzt. Ein Lehrling kann damit rechnen, am Ende der Nummer mit einem Job dazustehen – Praktikanten kriegen einen feuchten Händedruck. Ein Lehrling steht am Ende mit einer anerkannten Qualifikation da; Praktikanten bekommen einen Tritt in den Hintern. Ich liefere Priya alle Details und lasse auch nicht aus, was für ein Miststück Frances Cockburn ist.

»Hey, zumindest hast du den Gig bekommen – das ist doch das Wichtigste. Es gibt Leute, die würden dir den Arm abbeißen, um eine Chance bei der Gesellschaft zu kriegen. Vor dir hat Callander seit … na ja, *ewig* … keinen Praktikanten mehr gehabt, also solltest du das als großes Plus sehen. Ehrlich, du hast da einen begehrten Preis ergattert.«

»Sicher, aber du weißt, dass ich auch saftige Speckscheiben brauche. Von Prestige kann ich nicht leben«, sage ich. »Also habe ich mich gefragt, ob der Job, den du für mich hattest, noch auf dem Tisch liegt.«

Priya grinst. »Du bist die Erste, an die ich dabei gedacht

habe. Lass mich meine Sachen holen. Dann bring ich dich in die Klinik, damit du dir anschauen kannst, was ich von dir brauche.«

Priya und ich wandern zur Colinton Road, an der ihre Klinik liegt. Für Jobs war ich über die Jahre oft in dieser Ecke, aber dadrin bin ich noch nie gewesen. Wir gehen durchs Tor. Auf den massiven Steinsäulen rechts und links steht der Name der Klinik – *Unsere liebe Frau der geheimnisvollen Gebrechen* – zusammen mit einem Logo aus betenden Händen. Die Luft hier riecht nach Minze und Lavendel und noch einer ganzen Menge anderem Zeug. Und das Chaos aus Farben in den Blumenbeeten ist unglaublich. Überall gibt es Stauden und Kräuter, mit schmalen Wegen zwischen den Beeten. Zur Hölle, sogar auf dem kleinen Kreisverkehr in der Mitte wächst irgendetwas unter einem Limettenbaum. Bienen und andere Insekten sausen durch die Luft.

»Wir ziehen viele unserer Kräuter selbst, egal, ob medizinisch oder kulinarisch. Für uns ist das quasi dasselbe, weil unsere Behandlung holistisch angelegt ist«, erklärt Priya. Sie hat Heilung und Kräuterkunde am Kelvin Institut in Glasgow studiert. Ich vermute, das bedeutet, dass sie alles über Pflanzen weiß.

»Riecht geil hier«, sage ich.

»Nicht wahr?«

Dieser Ort hat wirklich was. Schon seitdem wir das Tor durchquert haben, fühle ich mich ein bisschen ruhiger, etwas weniger gestresst. Es ist unglaublich. Wenn man die Augen schließt, könnte man fast vergessen, dass man in der Stadt ist.

»Kamille, Ginkgo, Aloe Vera – ohne verlass ich nie das

Haus –, Frauenmantel, Fieberkraut – toll gegen Migräne – Klettenklee, Tausendgüldenkraut, Echinacea …« Priya rasselt eine ganze Liste an Pflanzen herunter, als wir auf den Haupteingang der Klinik zuhalten.

Ich weiß, dass Gran krank ist. Sie hat Probleme mit ihrer Pumpe und dem Wasserkreislauf und auch Diabetes. Eigentlich geht sie langsam aus dem Leim. Letzte Nacht hat sie zu mir gesagt: »Wär ich eine Kuh, müsstest du mich zum Abdecker bringen.« Ich habe ihr erklärt, ich würde ja wollen, hätte aber Angst, dass sie uns noch Geld für die Leistung abknöpfen. Ich wünsche mir, ich könnte sie in eine solche Klinik bringen. Hier riecht es nicht nach Desinfektionsmittel und Tod wie in den öffentlichen Einrichtungen, die wir nutzen müssen … wo man den ganzen Tag mit Warten auf den Arzt verbringen kann.

Ich parke mein BMX im Ständer und kette es auch an. So schick dieser Laden sein mag, soweit ich weiß, befinden wir uns immer noch in Edinburgh. Und das Rad ist schon mal gestohlen worden, also lieber nichts riskieren. Die Klinik haust in einem geschmackvollen, edwardianischen Gebäude aus Sandstein, drei Stockwerke hoch, mit massiven Ziersimsen über den Fenstern. Kein bisschen Ruß an den Wänden, als wären wir irgendwo auf dem Land.

»Die alte Klinik lag in Newhaven, aber kurz vor dem ersten Weltkrieg ist sie dann hierherverlegt worden«, erklärt Priya.

Sie erzählt mir, dass die Klinik im achtzehnten Jahrhundert von dem berühmten katholischen Heiler Mungo Arnot gegründet wurde, um traditionelle Heilmethoden zu fördern, die zu dieser Zeit in bürgerlichen Kreisen wieder in Mode kamen. Er wurde sogar nach London beordert, um sich um George III. zu kümmern – sehr verständlich, nachdem der König ein Interesse für Botanik hegte, – als seine Maj aus den Fugen gegangen ist. Aber ach, die Quacksalber hatten Arnot zu spät geholt, um etwas auszurichten.

Innen sieht die Klinik wie ein piekfeines Kurhotel aus. Leuchtend weiße Wände, glänzende Böden und sanfte keltische Musik, die so leise im Hintergrund läuft, dass man sie kaum wahrnimmt. Die Rezeptionistin trägt eine orchideenfarbene Tunika mit einer Stickerei der betenden Hände und den Buchstaben ULFMG auf der linken Brusttasche. Ihre Haut ist makellos, fast durchsichtig. Und das Lächeln, das auf ihrem Gesicht aufleuchtet, als sie Priya sieht, wirkt wie ein Reflex.

»Früh dran für deine Spätschicht, Priya«, sagt sie.

»Klingt fast, als wolltest du mich nicht hierhaben«, antwortet Priya.

»Als ob.« Die Rezeptionistin lacht. »Mr. Lethington meinte, du sollst ihn suchen, wenn du kommst. Irgendetwas mit dem Wu-Fall.«

»Deswegen habe ich auch diese Expertin hier mitgebracht«, antwortet Priya und berührt leicht meinen Arm. Die Rezeptionistin zieht die Augenbrauen hoch und lächelt mich an.

Wir treten durch eine Tür gegenüber dem Empfang und biegen nach links ab, vorbei an einem Massageraum mit steinerner Bank. Dann einen langen Flur entlang, von dem ein Fitnessraum abgeht, in dem ein Lehrer gerade eine Gruppe alter Damen durch verschiedene Tai-Chi-Bewegungen führt. Nach der Hälfte des Flurs halten wir vor zwei Aufzügen an und fahren mit einem davon in den ersten Stock. Überall hängen grüne Schilder mit weißer Schrift, die verraten, wie man die verschiedenen Stationen erreicht.

»Die meisten Behandlungszimmer für unsere verschiedenen Therapien liegen unten. Wir kümmern uns um eine Mischung aus ambulanten und stationären Patienten. Unsere kränksten Patienten sind während ihres Aufenthaltes im ersten und zweiten Stock untergebracht.«

»Nobles Schickhausen hier«, sage ich.

»Ich weiß. Als ich meine Ausbildung begonnen habe, dachte ich, ich würde die Massen retten, mit den Obdachlosen und Bedürftigen arbeiten. Aber dann bin ich erwachsen geworden. Wie du weißt, versuche ich, als Ausgleich freiwillige Arbeit zu leisten ... aber das ist irgendwie nicht dasselbe, oder?«

Ich zucke mit den Achseln. Ehrenamtliche Arbeit ist nichts, worüber ich auch nur nachdenken kann, solange ich zu Hause mehrere Mäuler zu stopfen habe. Priya führt mich in einen Aufenthaltsraum.

»Warte hier einen Moment, ich muss mich umziehen«, sagt sie und rollt aus dem Zimmer.

Ich parke meinen Hintern und drehe eine Weile Däumchen, bevor ich eine Jumbopackung Jammie-Dodgers-Marmeladenkekse auf dem Tresen entdecke. Ich sollte wirklich nicht ... Ach, zum Teufel. Ich stehe auf, geh hinüber und schau in die Packung. Sind noch einige Kekse drin, also nehme ich mir zwei und stopfe zwei in meine Tasche. Radeln kostet eine Menge Energie. Ich kaue eifrig, als ein kahlköpfiger Mann in einem weißen Laborkittel den Raum betritt.

»Entschuldigung. Haben Sie sich verlaufen?«, fragt er stirnrunzelnd.

»Nö. Und Sie?«, antworte ich. Das bringt ihn durcheinander.

»Nun, ähm, nein. Ich arbeite hier. Ich habe mich lediglich

gefragt, warum Sie in meiner Klinik sind und meine Kekse essen.«

»Das ist die Ermittlerin, um die Sie im Wu-Fall gebeten haben«, sagt Priya, als sie wieder in den Raum rollt. Ihr Haar ist jetzt superordentlich, und sie trägt ebenfalls einen weißen Kittel. »Cornelius Lethington, ich möchte Ihnen Ropa Moyo vorstellen.«

»Von welcher Schule?«, fragt er mit zusammengekniffenen Augen.

»Sie ist Sir Callanders neuer Lehrling.«

»Quatsch. Der Sekretär hatte seit Jahren keinen Lehrling. Und jetzt soll ich glauben, dass er jemanden ernannt hat, der so offensichtlich nicht aus der Edinburgh-Schule stammt? Nichts geht über diese Netzwerke alter Kumpel. Gar nichts. Diejenigen von uns, die in St Andrews studiert haben – das ist das bessere Institut, wenn Sie mich fragen –, können bezeugen, dass diese Tatsache die schottische Magie schon viel zu lange blockiert.«

»Sie werden Sir Callander wohl selbst danach fragen müssen«, sage ich.

Schamlos beiße ich ein weiteres Mal in meinen geklauten Jammie Dodger. Ich versuche, als tough rüberzukommen, aber Krümel regnen auf mein T-Shirt. Kein guter Auftritt. Mein Blick fällt auf die Kittel-Garderobe an der Wand. Ich werde später noch mal vorbeischauen.

»Auf Ihre Verantwortung, Kapoor. Dann bringen wir es mal hinter uns, hm?«, sagt Lethington und führt uns aus dem Zimmer.

Ich werde durch weitere, zugige Flure mit Vinylboden geführt. An den Wänden hängt eine Menge Kunst, abstraktes Zeug in beruhigenden Farbtönen. Anders als in den miesen NHS-Krankenhäusern hat man hier das Gefühl, dass die Leute, die herkommen, tatsächlich damit rechnen, das Haus lebend wieder zu verlassen. Die Lichter strahlen in sanftem Blau, sodass man sich fast fühlt, als treibe man im Meer. Wir kommen an offenen Türen vorbei, hinter denen sich Patienten auf gemütlichen Betten ausruhen. Die großen Fenster lassen Sonne in den Raum, während in Glasschalen aromatherapeuthische Kerzen brennen. Ich kann mir das nicht leisten, aber Mann, ich wünschte mir wirklich, ich könnte Gran zur Behandlung herbringen. Vielleicht kann Priya da was für mich organisieren – sie könnte das ja ruhig unter Ehrenamt verbuchen.

Lethington betritt einen Raum am Ende des Flurs. Ich trete hinter Priya ein und stelle mich neben die Tür. Die Temperatur hier drin ist regelrecht baltisch. Ich rechne fast schon damit, dass Thomas Abernethy, der Polarforscher, gleich in einem Pelzmantel aus einer Ecke springt. Atem dampft vor meinem Mund. Dauert nicht lange, bis ich Gänsehaut bekomme. Es ist, als gäbe es eine unsichtbare Temperaturgrenze zwischen hier drinnen und da draußen, obwohl die Tür weit offen steht.

In der Mitte des Raums, auf einem bequemen Bett, liegt ein Teenager, wahrscheinlich high. Er wacht nicht auf, als wir eintreten, und das einzige Lebenszeichen ist eine kleine Dampfwolke über seinen Lippen. Selbst lang ausgestreckt liegt sein Pony ordentlich über der Stirn.

»Das ist Max Wu, siebzehn Jahre alt, ein Student der Edinburgh-Schule. Er liegt seit einer Woche im Koma, und unsere verschiedenen diagnostischen Versuche haben uns bisher keine befriedigende Begründung für seinen Zustand geliefert. Das hat offensichtliche Auswirkungen auf seine Behandlung. Daher ist es überaus wichtig, dass wir mehr über seine Aktivitäten vor dem Beginn der Krankheit erfahren, um eine informierte Einschätzung seines Zustandes abgeben zu können«, erläutert Lethington förmlich.

»Wir vermuten, dass dieser Zustand extranaturale Ursachen hat. Das ist der Grund, warum wir dich hinzuziehen«, meint Priya.

Ich weiß wirklich nichts über Medizin, also sage ich: »Was soll ich tun? Ihn wachküssen?«

Offensichtlich läuft mein Humor ins Leere, wenn ich mir den Blick so anschaue, den Lethington Priya zuwirft. Aber hey, genau so was hätte Sam Spade auch gesagt. Aber ich nehme an, ich bin kein charmanter Yankee-Detektiv, also schalte ich einen Gang zurück. Ich brauche das Geld, aber das Ding ist … sobald man sich Verzweiflung anmerken lässt, sinkt das Honorar. Wenn der Terminkalender nicht aus allen Nähten platzt, heißt das: Man ist nicht gut. Memo an mich selbst: Ich muss zur Bibliothek und nachsehen, ob sie gute Bücher übers Geschäftliche haben. Ich brauche im Mo wirklich alle Hilfe, die ich kriegen kann.

»Du musst so viel wie möglich über Max Wus Aktivitäten in den Tagen und Wochen vor seiner Krankheit für uns herausfinden. Was er getan hat, gegessen hat, wo er hingegangen ist; finde alles, was aus dem Rahmen fällt und daher auch Bezug zu diesem Fall haben könnte.«

Ah. Ich habe schon Erfahrung im Umgang mit Kindern, die an »extranaturalen« Gesundheitsproblemen leiden. Das ist also der Grund, warum Priya mich in diese Sache reinziehen will. Aber ich erkenne auch eine Gelegenheit. Wenn ich diesen Fall löse, könnte es sein, dass ich auf Dauer mehr solche Jobs bekomme – und vielleicht kann ich sogar dafür sorgen, dass sich die Typen aus der Klinik dann auch Gran mal anschauen. Ich muss mich jetzt benehmen.

»Das kann ich machen«, antworte ich so professionell

wie möglich. »Wir müssen allerdings über mein Honorar sprechen, bevor ich mich verpflichte.«

»Das ist ein Zusatzservice, für den Max Wus Eltern aus eigener Tasche zahlen müssen, da so was von ihrer Versicherung nicht abgedeckt wird. Priya wird dir alle nötigen Informationen zukommen lassen. Ist das okay? Ich sollte mich jetzt wirklich um meinen nächsten Patienten kümmern.«

Priya lächelt zufrieden, nachdem Lethington verschwunden ist.

»Ich glaube, er mag dich, Ropa.«

Sie zeigt mir die Daumen nach oben, dann rollt sie auf die andere Seite des Bettes, wo ein kleines Schränkchen steht, auf dem Genesungskarten und andere Dinge ruhen – unter anderem ein riesiger Blumenstrauß.

»Ich weiß, dass wir nach der Nadel im Heuhaufen suchen, aber wenn irgendwer uns helfen kann, dann bist du das, Ropa«, sagt Priya. Ihr Vertrauen in mich ist inspirierend.

»Rumschnüffeln ist voll mein Ding. Und wenn die Eltern des Jungen ordentlich zahlen, dann steh ich gut da«, antworte ich.

Doch bevor ich die Eltern des Jungen besuche, muss ich mal ein bisschen in diesem schicken, Fünf-Sterne-Krankenhauszimmer rumschnüffeln. Wie Miyamoto Musashi im *Buch der fünf Ringe* sagt: »Werde dir dessen bewusst, was nicht offensichtlich ist.« Klingt so einfach, oder? Aber wir wandern durchs Leben, ständig aufs Offensichtliche konzentriert, und verpassen so den alltäglichen Schmutz an den Rändern. Musashi war ein superkrasser Samurai des siebzehnten Jahrhunderts. Es heißt, er hätte sein erstes Duell mit dreizehn gewonnen und wäre danach durchs Land der aufgehenden Sonne gezogen, um Leute in den Hintern zu treten. Hat keinen Kampf verloren. Nicht einen einzigen.

Ein echter Gangster, dieser Kerl. Aber der liebe Gott weiß, dass ich in meiner Zeit schon ein paar Rangeleien verloren habe. Das ist der Grund, warum ich die alten Meister lese und versuche, von ihnen zu lernen. Spielt keine Rolle, ob wir vom feudalen Japan sprechen oder vom modernen Schottland – Leute ändern sich nicht, also nehme ich jeden Rat, den ich bekommen kann.

»Achte darauf, die Kristalle nicht zu stören. Sie sind mit äußerster Präzision angeordnet«, sagt Priya, als ich durch den Raum schlendere.

Überall im Zimmer verteilt stehen rote, grüne, blaue, schwarze und an Eiszapfen erinnernde Kristalle. Ein paar sind sogar an die Wände geklebt. Der kleinste hat ungefähr die Größe eines Fingers, und der größte ist größer als mein Schädel.

»Was machen die?«

»Energieflüsse. Ist kompliziert. Ich müsste mich länger mit dir hinsetzen, damit du es checkst.«

Ich gehe zum Bett und stelle mich direkt vor Max. Er hat einen i.v.-Zugang im Arm und eine nasogastrische Sonde in der Nase. Aus der Nähe kann ich die winzigen Schweißtropfen auf seiner Haut erkennen. Sie haben in Kissenbezüge gewickelte Eispacks um seinen Oberkörper und seine Füße verteilt. Ich berühre seine Stirn und reiße die Hand zurück, schockiert von der abartigen Hitze, die er ausstrahlt. Man könnte ein Ei auf ihm braten.

»Ich sollte alles wissen, was du über ihn weißt«, kündige ich an. Ich gehe davon aus, dass ich mein Netz erst weit auswerfen und dann schauen muss, was ich damit ans Licht zerren kann.

Priya liefert mir einen Überblick von dem Moment an, als Max Wu in die Klinik *Unserer lieben Frau* geschickt wurde, nachdem das Royal Infirmary dem Jungen keinerlei Überlebenschance eingeräumt hatte. Irgendetwas darüber, dass er sich »jenseits der konventionellen Medizin« befindet. Priya klingt irgendwie stolz, als sie das sagt. Ihre Stimme ist plötzlich eine gute Oktave höher. Sie liefert mir jede Menge Infos, über seine Eltern und die Fallgeschichte. Vor dieser Sache war Max ziemlich sportlich und bei guter Gesundheit. Die Pubertät hat ihn nicht mal mit einem einzigen Pickel geschlagen, als seine Hoden sich gesenkt haben. Gute Noten. Fröhlicher Charakter, hat sich von Ärger ferngehalten. Das mag in Nobelhausen möglich sein … nicht so sehr aber in der Ecke, aus der ich komme. Doch hier geht es nicht um mich. Muss mich regelmäßig daran erinnern, weil ich nicht zu einem dieser Idioten werden will, die glauben, das ganze Universum würde sich nur um sie drehen.

»Könnte es etwas sein, was er gegessen oder getrunken hat? Oder sich bei den Kindern in der Schule eingefangen hat?«, frage ich.

»Du denkst bereits wie eine Heilerin, aber nein. In diese Richtung haben wir bereits recherchiert.«

Gran hat mir immer gesagt, dass man, wenn etwas Seltsames vor sich geht, erst mal jede natürliche Möglichkeit ausschließen muss, bevor man anfängt, extranaturalen Vorgängen die Schuld zu geben. Das ist eine schmale Grenze … aber wenn man anfängt, überall magisches Zeug zu wittern, wäre das wie ein Tauchgang ins Kaninchenloch, der ziemlich sicher in die Klapse führt. Andererseits sind Priya und Lethington Experten für solches Zeug, also dürften sie recht haben. Aber ich werde das im Kopf behalten, bis ich mir eine eigene Meinung gebildet habe. Man darf sich das Urteilsvermögen nicht von den Vorstellungen anderer vernebeln lassen, wenn man einen frischen Blickwinkel liefern soll.

»Also glaubt ihr, Max ist verzaubert worden, ja? Eine Voodoo-Puppe oder so was in der Art?«

»Nein, Ropa. Solches Zeug funktioniert nur im Fernsehen. Der menschliche Körper ist unglaublich widerstandsfähig gegen Magie. Wie du inzwischen wissen solltest, entspringt Magie aus dem Willen. Aber der Körper ist das ultimative Gefäß des Willens, also kann dich kein Magier in ein Schwein verwandeln oder dich krank machen, ohne dich vorher psychologisch zu manipulieren und an seinen Willen zu binden. Selbst in dieser Klinik brauchen wir Zustimmung und Kooperation, damit unsere Behandlungen effektiv wirken. Bei kleinen Kindern liegt die Sache etwas anders, weil ihr Wille noch nicht gefestigt ist. Aber grundsätzlich hat ein bösartiger Magier größere Erfolgschancen, wenn er dir einen Ziegel auf den Kopf fallen lässt, als wenn er versucht, dich durch Magie krank zu machen.«

»Niemand mag einen Ziegel auf dem Kopf«, stelle ich fest.

Ich öffne die Tür des Beistellschränkchens und gehe in die Hocke, damit ich mir den Inhalt ansehen kann. Ich betaste Max' Kleidung, kontrolliere die Taschen und finde gar nichts. Duh. Das muss frische Kleidung sein, die seine Eltern für ihn hergebracht haben … was also habe ich erwartet? Wirkt ziemlich zuversichtlich – Kleidung hier zu lagern, weil sie glauben, ihr Sohn könnte sie brauchen, wenn er sich erholt. Hoffnung … gleichzeitig das mächtigste und gefährlichste Gefühl der Welt.

In der oberen Schublade finde ich ein paar persönliche Gegenstände, unter anderem eine braune Geldbörse aus Leder, auf der eine Gestalt mit Kapuze abgebildet ist. Gevatter Tod? Das Universum ist nicht frei von Ironie. Der Geldbeutel ist leicht; die einzige Münze darin ist ein Shilling. Es gibt eine Bankkarte – ziemlich altmodisch, zumal man jeglichen Scheiß heute einfach mit dem Handy bezahlen kann. Aber wer bin ich schon, um über die Launen der Betuchten zu urteilen. Eine Eintrittskarte für ein *Mystery-Fungus*-Konzert. Ein Flyer für Bo Bumblebeams Astraltouren. Einkaufsliste. Quittungen von mehreren Supermärkten. Jede Menge Fussel. Meine Finger sind fast steif gefroren, als ich mit dem Geldbeutel fertig bin. Ich muss hier dringend raus, bevor mir die Zehen abfallen.

»Also, was denkst du?«, fragt Priya.

»Nicht viel da, was mir helfen könnte, um ehrlich zu sein. Hat denn keiner aus eurem Haufen super-duper-tolle Hellseherfähigkeiten oder irgendwas?«

»Lol«, sagt Priya, ohne zu lachen. »So funktioniert das nicht.«

»Wie viel Zeit habe ich?«

»Eine Woche, höchstens zwei. Wir können ihn nicht ewig in diesem Schwebezustand halten; seine Organe werden bald atrophieren. Betrachte ihn wie einen Patienten mit einem Schlangenbiss – das falsche Gegengift könnte mehr Schaden anrichten als nutzen. Deswegen brauchen wir dich, um uns bessere Einsichten zu verschaffen, damit wir die richtige Diagnose stellen und ihn angemessen behandeln können. Von dir hängt eine Menge ab, Ropa.«

Nur kein Druck.

Wir verlassen das Zimmer, und sofort genieße ich die Wärme des Flurs, auch wenn die Gänsehaut auf meinen Armen einfach nicht verschwinden will. Ich weise Priya an, mir die Adresse der Wus zu besorgen, damit ich ihnen einen kleinen Besuch abstatten und mein Geld sichern kann, bevor ich meine Untersuchung beginne. Sie führt mich zurück durchs Labyrinth und lässt mich im Aufenthaltsraum warten, während sie die nötigen Infos ausdruckt. Wieder fällt mein Blick auf die Garderobe. Ich durchsuche die weißen Laborkittel, bis ich einen finde, der klein genug ist. Probiere ihn an und … passt perfekt.

Jetzt sehe ich aus, als würde ich hier arbeiten.

V

Die Wus leben in einer Reihenhaussiedlung am Morningside Drive, und ich stelle sicher, sie um acht Uhr zu überraschen. Termine geben den Leuten Zeit, eine Geschichte vorzubereiten, aber ich will an das Eingemachte.

Ich habe meine erstklassige Fuchsfreundin River mitgebracht. Sie trottet neben meinem Fahrrad her. Ab und zu, wenn die Laune sie packt, verschwindet sie hinter dieser oder jener Hecke. Ein zusätzlicher Satz Zähne hat noch nie geschadet, und abends nehme ich sie inzwischen öfter mit. Tagsüber schließt sie sich mir nur in Notfällen an, weil da mehr Hunde unterwegs sind. Und den Besitzern gefällt es nicht besonders, wenn ich ihre Haustiere meine Zwille spüren lasse, weil sie versucht haben, River blöd zu kommen. Meistens sucht sie um diese Zeit ihr Futter, also bedanke ich mich für die Hilfe, indem ich ihr etwas zu knabbern besorge. Man könnte sagen, wir haben ein Abkommen.

An der Straße stehen auf der einen Seite Häuser, auf der anderen liegt der Morningside-Friedhof – auch wenn die Trennung zwischen Lebenden und Toten bei Weitem nicht so klar ist, wie die Teerstraße vermuten lässt. Ich entdecke ein paar graue Geister, die durch die Friedhofsmauern gleiten. Aber kein Grund zur Besorgnis. Bei einem so alten Friedhof haben die Geister nichts mehr mit den Lebenden zu schaffen. Das sind einfach bloß Loser, die aus irgendeinem Grund nicht weiterziehen können. Es sind die kürzlich Verstorbenen, auf die man ein Auge haben muss, weil sie oft wegen diesem oder jenem stinkig sind. Das ist meine Gabe: solche Dinge zu sehen. Soweit es um Superkräfte geht, ist sie ziemlich lahm, also stehe ich sozusagen in einer Reihe mit Squirrel Girl, dem Jungen, dem der Arm abfällt, und Jubilee. Aber hey, man muss das Beste aus dem Blatt machen, das man vom Leben bekommen hat, in diesem großen Casino, das sich Leben nennt.

Ich steige vom Rad ab, als ich das Grundstück der Wus erreiche, das von einer ordentlich geschnittenen Hecke gesäumt wird. Stufen teilen den Vorgarten in zwei gleiche Hälften und führen zur blauen Tür. Durch das Fenster des kleinen Türmchens sehe ich, dass im Wohnzimmer der Fernseher läuft. Es gibt nichts, wo ich mein BMX anschließen könnte, aber ich wickele die Kette trotzdem durch die Speichen. Wenn jemand es klauen will, dann sollen sie sich wenigstens anstrengen müssen.

In meinem weißen Kittel fühle ich mich ziemlich schick. Er hat zwei Taschen. Meine Zwille und die dazugehörige Munition sind rechts untergebracht, mein gefalteter Schal links. Dolchscheide an der Hüfte. Mit all dieser Ausrüstung und River an meiner Seite fühle ich mich recht sicher dabei, durch diese miese Stadt zu ziehen. Ich rechne nicht damit, bei einem Hausbesuch jemanden erschießen zu müssen, aber anders als Gaddafi und Saddam möchte ich mir meine taktischen Optionen nicht nehmen lassen.

Ich will gerade klopfen, als eine Frau die Tür öffnet. Sie ist klein, kaum größer als ich, um genau zu sein, elegant gekleidet und trägt ihr Haar in einem Bob mit Pony.

»Mrs. Wu?«, sage ich. »Mein Name ist Ropa. Ich arbeite mit der Klinik …« *Mit*, nicht *in*, also streng genommen ist das wahr.

»Connie«, sagt sie und streckt mir die Hand entgegen.

Ich schüttele ihr brav die Flosse, dann folge ich ihr ins Haus, nachdem ich die Schuhe auf der Matte abgewischt habe. Möchte auf keinen Fall den Teppich besudeln. River dagegen schert sich einen Dreck um so was. Läuft einfach los, wie Füchse es nun mal tun. Connie zieht die Augenbrauen hoch und blinzelt.

»Ist das dein Fuchs?«

»Wir sind eher Partner.«

»Ich verstehe«, sagt sie und gewinnt die Fassung zurück.

Ich werde ins Wohnzimmer geführt und lasse mich auf das Ledersofa in der Ecke fallen. Das Haus ist alt, aber der Standard im Inneren scheint mir zeitgemäß. Die Armaturen und Beschläge bestehen aus Chrom. Man kann sehen, dass hier jemand heftig selbst Hand angelegt hat.

»Mein Ehemann wird gleich nach unten kommen. Möchtest du eine Tasse Tee?«

»Mit Keksen und ein bisschen kaltem Braten, danke«, sage ich. Immer so viel wie möglich rauspressen. So gehen modernde Unternehmerinnen vor.

Sobald Connie verschwunden ist, sehe ich mir die schicke Bude genauer an, um ein Gefühl dafür zu bekommen, mit was für Leuten ich es zu tun habe … und um zu schauen, ob mir irgendwas auffällt. Auf dem Sims über dem Kamin stehen ein paar Trophäen. Eine von ihnen ist ein Bronzegesicht, das aus einem Marmorwürfel ragt. Erfolgsmenschen? Die Kunst an den Wänden wirkt, als wäre sie echt, also halten sie nichts von Drucken; stattdessen haben sie erschwingliche Gemälde von örtlichen Künstlern gewählt –

und das Bild mit den weidenden Rehen ist verdammt gut. Wenn man das mit dem künstlerischen Schwarz-Weiß-Streifen kombiniert, der auf dem Fernseher flackert, lassen sich die pseudoartistischen Vibes nicht mehr ignorieren.

»Danke für deinen Besuch. Priya Kapoor hat uns gesagt, du kämest mit besten Empfehlungen«, sagt ein Mann, während er den Raum betritt. Er wirkt wie ein Geek mit seiner Großvaterbrille, dem senfgelben Pulli und Stoffhosen. »Ich bin Bing. Meine Frau hast du schon kennengelernt?«

Wie aufs Stichwort taucht Connie mit dem Tee auf. Sie stellt das silberne Tablett auf einen Beistelltisch in meiner Nähe: Ich danke ihr, bevor ich den Teller mit Schinkenscheiben und spanischer Chorizo für River auf den Boden stelle. Ich schlucke schwer, weil ich etwas davon für mich behalten möchte. Diese Leute können es sich leisten, einfach so importierte Ware zu servieren? Mein Honorar erhöht sich sofort um gute zwanzig Prozent.

»Dieser Tee ist wirklich … ausgesprochen lecker«, erkläre ich nach dem ersten Schluck. Normalerweise sage ich das nur, um höflich zu sein, aber dieser Tee ist wirklich großartig. Einfach toll. Muss ordentlich was kosten, wenn mein Gaumen so begeistert ist.

»Ist nur Premium-Keemun, nichts Außergewöhnliches«, meint Connie.

Ich kenne nur Tetley, Typhoo, PG und Yorkshire-Tee, also … egal. Ich nicke eifrig. Aus irgendeinem Grund wird der Dame im Fernseher gerade der Augapfel mit einer Rasierklinge aufgeschnitten, als wäre das gar nichts.

»Die Klinik meinte, wenn du herausfinden kannst, was mit unserem Sohn passiert ist, bevor er krank geworden ist, könnte das bei seiner Behandlung helfen«, sagt Bing. Sofort zum Geschäft. Seine Aura vermittelt das Gefühl von nebeligem Trockeneis und Lichtern – wie ein alter B-Movie aus den Achtzigern.

»Das ist ein sehr komplizierter Fall, wissen Sie. Jede Menge Möglichkeiten und Eventualitäten.« Das ist einer dieser bedeutungslosen Sätze, die man einwerfen kann. Die Leute interpretieren ihn dann nach Gusto. »Deswegen bin ich mir noch nicht sicher, ob ich ihn auch wirklich übernehmen werde. Ich muss mehr über Max erfahren. Alles, was Sie mir über ihn und die Zeit vor seiner Krankheit erzählen können.«

»Er ist vor zwei Wochen delirierend nach Hause gekommen, hat sich ständig selbst ins Gesicht geschlagen und geschrien, er müsste den ›Einen über Allen‹ stoppen«, berichtet Connie. »Es war beängstigend.«

»Eine psychotische Episode irgend so einer Art«, fügt Bing hinzu.

»Tag, Uhrzeit – so spezifisch wie möglich«, dränge ich. Details sind alles.

»Es war der vorletzte Dienstag, so gegen sieben Uhr abends. Er ist den ganzen Tag mit seinen Kumpels unterwegs gewesen.«

»Gibt es eine Vorgeschichte von psychischen Erkrankungen in der Familie? Nimmt Max Drogen?«, hake ich nach.

»Nein, absolut nicht. Unsere Familie ist sehr gesund, auf beiden Seiten. Und wir wüssten, wenn er etwas nähme. Wir haben in diesem Haus keine Geheimnisse voreinander.«

Ja genau.

»Haben Sie mit seinen Freunden gesprochen?«

Ich muss wissen, wer sie sind, und sie dazu bringen, Connies und Bings Geschichte zu bestätigen. Bruder Musashi rät zwar »Tu nichts, was unnütz ist«, aber im Moment weiß ich noch gar nicht, was nützlich ist und was nicht, also werfe ich einfach ein Schleppnetz aus. Später werden wir das Netz dann öffnen und den Inhalt sortieren. Für den Augenblick lege ich den Bezug auf den »Einen über Allen« zur späteren, internen Einsicht zur Seite – wer auch immer das sein mag.

Durch die weitschweifigen Erzählungen der Wus erfahre ich, dass Bill ein Effekteur ist – ein Magier, der Spezialeffekte für Filme erzeugt –, und Connie arbeitet als Firmenanwältin. Max ist Student an der Edinburgh-Schule – was vielleicht erklärt, wieso Priya auf einer extranaturalen Ursache der Krankheit besteht. Das Problem ist nur: Ich weiß nicht viel über magische Schulen und all dieses Zeug.

»Ich brauche eine Liste von seinen Freunden: Namen, Telefonnummern, Adressen.«

»Ich werde dir die Kontaktdaten von Lewis Wharncliffe geben. Das ist sein bester Freund … sie gehen zusammen zur Schule«, sagt Connie.

»Max kann manchmal ein bisschen introvertiert sein. Er ist wirklich klug. Ich habe immer gesagt, dass er das Hirn seiner Mutter hat«, sagt Bing und lächelt seine Frau an, wenn auch mit einer gewissen unterschwelligen Trauer. Ich bin gerührt. Ich kann mir nicht mal vorstellen, was sie gerade durchmachen, aber ihre Sorgenfalten sind deutlich zu erkennen.

»Wirst du uns helfen, Max zu retten, Ropa?«, fragt Connie verzweifelt.

»Ich mache das nur, wenn ich glaube, dass meine Arbeit wirklich etwas ausrichten kann.« Auch wenn ich den Zaster brauche, habe ich nicht vor, irgendwen abzuziehen, wenn ich das Gefühl habe, ich könnte den Job nicht erledigen. Das ist einfach nicht mein Stil.

»Was könnte wichtiger sein, als das Leben meines Sohnes zu retten?«

»Liebes, ich glaube, sie wollte damit sagen, dass sie erst alle Fakten sammeln und einschätzen muss, ob sie oder ob sie nicht …«

»Ich habe sie laut und deutlich gehört, Bing.«

»Ich weiß, dass das schwere Zeiten für Sie beide sind, aber ich muss das richtig angehen«, erkläre ich, rutsche an die Sofakante und lehne mich vor. Connie aufregen ist nicht mein Plan. »Nur noch ein paar Dinge, und dann werde ich Ihnen sagen, was ich denke.«

Sobald ich meine Fragen gestellt habe, bitte ich darum, Max' Zimmer sehen zu dürfen. Bing führt mich nach oben. Ich mustere die gerahmten Filmposter an den Wänden. Es gibt sogar eins von einem von Grans Lieblingsfilmen, *Mrs. Hemel im Grand Vic*, über einen Mathelehrer im Ruhestand, der ein Gemeindezentrum rettet, indem er beim Blackjack in Casinos massenweise Geld gewinnt. Ist ein Klassiker.

»Sie haben geholfen, alle diese Filme zu machen?«, frage ich.

»Ein paar davon. Die meisten Poster stammen einfach von Filmen, die ich liebe«, antwortet Bing. »Es ist nicht mehr wie in den alten Zeiten, als es an jedem Filmset einen Effekteur gab. Heutzutage würde ich als Regenmacher in Südafrika mehr Geld verdienen.«

»So ein Mist.«

»Computeranimationen werden unser Tod sein. Gäbe es nicht ein paar gute Regisseure, die immer noch an echte Spezialeffekte glauben, wäre ich erledigt.«

Und doch hängt da ein Bild, auf dem Bing grinst wie ein Honigkuchenpferd, mit dem British Academy Film Award in der Hand – den er für seine Mitarbeit an dem epischen Schützengraben-Drama über den Ersten Weltkrieg – *Die Brisburn-Brüder* – erhalten hat. Ich habe den Film gesehen.

Niemals habe ich mich bei einem Streifen so klaustrophobisch gefühlt. Meine Lunge hat sich verkrampft, als das Phosgen-Gas majestätisch über das Niemandsland waberte, bis zu den Schützengräben, in denen junge Männer luftschnappend wie Fische an Land starben. Ich glaube, ich habe mal gehört, wie es »grandiose, gräuliche Gewalt« genannt wurde oder so was in der Art. Hab mir nie vorgestellt, mal das Haus von einem der Filmemacher zu betreten. Mein Leben nimmt ständig die erstaunlichsten Wendungen.

Diese Typen haben jede Menge Platz. Bing erklärt, dass es vier Schlafzimmer gibt. Eines davon haben sie in ein Büro verwandelt, das andere dient als Gästezimmer, das große Schlafzimmer gehört offensichtlich Bing und Connie und das letzte ist Max' Zimmer. Dieser Raum schaut über die Gärten der benachbarten Häuser hinweg. Sein Zimmer wirkt ziemlich unordentlich, überall Bücherstapel und Zeug. Leicht pubertierender Mief, aber will ihm gar nichts vorwerfen. Socken auf dem Boden. Dreckige Converse-Sneaker. K-Pop-Poster von attraktiven Boybands an der Wand. Hätte ich ein so gutes Leben, ich würde nicht mal im Traum dran denken auszuchecken.

Bing bleibt im Türrahmen stehen, als ich herumschnüffele. Ich fange in Max' Schrank an, filze seine Designerklamotten. Finde aber lediglich eine Packung Kondome, noch geschlossen. Von dort ziehe ich weiter zu den Schubladen, wo ebenfalls nichts meine Aufmerksamkeit erregt. Dann gehe ich neben seinem Diwan auf die Knie und kontrolliere den schmalen Spalt darunter. Ich finde nur ein paar Verpackungen von Süßigkeiten, eine Packung OCB-Papes und ein bisschen Dreck. Da sind auch ein paar Krümel Gras. Bing und Connie könnten in dieser Hinsicht gelogen haben, aber ich bezweifele es. Wahrscheinlich wissen sie noch nichts von dieser Angewohnheit oder wollen es nicht wahrhaben. Bisher nichts Schlüssiges, nur normales Teenager-Zeug: Experimentieren, gewisse Dinge vor den Eltern verbergen, den eigenen Weg finden … zumindest glaube ich, dass es in den meisten Fällen so läuft, obwohl ich keine Eltern habe. Ich habe nur Gran und meine Sis, Izwi. Und mehr brauche ich in dieser Welt auch nicht. Mir ist der Luxus schlechter Angewohnheiten nicht vergönnt, weil viel davon abhängt, dass ich gut durchkomme. Und wenn ich es nicht schaffe, stecken wir alle bis zur Wiederkunft des Herrn bis zum Hals im Dreck.

Auch unter der Matratze ist nichts zu finden. Ich muss mich daran erinnern, dass in diesem Spiel auch ein negatives Resultat so gut ist wie ein positives. Nichts zu finden bedeutet für sich genommen genauso gut etwas. Und ich bilde mir ein, dass ich gewisse Aspekte des Charakters dieses Jungen allein dadurch verstanden habe, dass ich hier bin. Ich beschäftige mich gerade mit Max' Schreibtisch, als Connie den Raum betritt und sich aufs Bett setzt. Auf dem Tisch liegen jede Menge Bücher und ein Laptop. Ich bemerke Chandrasekars und Montagues *Grundsätzliche Aspekte wissenschaftlicher Magie*. Ließ sich ziemlich gut lesen, das Ding. *Eine kurze Geschichte der Zeit* – Stephen Hawking – ebenso. Ich habe mir die Audiobook-Version angehört … und auch wenn einiges davon einfach über meinen Kopf hinweggegangen ist, habe ich doch eine ganze Menge über die Physik in seiner Zeit verstanden. Der Junge hat noch ein paar andere wissenschaftliche und magische Bücher, die der üblichen Standard-Schullektüre entsprechen.

Ganz unten im Stapel liegt eine Ausgabe der *Daemonologie*, herausgegeben 1599 von James VI. von Schottland …

oder James I. von England, wie er genannt wurde, sobald er die Krone beider Königreiche trug. Nachdem er ungefähr 1603 nach England gezogen war, ist er nur einmal nach Schottland zurückgekehrt ... und besaß dann die Frechheit, damit anzugeben, dass er Schottland mit dem Stift regierte. Ein Arschloch, wie es im Buche steht, wenn ihr mich fragt. Habe seine *Daemonologie* selbst zwar nie gelesen, aber sie wurde schon in mehreren Büchern über Magie erwähnt – meistens in ziemlich herablassendem Tonfall, nachdem diese Arten von Nekromantie, Hellseherei, Hexerei und Dämonologie, mit denen sich das Buch beschäftigt, als die irren Ränder unwissenschaftlicher Magie betrachtet werden. König James war kein Magier, aber er interessierte sich für Esoterik und vermischte sie mit Religion, Folklore und Aberglaube. Die Art von mystischem Zeug, das auf keinen Fall an einer echten Magieschule unterrichtet wird. Wieso also besitzt Max dieses Buch?

Ich sehe mir die Bände näher an, und nur die *Daemonologie* hat keinen Bibliotheksstempel der Edinburgh-Schule. Also muss er es irgendwo anders gekauft oder geliehen haben.

»Könnte ich mir das mitnehmen?«, frage ich Max' Eltern.

»Mach nur.«

Ich stopfe den Band in meinen Rucksack, dann schalte ich Max' Tablet an. Aber es ist gesichert, und keiner von beiden kennt das Passwort. Also, ich bin gekommen, habe gesehen und brauche das Geld, nachdem ich es woanders nicht kriege, darum drehe ich mich zu Connie und Bing um und biete meine Dienste an.

»Ich kann nichts garantieren, aber ich werde ein paar Spuren verfolgen, die den Heilern vielleicht helfen, die richtige Behandlung für Max zu finden«, sage ich.

»Vielen Dank«, antwortet Connie.

Dank mir noch nicht, denke ich. Mit den täglichen Ausgaben und allem anderen werde ich den Gegenwert einer Highland-Kriegskasse für diesen Job verlangen. Ich bin zurück, Baby!

VI

Es ist nach zehn. River und ich sind fast zu Hause. Wir wandern gerade durch Wester Hailes, als ein neuer Geist vor mir erscheint. Er streckt mir bittend seine nebligen Hände entgegen. Ich kann erkennen, dass es ein frisch Verstorbener ist, weil er seine Form noch nicht gefunden hat und irgendwie rauchig wirkt. Nun, ich habe nicht mehr mit Geistern gesprochen, seitdem mein Geschäft den Bach runtergegangen ist; es war schwer, Klienten zu finden, weil mich die Spiritualisten aus dem Markt gedrängt haben. Dieser Tot könnte sich als Segen entpuppen – die Wus haben noch keine Anzahlung geleistet, und ich könnte ein wenig Bargeld brauchen, um die Familie am Laufen zu halten – also halte ich an, steige vom Rad und ziehe meine Mbira aus dem Rucksack.

River drängt sich neben mich, ein bisschen unruhig. Sie steht nicht so auf Tots, und das kann ich ihr auch nicht übelnehmen. Haben mich auch verängstigt, bevor ich mich dran gewöhnt hatte.

Bei näherem Hinsehen stelle ich fest, dass dieser Geist zwar noch nicht seine wahre Form gefunden haben mag, es ihm aber schon gelungen ist, eine Art Krawatte mit kompliziertem Koten auf seiner Brust zu binden. Sogar die kleinste Falte des spektralen Stoffes liegt korrekt. So was passiert selten, aber manchmal gelingt es durch ein tiefes Verlangen, das fast schon ein Zwang ist. Er muss seine Krawatten im Leben wirklich geliebt haben.

Der Geist schwebt vor mein Gesicht und meint »Booga wooga wooga«.

Schenk mir Kraft.

Also, ich bin ein bisschen eingerostet und kann Geister nicht verstehen, wenn ich keine Begleitung habe, daher die Mbira. Althergebrachtes Musikinstrument, das das Volk der Shona einsetzt, um mit den Seelen ihrer Vorfahren zu kommunizieren. Wisst ihr, wenn man es ganz richtig spielt, synchronisiert sich die Harmonie mit der spektralen Zone, und dann können der Geist und ich uns verstehen. Ich entscheide mich, Sekuru Goras »Kufa Kwangu« zu spielen, weil es meinem Gefühl nach die richtigen Schwingungen für diesen gerade verstorbenen Tot hat. Mit der Zeit bekommt man ein ganz gutes Gefühl dafür, welche Stücke bei welchem Geist passen.

»Hilf mir«, ruft der Neuling, sobald ihn die Schallwellen anständig treffen.

Ich kann nicht einfach so loslegen. Es gibt Liefer- und Zahlungsbedingungen, die ich ihm nennen muss, weil ich sonst meine Lizenz verlieren könnte. Also starte ich die Litanei:

»Okay, ich kann in deinem Namen eine Nachricht überbringen, an jede Person innerhalb der Stadtgrenzen, auch wenn ich momentan die Innenstadt nicht abdecke, tut mir leid. Liefer- und Zahlungsbedingungen: Es gibt drei Stufen von Honorar für diesen Service, eine niedrige, eine mittlere und eine hohe Pauschale plus zwanzig Prozent Mehrwertsteuer. Die Stufe, die berechnet wird, hängt von der Länge, Komplexität und dem Inhalt der Botschaft ab. Wenn du die Rechnung nicht bezahlen kannst, gibt es eine Nachnahme für den Empfänger, mit einem kleinen Aufschlag. Hinweis: Dieser Service übermittelt keine vulgären, obszönen, kriminellen oder in anderer Hinsicht unzulässigen Botschaften, trotzdem kann eine Gebühr anfallen, falls wir beschließen, eine redigierte Fassung der Nachricht zu übermitteln. Hast du verstanden?«

»Bitte, du musst mir helfen. Ich habe kein anderes Medium in der Nähe gefunden, also musste ich mich an dich wenden.«

Ich deute das als Ja, auch wenn es mir stinkt, dass ich die letzte Zuflucht bin.

Auf jeden Fall erläutert mir der Tot seine Situation und was ich für ihn erledigen soll – und ich erkläre ihm: keine Sorge, Mann. R.I.P. und so. Ich krieg das hin. Das landet sofort auf meiner To-do-Liste für morgen Vormittag. Mit dieser Kommission, dem Wu-Job und meinem Praktikum kann ich zumindest behaupten, dass ich mein Angebot diversifiziert habe.

»Irgendwas riecht wirklich gut«, sage ich, als ich den Wohnwagen betrete. Es ist ein warmer Abend, und die Fenster stehen oben, aber ich erschnüffele Kartoffeln und würzige Bohnen.

»Nimm dir einen Teller«, sagt Gran.

»Hast du mir was Schönes mitgebracht?«, fragt Izwi.

»Mein Tag war wunderbar, und ich hoffe, bei dir ist es genauso gewesen, Schwesterchen«, antworte ich. Ich ziehe die Jammie Dodgers aus der Tasche und werfe sie ihr zu. Super, jetzt muss ich auch noch Krümel und Marmelade auswaschen. War nicht gerade die cleverste Idee, sie mitgehen zu lassen, ohne sie vorher einzuwickeln. Lektion gelernt.

Ich schnappe mir eine Schüssel mit Essen und einen Löffel und lasse mich neben Gran auf ihre Bank fallen. Nach dem Besuch in einem großen Haus wie dem der Wus fühlt sich unser Wohnwagen sogar noch kleiner an als bei meinem Aufbruch heute Morgen. Ich werfe Izwi mein Handy zu, weil sie gerne darauf spielt. Manchmal ertappe ich mich bei dem Wunsch, ihr einen Fernseher und eine Konsole besorgen zu können, wie Max sie hat. Vielleicht kann ich, sobald meine Highland-Kriegskasse angekommen ist, dem Mädel ihr eigenes Handy kaufen, damit sie aufhört, mich ständig anzupenzen.

»Hast du heute was gelernt, Sis?«, frage ich.

»Gönn ihr eine Pause. Es sind Ferien, Ropa«, antwortet Gran.

»Sie muss weiter Bücher wälzen. Pausen gibt es nur, wenn man die Radieschen von unten betrachtet«, antworte ich. »Und vielleicht nicht mal dann.«

»Nervt dich der neue Job?«, fragt sie.

»Nee, bin voll auf dem aufsteigenden Ast, Gran. Dein Haar kann nicht mehr weißer werden, egal, wie viel Sorgen du dir um mich machst«, gebe ich zurück.

Sie lacht. Es ist ein lautes, warmes Geräusch, das den ganzen Wohnwagen füllt. Es ist so ansteckend, dass bald schon auch Izwi kichert. Und dann ersticke ich fast an einer Kartoffel, weil ich selbst zu wiehern anfange. Was zur Hölle, ich bin mit meinen liebsten Mädels zusammen, mein Bauch ist voll, und mich erwartet Arbeit und Knete. Das ist ein guter Abend.

Später, nachdem sowohl Gran als auch Izwi schlafen gegangen sind, lungere ich auf meiner Bank herum und ziehe die *Daemonologie* von König James VI. heraus. Mir fällt ein, dass das derselbe Knacker ist, der sich – nachdem er die Hampton Court Conference einberufen hat – mit den Problemen auseinandergesetzt hat, die die Puritaner mit verschiedenen Aspekten des Glaubens hatten, bevor er schließlich eine volkssprachliche Übersetzung der Bibel in Auftrag gegeben hat. Die King-James-Version des Buchs der Bücher wurde zu einem echten Bestseller weltweit. Von der *Daemonologie* kann man das nicht behaupten, aber anscheinend hat der alte Jimmy seine Bücher geliebt.

Ich mache mich daran, das verdammte Ding zu lesen, damit ich rausfinden kann, was Max sich von diesem verrufenen Text versprochen hat. Massenweise Notizen sind an den Rand der Seiten gekritzelt. Fragezeichen und mathematische Gleichungen. Absätze unterstrichen. Scheint, als hätte er sich echt tief auf den Text eingelassen. Es fällt mir schwer, wirklich zu verstehen, was er gewollt hat – nachdem er Jahre der magischen Ausbildung auf dem Buckel hatte und ich gerade erst damit anfange. Aber das hier ist die Antithese zu wissenschaftlicher Magie … wieso also sollte sich ein Student der Edinburgh-Schule damit abgeben?

Könnte sein, dass ich mir morgen einen Podcast suche, um von ein paar Experten ein wenig mehr über James VI. zu erfahren. Kann nicht schaden. Vielleicht bringt es was, vielleicht auch nicht. Aber im Augenblick fühle ich das, was Sherlock Holmes wohl so oder ähnlich clever ausgedrückt hätte: »Wir genießen jetzt die Spannung einer Situation, ähnlich der des Jägers vor der Falle.«

Juchhu, die Jagd geht los.

VII

Das Schlimmste am Tod ist, wie lästig er allen Beteiligten wird. Er wählt selten diesen schönen, TV-würdigen Moment: Der Patriarch liegt nach einem langen, erfüllten Leben im Bett und teilt letzte Worte der Weisheit an seine liebende Familie aus, bevor er mit einem sanften Lächeln dahinscheidet. Medien hätten keine Arbeit mehr, wenn es tatsächlich so laufen würde.

Der Krawattenknoten-Kerl heißt – hieß? – Arawn McNulty. Er saß gerade auf dem Topf und erledigte seine Geschäfte, am Abend vor der Hochzeit seiner Tochter, als seine Pumpe explodiert ist. Er fand den ganzen Vorfall ziemlich peinlich. »Absolut nicht, wie ich mir meinen Abgang vorgestellt habe«, hat er letzte Nacht immer wieder zu mir gesagt. Willkommen im Club. Niemand ist je bereit ... und wer das behauptet, lügt.

Ich fahre schön früh zu dem Haus in Westburn, weil ich diesen Zusatzauftrag erledigen muss, bevor ich anfange, den Bluthund zu spielen. Die Hütte liegt hinter mies wirkenden Wohnungen mit der Rückseite zur Wester Hailes Road, die sich an die B701 ranschleicht.

Ich drücke die Klingel.

Jemand im Inneren flucht und öffnet die Tür.

»Scheiße, was willst du?«, sagt eine Frau mit dunklen Ringen unter den Augen.

»Arawn hat mich geschickt«, antworte ich.

»Willst du mich verarschen, Liebes?«

Ich zeige ihr meine Lizenz, und sie verbringt unglaublich viel Zeit damit, sie zu lesen. Dreht sie sogar, um die Inschrift auf der Rückseite zu kontrollieren. Ich wahre die feierliche Miene, die für eine solche Gelegenheit angemessen ist.

»Wer ist da?«, ruft ein Mann aus dem Inneren.

»So ein Mädchen – sie sagt, sie ist ein Medium.«

»Geistersprecherin«, stelle ich richtig. Falschdarstellung ist strafbar.

»Lass sie rein«, ruft der Mann.

Meine Stiefel sind nass, aber ich spare mir die Mühe, sie auszuziehen, als ich das Haus betrete. Der Teppich ist so alt und fleckig, dass es die Mühe nicht wert ist. Jedes Haus hat einen ganz eigenen Geruch, eine Signatur der Bewohner. Hier hängt eine Mischung als altem Zigarettenrauch, Fürzen und abgestandenem Alkohol im Stoff der Möbel. Ich folge der Frau ins Wohnzimmer, wo finster dreinschauende Leute auf Sofas sitzen.

»Ist Cheryl da?«, frage ich.

»Was willst du?«

»Ich weiß, dass ich ungelegen komme. Mein tief empfundenes Beileid.« Ich halte einen Moment inne. »Die Nachricht ist für Cheryl.«

»Na, dann los. Raus damit.«

»Da wäre noch die Frage der Bezahlung. Ich verstehe Ihre Situation, aber Arawn ist sich der Kosten des Services bewusst.«

»Findest du das witzig?« Ein junger Kerl steht aus seinem Sessel auf; meine Hand gleitet zum Dolch an meiner Hüfte. »Mein Dad ist gestorben, und du versuchst, uns abzuziehen?«

Die Nadel des Thermometers fällt vor meinen Augen. Die Tür liegt direkt hinter mir, falls das hier in die Binsen geht, aber ich habe den Patzer begangen, dass Frau Augenring dort steht und mir den Weg versperrt. Ich fühle ungute Schwingungen. Diese Ecke der Stadt ist voll von Assis, mit denen man sich lieber nicht anlegen möchte. Sie nehmen es nicht gut auf, für dumm verkauft zu werden. Ich hätte die Sache an der Tür durchziehen sollen, doch ich bleibe cool und wähle mein Ziel – die Quelle der Aggression.

»Du musst Keiron sein. Arawn hat mir von dir erzählt. Gib mir die Krawatte, die du da hast.« Er runzelt verwirrt die Stirn. Ich strecke ihm die Hand entgegen. »Er hat mir erzählt, dass du wochenlang geübt hast und den verdammten Knoten immer noch nicht richtig hinkriegst.«

Ich lege mir die Krawatte um den Hals, als täte ich so was jeden Morgen.

Ich sehe mich im Raum um, lasse meinen Blick eine Millisekunde auf jedem Anwesenden ruhen, stelle sicher, dass ich selbstbewusst wirke. Man lernt in unserer Gegend schnell, sich aufrecht zu halten, das Kinn vorgeschoben. Ein Hinweis auf Schwäche – und die großen, bösen Wölfe versammeln sich schnaufend und keuchend vor deiner Strohhütte. Die Zeit ist ein Brennofen, und am Ende ist man entweder hart oder kaputt. Entweder, oder … nichts dazwischen. Ein schneller Blick auf die Bilder verrät mir, dass die Wasserstoffblondine im Sessel Arawns Ehefrau Katriona ist. Ich mag nicht mehr in der Schule sein, aber die Straße lehrt dich einiges, was du in keinem Doktoren-Studium lernst.

Breites Ende der Krawatte in der Nähe meines Gürtels, das dünne Ende länger. Das dünne Ende nach rechts und zurück nach links. Durch die Mitte ziehen. Kritisches Publikum, aber ich war mit meinem verstorbenen Granpa auf der Easter

Road, um den Hibs beim Fußball zuzuschauen; so einfach bringt man mich nicht aus der Fassung. Runter nach links, nein, das muss nach rechts und quer – und tauschen. Von unten durch die Schlaufe und runter nach rechts. Hintenrum und dann nach links. Ich muss in einem früheren Leben ein Gentleman gewesen sein. Vorne drüber und durch die Schlaufe hinten, dann wieder runter und nach links. Schließlich ziehe ich den Stoff durch die Halsschlaufe, klappe alles noch mal nach rechts und stecke den Rest am Hals ein. Und so bindet man den perfekten Eldredge-Knoten.

»Arawn hat mir gesagt, ich müsse dir vielleicht dabei helfen.«

»Nein«, sagt Katriona und schlägt eine Hand vor den Mund.

Keiron stolpert rückwärts und sinkt in seinen Sessel. Tränen treten in seine Augen. Er ist kaum zwanzig Jahre alt, spärlicher Flaum auf seiner Oberlippe. Alle wechseln Blicke, als hätten sie gerade Lazarus erblickt.

»Arawn lässt ausrichten, dass er eine Niere für diese »verdammte Hochzeit«gezahlt hat und verdammt sein will, wenn sie nicht stattfindet«, verkünde ich.

»Aye, das klingt ganz nach ihm. Knausriger Stinker«, sagt Katriona und lacht. Alle im Raum folgen ihrem Beispiel, und die Quecksilbersäule hebt sich ein kleines Stück. »Irgendwer soll dem Mädel eine Tasse machen. Sagt Cheryl, sie soll sich anziehen. Und jemand muss Beiste wissen lassen, dass die Hochzeit wieder auf dem Plan steht. Er kommt nicht so einfach davon.«

Ich atme erleichtert auf, als ich zu dem freien Stuhl am Esstisch geführt werde. Ein Skinhead mit Tätowierungen von Flammen und 88s, der alles ruhig beobachtet hat, kommt rüber und setzt sich neben mich. Krass. Das ist Arawns

Bruder, Walter. Wir reden übers Geld, und er spuckt mein Honorar aus.

»Du kommst zur Hochzeit, oder?«, fragt er.

Klingt in meinen Ohren nicht nach einer Bitte.

Superlangweilige Fete in St. John Ogilvie, der katholischen Kirche im Schuhkarton-Stil unten in Sighthill. Sie liegt nicht weit entfernt. Unsere Versammlung geht zu Fuß hin, die Braut in ihren hohen Schuhen, den Rock angehoben, während die restlichen Damen Wirbel um sie machen. Der Bräutigam, Beiste, und seine Leute warten bereits an der Kirche. Ich trage eine andere Krawatte; es war Walters groteske Idee, dass ich eines von Arawns übergroßen Jacketts trage, also erinnere ich an eine Vogelscheuche, als ich den Gang entlangwandere und die Braut dem Bräutigam zuführe. Wer die Mbira-Spielerin bezahlt, bestimmt die Melodie und all das – schließlich sind wir hier im schönen Schottland.

Sobald ich meinen Job erledigt habe, setze ich mich neben die Assi-Fraktion auf den Bänken. Jede Menge Seufzen und Geschniefe, bittersüße Freude vermischt mit unerträglicher Trauer. Bald schon werden sie für die Beerdigung in dieselbe Kirche mit demselben Priester zurückkehren. Das Leben ist erbarmungslos. Die Welt hält für keine Minute an, nicht für den schlimmsten Verlust, nicht für die grausamste Tragödie. Die Sonne geht jeden Morgen auf. Der Wind bläst. Flüsse fließen und Regen fällt. Versprechen werden gegeben und später wieder gebrochen.

Ich bin von der ganzen Nummer richtig gerührt.

Danach landen wir für den Empfang im Westsyder. Ich habe versucht, höflich abzulehnen, nachdem ich meine Pflichten wirklich übererfüllt habe, aber Walter wollte nichts davon hören. Und außerdem trage ich in meinem Notizbuch eine Niederschrift von Arawns Rede mit mir herum. Ich habe seine vage Form vor den Fenstern der Kirche entdeckt, als das Paar gerade sein Gelöbnis gesprochen hat. Habe ihm die Daumen nach oben gezeigt, bevor er ins Land des hohen Grases übergeht, in dem Wissen, dass seine Tochter glücklich verheiratet ist.

Der Westsyder ist ein ziemlich schäbiger Pub. Katriona arbeitet hier an der Bar, daher kostet sie die Sause nichts. Der Wirt hat uns eine Hälfte des Gastraums überlassen. Auf der anderen Seite sitzen ganz normale Gäste mit ihren Getränken. Hin und wieder hebt einer das Glas in Richtung der Frischvermählten. Es gibt einen Billardtisch, und ein paar aus der Gruppe spielen bereits, andere tanzen zu den Popsongs, die aus den Lautsprechern dringen.

Es ist keine große Hochzeit, nur ungefähr vierzig Leute. Beiste und Cheryl haben beide die dreißig schon hinter sich. Sie wirken glücklich … bis auf die Momente, wo Cheryl zur Tür schaut, als rechne sie damit, dass jemand hereinkommt. Ich habe diesen Ausdruck von Trauer und Sehnsucht so oft gesehen, dass ich genau weiß, dass sie im Geheimen hofft, es habe einfach irgendeine Art von Missverständnis gegeben – dass ihr Dad jeden Moment lächelnd den Raum betreten und fragen wird, was der ganze Trubel soll.

Seufz.

Solche Hoffnungen sind unvermeidbar, aber so läuft es einfach nicht. Tot ist tot … und der große Magier aus Galiläa hat nie jemandem den Zauber verraten, wie man die Sache rückgängig macht. Es gibt auch keine Affenpfote, sonst wüsste ich da ein paar Leute, die diesen Handel eingehen würden. Diese vielen schönen Menschen; am Ende sind wir alle nur Wurmfutter. Aber meine Gedanken sind viel zu grimmig für eine Hochzeit, also konzentriere ich mich stattdessen auf den gefüllten Yorkshire-Pudding mit Pommes, den man mir gegeben hat.

Nach dem Essen werde ich gebeten, Arawns Rede vorzulesen. Sie beginnt mit:

»Sorry, dass ich tödlich verhindert bin …«

Das sorgt für Lacher. Ich habe Arawn gesagt, dass das ein bisschen morbide klingt, und viiiiiiel zu früh, aber wenn ich mir anschaue, wie alle wiehern, muss er sein Publikum gekannt haben. Das ist das Einzige, was wir alle in die Leere werfen können. Ich stelle mir den Tod manchmal als eine tiefe, dunkle Höhle vor … und das Einzige, was man dort hören kann, ist der Widerhall menschlichen Lachens. Wir heiraten. Wir leben weiter, verdammt noch mal. Ich lese Arawns Worte an die Zukunft, die er mir diktiert hat – diese gnadenlose Zukunft, die nun ohne ihn stattfinden wird. Die Rede ist eine Ode an die Freude, und als ich fertig bin, gibt es kein einziges trockenes Auge mehr im Pub.

Selbst die Bedienungen weinen, während sie Pintgläser füllen.

Als die Tanzerei losgeht, setze ich mich ab. Gopher-Rock ist nicht so meine Baustelle. Ich verlasse den Pub und geh zur Hintertür, wo ich Walter rauchend an der Wand entdecke.

»Haust du jetzt ab?«

»Wollt ihr mich auch noch auf die Hochzeitsreise mitnehmen?«, frage ich, und er fängt an zu lachen.

»Hör mal, ich glaube nicht an all diesen Mumbo-Jumbo über ein Nachleben, aber du bist heute sehr anständig gewesen. Ein paar Leute dadrin sind glücklicher, als sie es heute Morgen noch waren, und daran kann ich nichts Falsches finden.«

»Du kannst zurückkommen und mir das erzählen, wenn du auf die andere Seite übergehst.«

»Aye. Wenn es stimmt, schau ich bei dir vorbei.«

Manche Leute glauben immer noch, die Erde wäre flach und die Sonne schiene aus ihren Hintern, also verschwende ich in der Regel keine Zeit darauf, sie zu überzeugen, weil das einfach sinnlos ist. Ich habe meinen Job erledigt, nur das zählt. Walter lässt mich gerne gehen, doch nicht, bevor er sich nicht das Jackett und die Krawatte seines Bruders zurückgeholt hat. Ist nur fair; ich habe Orte zu besuchen und mich mit Leuten zu treffen.

VIII

Ist schon gegen elf, also bin ich ein bisschen später dran, als ich dachte. Aber hey, ich fühle mich, als wär ich gerade aus einer Hugh-Grant-Liebeskomödie gekommen, also ist das okay. Meine Stahlkappenstiefel fallen langsam auseinander, sodass mir das Radfahren schwerfällt. Auf dem Hermitage Drive muss ich anhalten, um ein bisschen Schusterarbeit zu betreiben. Parke mein Rad am Rinnstein und setze mich aufs Pflaster. Dann schnappe ich mir eine Rolle silbernes Panzerband aus dem Rucksack und mach mich an die Arbeit. Am linken Stiefel löst sich vorn die Sohle ab. Ich schneide ein Stück Band zurecht und kreiere eine silberne Kurve, die sich um die Sohle des Schuhs zieht. Dann klebe ich noch einen Streifen über die Spitze, sodass das Band direkt unter den Schnürbändern endet.

Sieht gar nicht schlecht aus.

Mein Spinnensinn kribbelt. Fühlt sich an, als würde ich beobachtet werden, doch als ich den Blick über die Straße gleiten lasse, ist weit und breit niemand zu sehen. Hmmm. Passiert manchmal, wenn man sich in solchen Vierteln herumtreibt und wie ich aus den Slums kommt. Irgendwelche Deppen beobachten einen, für den Fall, dass man etwas stehlen will … was in meinem Fall gar nicht so falsch ist, weil ich früher durchaus an Einbrüchen beteiligt war. Also fehlen mir die Argumente.

Scheiß drauf – wo war ich?

Es heißt, mit Panzerband wurden flugs Flugzeugflügel und Ähnliches repariert, damals, als die Leute noch um den Erdball flogen, als läge ihnen die Welt zu Füßen, also ist es auch für meine Lederstiefel gut genug. Der rechte Schuh ist noch in Ordnung, aber ich beschließe, ihn der Symmetrie wegen auch zu verkleben. Auf jeden Fall werden die Schuhe so ein bisschen länger halten, nehme ich an.

Und es passt gut zu meinem schicken neuen Laborkittel.

Sobald ich mit dem Schustern fertig bin, zieh ich die Stiefel wieder an und fahr die kurze Strecke zu den Corrennie Gardens, wo Lewis Wharncliffe lebt. Nette Nachbarschaft, die das Wort *belaubt* in meinen Kopf ruft. Ziemlich farbenfroh im Sommer, weil die Blumen in den Vorgärten an der Straße in voller Blüte stehen. Wir sind am Braid-Hills-Ende der Stadt, nur einen Steinwurf von den Wus entfernt. Max und Lewis haben sich wahrscheinlich über die Jahre ständig gesehen. Ich klopfe an die Tür und setze meine offiziellste Miene auf. Als niemand reagiert, klopfe ich noch mal, dann höre ich Schritte auf einer Treppe.

Ein schlaksiger Teenager öffnet gähnend die Tür. Er trägt einen blau-weiß gestreiften Pyjama und hat ein glänzendes, pickeliges Gesicht. Ich vermute, dass sich in seinen Poren genug Talg befindet, um halb Edinburgh zu erleuchten. Zerzaustes Haar in einer Vokuhila-Frisur – voll der Retrolook.

»Bist du Lewis Wharncliffe?«, frage ich.

»Der einzig wahre.« Seine Stimme ist hoch und kreischend, klingt aber nicht, als wäre er im Stimmbruch.

»Ich muss mit dir über deinen Freund Max Wu reden«, sage ich und hoffe, dass ich dabei ausreichend autoritär klinge. »Keine Sorge, du bist nicht in Schwierigkeiten.«

Lewis mustert mich unter hängenden Lidern von Kopf bis Fuß, dann öffnet er die Tür weiter. Trotz seines lockeren Auftretens strahlt dieser Junge ein Gefühl von elektrischen Gitarren und Moshpits aus – unter diesen verklebten Poren kocht und brodelt etwas Ängstliches, Existenzielles.

»Josh, runter von ihm. Sei doch freundlich«, sagt Lewis zu seinen kleinen Brüdern, die im Wohnzimmer rangeln. »Tut mir leid, muss babysitten. Meine Eltern zahlen mich nicht mal dafür. Die erwarten einfach, dass ich es umsonst mache.«

»Was für ein Mist, Mann.«

»Lass uns in mein Zimmer gehen, weg von dem Tohuwabohu.«

Auf keinen Fall werde ich mir die Gelegenheit entgehen lassen, ein bisschen rumzuschnüffeln. Alte Gewohnheiten lassen sich schwer überwinden, und schon ein einziger Blick zeigt, dass Diebstahl sich hier durchaus lohnen würde. Muss mich selbst erinnern, nur an den Job zu denken.

Lewis' Raum ist ein Klischee. Kleidung liegt auf Bett und Boden verteilt. *Megadeth*-Poster an einer Wand, *Queens of the Stone Age* an der anderen. Dann noch Poster von Videospielen und Filmen. Ein kopfüber aufgehängtes Kreuz – ich nehme an, das soll subversiv sein. Ein paar Bilder von Vettriano, die Sex und altmodischen Charme verbreiten. Und Bücher, jede Menge, überwiegend magische Texte, aber auf jeden Fall eine Menge mehr, als ich in Max' Zimmer gesehen habe. Ich bemerke, dass Lewis auch auf Aleister Crowley steht, mit mehreren thelemischen Texten von dem Typen. Außerdem hat er eine Ausgabe von George Sinclairs *Satans unsichtbare Welt entdeckt* von 1685; also viel okkulter als die wissenschaftliche Magie, die er eigentlich an der Edinburgh-Schule lernen soll.

Dass er dieses Zeug liest, ist ungefähr so, als würde sich ein Chirurg intensiv mit den Niederschriften von irgendwelchen Quacksalbern aus dem siebzehnten Jahrhundert beschäftigen. Passt einfach nicht.

Also frage ich ihn: »Was studierst du?«

»Mein Hauptfach ist Sonikologie. Du weißt schon, die Magie der Geräusche, Vibrationen und ihre Auswirkungen.«

Ergibt in meinen Augen auch Sinn, nachdem ich eine Mbira verwende, um mit Geistern zu reden, also ziehe ich das Instrument aus der Tasche und zeig es ihm.

»Genial – mit diesem Artefakt lassen sich mächtige Wellen erzeugen«, meint er. »Weißt du, viele Leute stehen auf digitale Sounds und all das, aber wenn du dir die alten Stammesinstrumente für Zeremonien ansiehst – Trommeln, Didgeridoos, solches Zeug eben – verbinden sie sich auf wirklich tiefe, bedeutungsvolle Art mit den kosmischen Harmonien. Auf einem Synthesizer geht das nicht.«

Ich spiegele seine Begeisterung, um ihn für mich zu gewinnen.

»Kann ich sie dir abkaufen?«, fragt er.

»Mein Granda hat sie gemacht.«

»Familienerbstück. Cool.«

»Manche deiner Bücher beschäftigen sich nicht gerade mit magischer Wissenschaft.« Ich sollte besser mal mit dem Graben anfangen.

»An meiner Schule nennen sie Crowley einen Betrüger. Sinclair stand nicht mal auf dem Lehrplan. Sie haben jede Spiritualität aus der Magie genommen. Haben ihr die Seele geraubt«, sagt er und greift gleichzeitig nach einer Bong auf dem Schreibtisch. Er füllt sie, und ich erinnere mich an das Zeug in Max' Zimmer. Zwei Stoner, die die ausgetretenen Pfade verlassen. Ergibt Sinn.

»Klingt so, als würdest du die Edinburgh-Schule nicht besonders mögen«, meine ich.

Lewis zuckt mit den Achseln und stürzt sich in eine Tirade darüber, dass Regeln und Verbote die moderne Magie behindern. Irgendwas darüber, dass eine Wiederentdeckung des alten Wissens »einen Paradigmenwechsel« und ein neues Zeitalter der Magie einleiten könnte, in der die Macht nicht nur den Eliten zur Verfügung steht, sondern auch der breiten Masse. Ziemlich schwammig und utopisch.

Sonderling?, frage ich mich. Aber der Kerl ist – wie es aussieht – ein offenes Buch. Weiß noch nicht mal, wer ich bin, und labert schon. Redselige Leute sind ein Geschenk der Götter … solange sie nicht nur versuchen, vom eigentlichen Thema abzulenken. Aber Lewis vermittelt das Gefühl, als hätte er nichts vor mir zu verbergen, was mein Leben einfacher macht. Er öffnet das Fenster, entzündet seine Bong und schießt sich die Lunge voll. Sofort breitet sich ein Duft von Zitronengras und erdigen Kräutern im Raum aus. Als ich mich auf die gepolsterte Bank vor dem Fenster setze, fällt mir ein leichtes Zittern seiner Hände auf. Der hintere Garten ist riesig.

»Du hast gesagt, du möchtest über Max reden, ja?«, fragt Lewis, wobei er den Rauch in der Lunge hält. »Wie hält er sich? Du kommst von der Klinik, oder?«

»Ich wurde von der Klinik beauftragt«, antworte ich. Klingt vieldeutig genug. »Max' Eltern meinten, du wärst die letzte Person, die ihn gesehen hat, bevor er krank geworden ist. Stimmt das?«

Lewis antwortet nicht. Starrt mit leicht offen stehendem Mund ins Leere. Er möchte reden, aber anscheinend hat er Bammel.

»Alles, was du mir erzählst, bleibt allein zwischen uns.

Niemand sonst wird etwas erfahren«, erkläre ich und hoffe, dass mein weißer Kittel eine Aura medizinischer Vertraulichkeit ausstrahlt.

Er seufzt, dann bläst er den Rauch aus.

Im Erdgeschoss ertönt ein lauter Knall.

»Wenn ihr Affen euch nicht benehmt, komm ich da runter!«, schreit Lewis. »Tut mir leid, meine Geschwister sind noch nicht stubenrein. Willst du einen Zug?« Er bietet mir die Bong an. Ich lehne ab.

»Ich habe eine kleine Schwester, die genauso wild ist«, antworte ich. »Max Wu war bei dir, bevor er krank geworden ist … stimmt das?«

»Ich habe Max in den ganzen Ferien nicht gesehen.«

»Aber seine Eltern meinten …«

»Totaler Schwachsinn. Wir sind seit ungefähr einem Jahr keine Kumpel mehr, vielleicht sogar länger. Max labert doch bloß Dreck.«

Lewis nimmt noch einen Zug. Die Bitterkeit in seiner Stimme ist unüberhörbar. Wirkt auf mich, als wäre hier jemandem der Laufpass gegeben worden. Ich bin mir nicht ganz sicher, wie das mit irgendeinem unbekannten Krankheitserreger zusammenhängen soll, aber nachdem mir keine genauen Angaben gemacht wurden, was ich *Unserer lieben Frau* alles melden soll, werfe ich die Info zusammen mit allem anderen in mein Netz.

»Die Wus haben mir erzählt, ihr stündet euch schon seit der Kindheit nahe.«

»Max war in Ordnung, bis er von den Mönchen gerufen wurde … zumindest glaube ich, dass das passiert ist. Es sind nur Schulgerüchte, verstehst du? Niemand weiß wirklich, ob sie existieren oder nicht. Aber wieso sollten sie Max aufnehmen und mich nicht? Ich bin der bessere

Magier und weiß auch mehr über die mysteriösen Wege als Max.«

»Noch mal kurz zurück … wer sind diese Mönche?«

»Ich hab doch schon gesagt, es ist ein Gerücht, also kann ich das nicht sicher sagen«, meint Lewis ziemlich erregt. »An der Edinburgh-Schule gibt es viel seltsames Zeug – Clubs, Bruderschaften –, aber eine bestimmte Vereinigung geht angeblich schon auf die Zeit der Gründung zurück. Sie nennen sich selbst aus irgendeinem Grund die Mönche des nebligen Ordens, und die Sache ist superexklusiv. Sie sind natürlich keine echten Mönche. Das ist offensichtlich.«

Also habe ich einen Fehler gemacht. Der Gevatter Tod, den ich auf Max' Geldbörse gesehen habe, ist in Wirklichkeit ein Mönch.

»Wie tritt man bei?«

»Manche sagen, jemand würde einem von hinten auf die Schulter tippen und dann ein Passwort flüstern, während man durch die Gänge der Schule geht. Ich habe auch gehört, dass man plötzlich einen Zettel auf dem Schreibtisch findet, mit dem um eine Teilnahme bei einem Treffen gebeten wird. Oder man tritt körperlich in eine unbekannte Dimension jenseits der konventionellen Magie über. Manche behaupten auch, gewisse Lehrer hätten etwas mit der Auswahl der Studenten zu tun, und sie wären diejenigen, die die Mönche auswählen. Sie praktizieren verbotene Magie. Zumindest glaube ich das. Alles nur Spekulation. Es heißt, man weiß nichts, bevor man es weiß.«

»Hmmmm.«

»Ich jage sie schon ewig, habe aber nie was erreicht. Es ist, als versuchte man mitten in Edinburgh ein Einhorn zu finden. Es gibt jede Menge Gerüchte, von denen manche von finsterem, okkultem Zeug berichten, aber sicher kann ich absolut nichts sagen. Max hatte die Theorie, dass man nicht darauf zu warten braucht, dass die Mönche einen einladen – sondern dass man sie selbst finden muss. Ich habe ihm das zu dieser Zeit nicht abgenommen, aber ich glaube, er wurde aufgenommen.«

»Wieso denkst du das? Wenn er in die Bruderschaft aufgenommen wurde, wieso sollte er dich nicht mitnehmen?«

»Ich weiß es einfach, okay? Irgendetwas war mit ihm total dubios. Max und ich, wir haben uns immer verlinkt, um *Froidbergs Krieg* zu spielen, und plötzlich hat er einfach damit aufgehört. Wir sind dicke Freunde gewesen ... und dann, ohne Erklärung, wollte er plötzlich nichts mehr mit mir zu tun haben. Natürlich meinte ich so: ›WTF?‹ Aber er hat mir nicht mal eine klare Antwort gegeben. Hat nur ständig behauptet, er wär mit einer großen Sache beschäftigt. Wir hatten früher alles miteinander gemacht. Dann gab es Tage, wo er abends nicht nach Hause gekommen ist. Und als Nächstes hat seine Mom gefragt, ob er bei mir geschlafen hat, also habe ich natürlich gelogen, um ihm den Rücken freizuhalten. Aber es hat nie aufgehört, ist ständig wieder passiert ... und bevor ich wusste, wie mir geschah, war es zu spät, die Wahrheit zu sagen ... einfach zu sagen: ›Hey, ich weiß nicht, wo er sich rumtreibt.‹«

»Hat Max dir je erzählt, wo er war oder was er vorhatte?«

»Ist das dein Ernst? Hast du mir überhaupt zugehört?«, blafft mich Lewis wütend an. Er nimmt einen tiefen Zug aus der Bong und pustet den Rauch an mir vorbei aus dem Fenster.

Ich musste nachhaken.

»Was auch immer es tatsächlich ist, aber ich wusste, dass das böse enden wird. Ich war in der Klinik, und es kann nicht gut für ihn aussehen, wenn sie Max quasi in einen

Tiefkühlschrank gelegt haben. Könnte genauso gut schon in der Leichenhalle liegen. Ich werde diese Säcke finden und sie für das zahlen lassen, was sie meinem Buddy angetan haben.«

Nicht, während du hier babysittest und dich dabei zudröhnst, mein Freund, denke ich. Das wird an mir hängen bleiben. Aber zumindest habe ich jetzt eine Art Verbündeten. Vielleicht stimmen seine Infos … oder Lewis ist ein paranoider Penner. Bin mir noch nicht sicher. Zumindest weiß ich jetzt, dass es eine Verhaltensänderung gab, bevor Max krank geworden ist. Das ist schon was wert. Andererseits, wer weiß wirklich, wieso sich Freundschaften zwischen solchen Jungs verändern. Es ist nicht so, als wäre es schlecht, über *Froidbergs Krieg* hinauszuwachsen.

»Weißt du, was der Clou ist?«, meint Lewis, jetzt abgeklärt und philosophisch.

»Sag es mir.«

»Sie haben Max benutzt, um meine Recherchen zu stehlen. Kannst du das glauben? Ich war es nicht wert, mich den Mönchen anzuschließen. Ich bin der Trottel, dem sie erst den besten Kumpel gestohlen haben und ihn dann dazu benutzt haben, um mir meine Recherchen über Esoterika zu klauen. Max hat mir meine Notizen gestohlen. Mir ist überhaupt nichts geblieben.«

»Von welcher Art arkanem Wissen reden wir hier?«

»Ich habe versucht, die *Daemonologie* zu knacken«, sagt er und starrt mich intensiv an. Die Pupillen in seinen grauen Augen sind heftig geweitet. Bingo.

Feuerwerk explodiert in meinem Schädel, als etwas durchs offene Fenster saust und mit einem dumpfen Knall auf dem Teppich landet. Ein grünes Paket.

»Skellypog! Auf den Boden«, schreit Lewis.

Das muss er mir nicht zweimal sagen. Das Paket tickt total aus, schießt in die Luft und zerbricht die Glühbirne, bevor es gegen das Holzgestell unter dem Schreibtisch knallt. Dabei gibt es die ganze Zeit so seltsame Quakgeräusche von sich wie eine geile Kröte. Und es schießt unglaublich schnell durch den Raum und wirft Dinge um. Ich habe mich gerade zu einem Ball zusammengerollt, als ich fühle, wie mein Schal aus der Tasche kriecht und sich über mich legt. Die Skellypog oder was auch immer dieses Ding da sein mag, muss in meine Richtung geflogen sein, weil der Schal schneller vorschießt als eine zubeißende Kobra. Plötzlich klingt das Quaken gedämpft, dann lässt es nach. Als Letztes ertönt eine Art Furz, und Gas tritt aus.

Zurück bleibt nur mein vibrierender Ninja-Schal, der die sogenannte Skellypog hält.

»Bastarde«, sagt Lewis, als er aufsteht. »Schau dir an, wie mein Zimmer aussieht.«

»Was war das?«

»Eine Botschaft von den Mönchen, glaube ich«, antwortet er nüchtern. »Du tauchst auf, um Fragen zu stellen, und mein Zimmer wird bebombt.«

Ich hatte vorhin das Gefühl, beobachtet zu werden. Vielleicht ist mir jemand gefolgt.

Ich stehe langsam auf. Inzwischen ist das Ding im Schal echt tot. Ich weiß nicht genau, ob es schon sicher genug ist, um es freizugeben – angesichts der Dellen im Pflaster, dem zerbrochenen Spiegel und dem Rest der Zerstörung in Lewis' Zimmer. Und es müffelt, als hätte ein Stinktier gefeuert. Ich spähe nach draußen, doch im hinteren Garten ist niemand. Wer auch immer dieses fliegende Stück Scheiße geworfen hat, muss abgehauen sein, als wir in Deckung gegangen sind. Feigling.

»Das ist ein episches Artefakt«, sagt Lewis.

»Was?«

»Dein Schal. Darf ich?«

Er streckt die Hand aus, und ich halte meinen Ninja-Schal in seine Richtung. Der Stoff entfaltet sich und lässt ein in Tarnfarben bemaltes Stück Holz ungefähr von der Größe meiner Faust zu Boden fallen. In eine der Flächen sind Augen und ein grinsender Mund eingeritzt.

»Wir machen die Dinger in der Schule, einfach aus Spaß, um jemandem einen Streich zu spielen. Zerstört so gut wie alles, wenn man nicht aufpasst. Gab auch schon ein paar gebrochene Nasen und abgebrochene Zähne. Das bedeutet, dass die Mönche mich beobachten. Sie ahnen, dass ich etwas weiß.«

»Zumindest wurde niemand verletzt«, sage ich.

»Schau dir dieses Chaos an ... meine Mum wird mich umbringen.«

Ich schließe das Fenster ein Stück, aber nicht ganz, weil es hier drin wirklich zum Himmel stinkt. Ich weiß nicht, ob das nur die Art von Streich ist, die Jungs an magischen Schulen nun mal spielen, oder ob es wirklich die Botschaft einer geheimen Bruderschaft war ... aber auf jeden Fall ist es nicht witzig. Im schlimmsten Fall haben diese Padrones Lewis im Blick, was dann heißt, dass sie auch von mir wissen. Das muss bedeuten, dass ich bereits irgendetwas auf der Spur bin. Aber was genau? Mir bleibt nur eines. Ich muss ein Treffen in der Bibliothek organisieren.

IX

Die Abendsonne wirft lange Schatten vor den Säulen der nie fertiggestellten Nachbildung des Parthenon-Tempels auf dem Calton Hill. Die Schatten strecken sich über das hügelige Terrain und verbergen mich, während ich versuche, den Haarriss an der dritten Säule von links zu finden. Sobald ich draufgetreten bin, stolpere ich, wie es passiert, wenn man eine Treppe nach unten geht und mit einer weiteren Stufe rechnet, obwohl man das Ende schon erreicht hat. Es folgt ein Farbenwirbel und ein Summen, das meine Knochen zum Vibrieren bringt. Mein Magen hebt sich. Als ich das Gleichgewicht wiederfinde, stehe ich in einem höhlenartigen Raum mit grob gemeißelten Wänden, über die Kondenswasser läuft. Ein alter Portier mit Kappe und kastanienbrauner Uniform döst auf einem Stuhl vor sich hin. Mein Erscheinen reißt ihn aus dem Schlaf, und er räuspert sich.

»Bibliothekskarte«, grummelt er mürrisch.

Ich reiche ihm das getrocknete, menschliche Ohr, das ich in einer Seitentasche meines Rucksacks aufbewahre. Er tackert ein Loch ins Ohrläppchen und gibt es mir mit den Worten zurück: »Fahrräder gehören in die Ständer im Vorraum«, bevor er sofort wieder einschläft.

Ich kriege immer noch Zustände, wenn ich herkomme … weil ich das erste Mal von diesen irren Bibliothekaren fast am Hals aufgehängt worden wäre, bis ich verschied. Einer von ihnen ist mein superbester Kumpel fürs Leben und drüber hinaus, aber trotzdem, diese Kerle haben den Laden fest im Griff. Und dieser Ort ist exklusiver als Royal & Ancient in St Andrews. Nicht dass ich Golf spiele oder so was, aber wenn man kein Magier ist, bekommt man auch das Ohr nicht, das einen als Mitglied ausweist. Ich habe hier sogar Promis getroffen, auch wenn das nicht gut ausgegangen ist … für die anderen.

Die Bibliothek ist ein cooler Ort, um nach Büchern zu suchen, besonders, da ich Business-Texte brauche, um mein Geschäft voranzubringen. Ich muss mich wie ein Profi benehmen, wenn ich in der magischen Welt irgendetwas erreichen will – vor allem, weil ich mit dem Riesenhandicap starte, keine von diesen schicken magischen Schulen besucht zu haben. Ich muss doppelt so schwer arbeiten und zehnmal besser sein.

Aber heute bin ich hier, um mich mit Priya, Jomo und Lewis zu treffen. Muss durch dieses Chaos durchsteigen, und vier Köpfe sind besser als einer. Lewis hat keine Ahnung, wie glücklich er sich schätzen kann, dass er dank der Edinburgh-Schule direkten Zugang zur Bibliothek hat. Ich wette, ihm wurde nie gedroht, am Hals aufgehängt zu werden, bis er verscheidet.

Ich steige die Stufen nach unten, mein BMX über die Schulter geworfen, tiefer ins Herz der Galerien. Sie sind quasi aus dem Inneren von Calton Hill herausgemeißelt, also ist die Bibliothek weniger ein Gebäude als vielmehr eine Skulptur. Oder vielleicht sollte ich Bibliotheken sagen, Plural, weil der offizielle Name lautet: »Calton Hill Bibliothek mit eingegliederter Bibliothek der Toten.«

Soweit es mich angeht, ist das alles eine Sauce.

Ich erreiche den Empfangstresen, wo Mr. Sneddon Papierkram erledigt.

»Hey!«, sage ich.

»Bitte sprechen Sie leise, Miss Moyo. Dies ist eine Bibliothek, kein Pub«, haucht er zurück.

»Freut mich auch, Sie zu sehen«, flüstere ich, was mit einem halben Lächeln belohnt wird. »Ich brauche Ihre Hilfe, Mr. Sneddon. Ich suche nach Büchern, mit denen ich meine unternehmerischen Fähigkeiten verbessern kann. Zurzeit läuft es nicht so gut.«

»Magiernehmertum?«

»Etwas in der Art«, gebe ich zurück.

»Kommen Sie mit.«

Wir befinden uns im Empfangsraum – drei Stockwerke von der Decke der kugelförmigen Struktur entfernt, die den Hauptteil der Bibliothek bildet. Ich bin inzwischen oft genug hier gewesen, um zu wissen, dass es der reine Irrgarten ist. Und es gibt massenweise Abteilungen, die ich noch nicht erkundet habe. Ich halte mich dicht hinter Sneddon, der seine wehende grüne Robe trägt, in der er wie ein Priester aussieht. Er bewegt sich mit hochgezogenen Schultern und schlurfend, als er sich die Treppe zur Galerie ein Stockwerk über uns nach oben kämpft. Unser Weg wird von brennenden Kerzen erleuchtet, die auf dem grob behauenen schwarzen Stein der Wände kleben. Wir kommen an einer weißen Marmorstatue von Herkules vorbei, der die vielköpfige Hydra erschlägt. Der Held trägt einen Löwenschädel als Helm … und im Flackern der Kerzen scheint die Figur fast zum Leben zu erwachen.

Er und die Hydra werden ewig miteinander ringen.

Sneddon biegt plötzlich nach links ab, und wir wandern durch eine Reihe von steinernen Bücherregalen, die aus dem Boden und der Decke gemeißelt sind. Ein Brett in der Mitte ist ausgebrochen und liegt jetzt schief auf dem Brett darunter. Bücher abnehmender Höhe reihen sich in perfektem Winkel zu dem kaputten Brett aneinander. Das kleinste Buch ganz oben ist nicht höher als mein Daumen.

Der Anblick wirft die Frage in mir auf, was passieren würde, sollte der ganze Hügel über unseren Köpfen zusammenbrechen. Ich hätte einen Helm mitbringen sollen.

»Hier rein«, sagt Sneddon und tritt durch einen Perlenvorhang in eine Seitenhöhle. Es ist, als wäre man in den Bau eines Tieres getreten. Der Boden hier ist unregelmäßig und steigt langsam an, während die Decke sich senkt, bis beide sich in der Ferne vereinen.

Noch mehr Bücher, Tausende und Tausende, stehen hier auf den Regalen. Es ist eine bunte Mischung aus Taschenbüchern, gebundenen Büchern, Bänden in Stoff oder Leder – hier gibt es alle vorstellbaren Materialien. Mein Blick fällt auf einen Titel, und ich ziehe das Buch heraus.

Der Reichtum der Magier.

Vielleicht riskiere ich mal einen Blick, weil das ganz okay klingt.

»Ich denke nicht«, sagt Sneddon, nimmt mir das Buch aus der Hand und stellt es zurück ins Regal. »Veraltet, stumpfsinnig, ausgesprochen theoretisch. Absolut nicht das praktische, zeitgenössische Wissen, das Sie brauchen. Ich dachte eher an Bannatyne oder Rupini. Hier entlang.« Wir wandern an drei weiteren Regalen vorbei, bevor wir nach rechts abbiegen. Sneddon zieht ein Buch mit rotem Einband vom obersten Brett. »Das ist schon besser.«

Reicher Zauberer, armer Zauberer: eine praktische Anleitung für das solide Management einer magischen Karriere von Rossworth Rupini. Der Autor auf dem Cover ist ein Typ mittleren

Alters mit einem Hollywood-Lächeln, der eine Mischung aus Selbstbewusstsein, guten Genen und Erfolg ausstrahlt.

Was ich jetzt mache? Auf zum Erste-Seite-Test. Ich lese die Einführung, um herauszufinden, worum es hier geht:

Selten wird anerkannt, dass Geld die unsichtbare Hand ist, welche die Magie lenkt. Tatsächlich werden Gespräche über das Thema in manchen Kreisen sogar als schambehaftet oder unkultiviert betrachtet. Die Wahrheit lautet, dass die Richtung magischer Geschäfte vorbestimmt war, seitdem der erste Schamane eine Ziege oder ein Huhn im Austausch für ein Gebet, einen Zauber oder einen Fluch angenommen hat. Fragen Sie sich: Wie zahlt Gandalf seine Hypothek? Verwandelt Glinda die Gute Hexe die Gerichtsvollzieher in Frösche, wenn sie versuchen, ihre Kreditkartenschulden einzutreiben? Nein, hier in der realen Welt ist ein sinnvolles Management der magischen Geschäfte unerlässlich für Erfolg, Glück und Respekt in der magischen Welt und im persönlichen Leben. Auf Grundlage von drei Jahrzehnten persönlicher Erfahrung und mithilfe zahlloser Beispiele von hochrangigen Busigiern werde ich meinen Lesern den Weg zum Wohlstand weisen …«

Der Kerl spricht genau meine Sprache. Ich sauge die Worte nur so in mich auf, also schaue ich auf und zwinkere Sneddon zu. Er hat die Arme verschränkt, in den weiten Ärmeln seiner Robe verborgen.

Dann fällt mir etwas ein.

»Mr. Sneddon, ich bin viel unterwegs, also habe ich mich gefragt, ob Sie, na ja, eine Audioversion dieses Buches hätten.«

Ein gequälter Ausdruck huscht über Sneddons Gesicht. Ich vermute, er gehört zu diesen Totbaum-Fundamentalisten – zu der Sorte, die, wären sie König, alle E-Books auf Pfähle spießen würden, als wären es die Köpfe von Feinden.

»Es fügt sich, dass dieses Angebot bei manchen Texten tatsächlich zur Verfügung steht«, antwortet er fast widerwillig.

In diesem Augenblick fällt mir der Jargon dieses Ortes wieder ein. Die Bibliothekare nennen aus irgendeinem Grund alles in diesem Bereich Text, obwohl es hier um das normale Zeug geht. Ihr wisst schon, Hardcover, Schriftrollen, Pamphlete, Palimpseste, Taschenbücher und so weiter. Man fragt sich irgendwie, wo dann die »Bücher« sind. Aber was weiß ich schon, ich bin nur ein außerordentliches Mitglied mit »eingeschränkten Privilegien«. Lange Geschichte.

Sneddon hebt die Hand, und ich gebe ihm den *Text*.

»Heb den Umschlag an und schau unter dem Rücken nach. Wenn du dort einen Ohrwurm findest, hast du dein Audiofile«, sagt er und zeigt mir eine graue Larve, die sich an den Buchrücken presst. »Die meisten der zeitgenössischen Texte haben sie – die älteren Materialien glücklicherweise nicht so sehr. Diese seltenen Kreaturen werden nur in der Erde der Isle of Rùm in den Inneren Hebriden gefunden.«

»Hä?« Ich bin total lost.

Sneddon seufzt. Er zieht den Ohrwurm aus dem Buch. Das Vieh windet sich zwischen seinen Fingern. Bevor ich reagieren kann, stopft er mir das verdammte Ding ins Ohr. Ich will gerade protestieren, weil ich mich misshandelt fühle, als ich sehr deutlich eine potente Stimme mit Akzent aus dem Mittelwesten höre: Rossworth Rupini, der sein Buch präsentiert. Die Stimme erklingt direkt in meinem Kopf, so nah und intim wie meine eigenen Gedanken. Ich habe mir schon eine Menge Bücher und Podcasts und Ähnliches angehört, aber nichts hat sich so angefühlt wie das. Ich kann trotzdem immer noch hören, was um mich herum vorgeht. Muss allerdings seltsam aussehen, nachdem ein halber Wurm aus meinem Ohr hängt. Andererseits … wie soll ich ihn sonst wieder rauskriegen? Es ist wie ein Ohrtampon, denke ich, als ich den Wurm schmerzlos entferne.

»Jetzt habe ich aber wirklich alles gesehen«, meine ich.

»Nicht mal die Hälfte, Miss Moyo«, antwortet Sneddon trocken.

»Aber wieso heißen sie nicht Bücherwürmer?«

»Werden Sie nicht lästig.«

»Was auch immer. Ich glaube, ich und diese Ohrwürmer werden beste Freunde.«

»Gut … nachdem sie eine Schwäche für Leser haben, zwischen deren Ohren Leere herrscht.«

Autsch. Ich fühle Verbrennungen dritten Grades auf siebzig Prozent meiner Haut. Trotzdem, ich habe, was ich wollte und bin glücklich, weil ich jetzt unterwegs lesen kann. Die einzige Warnung, die Sneddon ausspricht, bezieht sich darauf, dass sich der Ohrwurm im Umkreis von einem Meter um den Text aufhalten muss, um zu funktionieren, also habe ich das Buch trotzdem mit mir rumzuschleppen. Anscheinend kommt digitaler Dateientransfer, Streaming, die Cloud … solches Zeug eben … an diesem Ort nicht in Frage. Trotzdem, ich bin glücklich und stelle sicher, dass Sneddon das auch weiß.

»Freut mich, dass ich von Nutzen sein konnte«, sagt er. »Brauchen Sie sonst noch etwas, Miss Moyo?«

»Nur eine Sache: Wo ist Jomo?«, frage ich.

»Ihr Freund Mr. Maige junior wurde zur Kerzenwachsreinigung verpflichtet. Wenn Sie ihn finden wollen, würde ich vorschlagen, dass Sie den Kratzgeräuschen folgen. Ich wünsche einen schönen Tag.«

»Ihnen auch, Mr. Sneddon«, sage ich, als er verschwindet. Komme immer noch nicht über die Tatsache hinweg, dass man hier drin jeden Mr. oder Miss oder was auch immer nennen muss. Piekfeine Scheiße … aber wenn man sich in Rom rumtreibt, sollte man den Lorbeerkranz nicht vergessen.

Zumindest kann ich jetzt einen Punkt von meiner Liste streichen. Von jetzt an werde ich mich um das »sinnvolle Management meiner Geschäfte« kümmern.

Mir bleibt noch ein bisschen Zeit, bevor Priya und Lewis auftauchen, also kann ich mich auch noch um Punkt Nummer zwei kümmern – meine Magie üben. Wenn mir die Skellypog-Bombo vorhin etwas beigebracht hat, dann, dass ich besser auf unangenehme Überraschungen vorbereitet sein sollte. Ob es nun ein dummer Streich war oder nicht, ich muss noch eine Schippe drauflegen, wenn ich mir in dieser Branche meine Ziegen und ein paar Hühner sichern will.

X

Himmel, die Treppen in diesem Laden sind brutal. Und es gibt auch keine Aufzüge, also muss man einfach laufen, bis Knie und Hüften aufgeben. Hat vermutlich damit zu tun, dass sie hier noch nichts von dieser neuen Erfindung namens Elektrizität gehört haben. Ich schwöre, es ist lächerlich, man riecht hier drin nur Wachs und alte Bücher. Aber ich stehe total auf diese coolen Marmorstatuen. Sie heben sich von dem dunklen Stein der Bibliothek ab, die Glätte ihrer Oberfläche ist ein Konterpunkt zu den grob behauenen Wänden.

Ich erreiche das unterste Geschoss. Von hier aus kann man sehen, wie riesig die Bibliothek ist. Ihre gewölbten Wände erstrecken sich nach oben, erreichen an der dritten Galerie ihre weiteste Ausdehnung, um sich dann auf dem Weg nach oben wieder nach innen zu beugen. Manche Abteilungen sind durch coole Laufgänge angeschlossen. Und von unten sehen die Kerzen wie Sterne an einem dunklen Nachthimmel aus. Der Raum ist riesig, wunderschön und ein bisschen unheimlich.

Jomo kniet auf dem Boden und kratzt Wachs von dem weißen Sarkophag, in dem angeblich die Überreste von David Hume liegen, dem berühmten Philosphie-Typen aus der Zeit der Aufklärung. Jomo ist hart am Schaffen, aber als er aufschaut und mich sieht, strahlt sein Gesicht wie eine Weihnachtsbeleuchtung.

»Ropanatabulös!«, sagt er.

Aus irgendeiner Nische in unserer Nähe erklingt ein lautes »Shhhhhh.«

»Hey, Mann«, flüstere ich und beuge mich vor, um ihn zu umarmen. Er riecht nach billigem Parfüm, und sein unkontrollierter Afro kitzelt mein Gesicht.

»Willst du mal?«, meint Jomo und hält mir den Spachtel entgegen.

»Keine Chance, Buddy.«

»War einen Versuch wert.«

Jomo ist mein bester Freund, aber ich sehe ihn draußen nicht mehr so oft wie früher ... bevor ich angefangen habe zu arbeiten. Doch das ist in Ordnung, weil wir uns, seitdem er diesen Akolythen-Gig hier hat, wieder öfter begegnen. Die Bibliothek hat in vielerlei Hinsicht in unserer Freundschaft die Stellung der Schule übernommen. Jomo ist fantastisch mit großem F, ich habe ihn zum Fressen gern. Trotzdem kann ich nicht anders, als ihn darauf hinzuweisen, dass die weißen Flocken in seinem Haar aussehen, als hätte er heftigen Schuppenbefall.

»Das ist Wachs«, hält er dagegen.

»Dann frage ich mich, wie du wohl aussiehst, wenn sie dich die Toiletten reinigen lassen.«

»Sehr witzig.«

»Wir müssen einen Kriegsrat abhalten«, sage ich. »Irgendwas ist im Busch.«

Jomo wirft mir einen schiefen Blick zu, ist nach unserem letzten Abenteuer noch immer wachsam. Aber dann gibt er nach, wie er es jedes Mal tut, wenn ich ihn um etwas bitte.

»Was auch immer.«

Die Antwort ist ein bisschen dämlich, wenn man bedenkt, dass er keine Ahnung hat, worum es geht ... aber so ist

Jomo einfach. Er war immer eher bücherschlau und nicht gerade gewieft im täglichen Leben. Aber wir passen aufeinander auf, und das ist das Wichtigste. Die Bibliothek bildet ihn zu einem richtigen Bibliothekar aus, was jede Menge harte, körperliche Arbeit zu beinhalten scheint. Aber von hunderttausend Büchern umgeben zu sein, ist für Jomo quasi ein feuchter Traum. Wir verabreden, dass er und Priya sich zu einem Treffen einfinden, sobald sie irgendwann auftaucht.

Ich lasse Jomo zurück und geh nach unten ins Unter-Hume, das im wahrsten Wortsinn *unter* David Humes letzter Ruhestätte liegt. Hier unten wirkt die Bibliothek eher wie ein Verlies. Die Beleuchtung ist spärlicher. Aber es ist der einzige Ort, an dem man Magie praktizieren darf. Oben würden die Bibliothekare wahrscheinlich einen Anfall kriegen … und sie sind durchaus bereit, jegliche Regelverstöße mit unverhältnismäßig strengen Sanktionen zu ahnden.

Ich suche mir ein leeres Übungszimmer. Niedrige Decke, Boden und Decke grob behauen. Mit ein paar Knochen auf dem Boden und vielleicht ein paar Kohlezeichnungen an den Wänden wäre das ein tolles Heim für Cro-Magnon-Fuzzis gewesen.

Also, Edinburgh ist selbst im besten Fall eine gefährliche Stadt. Deswegen habe ich auch immer meinen Dolch dabei. Verlasse das Haus nie ohne. Genauso wie meine Zwille, denn zum Teufel mit dem Kampf Mann gegen Frau – Fairness zählt nicht, wenn sie dafür sorgt, dass man die Radieschen von unten betrachtet. Ich überlebe lieber, um an einem weiteren Tag weiterzukämpfen – vorzugsweise kämpfe ich zwar gar nicht, wenn es sich verhindern lässt, aber diese Wahl hat man eben nicht immer. Wenn irgendein Schwachkopf einen angreift, muss man bereit sein.

Und bereit sein beginnt mit dem eigenen Selbst. Miyamoto Musashi sagt: »Du kannst nur auf die Art kämpfen, die du übst«, und das bedeutet: Wenn man an einen gewissen Punkt kommt, sollte man besser vorbereitet sein. Musashi war eine Legende in Japan – der größte Schwertkämpfer, der je gelebt hat. Hat nie einen Kampf verloren. Und das liegt daran, dass er zuerst einmal den wichtigsten Kampf von allen gewonnen hat, den Kampf gegen sich selbst. Man muss sich selbst unter Kontrolle kriegen, bevor man es mit der Welt aufnimmt. Zumindest glaube ich, dass er das mit seinem Buch sagen will.

Also, ich kämpfe zwar nicht mit Schwertern, aber ich habe meine Zwille, meinen Dolch und, ganz wichtig, auch meinen Ninja-Schal, den Sir Callander mir vor einer Weile gegeben hat. Bruder Musashi bringt uns auch bei: »Sammeln Sie keine Waffen und üben Sie nicht mit ihnen über das Nützliche hinaus.«

Da bin ich ganz bei ihm, denn wenn man mit ganz viel verschiedenem Zeug trainiert, kann man am Ende mit nichts davon richtig umgehen. Also, ich bin super mit der Zwille, ich steche und schneide mit meinem Dolch so gut wie andere Mädels auch, aber der Schal zieht irgendwie sein eigenes Ding durch. Er erwacht zum Leben, wann immer er sich danach fühlt. Das ist wie ein Reflex, wenn ich in Gefahr bin. Aber ich möchte lernen, ihn zu kontrollieren … damit ich ihn tatsächlich zu meinem Vorteil einsetzen kann, statt nur darauf zu hoffen, dass er aufwacht. Das ist voll Musashi: Man muss die volle Kontrolle besitzen, sonst hat man schon vor Beginn des Kampfes verloren.

Ich bin allerdings kein harter Samurai und habe über die Jahre schon so manches einstecken müssen. Also weiß ich, dass noch ein langer Weg vor mir liegt.

Jetzt geht's los. Ich ziehe den Schal aus der Tasche meines Laborkittels, packe die Enden mit beiden Händen und ziehe daran, um ihn aufzuwecken.

»Okay, Ninja-Schal, du und ich, wir werden jetzt zusammen ein paar Moves trainieren, okay?«, sage ich.

Natürlich antwortet er nicht. Aber wenn das Ding spüren kann, wann ich in Gefahr schwebe, heißt das, dass es zur Hölle noch mal weiß, was vor sich geht.

»Komm schon, zeig uns, was du draufhast. Führ mal einen ordentlichen Schlag gegen mich aus«, sage ich und werfe ein Schalende nach vorn. Der Stoff fliegt durchaus beeindruckend vorwärts ... nur um dann wieder schlaff zu Boden zu sinken.

Ich ziehe den Schal erneut ein und lasse die Enden kreisen – da ist irgendwas, mehr als nur Kaschmir. Aber als ich den Stoff wieder fliegen lasse, ist es noch mal ein Reinfall. Gnah. Ich möchte den Ninja-Schal dazu bringen, in einer Kampfsituation drei Dinge für mich zu tun. Er sollte fähig sein, einen Gegner auf kurze Entfernung zu attackieren, Angriffe zu parieren und meinen Gegner zum Stolpern zu bringen, sodass ich zuschlagen kann. Die letzte Aktion habe ich direkt von Diana Prince als Wonder woman geklaut, auch wenn ich bezweifele, dass mein Schal irgendwen dazu nötigen kann, die Wahrheit zu sagen. Trotzdem: Wenn ich das hinkriege, dann sollte sich ein Kampf gegen mich anfühlen wie gegen einen Gegner mit vier Armen.

Mir bleibt nichts, als es noch mal zu versuchen. Ich tue sogar so, als hätte ich Angst zu schauen, ob der Schal zum

Leben erwacht, doch meine Schauspielerei hilft da auch nicht. Ohne die Kooperation des Schals sehe ich eher aus, als machte ich rhythmische Sportgymnastik, dieses Zeug mit dem Band. Für solches Zeug wird man in der Altstadt eher in den Arsch getreten, als damit Angst in den Herzen der Gegner zu erwecken.

Jetzt, wo ich so darüber nachdenke: Wie hoch stehen die Chancen, dass Miyamoto Musashi ein magisches Schwert hatte? Ich habe japanische Filme gesehen, nach denen es angeblich Schwerter gibt, die die Seelen der Gegner einfangen und den Besitzer unbesiegbar machen. Hmmm, da muss ich erst mal drüber nachdenken. Und vielleicht kann ich sogar Sir Callander um ein paar Tipps bitten … andererseits, ich bin nicht mal ein richtiger Lehrling, nur eine Praktikantin, also wird er sich wahrscheinlich kaum die Mühe machen, mir zu helfen. Altmodische Lehrlinge hatten einen Meister, von dem tatsächlich erwartet wurde, dass er ihnen Zeug beibringt. Das war Teil der Abmachung. Der Teufel weiß, was Praktikanten erwarten können; sie sind total von den Launen dessen abhängig, der sie anheuert.

Priya und Jomo betreten den Raum, als ich mich gerade an einem weiteren Angriff versuche. Priya beobachtet mich ziemlich verwirrt, bis ich aufhöre.

»Wirkt ein bisschen schlaff, Schwester. Angst, keinen hochzukriegen?«, meint sie kichernd.

»Ein wenig Hilfe wäre nett, da du hier die Einzige bist, die tatsächlich eine magische Schule besucht hat.«

»Ich bin keine Expertin für Artefakte, Ropa. Heilung und Kräuterkunde sind mehr mein Ding«, sagt sie. »Aber, und das ist ein großes *aber*, wenn du mit dem Ding twerken willst … hast du dem Schal schon einen Namen gegeben?«

»Was hat das denn damit zu tun?«

Jomo windet sich, und mir wird klar, dass ich etwas ziemlich Offensichtliches übersehe. Was soll ich sagen … es war ein langer Tag.

»Etwas einen Namen zu geben, heißt, es zu beanspruchen; die Kontrolle darüber zu haben. Die Magie, die wir wirken, hat ihren Ursprung in der Sprache«, erklärt Priya.

Niedergeschlagen stecke ich den Schal weg – genau in dem Moment, in dem Lewis den Raum betritt, gekleidet in die Art von Schwarz, die stolz verkündet, dass er ein Kind der Nacht ist. Seine monströsen Plateaustiefel haben vier silberne Schnallen und jede Menge Beschläge. Dazu hat er zerrissene Jeans und eine schwarze Weste mit Farbspritzern drauf an. Er trägt indigoblauen Lippenstift … und sieht damit wie eine Porzellanpuppe aus, wegen der weißen Grundierung, unter der er seine Akne verbirgt. Mit den zusätzlich geschminkten Augenbrauen und Wimpern rockt er ab, als hätte es die Katastrophe nie gegeben.

Er bleibt im Türrahmen stehen und mustert mich mit einem leichten Feixen. Seine Aura brizzelt irgendwie, und ich bin mir sicher, er hat Uppers eingeworfen. Ich habe im Slum genug Süchtige mitbekommen, um zu wissen, was das macht.

»Sieht aus, als wär das Elgin dieser Tage total angesagt – selbst Lord Kelvins Superchecker sind da«, meint er und zwinkert Priya zu.

Priya antwortet nicht, was mir verrät, dass hier gerade irgendwas abgeht. Gibt es eine Rivalität zwischen der Edinburgh-Schule und dem Kelvin Institut?

»Komm schon, das ist trotzdem eine magische Schule – vielleicht die schlechteste von den vieren, aber wenig ist besser als gar nichts … was mich zum nächsten Punkt bringt«, sagt er und wendet sich an mich. »Also, ich habe selbst ein bisschen nachgegraben … und anscheinend hat niemand an allen vier Schulen je von dir gehört. Praktizieren ohne Zulassung ist ein ernsthaftes Verbrechen.«

Ich glaube, heute Morgen mochte ich ihn lieber. Jetzt strahlt er eine allumfassende Pinkelarroganz aus, die echt nervt.

»Sie ist Callanders Lehrling, also würde ich an deiner Stelle aufpassen«, sagt Priya. »Und spar dir diesen Edinburgh-Schulen-Bullshit für jemanden auf, den es wirklich interessiert.«

Lewis zieht die Augenbrauen hoch und schnaubt. Jepp, er ist so selbstüberzeugt wie ein Kerl, der sich Selbstbewusstsein aus Südamerika bestellt hat.

»Jesse, war nur ein Witz. Priyanka Kapoor, ich habe dich wahnsinnig gern Rugby spielen sehen, als ich im dritten Jahr der Highschool war. Lasst uns die Sache für Max durchziehen. Deswegen hast du uns hier doch zusammengerufen, nicht wahr, Ropa?«

Es ist einfacher, sich auf die Arbeit zu konzentrieren, wenn die Leute endlich aufhören, sich in Schwanzvergleichen zu ergehen. Also stelle ich alle schnell vor – eher Priya und Jomo zuliebe, weil ich bisher keine Chance hatte, ihnen von Lewis zu erzählen. Dann liefere ich allen einen Überblick über den Fall: die mysteriöse Krankheit, die *Daemonolgie* und die Mönche des nebligen Ordens.

»Also, Max hat schon vor einer Weile angefangen, mich seltsam zu behandeln, nicht wahr?«, meint Lewis. »Dann ist er plötzlich wiederaufgetaucht und hat mich um meine Hilfe bei Esoterika gebeten. Eigentlich hat er sich für solches Zeug aber gar nicht interessiert.«

»Was war sein Hauptfach?«, fragt Jomo.

»Meteorologische Manipulation und Illusionen. Er wollte sich seinem Dad in der Filmindustrie anschließen«, erklärt Priya.

»Haargenau«, sagt Lewis, »nur dass er sich im Geheimen eingängig mit dem Okkulten beschäftigt hat.«

»Verboten eingängig?«, fragt Priya.

»Vorwissenschaftliche Magie, also, vor der Aufklärung, bis hin zu alten piktischen Wicca, also Hexerei«, antwortet Lewis. »Rektor Wedderburn würde einen Anfall kriegen, wenn er davon wüsste. Aber nachdem ich im Nebenfach die Geschichte der Künste studiere – das ist auch der Grund, warum sie mich für die Hälfte des Zeugs, das ich lese, noch nicht geschasst haben –, hat Max mich um Hilfe gebeten. Er hat mich nach dem Öffnen von Portalen und Türen in andere Astralebenen ausgefragt.«

Das erklärt auch die Karte für Astraltouren in seinem Geldbeutel. Wer soll einen besser in andere Ebenen führen als ein Magier, der in diesem Bereich arbeitet? Und das ist mal etwas, worüber ich tatsächlich Bescheid weiß – astrale Ebenen sind das Alltagsgeschäft einer Geistersprecherin.

Die Gesellschaft blickt auf Praktizierende des Extranaturalen wie mich herab, weil diejenigen als die besten Magier gelten, die die natürliche Welt wissenschaftlich beeinflussen können. Eine Geistersprecherin wie ich wird nicht wirklich als Magierin anerkannt. Das ist ein blinder Fleck, weil es jetzt solche Kinder wie Max gibt, die es selbst versuchen, ohne richtige Einweisung. Ich habe mein Geschäft von meiner Gran gelernt, die auch keine »echte Magierin« ist. Sie besitzt nicht die Art von Bücherwissen, das erforderlich ist, um Mitglied in der Gesellschaft der Skeptischen Fragenden zu werden.

»Gut, dass wir eine Expertin für Projektion hier unter uns haben«, meint Priya und deutet auf mich.

»Hätte ich mir denken können«, sagt Lewis.

»Mit astraler Projektion sollte man nicht herumpfuschen.

Es gibt eine Menge Leute, die nicht im Licht stehen. Wenn sich Max mit diesem Zeug beschäftigt hat, dann weiß der Teufel, was er entfesselt hat«, sage ich. »Besteht die Möglichkeit, dass er irgendeine Ebene besucht hat und deswegen krank zurückgekommen ist?«

»Welche Ebene denn? Und welche Krankheit soll davon ausgelöst werden? Wenn wir nichts Genaueres wissen, gibt es immer noch nichts, was ich für Max' Heilung tun kann«, antwortet Priya.

Mistdreck, ich wusste doch, dass es nicht so einfach sein kann. Sonst wäre das ein echt guter Zahltag gewesen. Die astrale Welt ist endlos, Ebenen über Ebenen. Sie ist schwer in den Griff zu kriegen … und herauszufinden, wohin Max genau gereist ist, dürfte unmöglich sein. Aber ich war auch schon da draußen und bin nie krank geworden. Klopf auf Holz.

Ich kann mich um das astrale Zeug kümmern, aber ich muss auch die Arbeitskraft nutzen, die mir zur Verfügung steht. Viele Hände machen bald ein Ende und so.

»Lewis und Jomo, ich möchte, dass ihr beide euch darauf konzentriert, warum Max versucht hat zu projizieren. Schaut, ob ihr rausfinden könnt, warum diese Mönche diese Infos wollen. Vielleicht weist uns das den Weg zu einer bestimmten Ebene.«

»Ich werde mit Lethington reden und mal sehen, ob er was weiß«, meint Priya.

»Tu das, aber ich brauche dich morgen Abend als Begleitung, um einer Spur zu folgen, die ich noch in der Hinterhand habe«, sage ich. Vielleicht hat Max selbst projiziert … oder er hatte Hilfe von einem bestimmten Bo Bumblebeam, astraler Touristenführer. »Lewis, Jomo, wenn ihr irgendwas rausfindet, ruft mich sofort an.«

Ich gebe niemanden eine Opting-out-Klausel, weil die Uhr tickt und ich nicht alles allein machen kann. Ich nehme an, Priya und ich können uns morgen einen kleinen Ausflug erlauben … aber am Morgen muss ich erst mal in der Bank aufschlagen.

XI

Scheußliches Wetter versaut mir die Laune, als ich auf das Gelände von St Andrew Square 36 mit der hoch aufragenden Bank radele. Schottische Sommer lassen selbst im Bestfall zu wünschen übrig, aber das hier ist echte Verarsche. Graue Wolken und Trübsinn von einem Ende des Horizonts bis zum anderen. Und ich darf nicht zu spät kommen, schließlich ist das mein erster echter Arbeitstag als Praktikantin bei der Gesellschaft der Skeptischen Fragenden. Vielleicht kriege ich kein Geld dafür, aber immerhin ist es ein Anfang. Und sobald ich selbst eine große Magierin bin, werde ich flüssig sein. Ich habe meinen Frieden mit der Situation gemacht, weil ich gute Kohle von den Wus erwarten kann.

Selltsam, wie die Dinge sich manchmal fügen. Fühlt sich fast so an, als hätte das Universum einen Plan für mich. Yippie.

Allerdings bin ich mir nicht sicher, wo ich mein Fahrrad parken soll. Geht mir ziemlich auf den Sack, aber Räder sind in Edinburgh Gold wert. Wenn man sein BMX am falschen Geländer anschließt, verschwinden die Räder und nur der Rahmen bleibt zurück. Wo ich gerade davon spreche, ich brauche bald neue Reifen. Meine Schläuche sind am Ende. Zum Teufel damit, ich werde das Rad mit reinnehmen, denke ich, aber die schwarzen Türen von

St Andrew Square 36 sind geschlossen und verriegelt. Verdammt.

Ich bin total durchnässt von meiner Fahrt durch den Nieselregen, also könnte ich die Wärme drinnen gebrauchen. Das Schild an der Tür verkündet, dass sie Montag bis Freitag von 8:30 Uhr bis 17:30 Uhr geöffnet haben und am Samstag schon um 16:00 Uhr zumachen. Was heißt, dass ich eine Stunde warten muss.

»Ah, die neue *Praktikantin*«, sagt Cockburn, als sie die Einfahrt entlangkommt.

Zucke zusammen, weil ich nicht damit gerechnet hatte, dass sie sich so ranschleicht. Mir wäre lieber, Callander wäre aufgetaucht. Er ist mein Anker in diesen Gewässern … und Cockburn wirkt trotz ihres aufgesetzten Lächelns nicht gerade freundlich. Sie trägt einen langweiligen Geschäftsanzug mit übermäßig breiten Schulterpolstern und mustert mich missbilligend. Ich trage meinen Laborkittel, ein *Rajinikanth*-Shirt, verblasste Jeans und meine Stiefel – nicht die schicken Klamotten, die ich das letzte Mal anhatte. Sie zahlen mir einfach nicht genug, um ständig Blasen von schlecht passenden Schuhen zu kriegen.

»Immer voll einsatzfähig sein, das ist wichtig«, sagt sie in einem Tonfall, der klar erkennen lässt, dass sie mit einem Vollversagen meinerseits rechnet.

»Ich freu mich schon«, antworte ich.

Sie tritt vor die Tür und ich höre, wie sich etwas im Schloss bewegt, dann dreht sich der Knauf, und die Tür schwingt von alleine auf.

»Dann komm«, sagt Cockburn und tritt ein. Erst jetzt fällt mir auf, dass ihre Klamotten trocken sind, obwohl sie keinen Regenschirm trägt. Und auch die Frisur sitzt perfekt. Könnte ein bisschen von diesem Voodoo gut gebrauchen.

Ich rufe mir Callanders Technik ins Gedächtnis, achte darauf, mit der linken Schulter am Türrahmen entlangzustreichen, und mache auch diese Finger-Handfläche-nach-außen-Sache mit der rechten Hand. Nicht einfach, nachdem ich gleichzeitig das Fahrrad schieben muss. Auf jeden Fall schaffe ich es in die Parallelwelt innerhalb der Bank, gerade noch rechtzeitig, um zu sehen, wie Cockburn die hölzerne Treppe in den ersten Stock hinaufsteigt. Ihre Bewegungen sind zielstrebig, als könnte nichts sie aufhalten. Das ist diese Mistkäfer-Arbeitsethik, die ich von ihr empfange – die Entschlossenheit, den Job auf alle Fälle zu erledigen. Mich deucht, ich sollte mich mit ihr anfreunden, aber das dürfte einfacher gesagt als getan sein, nachdem sie ohne mein Zutun beschlossen hat, mich nicht zu mögen.

Ich kämpfe mich die Treppe rauf und halte mich dabei in der Nähe des Geländers. Da ist diese Überkreuzsache, wo sich das linke Bein bewegt, wenn das Hirn behauptet, es wäre das rechte, also bin ich supervorsichtig. Bewege mich wahrscheinlich wie eine Marionette.

»Ich habe gehört, dass du Melsie Mhondoros Enkelin bist … stimmt das?«, fragt Cockburn, als ich ungefähr die Hälfte der Treppe bewältigt habe, mein Rad über der Schulter.

»Ja, was …«

»Glaub nicht, dass dir das hier irgendeinen Gefallen erkaufen wird. Du wirst ganz unten anfangen müssen. Und wenn ich irgendetwas zu sagen habe, wirst du von diesem Level auch wieder verschwinden. Du solltest dich schämen, dass du einem besseren Magier diese Gelegenheit gestohlen hast. Besäßest du auch nur das kleinste bisschen Anstand, würdest du zurück in das Loch kriechen, aus dem du gekommen bist.«

Zum Teufel mit Freundschaft. Ich bin wütend genug, dass meine Pisse kocht.

»Ich weiß nicht, was ihnen ins Lametta gekrochen ist, Lady, und ehrlich gesagt, das ist mir auch schnurzpiepegal. Ich bin hier, weil Sir Callander mich hier haben will, so einfach ist das. Wenn Ihnen das nicht gefällt, dann reden Sie mit ihm.«

Ich habe gerade den Treppenabsatz erreicht, als Cockburn im Flur vor mir anhält. Sie dreht sich elegant um, fast wie die Ballerina auf einer Spieldose, und blockiert so meinen Weg. Sie verzieht ihre Lippen zu etwas, was einem Lächeln ähnelt, doch der Blick aus ihren Augen spricht von reiner Niedertracht.

»Ich mach das schon viel zu lange, kleines Mädchen. Du willst dich nicht mit mir anlegen.«

Wäre ich Bruder Musashi, würde ich sie zu einem Duell auf dem Rasen vor der Bank herausfordern, und das wär's dann. Aber so wie die Dinge liegen, muss ich einen anderen Weg um dieses Problem herum finden, denn nichts als das ist das hier: ein Problem. Wisst ihr, ihr könnt entweder jemand anderen für den Dreck verantwortlich machen, der gerade abgeht ... also rumsitzen und heulen »Buhuhuhu, die mögen mich nicht«. Das ist schon in Ordnung. Aber es bedeutet auch, dass ihr die gesamte Macht jemand anderem in die Hand drückt – ihr habt keinerlei Kontrolle mehr über die Situation. Oder ihr versucht, das Problem zu durchschauen und einen Weg zu finden, es zu neutralisieren. Für mich bedeutet das, mich für die Gesellschaft unverzichtbar zu machen.

Ob es ihr nun gefällt oder nicht, wir tragen dieselbe Dienstmarke. Ich schenke Cockburn mein süßestes Lächeln – das, bei dem viel zu viele Zähne sichtbar werden.

Sie weicht leicht zurück.

»Folge mir«, blafft sie und geht weiter den Flur entlang.

Die Lichter sind ausgeschaltet, die Flure dämmrig. Das einzige Sonnenlicht dringt durch die offenen Zimmertüren. Trotzdem: Selbst im schlechten Licht kann ich die Porträts diverser Männer an den Wänden des Flurs sehen. Müssen alte Banker oder Gesellschaftsmitglieder von 1700 an sein. Ich habe keine einzige Frau entdeckt, als wir Calanders Büro am Ende erreichen. Überrascht mich nicht besonders. Es ist, wie es ist.

Wir landen in einem großen Büro mit zehn kleinen Schreibtischen, sechs an den Wänden und vier in der Mitte. Die Wände sind mit Eichenholz getäfelt und glänzen förmlich, mit blutrotem Teppich auf dem Boden und einem riesigen Kronleuchter an der Decke. Ich kann mir nur vorstellen, wie es hier ausgesehen hat, bevor der Raum in ein Büro umgewandelt wurde. Auf den Schreibtischen stehen Computer neben Papierstapeln, Stiften und anderem Büromaterial. Die Luft ist abgestanden, riecht aber besser als der Gestank auf den Straßen von Edinburgh.

»Der Schreibtisch in der Ecke gehört dir.« Cockburn deutet auf den Tisch, der am weitesten von den Fenstern entfernt steht und auf dem kein Computer steht, da liegen nur massenweise Papiere. Die Beine des Schreibtisches wurden offensichtlich mal als Kratzbaum verwendet. »Es gibt drei Stapel mit Rundschreiben und Umschläge. Tackere die drei Blätter zusammen, steck sie in die Umschläge und adressiere sie entsprechend meiner Liste. Du wirst auch gebeten werden, Tee zu kochen, aufzuräumen, zu kopieren und andere kleine Aufgaben zu erledigen, die mir passend erscheinen. Damit solltest du gut beschäftigt sein, bis dein Praktikum zu Ende geht … und ich hoffe, dass das bald der Fall sein wird.«

»Vielen Dank, aber ich habe andere Pläne für Miss Moyo.« Sir Callander erscheint im Türrahmen.

»Ich bin nicht davon ausgegangen, dass du dich mit so nebensächlichen Fragen beschäftigen willst«, meint Cockburn.

»Die Stelle, von der wir reden, ist die Praktikantin des Sekretärs«, antwortet Callander. »Und als Sekretär interessiere ich mich sehr für die Aktivitäten meiner Praktikantin. Ich habe vor, das allgemeine Entdeckungsreferat aufzumöbeln, mit Miss Moyo im Zentrum.«

Cockburn zuckt zurück und schlägt eine Hand vor die Brust. Also, ich habe keine Ahnung, was es mit diesem Direktorat auf sich hat, aber ihre schockierte Miene verrät mir alles.

»Diese junge Dame hat keine Ausbildung, keinerlei Erfahrung. Sie ist nicht mal eine richtige Magierin. Sie ist lediglich eine *Geistersprecherin*«, sagt sie.

»Meine Rolle als Sekretär der Gesellschaft macht mich auch zum Entdeckungsgeneral. Ich bin damit beauftragt, magisches Potenzial aufzuspüren. Und ich habe fest vor, diese Macht zu nutzen, Frances. Außerdem ist es an der Zeit, dass die Gesellschaft bei der illegalen Verwendung von Magie in Schottland erneut streng durchgreift. Keine Sorge, wir werden keine ›Hexen‹ ins Wasser tauchen oder uns ähnlichen Exzessen hingeben: Schließlich leben wir in modernen Zeiten. Aber Miss Moyo wird unseren Recherchen ausgesprochen nützlich sein.«

»Nun, wenn du das vorhast, dann solltest du damit anfangen, Nachforschungen über Siobhan Kavanagh anzustellen, ein prominentes und beliebtes Mitglied der Gesellschaft. Sie wird seit Monaten vermisst.«

»Vermisste Personen sind eine Angelegenheit der Polizei, nicht der Magie.«

»Sir Callander, ich rate Ihnen deutlich von dieser Vorgehensweise ab.«

»Wenn wir weiterhin Vergehen gegen die Regeln der Magie tolerieren, dann werden wir Londons Aufmerksamkeit auf uns ziehen. Möchtest du, dass die Unabhängigkeit dieser Institution noch mehr in Gefahr gerät, Frances?«

»Ich … na ja, eher nicht …«

»Dann wäre ich sehr dankbar, wenn du bitte für Miss Moyo einen Raum in der Nähe meines Büros finden könntest. Sie wird nur mir und niemandem anderen Bericht erstatten.«

Callander gibt den Türrahmen frei und bedeutet Cockburn, den Raum zu verlassen. Ihr Kopf läuft rot an. Nur mit Mühe kann ich ein fieses Grinsen unterdrücken. Ehrlich, am liebsten hätte ich ihr den nackten Hintern gezeigt, aber ich behalte die Hose an. Muss schließlich professionell bleiben. Sie verlässt mit eingeklemmtem Schwanz den Raum, stoppt aber in der Tür noch einmal.

»Cornelius Lethington von der Klinik *Unserer lieben Frau* hat sich am Wochenende gemeldet«, sagt sie.

»Und?«, fragt Callander.

»Es scheint, als hätte deine Praktikantin sich mithilfe ihres Praktikantenstatus eine Kommission der Klinik gesichert, obwohl sie keine zertifizierte Praktizierende ist. Natürlich konnte Lethington nicht glauben, dass du dich tatsächlich für sie entschieden hast statt für einen von den Dutzenden brillanter Gelehrter, die jedes Jahr die vier Schulen verlassen. Doch sei es, wie es ist: Ich habe die Klinik informiert, dass Miss Moyo keinen Profit aus magischen Erkundungen ziehen darf, die sie für sie oder ihre Patienten tätigt, nachdem sie in den Diensten der Gesellschaft steht.«

Arschkeks.

Fühle mich, als hätte mir jemand einen toten Fisch um die Ohren gehauen, und mir rutscht das Herz in die Hose.

»In dieser Hinsicht ist deine Interpretation der Regeln korrekt, Frances«, sagt Callander leise. »Miss Moyo wird nicht für Dienste entlohnt, die unter ihre Aufgaben als Praktikantin fallen.«

Cockburn sieht mich an und lächelt, bevor sie verschwindet.

Ich hatte auf die Kohle von den Wus gezählt, um durchzuhalten. Aber sie werden nicht zahlen, wenn die Recherche Teil meines unbezahlten Praktikums ist. Wie zur Hölle soll ich auch nur eine halbe Runde drehen, geschweige denn ganz um die Runden kommen? Das ist wirklich total verkorkst. Mir ist danach, den Job einfach hinzuschmeißen. Andererseits folge ich lieber Mick Jagger ... Cockburn kriegt von mir auf keinen Fall *Satisfaction*.

»Vielleicht sollten Sie mir von dieser Kommission der Klinik berichten, Miss Moyo«, sagt Sir Callander. Gleichzeitig krümmt er einen Finger, und die Tür schließt sich von selbst.

XII

Der Smog wird im Tagesverlauf immer dichter, bis man die Häuser kaum noch sehen kann. Die Stadt stinkt so heftig, dass die Leute mit Masken herumlaufen. Mein Schal bedeckt Mund und Nase, aber die üblichen Gerüche dringen trotzdem durch. Asthmatiker haben die Arschkarte gezogen. Hängt alles mit den Abwässern im neuen Loch zusammen, wo früher mal die Princes Street Gardens waren. Das Miasma wabert durch die Straßen, Gassen und Closes, bevor es wie ein Einbrecher durch Fenster und Schornsteine in die Häuser eindringt. In einer Meile Umkreis um die Stadtmitte gibt es keinerlei Gnade.

Auf dem Felsen über dem Loch ragt die Burg auf. Im Dunst lassen sich gerade mal vage Umrisse erkennen. Der Strom ist ausgefallen, also spucken Schornsteine in ganz Edinburgh Holzrauch in die Luft.

Irgendwo in dieser grimmigen Atmosphäre treiben sich Schatten herum, die die meisten Leute nicht sehen können, nachdem die Stadt einige ansässige Ghule hat, die sich weigern weiterzuziehen. Häufig sind es Selbstmörder, die von den gotischen Türmchen des Scott Monument gesprungen sind, das schief über dem dreckigen Wasser des neuen Lochs aufragt. Die älteren sind vielleicht von den Lothian-Bussen überfahren worden – damals, als es in der Stadt noch einen regelmäßigen öffentlichen Nahverkehr gab. Oder vielleicht waren es auch einfach Shoppende, die bei der Schnäppchenjagd im Jenners-Kaufhaus umgekippt sind – damals, als es noch einen Laden mit diesem Namen gab. Die Allerältesten schleichen als spektrale Geister über die New Calton Burial Grounds, den Greyfriar-Friedhof und Grange Cemetery. Den Neueren sind wahrscheinlich in den unzähligen dunklen Gassen der Stadt die Kehlen von Banditen und Straßenräubern durchgeschnitten worden. Spielt keine Rolle. Edinburgh hat sich verändert, Zeit ist vergangen, und doch bleiben die Ghule. Sie treiben sich verzweifelt zwischen den Lebenden herum, bis der Sog des AllDort sie zurück ins Reich der Toten zerrt.

Geister fluktuieren mit den Jahreszeiten. Im Sommer herrscht Ebbe. Ich sehe viel weniger von ihnen auf den Straßen. Es ist fast, als würde das geschäftige Treiben der Jahreszeit den Einfluss der Welt der Toten schwächen, die immer mit unserer verbunden ist. Die Geister bewegen sich weniger frei. Und diejenigen, die trotzdem erscheinen, sind gewöhnlich auf Friedhöfe beschränkt oder an die Orte gebunden, an denen sie gestorben sind – Orte, mit einer von Natur aus geringeren Resistenz gegen das Übernatürliche. Dann rollt der Herbst heran, und mit ihm kommen die Geister. Im Winter erreichen sie ihre größte Kraft, bevor sie sich mit dem Frühling wieder zurückziehen wie eine besiegte Armee, die ihre Zelte zusammenpackt und verschwindet.

Und ständig planen sie ihre Rückkehr in diesen ewigen Tanz.

Ich habe den Wurm im Ohr und höre Rupini dabei zu, wie er über Alleinstellungsmerkmale auf einem umkämpften Markt redet. Ich muss zugeben, *Reicher Zauberer, Armer Zauberer* ist echt gut, und ich habe mir bereits ein paar Dinge eingeprägt, die mir dabei helfen sollten, meine unternehmerischen Fähigkeiten aufzupeppen. Das Problem ist, im Augenblick darf ich mit meiner Arbeit kein Geld verdienen – dank Cockburn, die mir auf Schritt und Tritt in der Gesellschaft die Tour vermasselt. Sie will mich raushaben, aber das stärkt nur meine Entschlossenheit, den Fuß in der Tür zu behalten. Doch irgendwer muss die Musik bezahlen, sonst gibt es keine Melodie, zu der man tanzen kann. Bis ich das geregelt habe, lebe ich im Lager der »Armen Zauberer«, … und Rupini sagt, das macht mich zum Trottel.

Callander hat darauf bestanden, dass ich den Job für die Wus trotzdem erledigen muss. Die Sache ist jetzt offiziell Angelegenheit der Gesellschaft, daher kann ich nicht mal einen Penny dafür einstecken. Stinkt echt zum Himmel. Ich mag meinen Job … und es ist ja nicht so, als würde ich mehr verlangen, als mir zusteht. Ein ehrlicher Lohn für ehrliche Arbeit, mehr nicht. Ich bin nicht T'Challa oder Bruce Wayne, die in Geld schwimmen und diese Heldensache als Hobby betreiben.

Ich bin echt angekotzt und gestresst.

Ich biege hinter dem National-Records-Gebäude links ab und gehe die Leith Street entlang. Ich treffe mich mit Priya in einem Café in der Elm Row, bin aber ziemlich früh dran, also lasse ich mir Zeit und schiebe mein Fahrrad gemütlich die Steigung nach unten, vorbei an St Marys Cathedral. Eine Hand packt meinen Arm. Sofort lasse ich das Fahrrad fallen und greife nach meinem Dolch. Doch bevor ich irgendetwas unternehmen kann, bohrt sich eine scharfe Klinge über meiner Halsschlagader in meine Haut.

»Diese Made in deinem Ohr ist hässlich«, sagt eine vertraute Stimme.

»Das ist keine Made, sondern ein Ohrwurm«, antworte ich.

»Aye, wirklich?« Er gibt meinen Arm frei. »Muss dir das Hirn aus dem Schädel saugen, weil du eigentlich klug genug bist, dich nicht in dieser Gegend sehen zu lassen, Mädel.«

Rooster Rob hat durchaus einen Punkt, vermute ich, als ich ihn anlächele, auch wenn er das wegen dem Schal vor meinem Gesicht gar nicht sehen kann. Er ist ein gutes Stück von seinem Thron in Camelot auf Arthur's Seat entfernt, und ich frage mich, wieso er sich heute auf die Straßen begeben hat. Zwei Schlägertypen in Ledermontur hängen in der Nähe herum, daher vermute ich, dass diese Begrüßungsfeier nicht nur mir zuliebe abgehalten wird.

Aber eine zufällige Begegnung? Beim Rooster nie.

»Du bist ein wunder Anblick für tolle Augen«, sage ich, ziehe meinen Audiobook-Wurm heraus und stecke ihn ein.

Er lacht herzhaft, wie er da hoch über mir aufragt, und sein roter Iro wackelt mit dem Rest seines Körpers. Dann bricht das Geräusch abrupt ab.

»Und du siehst mit der Haarfarbe wie eine Aubergine aus.« Dann wird Rob eisig. »Wenn ich mich richtig erinnere, schuldest du uns etwas, Ropa Moyo.«

Da wäre die kleine Angelegenheit, dass ich einer von Edinburghs mächtigsten Verbrecherbanden – dem Clan – tatsächlich einen Gefallen schulde. War früher mal Mitglied und alles, vielleicht bin ich es sogar immer noch ... ist ein bisschen verwirrend. Aber auf jeden Fall regieren sie die Innenstadt. Das Gebiet reicht von Leith bis Lochend und dann wieder quer durch die Stadt und hoch bis nach Gorgie. Gefallen bedeutet Kohle ... und das ist die eine Sache, die ich nicht habe. Aber so wie ich Rob kenne, ist das mein Problem, nicht seines.

»Du möchtest die Schulden begleichen, sonst verlierst du deinen Innenstadtpass.«

So wie ich diese Jungs kenne, ist das eine ziemlich milde Strafe. Andererseits, wie soll ich die Bank oder die Bibliothek besuchen, wenn ich die Innenstadt nicht betreten darf? Gnah hoch drei. Absolut nicht gut. Universum, du hast es wirklich darauf abgesehen, mich so richtig in den Arsch zu ficken.

»Ich arbeite daran.«

Jesses, diese Köter verbeißen sich echt in Knochen. Sie haben mir vor einer Weile geholfen, ein paar Kinder zu retten, und dann war erst mal alles wunderbar … bis ich plötzlich eine Rechnung für geleistete Dienste erhalten habe. Miese Nummer, aber so kriegt der Clan einen dazu, für ihn zu arbeiten. Wenn ich keine Lösung finde, werden sie mich wieder für Einbrüche verpflichten. Gottesfürchtige Leute, und ich habe nicht die Skier, um diese schwarze Piste zu befahren.

»Lass mich dich nicht noch mal in dieser Gegend erwischen, bevor die Sache geregelt ist«, sagt Rob, bereits auf dem Weg in Richtung York Place, vorbei an den Ruinen des Edinburgh-Kothaufens. Das riesige Hotel wurde unter heftigem Protest gebaut und eröffnet, weil es einem Kothaufen-Emoji ähnelt. Ist nach der Katastrophe pleitegegangen, als es keine ausländischen Touristen mehr gab.

Die Schläger gehen an mir vorbei, begleitet von harten Blicken, bei denen sie sich wahrscheinlich super tough vorkommen. Aber ist okay – ich zeige dem Rooster hinter seinem Rücken den Stinkefinger, bevor ich mein Fahrrad einsammele und mich wieder auf den Weg mache.

XIII

Priya wartet bereits vor Jasper's Coffeelation an der Elm Row auf mich und reicht mir einen Pappbecher, kaum dass ich angekommen bin. Die Bänder an ihrem Handgelenk klimpern, als sie die Hand zurückzieht. Mein Mokka ist lauwarm, aber es ist genug Zucker drin, um selbst ein Faultier aktiv werden zu lassen. Für den Energieschub bin ich dankbar. Mein Buddy weiß genau, was ich brauche.

»Wie hält sich Max so?«

»Immer noch stabil, aber lange wird das nicht mehr gehen. Wir können keinerlei Pathogene in seinem Körper entdecken, aber er kocht sich selbst ein. Hast du schon was für uns?«

»Noch nicht«, antworte ich und nehme einen Schluck. »Und wieso verpfeift dein Kumpel Lethington mich bei der Gesellschaft, hm? Dank ihm kriege ich für diesen Job kein Geld mehr.«

Priya runzelt die Stirn und seufzt.

»Könnte etwas mit dem Laborkittel zu tun haben, der aus dem Aufenthaltsraum gestohlen wurde.« Sie berührt meinen Kittel und spielt am Saum herum.

»Ich habe keine Ahnung, wovon du redest. Dieser Kittel wird schon seit Generationen in meiner Familie vererbt.«

»Dann wären da Lethingtons Jammie Dodgers …«

»Ein dummer Fehler, der jedem hätte unterlaufen können.«

»Und das, liebe Ropa, ist der Grund, warum er die Gesellschaft kontaktiert hat, um deine Referenzen zu überprüfen.«

Verdammt. Alles nur wegen ein paar Keksen? Andererseits geht es wahrscheinlich ums Prinzip. Ein vorbeikommendes Pferd kackt vor uns aufs Pflaster, was in mir den Entschluss reifen lässt, dass die Zeit zum Aufbruch gekommen ist. Die langen Sommertage gereichen uns zum Vorteil, aber ich muss trotzdem vor der Bettgehzeit zurück bei Gran und Izwi sein, um noch ein bisschen mit ihnen abzuhängen. Work-Life-Balance … ein echtes Problem.

Ich entfalte den Flyer von Bo Bumblebeams Astraltouren, den ich aus Max' Geldbeutel gezogen habe. Die Werbung ist auf die Vorderseite gedruckt, und die Rückseite ist leer. Aber wenn man mit den Fingern darüberstreicht, passiert etwas Seltsames. Fast wie ein Trick mit unsichtbarer Tinte erscheint eine Kompassnadel in der Mitte und zeigt nach Norden, wo ein blinkender schwarzer Punkt erscheint.

»Tracking-Papier, nett«, sagt Priya. »Wir haben im Institut früher geheime Raves organisiert und solches Papier eingesetzt, um die Eingeladenen an den richtigen Ort zu leiten. Richtet sich immer aufs Masterpapier aus. Das einzige Problem ist, dass es keine Entfernungsangaben macht, also sollten wir besser hoffen, dass uns der Pfeil nicht nach Inverness führt.«

»Ich dachte, damit können wir Bo Bumblebeam finden, um ihm ein paar Fragen zu stellen.«

»Das wird sicher lustig«, meint Priya, als wir den Leigh Walk nach unten gehen. »Busigier der einfachen Sorte sind immer unterhaltsamer als die feinen Leute.«

»Ich frage mich, wie viele der Magier aus der Arbeitsklasse der Edinburgh-Schule stammen.«

»Einige wenige, überwiegend Stipendiaten. Sicherlich nicht solche Typen wie Bo Bumblebeam … ich fürchte, ich muss zugeben, dass er von meiner Alma Mater kommt.« Sie schüttelt den Kopf. »Ich wünschte, ich hätte eine bessere Schule besuchen können.«

»Zumindest wurdest du nicht zuhause unterrichtet wie ich, Priya.«

»Aye, ich nehme an, das wäre noch schlimmer«, antwortet sie mit einem Lachen.

Der Smog lässt ein wenig nach, je weiter wir uns von der Innenstadt entfernen. Bald schon erreichen wir The Foot of The Walk. Wir folgen weiter dem Papierkompass. Die ganze Strecke führt abwärts, und dieser Abschnitt der Straße ist in recht gutem Zustand. Eine Menge Hausierer sind unterwegs, immer auf der Suche nach einem Geschäft, genauso wie Straßenverkäufer. Stricher unterhalten sich vor den Spoonies, und ein paar Bettler und Straßenprediger reden vom Ende der Welt, als stünde die nächste Katastrophe direkt bevor. Ist eine Weile her, dass ich das letzte Mal in dieser Ecke war. So wie es momentan mit meinen Geschäften läuft, versuche ich, mich so weit wie möglich von der Stadt fernzuhalten.

An den Wänden prangt Graffiti, das diesen Bereich zur »Republik von Leith« erklärt. Als wir an der Kirche vorbeikommen, sehe ich auch ein paar Ankündigungen des Sandhurst Club. Wir schlängeln uns zwischen den Häusern hindurch, bis wir die Commercial Street zur Küste überqueren, wo das Water of Leigh die Achselhöhle Schottlands trifft.

Nichts als superbeschissene Pubs hier unten. Die kaum seetüchtigen Boote, die im Wasser ankern, wurden von illegalen Bewohnern übernommen. Der Müll auf den gepflasterten Straßen und im Fluss macht die Gegend zur Müllkippe.

Trotzdem, man sieht eine Menge glücklich Betrunkene – der Fusel hier gehört zum billigsten der Stadt, hauptsächlich, weil – soweit ich gehört habe – Selbstgebranntes und Billigbier verkauft wird. Damen der Nacht und Stricher mustern Priya und mich von oben bis unten, bis sie beschließen, dass wir weder Freier sind noch eine Konkurrenz darstellen, dann richten sie ihre Aufmerksamkeit wieder auf lukrativere Ziele.

Bewohnte Pferdewagen und Wohnwagen stehen am Rand der Straße, den ganzen Fluss entlang bis zu den Docks. Aus irgendeinem Grund schlagen Traveler hier gerne ihr Lager auf. Und wenn sie es tun, dann legt sich keiner mit ihnen an. Selbst der Clan ist klug genug, diese Leute in Ruhe zu lassen. Die großen Männer mit den schlechten Tätowierungen sind harte Faustkämpfer und ziemlich hitzköpfig, besonders, wenn sie billigen Whiskey intus haben. Die Resultate kann im Anschluss jeder bewundern: zerstörte Fenster und ausgeschlagene Zähne. Halb nackte Kinder rennen die Straßen entlang, doch die Erwachsenen beachten sie gar nicht.

Die Luft, wenn sie vom Meer kommt, in dieser Ecke ist frisch und kühl. Immerhin ein Punkt für Leigh.

»Schau an, schau an, wenn des nich' die schicke Ropa ist. Du warst noch 'n Kind, nicht höher als meine Hüfte, als mer uns das letzte Mal gesehen ham, Mädel«, sagt ein großer Mann mit Augenklappe, den ich nicht erkenne.

»Hallo«, antworte ich mit einem Lächeln und tu so, als wüsste ich, mit wem ich es zu tun habe. »Ist lange her.«

»Unsinn, du has' keinen Schimmer, wer ich bin. Artchival Fleckie, zu deinen Diensten. Und wer is diese hübsche Maid, die du da mitgebracht hast?«

»Das ist mein Buddy, Priya.«

Artchival ergreift mit beiden Riesenpranken Priyas Hand und drückt ihr einen Kuss auf den Handrücken. »Ich werd dich zur Königin der Zigeuner machen, wennde zustimms', die Meine zu werden«, sagt er.

»Typisch für mich. Jetzt schon der erste Antrag. Machst du das bei allen Mädchen so, Artchival?«

»Nur bei den besonderen.«

»Na, dann viel Glück«, antwortet Priya.

Artchival schüttelt sich vor Lachen, dann zuckt er mit den Achseln, als wolle er sagen, dass ein Mann nicht mehr tun kann, als es zu versuchen. Er mag aussehen wie ein Bär, aber seine Augen wirken sanft.

Ein Straßenmusikant mit Gitarre singt für ein paar Shilling derbe Lieder, und seine Stimme durchschneidet die Karnevalsatmosphäre. Gran hatte, wenn mich mein Gedächtnis nicht im Stich lässt, Freunde beim reisenden Volk, damals vor langer Zeit … unter anderem ein paar Wahrsager. Sie hat Unzeiten damit verbracht, zu plaudern und Karten zu legen.

»Kennst du einen Typen namens Bo Bumblebeam?«, frage ich. »Wir haben gehört, dass er in der Gegend residiert.« Das Tracking-Papier weist darauf hin, dass er sich hier irgendwo herumtreibt, doch klarer wird es nicht, weil der Pfeil den Punkt berührt.

Mit einem Seufzen schüttelt Artchival den Kopf. »Gibt aufregendere Wege, sich abzieh'n zu lass'n als dämliche Astraltouren, Mädels. Wieso besuchsde nicht Theodosia Lovell. wird euch für die Hälfte des Preises die Zukunft vorhersagen.« Dann wendet er sich an Priya. »Könnt dir vielleicht verrat'n, wer dein Zukünftiger wird, wennse schon dabei ist.«

»Ich bezweifele, dass er auf die fünfzig zugeht und die

Angewohnheit hat, junge Damen zu belästigen, die seine Enkelinnen sein könnten«, gibt Priya scharf zurück.

»Na, jetzt haste mich Mores gelehrt«, antwortet Archie mit einem Lachen. Er spielt an seinen Hosenträgern herum, dann wendet er sich an mich. »Bumblebeam ist nich von uns, also isses deine Sach, wennde was mit ihm zu schaffen hast. Findst' sein Wagen auf der Brücke dahinten ... und wennde nach Hause gehst, nachdem du ordentlich bemogelt wurdst, richte doch netterweise Melsie Mhondoro aus, dass das reisende Volk ihre Gesellschaft vermisst. Sie is imma an unseren Herden willkomm'n ... und dasselbe gilt auch für ihre Enkelin, solang se ihre schicke Freundin mitbringt.«

Auf dem Weg zu Bo Bumblebeams Wagen kommen ich und Priya an der alten Harpune vorbei, auf der massenweise Kinder herumklettern. Ein Relikt aus der Walfängerzeit von Edinburgh. Über allem ragt die massive graue Wand der Edinburgh Seawall auf, um uns vor den Wassern des Forth zu bewahren, das droht, die Hauptstadt zu überwältigen. Das war Schottlands letztes großes Bauprojekt vor der Katastrophe. Fifer auf der anderen Seite, deren Land überflutet wurde, hassen das Ding, weil die Mauer ein Symbol dafür ist – meinen sie –, dass Edinburgh immer bevorzugt wurde, und zwar auf ihre Kosten.

Wir wandern an einem Mehrfamilienhaus vorbei, das über die Masse der Feiernden hinwegblickt, bis wir eine schmale Holzbrücke erreichen, auf der Eisenbahnschienen ins Nichts führen. Vielleicht hatten die Gleise irgendwann ein Ziel, doch sie wurden vor langer Zeit von Asphalt überflüssig gemacht, der zum Ocean Terminal führt. Die Brücke wird auf beiden Seiten von verrosteten Bögen gestützt und von stabilen Geländern zusammengehalten. Bumblebeams

Namen leuchtet in goldenen Buchstaben auf einem mit Sternen bedruckten Banner, das quer über die Brücke gespannt ist.

Meine Schritte hallen, als Priya und ich die Holzplanken betreten.

Genau in der Mitte der Brücke steht ein altmodischer Wohnwagen. Er ruht auf großen Rädern mit Metallbeschlägen. Priya scheint genauso wie ich von dem unkonventionellen Gemälde auf dem Wagen fasziniert zu sein. Es besteht aus lebhaften Blau- und Rottönen, ergänzt von prunkvollen Pfauenfedern, deren Augen eine fast mystische Ausstrahlung haben. Die Fenster des Wohnwagens sind mit Rollläden verschlossen, und eine rote Laterne leuchtet an der Ecke über dem Fahrersitz.

Vier weiße Clydesdale-Pferde sind an der Brüstung der Brücke festgebunden. Sie haben fließende Mähnen und seidige Federn an ihren Fesseln. Diese Viecher sind ein gutes Stück größer als ich und strahlen pure Kraft aus. Bumblebeam muss eine Menge Kohle darauf verwenden, diese Pferde in Futter, Wasser und Hufeisen zu halten.

»Sollen wir reingehen?«

»Nur für den Fall, dass es dir nicht aufgefallen ist: Dieser Wohnwagen ist ein bisschen zu sehr achtzehntes Jahrhundert für meinen Rollstuhl. Ich werde hier draußen auf dich warten, Zweibeiner«, sagt Priya, rollt zu einem der Pferde hinüber und streichelt sein Vorderbein.

»Ich schrei nach dir, falls es Probleme gibt.«

»Und dann werde ich den Wagen in Stücke schießen, als bestände er aus Streichhölzern«, antwortet sie.

Genau das wollte ich hören … denn laut Callander stand Bo Bumblebeam zu Beginn seiner Karriere im Verzeichnis der Gesellschaft, ist aber nun schon seit über einer Dekade von der Liste verschwunden. Das ist auch in Ordnung, wenn ein Magier in den Ruhestand geht oder umzieht, doch manchmal – wenn auch selten – werden sie abtrünnig. Bumblebeam sollte nicht ohne Lizenz praktizieren. Ich hoffe, diesen Fakt einsetzen zu können, um von ihm die nötigen Infos zu bekommen. Ropa Moyo ist inzwischen total offiziell. Das Praktikum bei der Gesellschaft hat also doch gewisse Vorteile … wenn man mal den Mangel an Bezahlung aus der Gleichung nimmt.

Ich steige die Stufen nach oben und klopfe an die Tür. Nachdem ich ein paarmal »Hallo« gerufen habe, ohne dass eine Reaktion erfolgt, öffne ich das verdammte Ding trotzdem und erhasche einen Blick auf drei Personen. Sie halten Händchen und liegen zusammengesackt auf einer Satinüberdecke auf dem Bett an der linken Wand des Wagens. Ich lasse die Tür ein Stück offen, damit Priya sehen kann, was hier drin vor sich geht. Dieser Wohnwagen ist wahrscheinlich die erste Gelegenheit für mich, einen Wohnbereich zu sehen, der noch kleiner ist als unser Zuhause. Ein ausgesprochen schmaler Gang mit einem Teppich führt zu einer Vitrine mit Spiegel und verschiedenen Kosmetika. An einer Wand hängt ein Bild vom Meer, an der anderen eines, das einen Labrador zeigt. Räucherstäbchen brennen in einem Halter auf der Vitrine und erfüllen die Luft mit exotischem Duft.

Die Leute auf dem Bett rühren sich nicht, als ich eintrete.

In der Mitte liegt ein rundlicher Kerl in den Vierzigern mit einem Dalí-Schnurrbart. Sein extravaganter Samtanzug mit der Fliege identifiziert ihn als Bo Bumblebeam. Die anderen beiden, ein Mann und eine Frau irgendwo Mitte zwanzig, liegen friedlich da, als würden sie träumen. Ihre entspannten Mienen stehen in heftigem Kontrast zu dem konzentrierten Ausdruck auf Bumblebeams Gesicht.

Scheint, als würde er so seine Astraltouren durchziehen.

Offenbar führt dieser Gauner Seelen auf verschiedene astrale Ebenen, wo sie eine kleine Pause machen, und dann holt er sie wieder zurück, alles für das schnelle Geld – wie eine Safari. Keine schlechte Geschäftsidee, nehme ich an. Hätte ich eine Lizenz, wäre das etwas, was ich durchaus auch mal ausprobieren könnte. Obwohl ich nicht ganz sicher bin, ob ich wirklich diese Dr. Strange-Nummer durchziehen will, Seelen aus den Körpern zu schubsen und so. Bumblebeam muss einen Weg gefunden haben, diese Leute auf die andere Seite zu bringen, um die astralen Ebenen zu besuchen. Und nachdem die Zeit dort drüben im Vergleich zu dieser Seite der Realität etwas anders funktioniert, kann er mühelos dafür sorgen, dass ein kurzer Ausflug diesseits sich anfühlt wie ein paar Tage dort drüben – je nach der Ebene, die er auswählt. An manchen Orten, die ich schon besucht habe, fühlen sich selbst wenige Sekunden wie eine Ewigkeit an.

Ich überlege, einfach reinzugehen und Bumblebeam zu überraschen, bevor er zurückkehrt. Das mag riskant sein, sicher, aber Leute unvorbereitet zu erwischen, bringt gewöhnlich ehrlichere Antworten … oder ihre Lügen sind so lächerlich, dass man sie leichter durchschauen kann. Aber es gibt quasi unendlich viele astrale Ebenen … also wie soll ich herausfinden, wo genau er sich gerade herumtreibt?

Wisst ihr, damals, als ich noch Küchentischmagie von Gran gelernt habe, dachte ich, dass es diesen unsichtbaren Faden gibt, der die Seele an den Körper bindet, sodass man sie immer wieder einholen kann wie eine Forelle an der Angelschnur. Wissenschaftlich betrachtet sind die Seele und der Körper »verschränkt«,sozusagen analog zu der Quantenverschränkung subatomarer Partikel. Daher läuft zwischen beiden eine verzögerungsfreie Kommunikation, gleichgültig, wie weit sie voneinander entfernt sein mögen. Wenn der Körper stirbt, treibt die Seele frei, ohne eine Chance auf Rückkehr. Aber wenn die Seele stirbt, ist auch der Körper erledigt.

Als ich mir jetzt diese Ménage-à-trois so ansehe, gehe ich davon aus, dass Bumblebeam irgendeinen Weg gefunden hat, sich mit diesen beiden zu verknüpfen und er sie deswegen durch die Wonnen der astralen Ebene führen kann. Ergo, wenn ich auch eine Hand greife und mich strecke, sollte ich genau dort landen, wo sie sind. QED.

Priya ist mit dem Pferdestreicheln fertig und beobachtet mich aufmerksam von draußen, um sicherzustellen, dass hier drin alles halal ist.

Ich setze mich aufs Bett – wird ein wenig eng mit den vielen Leuten, die hier schon liegen, aber hey-ho – ich ergreife die Hand der Frau und lasse mich nach hinten sinken, den Rucksack immer noch unter mir. Dann schließe ich die Augen und entspanne meinen Körper von Kopf bis Fuß. Mein Geist beginnt zu treiben, bis ich mich aus meinem Körper löse und durch die Decke in Richtung einer farbenfrohen Ansammlung von Sternen schwebe, um dann in einer vollkommen anderen Ebene zu landen. Normalerweise muss ich selbst durch die unzähligen Ebenen navigieren, doch diesmal ist es anders. Fühlt sich an, als würde ich von seiner sanften Strömung durch die Weite der Unendlichkeit getrieben werden.

Ich lande in einer Wüstenstadt, deren weißer Sand sich unter meinen Füßen seltsamerweise eher wie Moos anfühlt. Überall um mich herum stehen halb ausgeformte Gebäude, ausgehöhlt wie lebensgroße Modelle, die geplant, aber nie wirklich gebaut wurden. Schmale Trampelpfade gehen plötzlich in mehrspurige Straßen über. Es ist ein Chaos aus Architekturstilen: horizontale Wolkenkratzer, die auf Pyramiden stehen, brutalistische Betongebäude, die sich an der Straße entlangziehen, bis sie von Bambusgerüsten abgelöst werden, die wiederum in Chinesische Tempel übergehen, die wie verankerte Kriegsschiffe in Reihen auf den Dächern stehen. Es ist, als hätten Szukalski, Gaudí und Piranesi zusammen gekifft und ihre Ideen miteinander vermengt.

Auf dieser Ebene bin ich noch nie gewesen. Das Chaos und die Romantik der Gebäude auf den weißen Dünen vermitteln mir das Gefühl, als wäre dies ein Ort der unvollendeten oder unerfüllten Träume aus unserer Welt … oder einer, der ihr ähnlich ist. Alles wirkt nostalgisch, wie eine Erinnerung an etwas Angenehmes – vielleicht an die Kindheit, als die Möglichkeiten noch endlos schienen.

Ich höre Stimmen in der Nähe. Durch die Fenster eines halb fertigen Mogulpalastes erhasche ich einen Blick auf drei Gestalten, die über einen offenen Hof wandern.

»Ich dachte, du hättest gesagt, außer uns wär niemand hier, Bo«, sagt der Mann, als ich zu ihnen gehe.

Bumblebeam dreht sich vollkommen überrascht zu mir um.

»Dies ist eine Ebene der Gegenstände, nicht der Wesen. Dinge, die werden sollten, aber nie geworden sind – und Dinge, die geplant wurden, aber nicht dazu bestimmt waren, sich zu materialisieren«, verkündet er mit einem aufgesetzten asiatischen Akzent. »Doch es scheint, als hätte eine weitere Reisende den Weg hierhergefunden. Namaste. Hier gibt es genug Platz für uns alle.«

Über uns, am Himmel, treibt eine Lehmmoschee vorbei und wirft einen Schatten, der die Sonne auslöscht – wie bei einer Sonnenfinsternis. Ich komme direkt zum Punkt, solange das Überraschungselement noch auf meiner Seite ist.

»Ich bin im Auftrag des Sekretärs der Gesellschaft der Skeptischen Fragenden hier, Mr. Bumblebeam.« Immer schön formell, damit er auch kapiert, dass ich von seinen illegalen Geschäften weiß. Das wird seine Kooperation erzwingen, da bin ich mir sicher. »Was ist mit Max Wu geschehen?«

Sein Dalí-Schnäuzer wackelt. Na ja, Angst ist eine Emotion, die in die eine oder andere Richtung kippen kann. Entweder das Gegenüber fügt sich … oder man sieht sich dem Kampf seines Lebens gegenüber. Aber ich habe die volle Autorität von Schottlands uralter magischer Gesellschaft hinter mir, also rechne ich mit Kooperation.

»Ich habe diesen Jungs gesagt, dass ich nichts damit zu tun haben möchte, aber was kann ein kleiner Busigier wie ich gegen die Mönche des nebligen Ordens ausrichten?«, sagt Bumblebeam. »Es ist ja nicht so, als könnte ich mich Hilfe suchend an die Gesellschaft wenden, oder?«

Seltsam, dass er sich vor den Mönchen fürchtet. Die sind doch nur eine Gruppe von Schuljungen, die Geheimgesellschaft spielen … oder nicht?

»Was haben Sie für sie getan?«

»Es war nicht mein Fehler, wirklich. Ich gebe mich mit solchem Zeug nicht ab, das habe ich nie getan, Lizenz hin oder her. Sie sind zu weit gegangen und haben die Tür geöffnet. Jetzt sind wir alle befleckt.«

»Was meinen Sie damit? Eine Erklärung, bitte«, verlange ich.

Bumblebeam murmelt etwas und tritt zurück, die Hände vor der Brust erhoben. Ein wilder, verzweifelter Ausdruck erscheint in seinen Augen.

»Was ist hier los?«, fragt die Frau.

»Ich kann nicht, er wird uns alle töten. Vergebt mir«, jault Bumblebeam, kurz bevor er eine ausladende Geste mit der rechten Hand vollführt.

Ich spüre eine heftige entropische Verschiebung. Der Wüstensand bewegt sich, als hebe sich die Erde unter unseren Füßen. Und als sich Bo Bumblebeam einfach in Luft auflöst, wird mir klar, wie tief wir in der Scheiße sitzen. Ich höre ein Tosen, wie es mir noch nie in meinem Leben untergekommen ist. Und dann bricht die Mutter aller Sandstürme über uns herein.

Vielleicht war es doch nicht so clever, mich auf Bumblebeams Territorium wichtigzumachen. Schließlich ist er ein Astralmeister. Musashi lehrt: »Kenne deinen Feind, kenne sein Schwert.« Aber ich habe mich in den Kampf gestürzt wie ein Volltrottel, nur weil ich ein unbezahltes Praktikum habe.

Ich werde in die Luft gerissen und von Sand beschossen, der dicht durch die Straßen und halb vollendeten Gassen peitscht, um die Sonne zu verdunkeln. Ich möchte mich gerade wieder aus dieser Ebene in die reale Welt zurückziehen, als ich irgendwo hinter dem Heulen des Sandsturms den panischen Schrei der Frau höre. Amateure sollten sich nicht an Astralprojektion versuchen. Aber ich kann sie doch nicht einfach hierlassen. Selbst sicher wirkende Ebenen beinhalten für Uneingeweihte jeweils eigene Gefahren, also sind diese beiden Abenteurer ohne ihren Führer einfach nur erledigt.

Für eine Zehntelsekunde frage ich mich, wie es Bumblebeam überhaupt gelungen sein mag, das durchzuziehen, doch dann übernimmt mein Selbsterhaltungstrieb die Kontrolle, und ich konzentriere mich auf das Hier und Jetzt. Nur das zählt.

Der Lärm ist unfassbar, hier, mitten in diesem tosenden Sturm. Ich höre, wie Metallpfeiler sich kreischend biegen, höre Holzbalken und Fliesen brechen, aber das sind nur

Untertöne im Brüllen des Windes. Gebäude zittern und schwanken. Fenster zerbersten unter dem Niederschlag durch die Luft sausender Steine. Einige davon erwischen auch mich … und es tut verdammt weh.

Ich kann nicht lange bleiben, wo ich gerade bin. Wenn ich nämlich hier sterbe, sterbe ich auch da draußen.

Ich setze meine ganze Kraft ein, um durch die Luft zu steuern, wobei ich immer wieder ausweichen muss, um nicht gegen Wände und anderes Zeug zu knallen. Ziemlich nervig, das alles mit zusammengekniffenen Augen durchziehen zu müssen, aber der Sand ist brutal und die wirbelnden Winde sorgen dafür, dass ich mich fühle, als müsste ich wildwasserraften statt surfen. Total verwirrend, daher bin ich entgeistert, als das erste Gebäude – ein groteskes Einkaufszentrum – sich von seinem Fundament löst und wie ein Blatt im Herbst in die Luft gerissen wird. Mir bleibt nicht mal die Zeit, »verdammte Scheiße« zu schreien, bevor auch andere Gebäude den Bodenkontakt verlieren und ins Kippen geraten.

Eine Pyramide kollidiert mit einer schwerfälligen Steinburg, begleitet von einem ohrenbetäubenden Knirschen. Monstergroße Steinquader rasen auf mich zu. Ich muss aus diesem Chaos raus, und zwar pronto. Jede Kollision verwandelt die Luft mehr in eine Suppe aus zerbrochenen Bauwerken, die es nie gegeben hat, was mir das Navigieren noch mehr erschwert.

Im Vergleich zu diesem hier wähle ich jeden Tag das All-Dort.

Irgendwo in diesem wirbelnden Wahnsinn spüre ich die panische Frau und fliege in ihre Richtung. Ich fühle sie, weil ich in der echten Welt ihre Hand halte und sie daher das Leuchtfeuer ist, das mich hierhergeführt hat.

Ich supermanne durch die Luft wie ein Adler, der das erste Mal sein Nest verlassen hat. Und dann sehe ich sie. Sie trudelt unter mir wie ein außer Kontrolle geratener Fallschirmspringer, fast eingeklemmt zwischen zwei riesigen Wolkenkratzern aus Stahl und Glas, die aufeinander zustürzen.

Ihren Partner kann ich weder sehen noch spüren.

Ich presse die Arme an die Seite und schieße wie ein Pfeil auf die Frau zu. Diese verdammten Wolkenkratzer kommen näher. Ständig muss ich meinen Kurs korrigieren, weil mein Ziel unkontrolliert trudelt.

Was auch immer geschieht, ich muss diese Frau erreichen, bevor die verdammten Gebäude uns zermatschen.

Eine massiver Wandrest aus Pflaster triff meine linke Schulter, wirft mich aus der Bahn und bringt mich ins Trudeln, bevor ich die Frau erneut ungefähr zwanzig Meter unter mir entdecke. Meine Angst sprengt jede Skala, aber ich bin entschlossen, also los. Ich stürze mich kopfüber in den Wind, verliere an Höhe, gewinne an Geschwindigkeit, während die Glaswände rechts und links immer näher kommen. Hochhäuser auf Kollisionskurs. Ich reiße die Hände nach vorn, als ich gegen die Frau knalle, dann umarme ich sie fest.

Ich höre ein unglaubliches Knirschen, danach ein Kreischen. Eine Fläche aus kaltem Glas und Stahl drängt uns unwiederbringlich auf ihr Gegenstück zu. Wir werden bis zur Unkenntlichkeit zerquetscht werden.

Ich schließe die Augen und presse mich durch den schmalen, verbliebenen Spalt; gleite wie ein Faden durch das verkorkste Nadelöhr, das nach Hause führt.

XIV

Noch bevor ich mich wirklich orientieren kann, brennt gleißendes Licht in meinen Augen. Das Mädchen neben mir kreischt wie wild und schlägt um sich, als fiele sie immer noch. Ihr Arm schlägt mich auf die Nase, und ich schreie schmerzerfüllt auf. »Hey, immer ruhig. Du bist jetzt in Sicherheit.« Sie redet wirres Zeug, als wäre Pfingsten, und ich verstehe keinen Piep. Als ich mich aufsetze, bemerke ich Priya. Ihr Haar steht in alle Richtungen ab, als hätte sie in eine Steckdose gefasst, und ihre Miene ist supergrimmig.

Ein beißender, chemischer Geruch, gegen den die Räucherstäbchen nicht bestehen können, erfüllt die Luft.

Ich spucke Holzsplitter aus und streiche mir Späne und Staub aus dem Gesicht. Ich bin mit Dreck überzogen. Mein Rücken tut weh. Mich auf meinen Rucksack zu legen war eine dämliche Idee.

»Seid ihr dadrin in Ordnung?«, fragt Priya. »Weil das hier draußen ein Höllenkampf war.«

»Was ist denn los? Das ist doch nicht das, wofür Nat und ich gezahlt haben«, kreischt mir die Frau ins Gesicht.

»Wie heißt du?«, frage ich.

»Nat ist immer noch an diesem Ort. Du musst ihn da rausholen«, sagt sie. »Was für ein Service soll das sein? Die heutige Nacht sollte unser erster gemeinsamer Urlaub werden.«

O nein.

Draußen flackern grüne und rote Flammen auf dem schwarzen Wasser des Flusses. Das Feuer reicht flussaufwärts, bis hin zu der Brücke, die über die Commercial Street führt. Der Müll im Fluss brennt. Feiernde haben sich am anderen Ufer versammelt und beobachten das Spektakel.

Ich schaue auf und sehe Sterne. Das Dach des Wohnwagens ist weggesprengt worden. Ich nehme an, das erklärt die Holzsplitter.

»Euer Kumpel Bo ist mit ziemlich mieser Laune aufgewacht«, sagt Priya. »Er hätte euch kaltgemacht, hätte ich ihn nicht aufgehalten. Epische Keilerei hier draußen, das kann ich dir sagen.«

»Wo ist er jetzt?«, frage ich.

»Ist durch die Nacht davongesaust. Ich konnte ihm nicht folgen. Musste sicherstellen, dass es euch gut geht.«

»Um Himmels willen, du musst zurück und Nat helfen!«, schreit die Frau. Sie tickt quasi aus, als sie über dem schlaffen Körper ihres Freundes steht und ihn schüttelt, als könnte das seine Seele wieder in den Körper locken.

Ich habe Nat nicht gespürt, weil ich die Hand dieser Frau festgehalten habe, während sie die von Bumblebeam gehalten hat, der wiederum die Hand ihres Partners gehalten hat. Als Bumblebeam die Verbindung gebrochen hat, blieb sie die einzige Person, die ich dort drüben finden konnte. Trotzdem, wenn ich eine Verbindung aufnehme, könnte ich ihn vielleicht befreien.

Plan? Na ja.

Momentan stehen mir nicht gerade viele Optionen zur Verfügung.

Um ehrlich zu sein, ich möchte eigentlich nicht in die Ebene zurückkehren, die wir gerade verlassen haben. Und der Kerl mit der Macht, das alles zu stoppen, ist entkommen.

Nehmt noch mein Kopfweh dazu, und das Ergebnis ist der Traumurlaub aus der Hölle, serviert mit einer ordentlichen Portion Scham und einem Löffel brauner Soße. Trotzdem: Es war meine Entscheidung, Bo Bumblebeam zu konfrontieren, also geht dieser Mist hier auf meine Kappe.

Ich muss das in Ordnung bringen.

»Pass auf mich auf, Priya. Ich gehe wieder rein.«

Doch sobald ich Nats Hand ergreife, weiß ich, dass nichts ist, wie es sein sollte. Obwohl seine Freundin ihn schüttelt wie eine Fetzenpuppe, kann ich sehen, dass niemand zuhause ist. Ich lege eine Hand auf ihre Schulter, um sie zu stoppen, dann taste ich mit der anderen Hand nach dem Puls an Nats Hals.

Er ist noch warm, aber einen Pulsschlag finde ich nicht. Ich drücke fester ... immer noch nichts. Speichel läuft aus seinem Mundwinkel, und sein Gesicht wirkt nicht länger gelassen, sondern angsterfüllt verzerrt.

»Du musst ihn dir anschauen«, sage ich drängend zu Priya.

Sofort rollt sie zur Treppe und zieht sich auf die zweite Stufe. Mit der Kraft ihrer Arme hebt sie sich auf die dritte Stufe und damit in den Wohnwagen. Dann rückt Priya ihre schlaffen Beine zurecht, packt den Rand des Bettes und zieht sich neben Nat auf die Matratze. Das Mädchen und ich drängen uns in eine Ecke.

Priya kontrolliert die Lebenszeichen, findet keine und beginnt mit ihren unglaublich starken Armen eine Herz-Lungen-Massage. Sie geht so heftig zur Sache, dass der Wagen schwankt. Ihr Gesicht zeigt intensive Konzentration, die habe ich so noch nicht an ihr gesehen.

»Unter meinem Stuhl liegt eine schwarze Tasche. Hol sie. Sofort!«, befiehlt Priya.

Ich springe die Stufen nach unten auf die Brücke. Unter dem Sitz des Rollstuhls finde ich eine schwarze Stofftasche, auf der der Äskulapstab prangt – eine Schlange, die sich um einen Stock windet.

»Beeil dich.«

Ich hetze in den Wohnwagen zurück und öffne neben Priya die Tasche.

»Gib mir den EpiPen«, sagt sie. Ich starre sie nur an. »Adrenalin. In der gelben Kiste, Ropa.«

Ich durchsuche hektisch die Tasche. Darin sind Kräuter, mehrere Phiolen, ein paar Fertigspritzen, Pillen und Tütchen und Pillen und Verbände und jede Menge sonstiges Zeug, das ich nicht erkenne.

»Wird er wieder gesund werden?«, fragt die Frau weinend.

»Wo ist es?«, frage ich.

»Hier, mach du mit der Wiederbelebung weiter«, sagt Priya. »Ich suche selbst.«

Die Frau tut sofort wie angewiesen. Ich stehe nur rum wie ein Trottel, beobachte Priya, wie sie ihre Sachen durchgeht und sofort die richtige Nadel findet. Sie öffnet den EpiPen und rammt ihn durch Nats Kleidung in seinen Oberschenkel. Ich zucke zusammen, weil das echt fies aussieht.

Nichts passiert.

»Wir brauchen einen Krankenwagen«, sagt das Mädchen … aber jeder weiß doch, dass die Nothelfer nachts nicht nach Leith fahren … und ganz bestimmt nicht bis an die Küste.

Artchival und eine Frau mit Kopftuch und langem Karorock treten an den Fuß der Treppe. Sie trägt ein farbenfrohes Tuch um den Hals, das in heftigem Kontrast zu ihren schwarzen Locken steht. Sie kann alles sein, von vierzig bis siebzig. Und das ist auch das, was ich von ihr empfange: einen Strudel aus Zeit, lange bevor tickende Uhren entwickelt wurden und die Batterien digitaler Uhren an Kraft verlieren. Hier geht es um die Zeit, die durch Geburten und Tode von Lämmern und Schafen gemessen wird, um den Lauf der Jahreszeiten. Sie ist Teil des natürlichen Weltenrhythmus. Die Frau trägt jede Menge Ringe, mehrere an jedem Finger, und einen aus Gold an jedem Daumen.

»Du kannstse nich' rett'n, kleine Heilerin. Ich hab gespürt, wie seine unsterbliche Seele gen Leere gewich'n ist – er is jetz' jenseits deiner Macht.« Ihre Stimme klingt heiser und harsch. »Artchival hat mir gekaspert, dat du da bist, Ropa Moyo, aba du has' nich' gesacht, dassde Theodosia Lovell seh'n wills', die sich de Hand aufgeschlitzt und Blut mit deiner Nana geteilt hat. Anstatt dessen bring'ste den Schnitter in diese sanfte Nacht.«

Priya unterbindet die Wiederbelebung durch das Mädchen, und der Wagen hört auf zu schwanken. Das Schluchzen der Frau zerreißt mir das Herz. Ich hätte diese Ebenen nicht besuchen sollen.

Ich sacke unter Artchivals wütendem Blick in mir zusammen. Vorhin war er jovial, aber jetzt ist er hart wie Granit. Aus irgendeinem Grund hält er einen Teekessel in einer Hand und eine chinesische Porzellantasse in der anderen. Ist kaum der richtige Zeitpunkt für ein Tässchen, aber ich nehme an, die Reisenden haben ihre eigenen Bräuche.

»Tut mir leid. Wir sind im Auftrag der Gesellschaft unterwegs«, sage ich.

Theodosia Lovell hustet und spuckt bei der Erwähnung der *Gesellschaft* auf den Boden. Ich ermahne mich selbst, dass der Name außerhalb der geraden Straßen der New Town vielleicht etwas ganz anderes bedeutet … so wie die Polizei nie der Freund und Helfer von Leuten aus meinem Slum ist. Lektion gelernt – zweimal an einem Tag.

»Ich entschuldige mich«, sage ich und presse die Hand aufs Herz.

»Komm her.« Sie winkt mit einem Finger, und ich kann nicht anders, als zu ihr zu gehen.

Die Flammen auf dem Fluss verlöschen langsam. Stinkender Rauch hängt in der Luft und bringt mich zum Husten. Theodosia Lovell packt mein Kinn, schiebt meinen Kopf nach hinten und starrt mir in die Augen. Ich bemerke, dass sie diese Heterochromie-Sache am Laufen hat, ein Auge haselnussbraun, das andere blau. Ihr Blick ist durchdringend, als suche sie etwas, während sie einen Blick durch die Fenster meiner Seele wirft. Ihr Griff ist fest, starke, raue Finger und lange Nägel graben sich in meine Haut. Ich verwelke förmlich unter diesen Augen, die schon so viel gesehen haben. Der purpurfarbene Eyeliner verstärkt nur die Intensität ihres Blicks.

Nach einer Weile gibt sie mich sanft wieder frei.

»Ich seh 'ne Menge Schmerz und Zores als Gefährt'n auf deinem Weg. Geht nicht anners, Mädel. Wär'n deine Schultern nur halb so grandig, ginge der Ärger auf deine Nächsten üba. Trach die Last gut, und das reisende Volk wird imma da sein, um zu helfen, so sicher Simon es für Jesses getan.«

Artchival nickt grimmig.

Ich verstehe nicht ganz, worum es hier geht, aber ich danke Theodosia Lovell trotzdem. Die Tatsache, dass sich eine weinende Frau und eine Leiche im Wohnwagen befinden, scheint sie momentan nicht besonders zu interessieren. Am Ende der Brücke hat ein Fiedler eine Melodie begonnen, und die Feiernden kehren bereits zu ihrem Spaß zurück. In Leith scheint immer die Sonne, egal, um welche Uhrzeit oder unter welchen Umständen.

»Hier lang, Jungens«, sagt Artchival zu zwei jungen Männern, die gekleidet sind wie er. »Helft der Frau, ihr'n Mann in ihr'n Wagen zu schaffen und fahrtse nach Hause … oder wo auch imma se hinwill. Das is nich' unsere Sach'; des ist de Sach' von dem Penner Bumblebeam und unsa Name soll nich' damit zu tun ham.«

Ich trete zur Seite, als die zwei Männer Priya aus dem Wohnwagen wieder in ihren Rollstuhl helfen. Meine Freundin wirkt angepisst, fast eisig, aber ich gehe davon aus, dass es für eine Heilerin schmerzhaft sein muss, jemanden so zu verlieren. Doch wie hätte sie den Körper retten können, wenn die Seele so tot war wie alles auf Chichikovs Liste? Ich lege eine Hand auf ihre Schulter und beobachte, wie die zwei Männer unter Artchivals wachsamem Blick Nats weinende Freundin langsam aus dem Wagen führen. Im Anschluss wickeln die beiden die Leiche in Bumblebeams Laken und tragen sie voller Zärtlichkeit nach draußen.

Im Buch der fünf Ringe warnt Bruder Musashi: »Bereue nicht, was du getan hast.« Aber das stinkt trotzdem zum Himmel, so richtig. Bumblebeams Handlungen sind nicht meine Schuld, aber das Ergebnis fällt trotzdem unter meine Verantwortung. Ich hätte da nicht reingehen dürfen, während verletzliche Personen anwesend sind. Wünsche mir, ich hätte es gelassen. Dann wäre Nat vielleicht noch am Leben.

Habe nicht mal die Info von Bo bekommen, die ich gebraucht hätte.

Ich werde ihn morgen früh bei Sir Callander melden. Im Augenblick kann ich mich nur drauf konzentrieren, aus diesem Debakel rauszuholen, was geht, wie es der Weg des Kriegers ist. Ich kann nicht mit leeren Händen verschwinden, als wäre der Mann für gar nichts gestorben.

»Wir werden die Pferde nehmen, und ihr könnt den Wagen behalten«, sage ich zu den Travelern, sozusagen als Einstiegsgebot.

Artchival wirft einen Blick zu Theodosia Lovell, deren Mundwinkel sich ein winziges Stück heben.

»Aye, wir räum' hinta dia auf, und du lässt uns dies'n Haufen Nepp«, antwortet Artchival, wieder freundlich und nett. »Priya, die nich' meine Königin sein will, des war'n bombenmäßiges Feuerwerk, dasde da für uns hingelegt has. Schickeres Duell, als ich's bisher von Magiern gesehen hab, und das sach ich als alta Boxa, der weiß, wies is, echt auf die Probe gestellt zu werd'n. Bumblebeam war dir nich' gewachs'n. Dafür kriegsde ein Pferd, nich ein Schnurrhaar mehr.«

Priya öffnet den Mund, um etwas zu sagen, aber Theodosia Lovell kommt ihr zuvor.

»Die Heilerin spricht wahr sowie du auch, Ropa Moyo. Aber wenn's reisende Volk unterwegs is, dann isses meine Entscheidung«, sagt sie. »Artchival wird euch weder Vieh noch Kohle geb'n, die nich' verdient wurd'n. Mach dir keine Skrupel, kleine Heilerin. Ich hab' geseh'n, wie Boniface Bumblebeam den Wind gesät hat und der Sturm wird komm'n, ihn zu hol'n. Er hat kein' Nutzn mehr von diesem Zeuch. Merk's dir wohl, Ropa Moyo. Könnt 'ne Zeit in der nah'n Zukunft geb'n, wo die Stimme von dieser Heilerin dein Gewiss'n ist, wenn de Richtung Dunkelheit kippst. Also hör auf se, weil se dich wahrhaft liebt so wie du sie. Du has'n übergroßes Orenda, beugst de Welt auf dein'm Weg, aba des heißt nich', dat de auch immer kriechst, wasde willst. Oft wird's gegen dich arbeit'n. Und in diesen Momenten wirsde entweder bieg'n oder brech'n oder standhaft bleib'n.«

Sie dreht sich zu Artchival um und weist ihn an, den Tee einzugießen. Er hebt die Tasse, und die dampfende, schwarze Flüssigkeit trifft den Behälter mit dem Geräusch von Pisse. Selbst ohne den Rauch in der Luft riecht das Zeug streng. Theodosia Lovell hält mir die Tasse mit beiden Händen entgegen. Ich greife danach. Unsere Finger berühren sich, doch sie gibt die Tasse nicht frei. Diese Brühe ist auf die alte Art gekocht, mit Teeblättern. Ein paar davon treiben auf der Oberfläche.

Ich bin mir nicht sicher, ob ich davon trinken soll oder was.

»Des dritte Auge deiner Nanna sieht nich halb so gut, wies mal war, doch imma noch weita als de meisten, vergiss des nich. Sach ihr, Theodosia Lovell meinte, dass unsere Pfade sich noch einmal kreuz'n würd'n, wenn des alles vorbei is, aber vorher nich.« Sie gibt die Teetasse frei, und ich denke, wie zur Hölle soll ich mit der vollen Tasse nach Hause radeln?

Als hätte sie meine Gedanken gelesen, sagt sie: »Pack's in deine Tasch', Mädel. Was ich gebraut hab, wird nich vergoss'n, bevor's serviert is.«

XV

Ich bin angeschlagen und stinke nach Rauch, als ich endlich in den Hermiston Slum zurückkehre. Mein Laborkittel ist mit Ruß und Dreck verschmutzt, aber ich bezweifle, dass ich ihn bald waschen werde. Ich bin immer noch schlecht auf Priya zu sprechen, und sie hält im Augenblick auch nicht viel von mir. Sie meint es gut und alles, aber es geht um Zaster in meiner Tasche. Es ist nicht vorbei, bevor die fette Frau singt … aber bei diesem Job hat sie sich noch nicht mal warmgesungen. Trotzdem, von den Travelern abgezogen zu werden, hat die Luft aus meinem Zeppelin gelassen, und ich bin gerade nicht besonders beschwingt.

Es ist schon spät, aber die Sommersonne hängt noch irgendwo direkt hinter dem Horizont. Aus der nahen Flüsterkneipe dröhnen Indie-Hits aus den Nullerjahren, mit nervigem Bass.

River ist nicht in ihrem Bau, als ich mich bücke, um sie zu begrüßen. Muss auf der Pirsch sein. Aber zumindest sind Gran und Izwi noch wach und schauen fern, als ich den Wohnwagen betrete.

»Ropa, kann ich dein Telefon haben?«, fragt Izwi, bevor ich auch nur die Tür schließen kann.

»Ich freue mich auch, dich zu sehen, Sis«, sage ich, als ich meinen Rucksack abstelle. Ich fische mein Handy aus der Tasche und werfe es ihr zu. »Wie läuft's, Gran?«

»Die üblichen Zipperlein. Wenn es nicht das eine ist, ist es das andere. Am Ende verrät dich dein Körper. Drum musst du dich gut um deinen kümmern. Wie war dein Tag, Kind?«

»Alles beim Alten.«

»Ach wirklich?«

Was soll ich sonst sagen? Ich habe den Tod eines Mannes verschuldet und in Leith ein magisches Duell losgetreten?

Auf der Arbeitsfläche steht eine Vase mit Wildblumen. Diese Vase ist in Wirklichkeit eine alte Kaffeedose, aber die Mischung aus Scharfgarbe, Weideröschen und Labkraut darin sieht entzückend aus.

»Wo kommen die her?«, frage ich.

»Gran hat einen Freund«, sagt Izwi.

»Habe ich nicht«, antwortet Gran verlegen. »Gary O'Donohue hat sie vorbeibringen lassen. Er ist wirklich freundlich.«

»Wieso hat er sie nicht selbst vorbeigebracht? Er lebt doch nur eine Gasse entfernt.«

»Woher soll ich wissen, was im Kopf dieses Mannes vor sich geht?«, antwortet Gran und rückt ihr Doek-Kopftuch zurecht.

»Er steht auf dich.«

»Was du damit sagen willst, ist, dass er ein sehr aufmerksamer und fürsorglicher Gentleman ist. Und jetzt hör auf, mich zu nerven und hol dir einen Teller vom Herd.«

Das muss sie mir nicht zweimal sagen – vor allem, da es Kürbispüree und Erbsen mit Kidneybohnen gibt. Gran hat erzählt, dass sie diesen Brei als kleines Mädchen sehr oft gegessen hat. Nennt ihn Nhopi oder etwas in der Art. Und obwohl wir noch nicht Halloween haben, ist er ein Leckerbissen.

Lasse mich auf die Bank gegenüber fallen und schaufele

mir mein Essen in den Mund wie ein Schwein am Trog. Schmeckt echt gut. Aber es dauert nicht lange, bevor ich wieder anfange, über Max Wu, die Mönche, Bumblebeam, Lewis und das schreckliche Chaos von heute nachzudenken. Möchte mich eigentlich nicht mit solchem Zeug beschäftigen, wenn ich mit meiner Familie chille, aber ich habe das bohrende Gefühl, dass ich irgendetwas übersehe. Was auch immer passiert, ich muss Bumblebeam finden und so viel Infos wie möglich darüber aus ihm rauspressen … über das, was er und »diese Jungs« getan haben, was ihn so kopfscheu gemacht hat.

Wo sind sie hin? Was haben sie getan? Was hat Bumblebeam solche Angst gemacht, die ihn zu dieser Reaktion hat treiben können? Schließlich reden wir hier von Kindern.

Irgendwie ist es seltsam, jetzt hier bei meiner Familie zu sein und mich zu benehmen, als wäre alles in Ordnung – nach dem, was heute Abend passiert ist. Ziemlich verwirrend. In einer Minute beobachte ich Priya dabei, wie sie versucht, einen toten Mann zu retten; in der nächsten sehe ich Wiederholungen von *Taggart* und esse Kürbisbrei. Aber dieser alltägliche Trott ist mir lieber als das, was ich heute den Tag über erlebt habe.

»Einen Penny für deine Gedanken«, sagt Gran.

»Du solltest mindestens einen Prinzling bieten«, antworte ich mit einem Lachen. »Nichts Besonderes eigentlich. Wie kommt es, dass du heute nicht strickst? Ist dir die Wolle ausgegangen?«

»Meine Handgelenke schmerzen ein bisschen, also dachte ich, ich gönne ihnen mal Ruhe. Aber nur für eine Weile.«

»Puh. Ich glaube, wenn du ganz aufhören würdest, würden bestimmt bald ein paar Schaffarmer mit Mistgabeln vor der Tür stehen.«

Unser Wohnwagen wirkt manchmal fast wie ein Kurzwarenladen. Gran strickt ständig irgendwas und verschenkt das meiste davon an unsere Nachbarn. Einige Sachen verkauft sie relativ billig. Das ist die Kohle, die dabei hilft, ihre Medis zu bezahlen und Ähnliches. Aber meistens liegen Papiertüten voller Wolle rund um ihre Bank – Knöpfe in Dosen, Reißverschlüsse, halb fertige Arbeiten. Und natürlich kullern überall Stricknadeln und so was rum. Hält sie beschäftigt, und das ist gut so.

Meine Leute sind vor Unzeiten gestorben. Ich denke nicht gern daran. Ziemlich ironisch, wenn man überlegt, dass ich ständig tote Menschen sehe. Aber damit habe ich erst lange nach ihrem Tod angefangen, und ich habe sie nie gesehen, weder hier noch im AllDort, wohin die Toten gehen. Als ich angefangen habe, mich durch die Ebenen zu bewegen, habe ich noch gehofft, dass ich ihnen mal begegnen würde. Aber bisher ist das nicht passiert. Vielleicht eines Tages … aber ich rechne nicht wirklich damit.

Das Seltsame ist, der Tod stinkt trotzdem zum Himmel, obwohl ich doch objektiv betrachtet weiß, dass es bloß ein Übergang von einer Welt in eine andere ist. Muss etwas mit der menschlichen Existenz zu tun haben, dass die Vorstellung, diese Welt zu verlassen, so schrecklich ist. Nichts kann diesem Umstand seinen Schrecken nehmen. Vielleicht verweilen manche Geister deswegen hier. Versteht mich nicht falsch, die anderen Existenzebenen sind ziemlich cool und alles – mit psychedelischem Scheiß, den man in dieser Welt nicht erleben wird. Aber in der realen Welt fühlt man sich auf eine Art und Weise *lebendig*, die man nirgendwo anders findet.

Ich habe ein paar Fotos von meiner Mom auf meinem Handy. Sie war wunderschön. Meistens kann ich es nicht ertragen, sie anzuschauen. Strange ist, dass ich absolut nichts von meinem Dad besitze, obwohl er erst nach ihr gestorben ist. An ihn habe ich nur verschwommene Erinnerungen. Gran sagt, sie hätte auch keine Bilder; dass er es nicht mochte, fotografiert zu werden. Aber das ist in Ordnung; würde mir sowieso nicht viel helfen. Ich bin lieber dankbar für das, was ich habe. Izwi, Gran, mehr brauch ich nicht. Die beiden halten mich genug in Bewegung. Manche Leute da draußen haben gar niemanden ... und das ist ein beängstigender Gedanke. Andere können ihre eigene Familie nicht ausstehen – wie grauenhaft! Ich habe die besten zwei auf der ganzen Welt und tolle Freunde, also scheine ich in dieser Lebenssache auf dem Gewinnertreppchen zu stehen, wie ich es sehe.

Ich leere meinen Teller und geh zur Spüle, um mich ums Geschirr zu kümmern. Eigentlich ist heute Izwi dran, aber ich will ihr keinen Tanz machen, weil Grans Kürbisbrei angenehme Wärme in meinem Bauch erzeugt. Außerdem hatte ich heute schon genug Ärger. Und so stehe ich vor dem Becken und will gerade mit dem Spülen anfangen, als mir etwas einfällt.

»Gran, kennst du eine Frau namens Theodosia Lovell?«

Sie keucht, und ihre Miene strahlt vor reiner Freude, sodass ich all ihre wunderschönen Fältchen sehen kann. Aufgeregter habe ich Gran seit Ewigkeiten nicht mehr erlebt. Wenn ich jetzt so darüber nachdenke: Gran mit ihrem Doek-Tuch und Theodosia mit ihrem Kopftuch könnten Schwestern von zwei Müttern sein.

»Du hast sie getroffen? Ist sie in der Stadt? Kommt sie uns besuchen?«

»Ich war an der Küste unten in Leith, aber sie hat nichts davon gesagt, dass sie in diese Richtung kommen will. Hat nicht mal gefragt, wo wir leben oder irgendwas. Vielleicht können wir morgen hingehen, wenn du sie dringend sehen möchtest.«

Die Aufregung in ihrer Miene verblasst, und Enttäuschung breitet sich aus.

»Das reisende Volk bleibt selten lange. Wir könnten jetzt sofort losziehen und trotzdem niemanden finden. Wenige Leute sehen Theodosia Lovell zweimal am selben Ort.«

»Wer ist Theodore Lover?«, fragt Izwi. Ihr Blick klebt immer noch an meinem Handy.

»Theodosia ist eine liebe Freundin von mir. Ich habe sie seit Jahren nicht gesehen, aber dass sie nach Edinburgh gekommen ist und wieder verschwindet, ohne mich zu besuchen, bricht mir das Herz«, sagt Gran mit trauerschwerer Stimme.

»Das hätte ich fast vergessen. Sie wollte, dass ich dir etwas gebe«, sage ich.

Gran beginnt erneut zu strahlen, als hätten wir den fünften November. Aber nachdem mein Rucksack umgefallen ist, bin ich mir sicher, dass ich gleich ziemlich dumm dastehen werde. Dämliche Idee, mit einer vollen Tasse Tee in meiner Tasche durch Edinburgh zu radeln. Wahrscheinlich wiehern diese Traveler gerade über mich. Ich hoffe, meine Bücher haben nichts abgekommen, weil Sneddon sonst einen Anfall kriegt.

Egal. Ich werde Gran einfach erzählen, dass ihr Theodosia Lovell die Tasse als Geschenk geschickt hat.

Ich öffne meinen Rucksack, ziehe ein paar Bücher und mein Mbira heraus. Und da, in der untersten Ecke, steht die Teetasse, und zwar aufrecht. Seltsamerweise dampft sie noch, als ich sie heraushole, und anscheinend wurde kein einziger Tropfen vergossen. Verdammt. Ghoule sind mir tausendmal lieber als solch stranges Zeug. Als es mir endlich gelingt, meine Augenbrauen wieder von der Decke zu lösen, trage ich die Tasse zu Gran hinüber. Es ist eine klassische Tasse mit Blumenmuster in Schwarz, mit Goldrand. Auch der Griff ist mit Gold überzogen und glänzt im Licht.

»Iiiih. Das stinkt«, sagt Izwi.

Gran nimmt die Tasse mit beiden Händen entgegen. Sie schnüffelt an dem Tee, der nichts von seinem durchdringenden Aroma verloren hat, dann hebt sie das Getränk an die Lippen. Sie leert die Tasse in einem Zug, und ihre Kehle bewegt sich beim Schlucken.

Danach zieht sie die Tasse an die Brust und späht hinein. Die milchige Linsentrübung ihrer Augen bewegt sich schnell hin und her, als läse sie einen Text, statt auf Teesatz zu schauen.

Plötzlich schreit sie entsetzt auf und lässt die Tasse fallen.

»Bist du okay?«, frage ich und berühre sanft ihren Arm.

Grans Mund steht offen, sie presst eine Hand an ihr Herz, und ihre Augen sind so schockiert aufgerissen, als hätte sie den Leibhaftigen gesehen.

»Was ist los, Gran?«, frage ich.

»Nichts, was dich interessieren müsste, Kind. Noch nicht, zumindest«, sagt sie, während sie um Fassung ringt. Sanft fügt sie hinzu: »Mach dich wieder an den Abwasch und lass eine alte Frau nachdenken.«

»Bist du dir sicher, Gran?«, frage ich, doch sie ist schon weit entfernt.

Die Teetasse liegt in Scherben auf dem Boden. Ich sammele die Scherben ein, eine nach der anderen, und werfe sie in den Müll.

XVI

Krishna sei Dank für die Ferien. Zumindest kann ich später aufstehen und muss mir keine Sorgen darum machen, Izwi zur Schule zu bringen. Nach gestern Abend bin ich immer noch durch den Wind. Habe Priya und Jomo heute Morgen ein paar Nachrichten geschrieben, aber bisher hat niemand geantwortet. Trotzdem, die Plackerei nimmt kein Ende, und ich muss ins Büro … »Ins Büro«, klingt gut – total offiziell. Gran hat mir immer noch nicht gesagt, worum es gestern ging, aber ich lasse sie zufrieden, und sie hakt auch bei mir nicht nach. Auf die Art läuft es am besten.

Ich radele durch Dalry, in Richtung Haymarket. Die Luft ist noch kühl, aber ich schwitze trotzdem. Der schottische Sommer ist manchmal so seltsam. Jeden Tag wird das Wetter-Roulette neu gedreht. Ich habe den Ohrwurm drin und höre Rossworth Rupini dabei zu, wie er über den Unterschied zwischen Schöpfern von Reichtum und Schnorrern redet. Ich fühle seine Vibes total. Ich habe schon eine Menge Audiobooks gehört, aber der Wurm hebt diese Lesesache auf ein ganz neues Level. Bei normalem Audio stopft man sich den Hörer ins Ohr und lauscht, aber ich schwöre, mit dem Wurm fühlt es sich eher an, als würde der Inhalt des Buches direkt ins Hirn runtergeladen.

Ich sollte lieber die Straße im Blick behalten, nachdem am Shandwick Place ein Ochsenkarren zusammengebrochen ist und wir jetzt alle einen Weg um stinksaure Rindviecher finden müssen. Die Stadt ist heute gerammelt voll. Ich frage mich, was los sein mag, weil eigentlich kein Feiertag sein dürfte. Dann entdecke ich Dutzende Heißluftballons mit dem Union Jack darauf am Himmel, und mir fällt wieder ein, dass King's Market Week ist.

In den nächsten sieben Tagen braucht man keine Lizenz oder irgendwas; man kann einfach einen Stand aufbauen und Waren verkaufen ... solange man in der Stadt wohnt. Aber natürlich schleichen sich auch Leute aus Musselburgh und Fife ein und tun so, als seien sie Einheimische. Jede Menge Kinder aller Altersklassen helfen ihren Familien bei der Arbeit. Ich habe das noch nie selbst gesehen, habe nur davon gehört, aber es muss wohl eine Zeit gegeben haben, als es in Edinburgh ein großes Festival gab, zu dem Leute aus der ganzen Welt anreisten. Das war natürlich vor der Katastrophe. Habe sogar schon die Behauptung gehört, die Einwohnerzahl der Stadt hätte sich in dieser Zeit verdoppelt, was in meinen Ohren total irre klingt. Wo würde man denn all diese zusätzlichen Menschen unterbringen? Die King's Market Week ist schon hektisch genug, vielen Dank auch.

Ich weiche dem Wahnsinn auf der Princes Street aus, indem ich über die South Charlotte Street auf die George Street fahre.

Von dort geht es immer geradeaus zur Bank. Trotz des gestrigen Tages fühle ich mich toll, weil ich mein eigenes Büro bekomme. Ich kann es kaum erwarten. Ich werde dort sitzen, die Füße auf dem Tisch, und »Herein« schreien, wann immer es klopft.

Ich kann mir sogar ein Messingschild mit meinem Namen an der Tür vorstellen. Ropa Moyo wird jetzt richtig offiziell, Leute.

Sobald ich angehalten habe, ziehe ich den Wurm aus dem Ohr und stecke ihn zurück in meine Ausgabe von Rupini. Sneddon hat mich gewarnt, dass die Würmer sterben können, wenn man sie nicht spätestens ein paar Stunden nach Benutzung in ihr Buch zurücklegt. Und es gibt eine Strafe, wenn dem Wurm was passiert. Hatte irgendwas mit den Kosten und der Zeit zu tun, die nötig sind, um einen neuen auszubilden. Weiß nicht viel darüber, aber auf keinen Fall kann ich mir im Moment zusätzliche Ausgaben leisten.

Hebe mir das Rad auf die Schulter und betrete mit beschwingten Schritten die Bank. Ich schaffe es sogar die Treppe nach oben, bevor die verdammte Cockburn mich auf dem Absatz erwischt.

»Sie sollten wirklich aufhören, dieses Fahrrad mit heraufzubringen, Miss Moyo«, sagt sie.

»Ich kann es nicht draußen lassen.«

»Es gibt einen sicheren Lagerraum im Erdgeschoss, im hinteren Teil des Gebäudes.«

»Das Meeting fängt in fünf Minuten an«, verkündet im Vorbeigehen ein adretter Typ, den ich bisher noch nicht kennengelernt habe.

»Bin gleich da. Muss noch die Neue zu ihrem Büro bringen«, antwortet Cockburn. »Dann komm.«

Wir steigen über die Treppe in den dritten Stock. Ich bin ekstatisch. Ha, ganz oben, dabei bin ich noch gar nicht lange hier. Ich liebe mein Leben. Ein geschmackvoller Teppich bedeckt den Boden, und an den Wänden hängen Schwarz-Weiß-Fotos von verschiedenen Gentlemen. Wir kommen an Schatten von Bankangestellten vorbei, die sich in der normalen Dimension bewegen, und biegen um eine Ecke. Dort zeigt Cockburn auf eine Tür am hintersten Ende des

Gangs und informiert mich, dass dies das Büro des Sekretärs ist. Dann erreichen wir mein Zimmer.

An der schmalen weißen Tür hängt ein Schild mit der Aufschrift *Allgemeine Entdeckungen*. Cockburn dreht den silbernen Knauf, öffnet die Tür und zieht an einer Lampenschnur, die von der Decke hängt. Eine altmodische weiße Glühbirne erwacht flackernd zum Leben, und Cockburn bittet mich in den Raum.

Hier drin ist kaum genug Platz für einen Sarg! Das ist eher, na ja, ein begehbarer Schrank. Und keine Fenster. Ich bemerke Cockburns fieses Schmunzeln und weiß, dass das hier die volle Verarsche ist. Das einzige Möbelstück ist ein Schulpult – die altmodische Sorte mit Tintenfasshalter und einer Kuhle, in die man Stifte legen kann. Dahinter steht ein kleiner Stuhl, offensichtlich für Grundschulkinder gedacht.

»Wie gefällt Ihnen Ihr neues Büro, Miss Moyo?«

»Es ist vollkommen ausreichend. Vielen Dank, Miss Cockburn«, antworte ich neutral. Ich gönne ihr einfach die Befriedigung nicht.

»Wenn Sie sich eingerichtet haben, sollten Sie dem Sekretär einen Besuch abstatten. Und nun entschuldigen Sie mich bitte, ich muss an Meetings teilnehmen.« Sie geht ein paar Schritte den Flur entlang, doch dann bleibt sie stehen, weil sie sich eine letzte spitze Bemerkung offensichtlich nicht verkneifen kann. »Und bitte, kleiden Sie sich im Büro demnächst angemessener.«

Ich lasse den Blick ziemlich angefressen über mein neues Königreich gleiten. Ich nehme an, ein Schreibtisch aus massiver Eiche mit einem schicken Bürostuhl wäre zu viel verlangt gewesen, aber hey – ich werfe meinen Rucksack auf das Pult und lehne mich gegen die Wand –, ein Fenster wäre wirklich nett gewesen.

Auf jeden Fall ist das jetzt mein Büro, und ich sollte das Beste daraus machen. Jammern und Wehklagen hilft nicht weiter.

Als Erstes drehe ich das Pult, sodass ich mit dem Rücken zur Wand sitze und zur Tür schaue. Leichter gesagt als getan, weil der Raum zu eng ist, um den Tisch einfach umzudrehen, also muss ich ihn erst mal aus dem Raum zerren, im Flur umdrehen und dann wieder reinschaffen. Ich schiebe ihn ganz an die rechte Wand, sodass mir ein schmaler Spalt bleibt, durch den ich mich quetschen kann, um mich zu setzen. Den Stuhl werde ich für den Augenblick behalten, aber das Problem lässt sich sicher noch lösen. Ich kann mir einfach einen besseren aus irgendeinem anderen Büro klauen.

Mein Zimmer nimmt langsam Gestalt an, als es an der Tür klopft.

»Herein«, sage ich.

Sir Callanders große Gestalt füllt den schmalen Türrahmen. Zwischen seinen Füßen schlendert eine orange getigerte Katze in den Raum. Sir Callander schnalzt missbilligend mit der Zunge, als er mein Büro mit den Spinnweben über den Deckensimsen sieht.

»Das ist eine riesige Katze, die Sie da haben, Sir Callander«, meine ich.

»Oh, das ist Petals und sie gehört zum Mobiliar. Wenn du dir die Bilder ansiehst, wirst du feststellen, dass sie schon die letzten drei Sekretäre begleitet hat.«

»So lange leben sie?«

»Katzen, ja. Sekretäre unglücklicherweise nicht so lang. Gab über die Jahre ein bisschen viele, ähm, unglückliche Unfälle. Ich sehe, dass Frances sich besondere Mühe gegeben hat, dafür zu sorgen, dass du gut untergebracht bist.«

»Ich nehme an, Ihr Büro wird so ähnlich aussehen.«

»Quasi.« Callander schließt die Tür, und das Büro der Allgemeinen Entdeckungen bekommt dank des harschen Lichts der nackten Glühbirne eine Aura von Verhörzimmer. Callander ist nicht gerade fett, aber er fordert mit seiner Präsenz eine Menge Raum. Und die Katze hilft da auch nicht weiter. Aber zumindest weiß ich jetzt, wer für die Kratzspuren an den Möbeln verantwortlich zeichnet.

»Ich würde Ihnen ja einen Stuhl anbieten, aber ...« Ich wedele mit der Hand, um klarzustellen, dass es keinen gibt.

»Bringen Sie mich auf den neuesten Stand über die Max-Wu-Situation. Haben Sie Fortschritte gemacht? In Zukunft erwarte ich schriftliche Berichte, die nur für meine Augen bestimmt sind. Ihre Rolle erfordert absolute Diskretion.«

»Reden ist Silber und so.«

»Genau.«

Sir Callander hört mir mit nachdenklich gerunzelter Stirn zu, als ich über mein unglückliches Abenteuer mit Bumblebeam und seinen astralen Touristen berichte ... und darüber, wie Priya mir die Haut gerettet hat. Hin und wieder brummt er, doch überwiegend lauscht er nur. Als ich Theodosia Lovell erwähne, vertiefen sich seine Stirnfalten, also lasse ich die Geschichte von Grans Tasse Tee lieber aus. Himmel!

»Ist Lovell immer noch hier, in der Stadt?«

»Letzte Nacht war sie es.«

»Ich hätte informiert werden müssen, sobald sie gesichtet wurde.«

»Wir können jetzt sofort nach Leith gehen. Aber wieso wollen Sie sie sehen?«

»Das wäre zu spät. Lovell ist eine Feindin der Gesellschaft, aber uns ist bisher nicht gelungen, sie auszuschalten. Sie gleitet uns immer wieder durch die Finger wie Sand in einer Eieruhr. Aber Sie brauchen sich jetzt nicht mit ihr aufzuhalten. Sie sollten sich darauf konzentrieren, Bo Bumblebeam zu finden. Er klingt verzweifelt, also konfrontieren Sie ihn nicht. Rufen Sie stattdessen mich. Ich werde mich darum kümmern. Unlizensierte Praktizierende jedweder Couleur werden während meiner Amtszeit nicht mehr akzeptiert. Aber offiziell gibt es sie natürlich gar nicht … da wir es uns nicht leisten können, Londons Aufmerksamkeit zu erregen. Hier geht es um interne Angelegenheiten«, erklärt er streng. »Ich verlasse mich auf Ihre Intelligenz. Aber Sie müssen lernen, Ärger aus dem Weg zu gehen und sich im Zweifelsfall zu verteidigen. Verstanden?«

Er möchte einem alten Fuchs neue Tricks beibringen, aber ich nicke trotzdem.

»Was lesen Sie gerade, um Ihre Zauberfähigkeiten zu verbessern?«

»Also, es geht nicht wirklich um Magie. Ich lese Rossworth Rupinis *Reicher Zauberer*.«

»Dieser Kurpfuscher wird Ihnen nichts von Gehalt beibringen; Sie sollten ihn zur Seite legen und sich mit Nützlicherem auseinandersetzen. Das Elgin hat viele Ressourcen zu unserer Kunst, die Sie einsetzen sollten, um an den Grundlagen zu arbeiten, Miss Moyo. Denken Sie immer daran: Um sich Ihren Platz in der Gesellschaft zu sichern, werden Sie noch einmal getestet. Und diesmal müssen Sie bestehen. Bedenken Sie, dass Ihr Versagen ein schlechtes Licht auf mich werfen würde. Also, dies ist ein Text, den Sie als bereichernder empfinden werden. Er stammt aus meiner persönlichen Sammlung hier im Büro, darum erwarte ich, dass Sie ihn mir zurückerstatten, wenn Sie damit fertig sind.«

Callander hebt die linke Hand, und einen Wimpernschlag später erscheint ein weißes Buch darin. Er reicht es mir: *Das Handbuch der Selbstverteidigung für den fähigen Praktizierenden* von Barrington Clifford. Auf dem Cover ist etwas abgebildet, das ich zuerst für einen Fechter halte, ein Arm ist elegant nach vorn gestreckt … bis mir klar wird, dass er keinen Degen hält, sondern einen Zauberstab.

»Danke«, sage ich. »Und wann darf ich den Test noch mal ablegen, damit ich eine echte Lehrstelle bekomme und keine unbezahlte Praktikantin mehr sein muss?«

»Wenn Sie bereit sind. Wenn Sie mich jetzt entschuldigen möchten, ich muss mich um einiges kümmern. Bleiben Sie wachsam und halten Sie mich auf dem Laufenden.«

»Ich brauche Ihre Handynummer«, sage ich, als er Anstalten macht zu gehen.

Er schnippt mit den Fingern, und aus der Luft fällt eine Visitenkarte auf meinen Schreibtisch. »Ich wünsche Ihnen einen schönen Tag, Miss Moyo.«

Nachdem mein Boss verschwunden ist, hänge ich noch eine Weile im Büro rum, aber hier gibt es noch keine Arbeit für mich. Es ist ja nicht so, als müsste ich kopieren oder Tee machen, wie Cockburn es ursprünglich geplant hatte. Und Callander hat mich in seine Privatabteilung geschmissen, ohne mir wirklich zu sagen, was er von mir erwartet. Also beschließe ich, meine Ermittlung dorthin zu tragen, wo ich am besten klarkomme – auf die Straßen. Ich ergreife gern die Initiative, aber bevor ich gehe, werde ich mal ein bisschen rumschnüffeln … und dann was essen.

Ich schnappe mir meinen Rucksack und verlasse das Büro. Erst jetzt stelle ich fest, dass die Tür nicht mal ein Schlüsselloch hat; ich kann sie gar nicht verschließen. Vielleicht hat Cockburn das so geplant, damit sie jederzeit schnüffeln kann. Witzig, dass ich mich zwar in einer Bank aufhalte, mich aber nicht sicher fühle.

Ich grüße einen kleinen Mann in Arbeitskleidung mit blauem T-Shirt, der zwei volle Müllsäcke trägt. Er hat eine Strickmütze auf dem Kopf und einen langen Ziegenbart.

»Also bist du das neue Mädchen hier, hm?«, sagt er und streckt mir die Hand entgegen. »Mein Name ist Darragh, und ich bin in diesem Haus das Mädchen für alles.«

»Ropa«, antworte ich, als ich ihm die Hand schüttele.

»Gut zu sehen, dass du nicht zu diesen verkrampften Wichsern gehörst, die hier in der festen Überzeugung auftauchen, sie wären die Besten … weil ich darauf wirklich gar nichts gebe. Der Einzige, vor dem ich ein bisschen katzbuckele, ist der Oberboss. Der Rest von euch kann mich mal.«

»Das ist für mich vollkommen in Ordnung«, sage ich und hebe beschwichtigend die Hände.

»Dann werden wir toll miteinander klarkommen. Wenn du etwas brauchst, Darragh ist dein Mann. Halte dich von der Drachenlady fern – ich bin mir sicher, du hast sie schon getroffen.«

»Cockburn.«

»Sie hat dich an den Eiern, bevor du schauen kannst. Lass nicht zu, dass dir irgendwer den Finger in den Hintern rammt, dann solltest du gut klarkommen. Wenn du auf Probleme stößt, komm zu mir. Der Boss hat immer ein offenes Ohr für mich, deswegen legen sie sich mit mir auch nicht an. Und jetzt wüsste ich es sehr zu schätzen, wenn du dieses Fahrrad aus meinem Flur und nach unten schaffen würdest, vielen Dank auch.«

Ich vermute, Darragh ist ganz okay, wenn auch ein schlecht gelaunter Flegel. Seine Nase leuchtet rot, und der Wodkagestank in seinem Atem haut mich fast um, aber sein gerader Gang verrät, dass er ein Profi ist. Mein Granda war auch so, Gott hab ihn selig.

Ich werfe mir mein Fahrrad über die Schulter und gehe in den ersten Stock, in Richtung des Büros, in dem ich laut Cockburn eigentlich arbeiten sollte. In den Fluren komme ich an Männern in Anzügen vorbei, die mich nicht grüßen. Ich vermute, mit der Zeit werde ich lernen, wer wer ist. Aber für den Moment wirkt alles ziemlich kalt und fremd.

»Wir haben uns schon gefragt, wann du auftauchen wirst«, sagt eine Frau, die neben der Tür zu dem Großraumbüro sitzt.

»Wieso in aller Welt sollte sie mit dem Pöbel abhängen, wenn sie dort oben direkt neben dem Herrn des Hauses selbst residiert, Carrie?«, fragt irgendein Typ.

Eine weitere Frau mustert mich misstrauisch. »Ich arbeite hier jetzt schon seit vielen Jahren, und Sir Callander hat nie ein Wort mit mir gesprochen. Kein einziges.«

»Beachte sie gar nicht. Willkommen im Partyzimmer«, sagt Carrie.

»Der einzige Song, den der DJ hier spielt, ist ›Fourty Hour Week‹. Sorgt dafür, dass die Hamster weiter in ihren Laufrädern rennen.«

»Wir sind die Hamster-Truppe, die besten Papierschaufler am Ort. Ganz zu Ihren Diensten, Mademoiselle«, erklärt Carrie mit großer Geste. »Du hast keine Ahnung, wie viel Papierkram die schottische Magie erzeugt: Berichte, Genehmigungen, Anträge, Versicherungen, Beschwerden, Recherchen und Anfragen; dann ist da noch der ganze Verwaltungskram der vier Schulen inklusive ihrer Partnerorganisationen wie dem Alliierten Esoterischen Berufsrat …«

»E-Mails. Wir ertrinken quasi darin.«

»Das ist Dantes achter Höllenkreis.«

»Ich dachte, wir wären im zweiten Höllenkreis.«

»Das wünschst du dir wohl.«

Sie werfen sich eine gute Weile so die Bälle zu, während ich wie ein Trottel herumstehe, mein Fahrrad über der Schulter. Offenbar bin ich auf Geekcity gestoßen. Mir gefällt's. Bereue fast, dass ich nicht hier arbeite, weil diese Bande ganz okay wirkt.

Als sie sich endlich vorstellen – und hier arbeiten acht Leute –, erinnere ich mich an Carrie, das Mädchen neben der Tür; Abdul, bisher bekannt als irgendein Typ; Sin, kurz für Sinéad; und Aurora, weil das wirklich mal ein cooler Name ist. Die anderen muss ich mir später einprägen. Sie haben mir ihre Namen zwar genannt, aber hängen geblieben ist nichts.

»Fahrräder sind hier oben nicht erlaubt, Buddy«, sagt Darrie.

»Was auch immer du tust, leg dich nicht mit Darragh an«, fügt Abdul hinzu.

»Ich weiß, ich weiß«, antworte ich.

»Was lässt Sir Callander dich da oben eigentlich treiben?«, fragt Carrie.

Ich zögere, weil ich mir sicher bin, dass ich nur ihm allein Bericht erstatten soll. Reden ist Silber, Schweigen ist Gold und all dies Zeug.

»Was da oben passiert, bleibt da oben«, sagt Abdul und rettet mich damit.

»Es muss auf jeden Fall aufregender sein als das, was wir hier so treiben«, schießt Carrie zurück.

»Sprich für dich selbst. Ich habe einen Mordsspaß damit, die neuesten Richtlinien für das Management preternatureller, metakognitiver Manifestationen bei Studenten für alle vier Schulen zu redigieren.«

»Ich halte und erhöhe um das Budget für die nächste jährliche Konferenz in Dunvegan. Hektisch.«

»Genau. Klar. Du musst doch nur die Zahlen des letzten Jahres kopieren und einfügen.«

»All diese Jahre, die wir an magischen Schulen verbracht haben«, meint Carrie mit einem Kopfschütteln. »Wer hätte gedacht, dass wir hier landen würden?«

Alle im Raum lachen gut gelaunt, als wäre das der beste Witz, den sie je gehört haben. Bin vielleicht doch ganz erleichtert, dass ich nicht im Hamsterrad gelandet bin. Die ganze Bande besteht aus ausgebildeten Magiern ... und trotzdem sitzen sie hier und beschäftigen sich mit Verwaltungskram. Aber ich mag ihren selbstironischen Stil. Und es wirkt, als gäbe es echten Zusammenhalt in diesem Team.

»Wenn du irgendwas brauchst, Ropa Moyo, dann lass es uns einfach wissen«, sagt Carrie.

»So was wie ... Tipps dazu, wie man den täglichen Trott in der Gesellschaft überlebt«, meint Aurora.

»Wir behandeln uns am liebsten selbst mit Alkohol, in der besten Austern-Bar von Edinburgh. Ist billiger als ein Therapeut. Du solltest dich uns mal anschließen.«

»Ich glaube, dafür ist sie ein bisschen zu minderjährig, Abdul.«

»Wir liefern auch übernatürliches Papier, falls du einen Ausweis brauchst«, meint er mit einem Zwinkern.

»Wirklich?«, frage ich.

»Glaub nicht alles, was Mr. Sleekit sagt«, gibt Sinéad zurück.

Ich fühle mich wieder wie damals in der Highschool, wenn der Lehrer nicht im Raum war. Aber sosehr ich die Hamster-Truppe auch mag, meine Räder rollen besser im Sonnenlicht. Ich erleuchte die Bande zu dieser Tatsache, bevor ich gehe.

»Gut gemacht, ihr Trottel«, zischt Sin. »Jetzt wird sie nie

mehr hierher zurückkommen. Konntet ihr euch denn nicht ein bisschen zurückhalten und, na ja, zur Abwechslung mal halbwegs normal sein?«

»Doch, die kommt sicher wieder«, erklärt Abdul voller Überzeugung.

Ich gluckse in mich hinein, als ich nach unten gehe, um mir meinen Brunch zu gönnen. Offenbar habe ich innerhalb der kalten Bürokratie meinen Stamm gefunden.

In der Bankhalle setze ich mich an einen Schreibtisch und schnappe mir meine Sandwiches und einen Apfelsaft. Es ist schön hier, mit dem Sonnenlicht, das durch die gläsernen Sterne in der Kuppel fällt. Bei Weitem nicht so verdrießlich wie die Flure mit den Porträts von Sir Dies und Lord Das an den Wänden. Ich beobachte die Schatten der Kunden und Banker, die sich in der realen Welt um ihre Geschäfte kümmern, während ich hier im Inneren chille. Wenn ich mich konzentriere, kann ich sogar Fetzen ihrer Gespräche auffangen. Sie klingen wie verblassende Echos.

Aber bald wird mir das zu langweilig, also ziehe ich *Das Handbuch der Selbstverteidigung für den fähigen Praktizierenden* aus dem Rucksack, um herauszufinden, was Barrington Clifford so zu sagen hat. Ohrwurm im Einband? Dieses Glück ist mir nicht vergönnt. Vorn gibt es ein einschüchterndes Bild des Autors in Militäruniform, mit Medaillen auf der Brust. Und in der Bio steht, dass er dem britischen Königreich im Zweiten Weltkrieg gedient hat. Ein überschwängliches patriotisches Vorwort erklärt, dass es für jeden in der British Army dienenden Praktizierenden unerlässlich sei, dieses Buch gelesen zu haben, bla, bla, bla. Ich blättere weiter und stürze mich aufs erste Kapitel.

Ich habe meinem Land ehrenhaft gedient, unter den schwerst vorstellbaren Bedingungen. Dieses Buch enthält Vorschläge, wie man sich in schwierigen Umständen benehmen sollte. Es gibt eine Menge Texte über dieses Thema, doch auch wenn solche Bücher in der Theorie immer eindrucksvoll wirken mögen, *entpuppt sich ihr Inhalt unter den Bedingungen der realen Welt doch oft als untauglich. Daher versuche ich in diesem Buch, nur die einfachsten und praktischsten Fähigkeiten zu vermitteln, auf die sich jeder Praktizierende der zweiten Wissenschaft auch in Gefährdungssituationen verlassen kann. In jeder Konfrontation geht es darum, den Gegner zu neutralisieren und gleichzeitig sicherzustellen, dass ebendieser Gegner einem selbst keinen Schaden zufügt. Die Bezeichnung für das erste ist »Angriff«, für das zweite »Verteidigung«. Zusammen bilden sie das Fundament jeder Konfliktsituation. Mit Magie zu kämpfen besteht grundlegend aus der radikalen Übertragung oder Abwehr von Energie. Grundsätzlich unterscheidet sich das nicht vom Kampf mit Fäusten, Keulen, Schwertern oder den modernsten Kriegswaffen. Und so muss der Soldat sich im Kampf lediglich auf die grundlegendsten Formen der Magie konzentrieren: Luft, Feuer und Elektrizität.*

Auch wenn sich spätere Kapitel meines Buches mit den verfügbaren Möglichkeiten eines Magiers außerhalb der Gefechtszone beschäftigen, behandelt ein Großteil des Textes Kampfszenarien, in denen kaum Zeit für einen aufwendigen Zauber zur Verfügung steht. Diese Varianten erfordern nur die grundlegendsten Fähigkeiten, die selbst Anfängern der zweiten Wissenschaft zur Verfügung stehen …

Ich stehe auf diesen bescheidenen Tonfall, mit dem Clifford dem Leser sein Buch schmackhaft macht, und bewundere gerade seine Direktheit, als mich eine Bewegung in der realen Welt ablenkt. Es gibt eine Rangelei. Nachdem ich meinen Brunch beendet habe, merke ich die Seite ein und packe das Buch wieder weg. Nehme an, ich kann mir das Theater mal anschauen, zumal ich sowieso gleich aufbrechen will.

Jemand wird aus der nicht magischen Bankhalle gezerrt. Ein Mann wird unzeremoniell von einem Wachmann in die Einfahrt geschubst. Im Tageslicht draußen gibt es kaum lange Schatten.

»Hören Sie, wir werden die Polizei rufen, wenn Sie so weitermachen, und das dürfte nicht allzu gut für Sie laufen«, sagt der Wachmann. »Verschwinden Sie hier.«

Ich kann sie mühelos hören. Vielleicht, weil ich direkt auf der Schwelle stehe.

»Ich habe kein Problem mit Ihnen. Es sind die Leute da drin, mit denen ich reden will«, sagt der Mann vom Boden aus. Er gehört zu diesen Hipstern mit ordentlich gepflegtem Bart und Holzfällerhemd mit hochgekrempelten Ärmeln, obwohl schon seine helle Hautfarbe verrät, dass er keinen einzigen Tag in seinem Leben draußen in der Sonne gearbeitet hat. Ein bisschen ungewöhnlich, dass jemand wir er ausgerechnet in einer Bank Ärger macht. Es scheint fast so, als wolle er Aufmerksamkeit erregen. Die Gesellschaft der Skeptischen Fragenden ist ungefähr so obskur wie das Institut für Versicherungsstatistik oder die Fakultät für Podologie. Sie ist einfach eine von vielen Standesvertretungen – wie das Institut der Schadensregulierer oder das Institut für Kühltechniker oder die Gesellschaft der Friseure und Färber. Alle sehr wichtig, aber nur für Leute, die ein besonderes Interesse an besonderen Themen haben. Zur Hölle, selbst ich wusste nichts von der Existenz der Gesellschaft, bis ich quasi darübergestolpert bin.

Ein weiterer Bankangestellter tritt vor die Tür, einen braunen Reisekoffer und eine Aktentasche aus Leder in den Händen. Er wirft beides neben dem Mann auf den Boden.

»Ich weiß nicht, was Sie eingeworfen haben, Kumpel, aber das hier ist einfach nur eine Bank, sonst nichts. Es gibt da keine Geheimgesellschaften, und es verstecken sich auch keine Illuminaten hinter den Säulen. Ich rate Ihnen, gehen Sie nach Hause und schlafen Sie Ihren Rausch aus, wenn Sie nicht das Innere einer Zelle kennenlernen wollen.«

»Sagen Sie *denen*, die sich hinter dieser Fassade verstecken, dass ich sie nicht damit durchkommen lassen werde. Sie schulden meiner Familie etwas. Und ich habe auf keinen Fall vor, mich einschüchtern zu lassen. Ich lasse mich nicht vertreiben. Richten Sie ihnen das auf jeden Fall aus.«

»Klar. Was Sie wollen«, sagt der Wachmann mit einer wegwerfenden Handbewegung.

Der Mann steht auf, schlägt sich den Dreck von der Hose und sammelt seine Sachen ein. Dann geht er, dreht sich aber ein paarmal um, als rechne er mit irgendetwas. Sobald er um die Ecke gebogen ist, gleite ich aus der Bank und folge ihm diskret. Schließlich gehöre ich zur Abteilung für allgemeine Entdeckungen.

XVII

Es fällt mir leicht, mich in den Mengen der King's Market Week zu verbergen. Es sind so viele Leute unterwegs, dass ich mich dafür nicht mal besonders anstrengen muss, als ich dem Mann folge, der sein Gepäck durch die Menge zerrt. Ein- oder zweimal ist er gezwungen, seinen riesigen Koffer abzustellen und ihn mit der anderen Hand wieder aufzunehmen. Ich frage mich, wieso er nicht einfach einen Koffer mit Rädern verwendet.

Er überquert die Princes Street auf die North Bridge, geht an Balmoral vorbei. Ich bleibe auf seiner Spur. Da er vor der Bank etwas über Geheimgesellschaften geschrien hat, vermute ich, dass er von der Gesellschaft gesprochen hat, und frage mich, wo sein Problem liegt. Könnte ein Irrer sein. Und zusätzlich hat er noch einen amerikanischen Akzent, der für mich klingt, als käme er direkt aus der Flimmerkiste. Gran sagt, es hat mal eine Zeit gegeben, da konnte man sich auf den Straßen von Edinburgh kaum bewegen, weil überall Touristen im Weg standen, die Selfies schossen und sich generell nervig benommen haben. Ha! Heute sind die Straßen auch ohne Touris verstopft.

Meine Zielperson blickt über das neue Loch hinweg, das sich bis zum Fuß von Castlehill erstreckt. Seine Jeans werfen die Frage auf, ob seine Katze gestorben ist, so wie seine Knöchel und Unterschenkel zu sehen sind. Ein Kerl wie er muss für die Diebe, die sich in der Innenstadt tummeln, leichte Beute sein.

Jenseits des Hotels Scotsman wird der Hipster langsamer, also bin ich gezwungen, seinem Beispiel zu folgen. Leute drängen an mir vorbei. Ich krieche dahin, bis er seine Schritte wieder beschleunigt. Ich will ihn auf der geschäftigen Mile nicht verlieren, verstehe aber, dass ich einen Fehler gemacht habe, als ich ihn ein paar Schritte vor mir vor dem Fenster eines Zeitungsladens sehe. Ich kann nicht unauffällig anhalten – nicht, ohne dass er es bemerkt. Also fahre ich weiter, als hätte ich nichts mit ihm zu schaffen, doch als ich an ihm vorbeikomme, blockiert mich der Hipster mit seiner Aktentasche. Sofort landet meine Hand auf dem Griff meines Dolches.

»Ich weiß, dass du mir folgst«, sagt er.

»Keine Ahnung, was du da laberst, Kumpel. Geh mir aus dem Weg.«

Er kneift die Augen zusammen. »Du bist Ropa Moyo, oder?« Er senkt die Stimme. »Ein Freund eines Freundes hat mir erzählt, wie du diese kranken Kinder gerettet hast. Hast den abtrünnigen Magier aufgespürt und all das.«

Oha. Hätte nie gedacht, dass ich eine Berühmtheit werde. Aber ich muss auf cool spielen.

»Ist ein bisschen früh zum Saufen«, erklär ich ihm.

Mit einem Seufzen lässt er den Kopf hängen. Er hat Verbrennungen auf den Unterarmen, die mir vorhin in der Bank nicht aufgefallen sind.

»Ich will keinen Ärger. Ich bin nur hier, um zu bekommen, was mir zusteht. Und ich habe gehört, dass du mir helfen kannst. Letzte Nacht haben deine Leute Schläger auf mich angesetzt. Ich bin nur mit Mühe entkommen. Aber ich werde dieses Land nicht verlassen, bevor die Gesellschaft der Skeptischen Fragenden mir das gibt, was sie mir schuldet.« In seinen Augen brennt feurige Entschlossenheit. Und Sturheit. Trotz des Bartes ist er einfach nur irgendein Dude Mitte zwanzig, und ich bin mir ziemlich sicher, dass er allein nicht klarkommt.

»Ich werde dich für deine Zeit bezahlen«, fügt er hinzu.

So erobert man das Herz eines Mädchens.

»Wie wäre es, wenn du mir eine Tasse spendierst und mir dann von deinem Ärger erzählst?«

»Danke. Du bist die erste Person aus dieser verdammten Organisation, die wenigstens bereit ist, mit mir zu reden. Ich habe alles versucht …«

»Ja ja. Erst was zu trinken.« Ich achte darauf herauszupressen, was ich kann. Ist ein ständiger Kampf da draußen.

Bald schon finden wir einen Coffeeshop, in dem es wie im Paradies für Kaffeejunkies riecht. Ich denke mir, warum nicht?, und bestelle einen kalten Mintoffecial spezial, ein Stück Karottenkuchen, einen Haferkeks und eine Tüte Nüsse für später. Klar, ich habe schon gegessen, aber in meinem Magen ist immer noch Platz. Der Hipster-Junge entscheidet sich für einen Latte macchiato, und ich informiere den Barista, dass er zahlt. Man muss jegliche Unklarheit vermeiden, und meiner Meinung nach schuldet uns Onkel Sam noch etwas, weil er uns mitten in der Katastrophe im Stich gelassen hat. Stinken Reparationszahlungen nicht zum Himmel?

Der Hipster zahlt ohne Murren. Ich weise ihn an, uns einen Tisch in der Nähe des Fensters zu suchen, nachdem er ja sein Gepäck rumschleppt. Ich habe dieses Café gewählt, weil es am Fuß der Royal Mile in der Nähe von Holyrood liegt und ich mich somit tief im Revier des Clans befinde. Sie mögen sauer auf mich sein, aber falls irgendwas mit diesem Typen hier schiefläuft, kann ich mich darauf verlassen, dass sie mir aus der Klemme helfen … was natürlich meine Schuld noch mal vergrößern würde.

»Fangen wir doch mit deinem Namen an«, sage ich, bevor ich mir den ersten Bissen Kuchen in den Mund schiebe.

»Thomas Mounsey. Tom.«

»Ropa.« Über den Tisch hinweg schüttele ich seine Hand. »Aus welcher Ecke von Amerika stammst du?« Sein Akzent klingt leicht seltsam, nach dem beurteilt, was ich aus dem Fernsehen kenne.

»Ich bin Kanadier. Aus Vancouver.«

Ich schreite eilig voran. »Also, deine Arme. Du hast gesagt, du bist gestern in eine Prügelei geraten?«

»Irgendein Kerl und ein Junge haben mich angegriffen, als ich gerade an meinem Hotel ankam. Sie müssen auf mich gewartet haben … was bedeutet, dass sie wussten, wo ich wohne.«

»Kennst du ihre Namen? Hast du sie schon mal gesehen? Irgendwas in der Art?«

»Nein. Aber ich weiß, dass sie Magier waren.«

»Woher weißt du das?«

»Der Junge hat einen Feuerball auf mich geworfen«, antwortet Tom stoisch.

Gegen das Argument lässt sich nichts einwenden, glaube ich. Also, ich kann Feuer erzeugen, aber solche Grillaktionen, wie er sie beschreibt, sind nicht mein Ding. Und seit ich die Nachwirkungen von Priyas Kampf an der Küste gesehen habe, gehe ich davon aus, dass so was wirklich kein Spaß ist. Der magisch-wissenschaftliche Name für die Dinger ist Thermosphären, aber Otto Normalverbraucher weiß so was natürlich nicht.

»Mein Mantel hat Feuer gefangen«, fügt er hinzu.

»Konntest du sie gut sehen?«

»Der Junge ist ein bisschen größer als du. Er trug Chinohosen und ein pinkfarbenes T-Shirt. Die Wochenendklamotte gut betuchter Jünglinge. Ich glaube, er hat auch eine goldene Uhr getragen: altmodisch, sah teuer aus. Und er hatte eine große Nase und eine Pilzkopffrisur, als wolle er sich bei den Beatles bewerben. Der ältere Kerl war strange. Er hatte einen albernen Schnurrbart und trug Anzug mit Fliege. Sah aus, als käme er direkt aus dem Zirkus.«

Die Beschreibung des Jungen sagt mir nichts, aber der Kerl klingt ziemlich vertraut.

»Meinst du so einen Dalí-Bart?«

»Die Art von Schnurrbart, die nach oben aufgerollt ist, so wie bei Hercule Poirot.«

Was in aller Welt sollte Bumblebeam mit dem letzten Fremden in Schottland zu tun haben? Er flieht aus seinem Wohnwagen und lässt alles zurück – seinen gesamten weltlichen Besitz –, um dann diesen Kerl da anzugreifen? Ich denke über den gut gekleideten Jungen nach, der den Feuerball geworfen hat. Ich würde meine gesamten Ersparnisse darauf verwetten, dass die Mönche irgendwas damit zu tun haben. Vielleicht kann ich mit diesem Hipster hier zwei Fliegen mit einer Klappe schlagen – mehr über die Mönche herausfinden und gleichzeitig Kohle scheffeln.

»Tut mir leid, dir sagen zu müssen, dass du mit einem ziemlich kaputten Typen in Kontakt gekommen bist, aber die Gesellschaft hatte nichts damit zu tun.«

»Es hat aber mit dem Geld zu tun, das deine Leute mir schulden, nicht wahr?«

»Hör mal, lass mich offen sprechen. Ich bin nur eine unbezahlte Praktikantin, also kannst du mir gar nichts vorwerfen. Vielleicht schilderst du mir deine Nummer, und ich schau mir die Sache dann mal an. Wie wäre es damit?«

Tom lacht, dann vergräbt er das Gesicht in den Händen. Die Verbrennungen wirken selbst unter der Creme, die er aufgetragen hat, rot und schmerzhaft. Er schüttelt den Kopf, und mir ist klar, dass ich irgendwas in den Sand gesetzt habe.

»Ich weiß, dass du es gut meinst, aber was soll mir eine Praktikantin helfen? Das ist reine Zeitverschwendung.«

Okay, Ropa, du musst ihn wieder anfüttern. Du kriegst das schon hin.

»Ob es dir nun gefällt oder nicht, ich bin alles, was du hast, Kumpel. Ich kenne diese Stadt wie meine Westentasche und habe ein paar Freunde, die vielleicht sogar dabei helfen werden, deine Sicherheit zu garantieren. Und auch wenn ich Praktikantin bin, möchte ich dich wissen lassen, dass ich nicht einfach nur irgendeine Schranze der Gesellschaft bin. Willst du mich auf deiner Seite haben oder dich weiterhin hochkant aus der Bank werfen lassen?«

Er denkt eine Sekunde darüber nach, während ich meinen Karottenkuchen aufesse. Der Mintoffecial trifft genau ins Schwarze, und ich lasse die Flüssigkeit noch einen Moment auf der Zunge, bevor ich schlucke. Selbst wenn mich Tom nicht braucht, war dieses Getränk die Sache fast wert.

»Gutes Argument«, gibt er zu.

»Aber ich arbeite nicht umsonst, nur damit das klar ist. Ich brauche eine ordentliche Anzahlung. Und mein Anteil sind zwanzig Prozent von dem, was die Gesellschaft dir schuldet.« Ich stelle meine Tasse mit einem Knall auf dem Tisch ab. Ganz oder gar nicht, hier geht es ums Eingemachte.

»Zehn Prozent.« Er nickt.

»Fünfzehn.«

»Selbst wenn ich dir nur ein halbes Prozent geben würde, hättest du trotzdem genug, um dir deine eigene Insel zu kaufen und noch etwas übrig zu behalten«, erklärt er, wobei er die Stimme senkt und mir tief in die Augen sieht, total ernst. »Es ist das Geld meiner Familie, und als einziger Erbe stimme ich zu, dir einen Anteil von fünfzehn Prozent zu überlassen, wenn du mir dabei helfen kannst, alles zurückzubekommen.«

Allah sei gesegnet, klingt nach einer Menge Zaster. Ich reiche Tom eine Serviette und schnappe mir einen Stift aus meiner Tasche. Ich bin kein Trottel. Ohne schriftlichen Beweis ist alles nur Schall und Rauch. Er lächelt, dann schreibt er unsere Abmachung auf, notiert das Datum und unterschreibt, bevor er mir die Serviette über den Tisch reicht. Ich schiebe sie in meinen Rucksack.

»Gib mir meinen Stift zurück«, sage ich.

Tom hebt lachend die Hände, dann schiebt er den Stift wieder über den Tisch. Sein gesamtes Auftreten wirkt irgendwie charmant unschuldig. Edinburgh wird ihn so richtig durchkauen und dann ausspucken, wenn ich nicht auf ihn aufpasse.

»Hast du schon mal vom Paterson-Vermögen gehört?«, fragt er.

Sagt mir nichts, also zucke ich mit den Achseln.

»Ich muss ganz vorne einhaken, 1698, als alles angefangen hat. Hast du schon mal vom Darién-Projekt gehört?«

Das ist einfach, alle Schotten wissen darüber Bescheid. Aber ich reagiere nicht auf seine Frage, sondern hebe nur die offene Hand, um ihn zum Weitersprechen aufzufordern. Ist immer besser, das Gegenüber reden zu lassen. Man kann bei diesem oder jenem ein Klugscheißer sein, aber letztlich bringt man die Leute so nur dazu, wichtige Dinge zu überspringen. Und wenn diese verdammte Sache noch vor der Entstehung von Emojis angefangen hat, dann kann ich vielleicht sogar einen weiteren Mintoffecial dabei rausschlagen.

Tom fängt mit ein paar Grundlagen an, im siebzehnten Jahrhundert, als Escocia noch ein kleines Drecksloch war – so ziemlich, wie es jetzt ist –, aber immerhin ein unabhängiges schottisches Königreich. Also, in den 1690ern hat kaltes Wetter eine Hungersnot ausgelöst, die fünfzehn Prozent der Bevölkerung erledigt hat – dieselbe Zahl wie mein Anteil, seltsamerweise –, und die Wirtschaft lag am Boden.

Das ist der Moment, in dem Thomas Mounseys Groß-Groß-Groß-Groß-ihr-versteht-schon mit in die Gleichung kommt. Also, William Paterson aus Tinwald in Dumfriesshire war ein Abenteurer in der Karibik, der sich das neue englische Empire angesehen hat. Bei so was kann ein Mann schon mal auf alberne Gedanken kommen, also kehrte Paterson gut gebräunt zurück, erfüllt von dem Traum, dass auch Schottland sich ein eigenes Reich schaffen sollte. Das war damals ziemlich en vogue. Ein bisschen Kolonialismus, gewürzt mit Vergewaltigungen, einem ordentlichen Batzen Mord, vielleicht noch eine Prise Sklaverei dazu … und schon hat man alle Zutaten, um so richtig Geld zu scheffeln. Und was sollte da schiefgehen?

»In seiner Freizeit hat er auch noch die Bank of England mitbegründet«, fügt Mounsey hinzu, um außerdem mit seinem Vorfahren anzugeben.

Patersons großer Traum war es, den Isthmus von Darién zu kolonialisieren, besser bekannt als Panama.

Der Kerl war ein echter Visionär, das muss ich ihm lassen. Schon damals im siebzehnten Jahrhundert, als alle davon geträumt haben, sich so viel Land unter den Nagel zu reißen wie nur möglich, hatte Paterson bereits Panamas strategische Position für die Schifffahrt erkannt. Wenn Schottland dort eine Freihandelszone errichten könnte, könnten sich die Schotten doch einfach zurücklehnen und dabei zuschauen, wie die Moneten flossen, während andere die eigentliche Arbeit machten. Es war ein kluger Plan, aber Kolonialisierung ist nicht billig. Wie jede Unternehmung muss man erst mal das eigene Geld auf den Tisch legen, bevor man auch nur von Profiten träumen kann.

»Ich möchte dir das Gesamtbild schildern, damit du wirklich verstehst, was geschehen ist«, sagt Tom.

»Dann nehme ich noch einen von denen hier«, sage ich, deute auf die leere Mintoffecial-Tasse und beiße in meinen Haferkeks. Tom ist so freundlich, und bald schon erzählt er weiter.

Also haben sich die Schotten drangemacht, die nötige Kohle aufzutreiben. Dabei haben sie unter den Engländern und Holländern auch Subskriptionen vertrieben, um das Projekt mitzufinanzieren. Die Geschäfte liefen ganz gut … aber sobald es aussah, als könnte das Ganze wirklich Form annehmen, hat der alte Feind sich darangemacht, die Pläne zu durchkreuzen. Die Engländer wollten ein Handelsmonopol, also haben sie König William gesagt, er solle diesem schottischen Unsinn ein Ende bereiten – und tatsächlich, die englischen und holländischen Investoren haben sich zurückgezogen, sodass unsere Bande mit runtergelassenen Hosen dastand. Natürlich schwappte daraufhin eine Welle selbstgerechten patriotischen Fiebers übers Land. Die Schotten haben einen auf Braveheart gemacht, haben ihre Lenden gekiltet und sich drangemacht, das Geld allein aufzutreiben. Jede Menge Leute haben ihr Scherflein dazugegeben, von den Hausfrauen bis zu den Lairds – und alle dazwischen auch. Als die nationale Spendensammlung abgeschlossen war, hatten sie eine ordentliche Summe zusammen, die ungefähr einem Fünftel des nationalen Reichtums entsprach – ein dicker, fetter Mittelfinger in Richtung der Wichser auf der anderen Seite der Grenze.

So weit, so gut. Der nächste Schritt bestand daraus, Schiffe zu kaufen und sie auszustatten. Also, die Schotten hatten in dieser Richtung nicht gerade viel Erfahrung, aber wen interessiert das schon? Fünf Schiffe mit tausendzweihundert Seelen setzten im Hafen von Leith Segel und trugen die Hoffnung einer ganzen Nation mit sich.

»Es war eine Zeit des großen Optimismus«, sagt Tom.

»Jepp. Und ich bin mir sicher, die Einheimischen in Panama haben schon verzweifelt auf sie gewartet.«

»Ähm, ja, auf jeden Fall …«

Die Schotten erreichten das gelobte Land im November 1698, bereit, ordentlich Reibach zu machen. Aber dank der Einheimischen, der Malaria und einer ziemlichen Pechsträhne insgesamt ging die Kolonie vor die Hunde. Von den tausendzweihundert Seelen, die aus Leith aufgebrochen waren, überlebten nur dreihundert. Der Rest starb gräuliche tropische Tode und wurde zu Dünger für den Regenwald.

Was also tut man, wenn man im Casino sitzt und ein schlechtes Blatt abbekommen hat?

Man verdoppelt den Einsatz. Und genau das haben die Schotten 1699 getan, indem sie noch mal über tausend Seelen über den Clyde aufs Meer geschickt haben. Ich glaube, irgendwer hat mal gesagt, »Die Definition von Wahnsinn ist, immer wieder das Gleiche zu tun und andere Ergebnisse zu erwarten« oder etwas in der Art, also sind die neuen Siedler so ziemlich demselben Schicksal anheimgefallen wie der erste Schwung. Schifffahrtmonopol, koloniale Ambitionen, Geld – alles weg.

»Nicht böse sein, Tom«, sage ich, »aber ich verstehe nicht ganz, was all das mit dir zu tun hat.«

Inzwischen habe ich mein zweites Getränk geleert, und in meinem Magen ist wirklich kein Platz mehr. Zu dumm, weil ich Spaß daran hatte, diesen Hipster auszuquetschen, auch wenn mir meine Blase für dieses Privileg nicht gerade dankbar ist.

»Wir sind bald so weit«, antwortet Tom.

»Dann merk dir, wo wir waren. Ich muss mal für kleine Wildkatzen.«

XVIII

Ich verlasse gerade den Lokus – ein gutes Kilo leichter –, als mein Handy piept. Nachricht von Priya. Sagt, sie hätten ein weiteres Kind mit Max Wus Symptomen in die Klinik bekommen. Ich schicke ihr eine geschätzte Ankunftszeit zurück und ziehe los, um die Sache hier zu Ende zu bringen. Muss zurück in die Tretmühle.

Tom wirkt melancholisch. Er starrt aus dem Fenster und beobachtet die Leute auf der Straße. Ein Mann mit einem Schwein auf der Schulter kommt vorbei, dicht gefolgt von einem Jongleur. Ein Straßenmusikant mit Gitarre stellt sich auf. Gott sei Dank hat er keinen Dudelsack.

»Wo waren wir?«, frage ich, als ich mich wieder setze.

»Der Darién-Plan hat ein ordentliches Loch in Schottlands Finanzen gerissen. Jede Menge Leute mussten Verluste wegstecken«, sagt Tom. »Die Aristokraten und die Kaufleute sahen nur eine Möglichkeit, um ihr Geld zurückzugewinnen.«

»Vereinigung mit England.«

Welch eine Ironie. Schottland war die ganze Zeit unabhängig gewesen – zur Hölle, das Land hatte sogar der römischen Invasion widerstanden. Und dann sind sie losgezogen, um Kolonien zu gewinnen, und wurden im Zuge dessen selbst kolonialisiert. Alles nur, weil Schottland dringend Geld und damit Zugang zu diesen neuen englischen Märkten brauchte.

Die Vereinigung war allerdings eine höflichere Eingliederung in das wachsende englische Reich, als es den anderen Kolonien vergönnt war.

Trotzdem, so lautete die Abmachung. Unser Parlament und unsere Souveränität aufgeben und dafür ein Stück von dem mächtigen Kuchen abbekommen, den die Engländer sich quer über den Globus erkämpft haben. Ein bisschen mehr als dreißig Silberlinge … aber immer noch erheblich weniger als das, wofür Mel Gibson geblutet hat.

»Das letzte, vom schottischen Parlament verabschiedete Gesetz ist das, worum es hier wirklich geht«, sagt Tom schließlich, und ich spitze die Ohren. »Es wurde bestimmt, dass knapp über 389 000 Pfund als Kompensation an die Subskribenten des Darién-Projekts ausgezahlt werden sollten. Es wurde eine Gruppe implementiert, die diese Geldmittel empfangen und verteilen sollte. Daraus entwickelte sich später die Equivalent Company. Das war die Vorgängerin von Schottlands zweiter Bank.«

»Sie haben die Royal Bank of Scotland gegründet?«

»Bingo.«

»Also bekamen alle ihr Geld zurück und haben danach glücklich bis an ihr Lebensende gelebt?«

»Nicht … alle. Deine magische Gesellschaft hat nach dem Tod meines Vorfahren William Paterson eine ziemlich fiese Volte hingelegt. Sie haben seine Mittel genommen und beiseitegeschafft. Die Gesellschaft der Skeptischen Fragenden – ihr Reichtum, ihr Ansehen und ihre Macht – beruhen auf dem Geld, das meiner Familie gestohlen wurde. Ohne dieses Geld wäre die schottische Magie ein Nichts.«

Laut Tom haben die meisten Subskribenten des Darién-Projekts ihr Geld in bar oder als Aktienoptionen ausgezahlt bekommen. Aber Paterson ist vor der Auszahlung gestorben. Der Testamentsvollstrecker hat die achttausend Pfund in Aktien von Paterson in Anteile an der Royal Bank of Scotland getauscht. Und offenbar, darauf beharrt jedenfalls Tom, war das eine Hälfte des Problems.

Langsam wird es ganz schön kompliziert. Aber ich kann mir gut vorstellen, dass diese ursprünglichen achttausend in Aktien mit der Zeit an Wert gewonnen haben. Und dann wären da ja noch all die über diesen langen Zeitraum ausgezahlten Dividenden. Die Royal Bank of Scotland hat echt eine Ferengi-Nummer hingelegt und sich von einer kleinen Klitsche mit einem Einzimmerbüro zu einer Millionen-Pfund-Operation entwickelt … damals, als wir noch mit Pfund Sterling gezahlt haben. Und damit wurde sie zu einer der größten Banken der Welt, mit Tentakeln, die rund um den Globus reichten, und mit einem Netz aus Tochtergesellschaften, die man sich durch Fusionen und Ankäufe angeeignet hat. Unfassbar riesige Geldmengen, die in und aus den Konten flossen. Inflationsbereinigt über dreihundert Jahre dürfte die ursprüngliche Investition inzwischen Unsummen wert sein.

»William Patersons Schwester – Janet in Kirkcudbrightshire – hatte zwei Töchter und einen Sohn, John Mounsey. Von ihm stamme ich ab.«

»Und wieso bringt deine Familie das erst jetzt auf den Tisch?«, frage ich.

»Es gibt keine Familie mehr. Nur mich. Und das ist nicht das erste Mal, dass wir fordern, was uns rechtmäßig zusteht.« Tom wirkt jetzt richtig angefressen. Seine Hände sind zu Fäusten geballt, und seine Miene wirkt so finster, als wolle er jemanden verkloppen.

»1834 verließ Alexander Mounsey Skipmyres, William

Patersons Heimatfarm, um nach Kanada zu ziehen. Dort ist er gestorben, und 1861 haben seine Enkel über eine Anwaltskanzlei in Toronto von der Bank of England und der Royal Bank Rückerstattung gefordert.«

»Da du heute hier sitzt, kann ich mir ungefähr vorstellen, wie das ausgegangen ist.«

»Vernebelungstaktiken, Verzögerung, Blockadepolitik und direkte Lügen waren alles, was sie statt der Millionen bekamen, die man ihnen zu diesem Zeitpunkt schuldete. 1874 hat es die Familie noch mal über eine andere Kanzlei versucht, mit demselben Resultat. Weitere Lügen. Die Papierspur endete im Nichts.«

Ich dachte eine Weile nach. Nehme an, ich wäre genauso stinkig, wenn meine Familie auf diese Art verarscht worden wäre.

»Mein Vater hat sein gesamtes Leben diesem Thema gewidmet. Hat Dokumente gesucht, um unseren Anspruch zu beweisen. Aber halt dich fest ... das ist der zweite Schlag gegen meine Ansprüche. Die RBS hat das Aktienkapital meiner Familie bei der Bank an die Gesellschaft der Skeptischen Fragenden übertragen, schon ziemlich zu Beginn der ganzen Sache. Mit dem Wachstum der Bank haben dann auch die Aktien an Wert gewonnen. Deswegen hat meine Familie das Geld nicht bekommen und konnte es auch nicht nachverfolgen. Und die Gesellschaft ist so ziemlich die intransparenteste Organisation in der Finanzwelt, vielleicht nach dem Vatikan. Sie wurden zu einem versteckten Teil der Bank, und ihre Mitglieder haben aus den Schatten die Fäden gezogen.«

»Aber warum hat dein Vater nicht mehr Druck gemacht, wenn er doch all diese Informationen zusammengetragen hatte?«, frage ich.

»Ihm ist schlicht und einfach die Zeit ausgegangen, um seinen Fall darzulegen. Und er wusste, dass er ohne wasserdichte Beweislinie nichts bekommen würde. Du weißt doch, wie mächtig diese Leute sind.«

»Und was hat sich jetzt geändert?«

»Die Katastrophe. Mein Vater hat gehört, dass der König nicht glücklich darüber war, wie sich die Gesellschaft der zweiten Restauration widersetzt hat. Und nachdem der Sandhurst Club Ihrer Majestät geholfen hatte, seine Position zu konsolidieren, hat er die Gesellschaft aus der Bank gedrängt, um sie zu schwächen. Aber gebrochen hat er sie noch nicht. Die Mittel bleiben eingefroren … sodass sie sich auf andere Ressourcen verlassen müssen. Die sind zwar durchaus substanziell, aber nichts gegen ihren Anteil an der Bank. Ihre Büroräume liegen zwar immer noch innerhalb der Bank, aber Dad hat gehört, dass der Sekretär der Gesellschaft nicht länger im Vorstand der Bank sitzt. Das hat uns Hoffnung gemacht. Auch mit den Recherchen meines Vaters brauche ich klare Beweise für den Betrug der Bank. Wenn ich damit bewaffnet eine Petition an den König richte, würde er die Gelegenheit ganz bestimmt nutzen, um den Todesstoß auszuführen. So lautet zumindest der Plan.

Aber wir mussten warten, bis sich der Staub gesetzt hat, weil in Großbritannien alles so chaotisch war. Mein Vater ist im letzten Monat gestorben. Sein letzter Wunsch war es, das Vermögen unserer Familie wiederhergestellt zu sehen.« Vor Leidenschaft und Trauer ist Toms Stimme heiser.

Er wirkt wie ein Märtyrer … und ich persönlich glaube ihm. Zwielichtige Geschäfte haben das Empire ermöglicht, und wenn ich kleine Maus nur eine Unze von diesem Käse bekommen kann, dann knabbere ich bald schon zusammen mit Tom daran. Universum, hast du dich wieder auf meine Seite geschlagen?

Ich kapiere nur nicht, wie ein Gauner wie Bumblebeam in dieses Bild passt. Aber die Mönche sind definitiv in die Sache verwickelt. Man kann sich drauf verlassen, dass ein Haufen reicher Kinder auf Schatzsuche geht. In meinem Kontobuch ergibt das eine korrekte Summe.

Tom Mounsey ist meine goldene Gans, also muss ich für seine Sicherheit sorgen. Auf keinen Fall lasse ich diesen Haufen an ihn rankommen.

Wie aufs Stichwort verändert sich die Atmosphäre im Café, weil ein paar Schlägertypen durch die Tür gewandert kommen. Die Gäste verstummen, und die Angestellten des Coffeeshops stehen unangenehm berührt hinter dem Tresen. Drei der Grobiane kommen zu unserem Tisch.

»Rooster Rob, ich dachte, ich könnte mich verdünnisieren, bevor du mich bemerkst«, sage ich.

»Ich hab dir gesagt, dass du dich aus unserem Revier fernhalten sollst, bis du deine Schuld bezahlt hast«, sagt Rob, der hoch über uns aufragt.

»Sieht aus, als hätte das Schicksal uns beiden eine Gelegenheit geschickt, also lass uns übers Geschäft reden. Bitte, schließ dich uns an.« Ich biete ihm einen Stuhl an. Er bleibt ein paar Sekunden zu lange stehen, dann beschließt er, mir meinen Willen zu lassen.

»Tom Mounsey, ich möchte dir den König von Camelot, Rooster Rob, vorstellen. Der Rooster und seine Mitarbeiter werden für die Dauer deines Aufenthaltes für deine Security sorgen. Du wirst feststellen, dass Camelot ein entzückender Ort ist.«

»Ist das irgendeine Art von Streich, Ropa Moyo?«

»Nur wenn du Geld witzig findest, Rob. Ein paar Bastarde haben es auf diesen Herrn hier abgesehen, und wenn du seine Sicherheit garantierst, gibt es am Ende der Sache einen Zahltag für uns alle.«

»Nur für den Fall, dass du es nicht weißt, wir befinden uns mitten in einem Revierkrieg mit der Pilton-Crew ... die, während wir hier reden, gerade versucht, Stockbridge zu übernehmen. Aus welchem Grund also sollte ich Zeit und Männer darauf verschwenden, diesen Schwachkopf zu babysitten?«

Ich hatte keine Ahnung, dass ein Revierkrieg am Laufen ist. In Edinburgh sind ein paar Gangs aktiv, aber nur wenige besitzen die Stärke, den Clan herauszufordern. Der letzte große Konflikt, von dem ich weiß, war die Schlacht auf den Wiesen, als der Clan es mit den Tollcross-Terror-Tots aufgenommen hat, die Latzhosen und Melonen trugen. Es war ein Kampf um die Herrschaft über die Stadt. Aber das ist jetzt schon ewig her. Seitdem hat es keinen Krieg mehr gegeben. Die meisten Gangs sind damit zufrieden, in den Vororten zu agieren, ein gutes Stück von der Innenstadt entfernt, die allein dem Clan gehört. Da gibt es die Niddrie Marshalls, das Young Drylaw Team, die Oxgangs Woodpeckers, die Broomhouse Bombers, die Wester Hailes Ambulance Squad, die Clermiston Choirboys und noch einige weitere, deren Einflussgebiet jeweils nur ein paar Postleitzahlen umfasst. Keine dieser Banden würde es wagen, den Clan herauszufordern – außer, sie haben Selbstmordgedanken. Irgendwer ist hier offensichtlich dem Größenwahn verfallen.

»Wird das ausreichen, um mir Ihre Dienste zu sichern?«, fragt Tom und reicht Rob ein Bündel Scheine.

Robs Gesichtsausdruck verändert sich, als er das Geld sieht. Er zählt einen Schein nach dem anderen, bevor er kaum merklich nickt. Das Wort des Roosters ist sein Kapital, und dieses kleine Nicken ist mir lieber als ein geschriebener Vertrag.

»Hey, und was ist mit meiner Anzahlung«, frage ich Tom.

Er zählt noch ein bisschen Geld ab und macht Anstalten, es mir zu reichen, doch Rob schnappt es sich.

»Fiese Nummer«, protestiere ich. »Du musst mich nicht so behandeln.«

»Ropa Moyo, du hast dein Visum zurück, bis diese Sache abgeschlossen ist. Aber wir wollen trotzdem den Rest deiner Schuld bezahlt sehen«, erklärt Rob.

Inzwischen kann ich den Tonfall des Roosters ganz gut deuten und weiß genau, wann ich drängeln darf und wann ich es besser lasse. Mitten in einem Revierkrieg sollte ich eher die Klappe halten. Mit fünfzehn Prozent des Paterson-Vermögens auf meinem Konto sollten die ausstehenden Schulden kein Problem darstellen. Aber ich werde mich revanchieren.

»Noch eine Sache«, füge ich leise hinzu, sodass Tom uns nicht hören kann. »Ich brauche deine Augen und Ohren auf der Straße. Arbeitender Busigier, bekannt unter dem Namen Bo Bumblebeam. Wenn er irgendwo in der Stadt gesichtet wird, muss ich das sofort erfahren.«

Der Rooster antwortet nicht. Steht nur langsam auf, um dann einen seiner Schläger anzuweisen, Tom mit seinem Riesenkoffer zu helfen. Fünfsternehotel-Service komplett mit Kofferträger und dem besten Portier in Edinburgh. Ich hoffe, Tom genießt den Komfort, den Camelot zu bieten hat. Für ihn ist das der sicherste Ort in der Stadt. Ich dagegen brenne vor Handlungsdrang. Wird langsam Zeit, mir meine

Sherlock-Holmes-Mütze aufzusetzen, mir meine Lupe zu schnappen und endlich rauszufinden, was hier wirklich vor sich geht.

XIX

Fast werde ich von einem Maultierkarren überfahren, als ich Lewis und Jomo schreibe, um sie um ein Treffen bei *Unserer Lieben Frau* zu bitten. »Pass doch auf, Tusse«, schreit der Fahrer und schwenkt die Faust. Die Sonne brennt vom Himmel, und auf dem letzten, geraden Stück zur Klinik verbrenne ich fast auf meinem Fahrrad. Habe den Kopf ziemlich voll. Grübele immer noch über die Aussicht nach, den Jackpot zu knacken, indem ich eventuell meinen Arbeitgeber bescheiße … aber hey, ich bin nur eine unbezahlte Praktikantin. Hätte es nicht mein Job sein sollen, den Kopierer zu befrauen und Tee zu kochen?

Callander allerdings … Mir gefällt der Gedanke nicht, ihn zu enttäuschen.

Der wunderbare Duft der Dinge, die Geld einem erkaufen kann, dringt in meine Nase, als ich auf das Gelände von *Unserer Lieben Frau der geheimnisvollen Gebrechen* fahre. Die Kräuter, die hier wachsen, ziehen Schmetterlinge und Hummeln an, daher ist die Luft von Leben erfüllt. Hinter mir rumpelt ein Skateboard heran, als ich gerade mein Fahrrad abstelle, und dann entdecke ich Jomo, der aufs Grundstück fährt. Zumindest ist er normal gekleidet, in Jeans und T-Shirt … statt diese Messdiener-Kluft aus der Bibliothek zu tragen.

Er klappt sein Board vorne hoch, steigt ab und tritt einmal aufs Ende, sodass das Brett in die Luft fliegt und er es fangen kann. Hätte irgendwer anders als dieser Trottel das gemacht, hätte es ziemlich cool ausgesehen.

»Ropamatronic«, sagt er. »Ich hab dich gerufen, aber du hast mich nicht gehört.«

»Hey, Mann. Muss langsam taub werden oder irgendwas.«

»Ich hatte halb damit gerechnet, einen Ohrwurm zu entdecken.« Er schlingt den Arm um mich und lehnt sich an mich, bis sein riesiger Afro mein Kinn kitzelt. Ich lege ebenfalls einen Arm über seine Schulter. Gemeinsam gehen wir zur Klinik rüber wie Tweedledum und Tweedledee. »Fand die Recherchen über König James wunderbar, auf die du mich angesetzt hast. Ehrlich, er hat eine Menge Unsinn gelabert, aber gleichzeitig war er die Art Nerd, wie sie die Bibliothek gern mag. Echt eine Schande mit den ganzen Hexenverbrennungen, Buddy.«

»Super, ihr kommt pünktlich«, sagt Priya, als wir den Aufenthaltsraum betreten. Sie sieht mich nicht an. Unangenehm. »Ich muss das in meiner Pause durchziehen. Keine Ruhe den Gottlosen – heute war ein absoluter Horror. Ich kann es kaum erwarten, nach Hause zu kommen und in die Wanne zu sinken.«

»Hey, Priya, siehst schick aus in diesem Kittel. Kann ich auch einen haben, so wie Ropa?«, fragt Jomo.

Ich trete mich grad selbst in den Hintern. Habe vergessen, das verdammte Ding auszuziehen. Aber Priya bleibt cool. Eigentlich wirkt sie eher … frostig.

»Nur wenn du mir eines dieser flippigen Gewänder gibst, die ihr alle in der Bibliothek tragt.«

»Wir sind Bücherchirurgen«, antwortet Jomo lachend.

Ich entdecke eine frische Packung Jammie Dodgers und schleiche in die Richtung, um ein paar zu klauen. Ist schließlich Tradition.

»Hey, dafür wird Lethington mir das Fell gerben«, protestiert Priya.

Ich werfe ihr einen Luftkuss zu.

»Bist du noch sauer auf mich?«, frage ich.

»Tut mir leid, dass ich zu spät komme.« Mit diesen Worten stürzt Lewis in den Raum. »Der Verkehr ist irre, nicht?«

Damit wären wir alle zusammen.

»Jetzt, wo alle da sind, kommt mal mit«, sagt Priya. Ich checke durchaus, dass sie meine Frage ignoriert hat. Scheiß drauf.

»Verdammt. Das ist der D-Man, Doug Duffie. Auf keinen Fall ist er in diesen ganzen Mist verwickelt«, sagt Lewis. »Sein Ding ist eher Sport. Wir spielen im selben Rugby-Team.«

Der D-Man ist ein Sechzehnjähriger, der bewusstlos auf einem Bett in der Mitte des Raums liegt, umgeben von strategisch positionierten Kristallen aller Formen und Farben. Es ist echt arktisch hier drin, genau wie in Max' Zimmer, aber der D-Man strahlt trotzdem eine unglaubliche Hitze aus. Auf dem Nachttisch liegt eine Ausgabe von König James' *Daemonologie*, zusammen mit einem Teil der Ausrüstung des Jungen.

»Haargenau dieselben Symptome wie Max. Und nach den Geschehnissen gestern Abend, Ropa, glaube ich auch zu wissen, warum. Ich stelle die Hypothese auf, dass irgendetwas die Seelen-Körper-Verbindung dieser Patienten stören muss und die psychische Reibung das Fieber verursacht. Lethington hält das für eine glaubwürdige Theorie, und wir haben die Behandlung entsprechend angepasst.«

Ich versteh nur Bahnhof. Priya greift nach einem vertrauten Flyer und reicht ihn mir. Es ist derselbe, den auch Max in seinem Geldbeutel hatte.

»Du hast den bei Doug Duffie gefunden? Das bedeutet, dass sie alle an Bo Bumblebeams Astraltouren teilgenommen haben … um dann in diesen Zustand zu fallen. Was ist mit seinen anderen Kunden?«, frage ich – und bin ein wenig besorgt, weil ich ja auch mit ihm da draußen auf den astralen Ebenen unterwegs war. Möchte mir lieber nicht einfangen, was diese Jungs bekommen haben.

Priyas angespannte Miene verrät mir, dass sie meine Sorgen teilt.

»Daran habe ich auch schon gedacht, aber sonst ist niemand mit solchen Symptomen in die Krankenhäuser der Stadt eingeliefert worden«, sagt sie.

»Dann hätten wir inzwischen auch schon Dutzende Leute in diesem Zustand«, schaltet sich Lewis ein. »Für mich sieht es aus, als wären sie losgezogen, um etwas Bestimmtes zu suchen.«

»Du meinst, sie haben nicht einfach eine Ebene besucht, sondern haben tatsächlich … etwas mit zurückbringen wollen?«, fragt Jomo.

Ich war schon unzählige Male da draußen und war *niemals* fähig, auch nur irgendwas mitzunehmen. Das ist unmöglich. Ich habe auf den verschiedenen Ebenen viele Dinge gesehen, kostbare Juwelen und Reichtümer jenseits jeder Vorstellungskraft, aber man kann es nicht mitnehmen. Gran sagt, unsere Welt wäre die einzige materielle Ebene, die es gibt.

»Lewis, erklär das«, sage ich.

»Was, wenn es den Mönchen des nebligen Ordens gelungen ist, etwas zurückzubringen? Etwas Schlechtes. Könnte der Grund sein, warum sie versucht haben, die *Daemonologie* zu knacken? Im vierten Kapitel geht es um die Art der Fortbewegung und die Illusionen des Satans, und das fünfte beschäftigt sich mit Flüchen und der Heilung von Krankheiten.«

»Vor Hunderten von Jahren war man davon überzeugt, dass Hexerei eingesetzt werden konnte, um Krankheiten zu heilen oder zu verursachen«, meint Priya.

»Genau. Also, in diesem Text wird beschrieben, dass Satan ihnen magische Steine aus einer anderen Ebene gegeben hat. Und die Magier der Vorzeit glaubten, dass es früher mal möglich gewesen ist, Dinge aus den astralen Ebenen in diese Welt zu transportieren.«

»Aber laut dieser Aufzeichnungen hat das aufgehört, als Clan MacLeod sich die Feen-Fahne geschnappt hat, oder?«, fragt Priya.

»Die Zeitlinie stimmt nicht ganz, aber ja.«

»Wow, Moment mal, wovon redet ihr da?«

Ich wünschte, ich hätte auch eine schicke magische Ausbildung erhalten. Bin es manchmal wirklich leid, mich durch all diesen Hokuspokus graben zu müssen.

»Es war früher mal möglich, Dinge aus anderen Ebenen in diese Welt zu bringen, Ropa«, erklärt Lewis. »Deswegen hat Max meine Aufzeichnungen geklaut. Ich dachte, sie wären nutzlos, aber vielleicht haben die Mönche rausgefunden, wie es geht. Und Bo Bumblebeam haben sie eingespannt, um ihnen den Übergang zu ermöglichen.«

»Und was auch immer sie zurückgebracht haben, es macht sie krank«, beende ich seine Ausführungen.

Jomo stößt einen Pfiff aus, und auch Priya wirkt ziemlich entsetzt.

Also, ich habe meinen Lebensunterhalt mit dem Extranaturalen verdient … und man will sich da nicht einmischen, wenn man nicht genau weiß, was man tut. Hat Gran Jahre gekostet, mir die richtige Etikette einzubläuen, und ich habe immer noch nicht das Gefühl, dass ich wirklich alles gut draufhabe. Das ist Millionen Mal schlimmer als einfach nur die falsche astrale Ebene zu besuchen. Was treiben diese Kinder? Jeder, der *Die Mumie* gesehen hat, weiß doch, dass man Sachen besser dort lässt, wo man sie gefunden hat.

»Blagen von der Edinburgh-Schule«, meint Priya genervt.

»Hör mal, die Schule bringt uns so was nicht bei. Sie machen uns zwar bewusst, dass es so etwas gibt und dass es verboten ist, aber man bekommt keine Einführungskurse in dieses Zeug. Niemals«, antwortet Lewis abwehrend.

»Das verändert alles. Ich muss mit Lethington reden. Wir können diesen Jungs nicht helfen, ihr Gleichgewicht wiederzufinden, wenn wir nicht herausfinden, was sie mit in diese Welt gebracht haben. Was für ein Chaos«, sagt Priya, dann blafft sie in meine Richtung: »Ich brauche diese Informationen, Ropa.«

Ich zermartere mir das Hirn, um herauszufinden, ob irgendetwas oder irgendjemand aus den letzten Tagen eine Erklärung liefern könnte. Bruder Musashi spricht oft über den Unterschied zwischen *sehen* und *wahrnehmen*. »Wahrnehmung ist stark und Sicht schwach. Strategisch ist es wichtig, entfernte Dinge zu betrachten, als wären sie nah, aber einen distanzierten Blick auf naheliegende Dinge zu bewahren.« Verbinde die Punkte.

»Lewis, wer ist der fesche Junge auf deiner Schule, der mit dieser Pilzkopffrisur?«, frage ich, weil ich an Bo Bumblebeams mysteriösen Komplizen denken muss.

Nachdenklich kneift er die Augen zusammen.

»Rory MacCulloch?« Er zieht sein Handy heraus, scrollt durch ein paar Fotos und zeigt mir eines.

Seltsam aussehender Junge mit stechendem Blick. Es ist

ein Gruppenbild, doch er strahlt etwas Einzelgängerisches aus, als würde er nicht ganz dazupassen. Lewis ruft das nächste Bild auf … auf dem Rory offensichtlich unwissentlich fotografiert wurde. Der Inhalt eines Eimers voll Wasser fliegt auf ihn zu – ist auf dem Bild nur verschwommen zu sehen –, während er irgendwo hinter einem Schreibtisch sitzt.

»Schick mir die beiden Fotos«, sage ich. »Ich glaube, Rory und ich, wir müssen uns mal unterhalten.«

»Ist erledigt. Da gibt es nur ein winzig kleines Problem«, meint Lewis. »Rory ist ein Internatsschüler. Auf keinen Fall hält er sich im Sommer in Edinburgh auf. Er sollte eigentlich gerade auf dem Familienanwesen in Clackmannanshire sein.«

XX

Bevor ich die Klinik verlasse, habe ich alle mit Aufträgen versorgt. Lewis soll Rorys Nummer für mich besorgen – da er sie nicht hatte; Jomo soll Infos über extranaturalen Transport von Gegenständen zwischen den Ebenen für mich ausgraben, und Priyas Aufgabe ist es, mich über die neuesten Entwicklungen bei den Teenagern auf dem Laufenden zu halten. Ich habe so ein Gefühl, dass das im Sinne des Allgemeinen Entdeckungsdirektorats sein dürfte, und ich gehöre zu diesem Direktorat, also …

Diese ganze Gedankenakrobatik bringt meinen Motor auf der Heimfahrt durch Craiglockhart richtig auf Touren. Ich biege auf die Chesser Avenue Richtung Slateford Bowling Club ab, in der Nähe des Water of Leith. Auf dem Gelände des Bowlingclubs steht zufällig ein Pflaumenbaum. Ich habe auf meinen Ausflügen ab und zu einen Blick darauf geworfen, also weiß ich, dass die Pflaumen inzwischen reif sein sollten.

Ich sammle mir ein ordentliches Fruchtkörbchen zusammen. Na ja, eigentlich pflücke ich nur ein paar Pflaumen und stopfe sie in meinen Rucksack, da ich meinen Leutchen einfach was Besonderes mitbringen möchte. Ich ernte immer nur, was ich wirklich brauche, und lasse den Rest für den nächsten Bedürftigen. Sonst würden die Früchte nur verfaulen – was eine echte Schande wäre. Man muss clever sein: muss wissen, wo die Obsthaine liegen und wo einzelne Bäume neben den Straßen stehen; man muss die Felder kennen, auf denen im Herbst essbare Pilze aufpoppen, wo die Beeren wachsen und all so Zeug. In ein paar Wochen habe ich eine Verabredung mit einem Holzapfelbaum auf einem alten Industriegelände in der Nähe des Hermiston Gait. Im Sommer muss in Edinburgh wirklich niemand verhungern.

Ist schon ein Fortschritt zu dem, was ich über die alte Zeit gehört habe, als die Leute ihre Hunde erschlagen und aufgegessen haben. Ich versuche, immer die Augen offen zu halten, wenn ich unterwegs bin. Die Landbevölkerung tut das ständig, doch die Leute in der Stadt haben das schon lange verlernt. Als ich eilig aufbreche, hoffe ich, die guten Gäste des Slateford Bowling Club nehmen mir meinen Besuch nicht übel.

Bald schon bin ich wieder im Slum, und mir bleibt sogar noch ordentlich Tageslicht. Gary macht sich schwer in seinem Garten zu schaffen. Seine Arbeitszeiten scheinen fast immer mit meiner Ankunft übereinzustimmen, und ich kann mich des Eindrucks nicht erwehren, dass er auf mich gewartet hat.

»In Ordnung, Kumpel«, sage ich.

Er richtet sich auf, dann stößt er ein tiefes »Ooh«-Geräusch aus und presst eine Hand an den Rücken.

»Ropa, ich habe etwas für deine Nanna«, sagt er, hebt eine Plastiktüte vom Boden und kommt auf mich zugehumpelt. Sein Gang wird mit jedem Schritt gleichmäßiger, als bräuchten die alten Gelenke einfach ein bisschen, um sich einzulaufen.

»Und ich habe etwas für dich«, sage ich und reiche ihm ein paar Pflaumen.

»Du bist der Renner, Ropa.« Gary schnappt sich mit dreckigen Fingern eine Frucht und beißt sofort hinein. »Köstlich.«

»Wo die herkommen, gibt es noch mehr«, sage ich.

Er reicht mir die Plastiktüte, und ich wage einen Blick hinein. Sofort steigt mir der Geruch in die Nase – und ich weiß, dass er angeln war.

»Welche Sorte?« Die Fische sind in eine zweite Tüte gewickelt, also kann ich sie nicht erkennen.

»Meerforellen«, erklärt er stolz. »Habe sie selbst gefangen.«

»Das ist so cool.«

Unangenehmes Schweigen breitete sich zwischen uns aus. Gary kaut auf der Unterlippe, als wolle er etwas sagen, ohne die richtigen Worte zu finden. Ich schenke ihm ein kleines, aufmunterndes Lächeln.

»Also, Ropa, ich habe mich gefragt …«

»Ja?«

»Also, ich habe nachgedacht. Na ja. Ich weiß nicht, natürlich ist es albern … aber ich habe mich gefragt, ob deine Nanna vielleicht gern mal auf ein Picknick gehen würde? Ich meine, immer nur da drinzusitzen ist doch eine Verschwendung dieses schönen Wetters. Verstehst du, was ich sagen will? Bloß ein Picknick, mehr nicht, kein großes Bohei oder irgendwas in der Art. Ich bin ein einfacher Mann …«

»Ja.«

»Hä? Aber du hast sie doch noch gar nicht gefragt.«

»Die Antwort lautet trotzdem Ja. Ich werde dafür sorgen.«

»Na so was.« Ein zahnlückiges Grinsen breitet sich auf seinem Gesicht aus, bis es heller strahlt als die Sommersonne. Bin froh, dass ich heute zumindest eine Person glücklich gemacht habe. Jetzt muss ich nur noch Gran mit ins Boot holen.

Als ich unseren Wohnwagen erreiche, wird mir klar, was in Gary genug Panik ausgelöst hat, um endlich etwas zu unternehmen. Vor dem Wagen steht ein schicker Bentley-Oldtimer direkt aus den Schwarz-Weiß-Filmen der 1920er-Jahre. Es ist ein atemberaubender roter Zweisitzer, wahrscheinlich das Resultat einer adeligen Midlife-Crisis vor langer Zeit. Das Chrom daran leuchtet so hell, dass ich fast erblinde, Ledersitze, Ersatzrad seitlich, total übertrieben alles. Will gar nicht drüber nachdenken, was das Ding kostet. Ist ein Spritfresser und ein Privatauto. Wer auch immer dieses Teil fährt, hat Zugang zu Benzin, was in diesen Zeiten – für jeden außer wohlhabenden Farmern oder Spediteuren – von einer Menge Verbindungen spricht.

Diese Karre gehört nicht in den Hermiston Slum. Ich frage mich, wer überhaupt die Chuzpe hat, das Ding hierherzubringen … und wieso noch niemand versucht hat, das Zeug zu klauen, das gut sichtbar im Innenraum liegt. Doch als ich die Hand nach der Tür ausstrecke, trifft mich ein schwarzer Blitz aus der Karosserie des Wagens. Autsch. Statische Elektrizität? Auf keinen Fall. Ich ziehe mich so eilig zurück, dass ich fast mit meinem Rad umkippe.

Das brennt wirklich übel.

Lektion gelernt. Ich lasse das Auto in Ruhe und halte direkt auf den Wohnwagen zu.

Ich höre Stimmen im Inneren, also presse ich das Ohr gegen die Tür. Gran zu bespitzeln war bisher nie mein Ding … aber bisher haben auch noch nie so dreist Bentleys in unserem Slum geparkt.

»Die Geschehnisse schreiten schneller voran, als ich

vorhergesehen habe, Ian. Auf uns kommt etwas zu, neben dem die Katastrophe wie ein Spaziergang aussehen wird.« Das ist Grans Stimme.

»Seltsam. Theodosia Lovell besucht die Stadt, und jetzt sitzt du hier und sagst Verderben voraus. Wie lange bleibt uns noch?«

»Ein paar Monate vielleicht. Vielleicht auch weniger.«

»Ich brauche mehr als das, Melsie.«

»Meine Hellsicht ist nicht mehr, was sie einmal war. Aber ich kann den kommenden Sturm quasi riechen.«

»Es ist schwer genug für mich, mich ohne all diese Ablenkungen um das Hier und Jetzt zu kümmern. Wie immer wird es an mir sein, mit dem vollen Gewicht der Gesellschaft die Luken dichtzumachen. Ich kann nur hoffen, dass das auch ausreicht. Du hast dich zu lange mit dem Pöbel herumgetrieben, während wir alles zusammengehalten haben.«

Das ist mir völlig neu. Gran hat mal zur Gesellschaft gehört? Das kann nicht stimmen. Oder?

»Das ist nicht fair.«

»Du hast uns *im Stich* gelassen, Melsie.«

»Ich habe meine Gründe.«

»Die du niemals dargelegt hast. Und jetzt rufst du plötzlich an und bittest nach all dieser Zeit um ein Treffen.« Sicherlich kann das nicht … ich kenne diese Stimme gut. »Du hast es versäumt, deine sogenannte Chivanhu-Kunst an Ropa weiterzugeben – abgesehen von ein paar Grundlagen. Jetzt muss ich sicherstellen, dass zumindest ihre Schwester die Gelegenheit bekommt, die Talente ihrer Familie bestmöglich zu entwickeln. Ich habe eine Regelung mit der Dorischen Schule getroffen. Sie wird dort sicher sein, wenn das kommt, was du vorhergesehen hast.«

»Ich will nicht nach Aberdeen gehen!«, sagt Izwi. »Ich will nicht Magie studieren.«

»Ian, diese Mädchen sind alles, was ich habe.« Grans Stimme bricht.

»Das ist nicht die richtige Zeit für Sentimentalitäten, Melsie. Hier geht es darum, was das Beste für die Mädchen und ihre Zukunft ist … für die Zukunft eines jeden. Sie können jetzt reinkommen, Miss Moyo. Wir wollen Sie ja nicht den ganzen Tag mit dem Ohr an der Tür herumstehen lassen«, sagt der Mann.

Erwischt.

Ich öffne die Tür und entdecke Sir Callander, der auf meiner Bank gegenüber von Gran sitzt. Seine Gegenwart füllt den winzigen Wohnwagen. Es wirkt fast unanständig, ihn hier in dieser schäbigen Umgebung zu sehen. Wieso ist er überhaupt da? Es scheint ja nicht so, als hätte es ihn bisher groß interessiert, wo ich wohne. Ich stelle die Fische und meinen Rucksack auf die Arbeitsfläche.

»Sir Callander, was tun Sie hier?«

»Ich sichere die Zukunft deiner kleinen Schwester. Wir haben gehört, dass sie sehr klug und fleißig ist, und wir glauben, dass sie, wenn man ihr die Gelegenheit gibt, eine herausragende Praktizierende werden könnte. Ich habe ihr ein Stipendium für die Dorische Schule gesichert. Dort haben sie ein wunderbares Internatsangebot. Und auch wenn sie älter ist als die anderen in der Gruppe, in die wir sie eingeschrieben haben, glaube ich doch fest daran, dass sie mit etwas Unterstützung schon bald zu ihren Altersgenossen aufholen kann. Die Rektorin, Calista Featherstone, ist eine gute Freundin von mir und wird ihren Erfolg sichern.«

»Ich will nicht nach *Aberdeen*«, schreit Izwi jetzt und

schmeißt ein Kissen gegen das Fenster. Sie lässt sich nach hinten aufs Bett fallen und tritt in einem epischen Wutanfall um sich.

Ich denke an all die Gelegenheiten, wo ich mir Besseres für meine Schwester gewünscht habe. Ich selbst habe die Schule geschmissen, um mich um Izwi und Gran kümmern zu können. Aber das … Ein Stipendium, Unterbringung im Internat, regelmäßige Mahlzeiten. Ich kann den Gedanken kaum ertragen, von dieser sturen kleinen Nervensäge getrennt zu sein … aber das wäre sicher besser als alles, was ich ihr bieten könnte.

»Aberdeen liegt weit entfernt. Gibt es nichts in der Umgebung hier?«, frage ich.

»Die Edinburgh-Schule für gewöhnliche Jungen wird sie nicht aufnehmen. Meine Verbindung zu Montgomery Wedderburn reicht nicht aus, um über ihr Geschlecht hinwegzusehen. Das Kelvin Institut in Glasgow nimmt keine so jungen Schüler auf. Und St Andrews will gar nichts davon hören. Also bleibt nur Aberdeen. Du kannst dir nicht mal vorstellen, wie viel Gefallen ich einfordern musste, um das in die Wege zu leiten.«

»Ian«, sagt Gran.

»Melsie, ich trage einen Haufen verschiedenster Verantwortungen. Ich betrachte dieses Thema als abgeschlossen.« Callander steht abrupt auf und schlägt sich prompt den Schädel an der Decke an. Er zieht eine Grimasse, neigt den Kopf und hält auf die Tür zu.

Ich gehe ihm aus dem Weg.

»Ich nehme an, dann ist das ein Adieu, alter Freund«, sagt Gran mit belegter Stimme.

Callander stoppt mit der Hand am Türknauf. Ein schmerzerfüllter Ausdruck huscht über sein Gesicht, und er scheint für einen Moment zu erstarren. Dann atmet er tief durch und reißt sich zusammen.

»Ich tue das Richtige«, sagt er sanft, bevor er die Tür öffnet und aus dem Wohnwagen tritt. »Miss Moyo, zu mir.«

Ich gehe wieder nach draußen und stelle mich neben Callander, während er sich das Chaos ansieht, das unser Slum ist. Illegale Kabel führen von den Strommasten zu den Wohnwagen, Hütten und Unterständen überall um uns herum. Es ist mir peinlich, hier zu leben. Alles war ganz einfach, solange ich Callander in der Stadt getroffen habe ... dass er hier rauskommt und dies alles sieht, stinkt zum Himmel.

Ich möchte weder Mitleid noch wohltätige Gaben, sondern einfach nur eine faire Chance, etwas zu erreichen.

Wir gehen zu seinem Wagen hinter unserem Zuhause.

»Ich muss Ihnen nicht erklären, wo die Vorteile einer richtigen Ausbildung in wissenschaftlicher Magie liegen«, sagt er gerade zu mir. »Kann ich darauf vertrauen, dass Sie Ihre kleine Schwester ins Boot holen? Sie wirkt ziemlich eigensinnig – eine bewundernswerte Eigenschaft, wenn sie in die richtigen Bahnen gelenkt wird. Wenn das allerdings nicht geschieht, kann es katastrophal sein.«

»Ist das der einzige Grund, warum Sie Izwi an einen anderen Ort bringen wollen? Ich habe etwas von strafbaren Handlungen gehört ...«

»Es ist zu ihrem Besten«, gibt Callander harsch zurück. »Mehr müssen Sie nicht wissen. Gibt es Neuigkeiten von Max Wu?«

Er ist ein kratzbürstiger Mistkerl, aber was soll ich noch sagen? Schließlich ist er der Boss. Ich erläutere ihm alles: Doug Duffie, Bumblebeam, die Rory-Spur, jedes relevante

Detail außer meiner goldenen Gans aus Kanada, Tom Mounsey. Callander hört mir aufmerksam zu, wobei er hin und wieder einzelne Punkte meiner Argumentation hinterfragt. Aber grundsätzlich scheint er zufrieden mit meinen Fortschritten.

»Gehen Sie mit Bedacht vor, aber bringen Sie die Sache auch zu Ende«, sagt er, bevor er in seinen Bentley steigt. Als er den Wagen startet, klingt das Röhren des Motors wie ein Sturm.

»Noch eine Sache«, sage ich, als Callander schon den Gang einlegt.

»Ja?«

»Ich hätte gerne Zugang zu den Archiven der Gesellschaft.«

Er zieht eine Augenbraue hoch.

»Ist für meine Studien«, füge ich hastig hinzu.

Das ist alles, was *er* wissen muss. Brauche ihm ja nicht erzählen, dass ich vorhabe, das Paterson-Vermögen zu studieren.

»Die Archive der Gesellschaft sind deckungsgleich mit denen der Bank. Sie finden Sie in einem Lager in Gyle. Ich werde das für Sie arrangieren.«

Sobald Callander verschwunden ist, eile ich in den Wohnwagen zurück, wo ich Gran mit Izwi auf dem Schoß vorfinde. Meine kleine Schwester hat die Arme um Grans Hals geschlungen und den Kopf an ihrem Busen vergraben. Ich setze mich auf meine Bank, auf dieselbe Stelle, an der zuvor Callander gesessen hat. Es ist seltsam, dass er hier aufgetaucht ist, kurz nachdem ich ihm von Theodosia Lovell erzählt habe. Er hat sie eine Feindin der Gesellschaft genannt, aber sie ist mit Gran befreundet. Und jetzt will Callander Izwi plötzlich »zu ihrem eigenen Besten« nach

Aberdeen verschiffen? Ich kann nicht anders, ich muss die Frage stellen:

»Also, willst du mir erzählen, woher du Sir Callander kennst, Gran?«

»Wir kennen uns schon sehr lange«, antwortet sie, während sie Izwi über die Haare streicht. »Aus einem anderen Leben.«

Und mehr liefert sie mir nicht. Nur diese zwei Sätze. Soweit es um Erklärungen geht, ist das ziemlich nutzlos. Ich weiß, dass Gran früher ein bisschen Ghostbuster gespielt hat und so was, also kennt sie ihn vielleicht aus dieser Zeit. Aber ich spekuliere, obwohl ich direkt neben der Quelle sitze, und ich brauche die Antwort aus erster Hand.

»Ich mag diesen Mann nicht«, sagt Izwi.

»Gran?«, beharre ich.

»Also arbeitest du für die Magier, Ropa?«, fragt Gran.

»Das beantwortet meine Frage nicht«, antworte ich. »Bist du in der Gesellschaft gewesen?«

Sie seufzt. »Die Gesellschaft hat nicht alle Antworten, auch wenn sie das vorgeben. Ich kann dir eine andere Art von Magie beibringen, wenn du es mir nur erlaubst, Kind.«

»Gran, schau uns an. Hast du überhaupt bemerkt, wie es hier aussieht?« Ich schüttele den Kopf. »Wir sind pleite, leben von der Hand in den Mund. Wären wir echte Magier, mit den richtigen Zertifikaten und Akkreditierungen, wären wir nicht hier. Wir würden uns nicht mit Jobs durchschlagen, die so gut wie nichts bringen. Ich mag nicht den Rest meines Lebens in diesem Slum wohnen. Ich will hier raus.«

Das kann ich nicht offen sagen, aber Shona-Magie ist so lahm. Die Gesellschaft betrachtet sie nicht mal als richtige

Magie, also wäre das reine Zeitverschwendung. Nur wissenschaftliche Magie bringt Zaster.

Ich lerne jetzt echte, richtige Magie. Ich kann auf keinen Fall zu den Vorfahren und zu all dem anderen mystischen Zeug zurückkehren.

»Es gibt so vieles, was du nicht verstehst, Kind. Du magst zwar reif sein, aber trotzdem noch sehr jung. Die Gesellschaft ist nicht zwangsweise das, als was sie erscheint«, meint Gran schließlich. »Es gibt Dinge, die ich dir noch beibringen möchte, uralte Magie, die du nirgendwo anders finden wirst.«

»Du hast Magie ohne Lizenz praktiziert – und schau, wie weit es uns gebracht hat.«

Grans Miene wirkt gequält. Ich möchte das nicht sagen, aber es ist wahr.

»Ich habe das Gefühl, du entgleitest mir, Kind.«

»Sei nicht albern, Gran.«

Sie schweigt eine ganze Weile, als müsse sie ihre Worte abwägen. »Okay. Das ist also die Zukunft, die du haben willst?«, fragt sie schließlich.

»Damit handele ich richtig«, antworte ich und wiederhole indirekt Callanders Worte.

So schwer es mir auch fallen mag, weil sie für mich immer nur Gran war, ich bin mir bewusst, dass diese Frau ein ganzes Leben gelebt hat, bevor ich auch nur ein Spermium in den Hoden meines Dads gewesen bin. Ich weiß meine Gran und alles, was sie mir beigebracht hat – oder versucht hat, mir beizubringen – wirklich zu schätzen, aber auf keinen Fall werde ich die wissenschaftliche Magie zugunsten von Mystizismus aufgeben. Ich nehme an, der einzige Silberstreif am Horizont ist, dass Gary O'Donohue keine Konkurrenz fürchten muss. Ich würde ihn als Stiefgroßvater jederzeit vorziehen.

»Übrigens … Gran, dein Bewunderer hat jetzt endlich um eine Verabredung gebeten«, berichte ich ihr, um das Thema zu wechseln.

XXI

Wache von einem köstlichen Duft auf, der vom Herd herüberweht. Sonnenschein dringt durchs Fenster, akustisch unterlegt von Vogelgesang. Muss die Sache positiv sehen – ich mag keinen müden Penny für meine Arbeit bekommen, aber die Bürozeiten kann ich legen, wie es mir passt. Zur Hölle, ich zähle Callanders Besuch gestern Abend einfach als Überstunden.

Gähnend schwinge ich meine Beine von der Bank.

Kontrolliere mein Handy auf Nachrichten. Ich habe von Lewis Rorys Nummer bekommen, was schon mal ein guter Anfang ist. Wenn er mit Bo Bumblebeam gesichtet wurde, muss ich ihn mir genauer anschauen. Jomo hat mir aus irgendeinem Grund ein Video von einem singenden Dinosaurier geschickt. Von Priya habe ich gar nichts. Ich schicke ihr ein Herzchen-Kuss-Emoji. Wir mögen anders denken, aber ich finde nicht, dass wir das weiter vor sich hin köcheln lassen sollten. Wir haben noch eine Menge zu tun.

Gran steht am Herd und rührt im Topf, mit Izwi als treue Assistentin. Ich schlendere hinüber und spähe über Grans Schulter.

»Hast du gut geschlafen?«

»Wie ein Baby.«

»Ich verstehe nicht, wieso die Leute das immer sagen.

Babys wachen mitten in der Nacht heulend und mit voller Windel auf«, sagt Izwi.

»Und was weißt du darüber?«

»Ich war mal ein Baby.«

Gran lacht. Ihre Freude rollt durch den winzigen Wohnwagen, bis sie uns alle ansteckt und wir auch loswiehern. Zumindest ist sie nicht mehr stinkig auf mich wie gestern Abend. Sie zieht den Holzlöffel aus der Pfanne und hält ihn an meine Lippen. Ich puste, dann koste ich die Brombeermarmelade. Wow.

»Izwi hat die Beeren am Kanal entlang gepflückt«, sagt sie.

»Kann ich sehen.«

Auf der Arbeitsfläche steht ein kleiner Flechtkorb, in dem noch ein paar übrig gebliebene Beeren liegen, und daneben stehen die leeren Gläser für die fertige Marmelade. Für mich ist Marmelade ein großartiger Kompottersatz zum morgendlichen Porridge. Soweit es mich angeht, ist das sogar quasi dasselbe. Aber wenn heute der Tag zum Marmeladenkochen ist, dann nehme ich an, dass die beiden am Vormittag noch eine Weile beschäftigt sein werden. Gran verschenkt gern ein paar Gläser an die Nachbarn … und ich werde sicherstellen, dass Gary O'Donohue ganz oben auf der Liste steht. Amor spielen macht unglaublich Spaß.

Ich gehe zurück zu meiner Bank und versuche es mit Rorys Nummer. Klingelt nicht mal. Ich höre nur eine Dame, die mir mitteilt: »Die Nummer, die sie angerufen haben, ist nicht vergeben.« Zum Teufel damit. Ich schicke Lewis eine Nachricht, in der ich ihn bitte, die Nummer noch mal zu checken. Dann surfe ich auf der Suche nach Rory durch verschiedene Social-Media-Kanäle, aber all seine Kanäle sind auf privat gestellt, daher kann ich weder sehen, was er so getrieben hat, noch ihm eine Nachricht schreiben. Ich schicke Lewis die Bitte, mir zusammen mit der neuen Nummer die neuesten Einträge per Screenshot zu schicken. Sie müssen online befreundet sein – gehen auf dieselbe Schule.

Mein Telefon piept. Nachricht von Priya, die sagt, dass sie heute frei hat und bereit wäre, mich zu begleiten, wenn ich sie mitnehmen will. Und, jippieh, ich kriege ein Küsschen-Gesicht zurück, wenn auch nicht das mit dem Herz vor den Lippen. Gibt mir trotzdem einen Energieschub. Bald schon bin ich gerüstet, zieh meinen Laborkittel an, Rucksack – Check – bereit, mich auf die Straße zu werfen. Schal – verlasse das Haus nie ohne. Scheiß drauf, dass Sommer ist.

»Gehst du, Ropa? Ich hätte gern ein bisschen Zeit mit dir verbracht«, meint Gran.

»Tut mir leid, Gran, die Arbeit ruft. Du weißt doch, wie's läuft.«

»Du bist nie da«, sagt Izwi schmollend.

»Ich muss arbeiten, Sis.«

»Ich möchte dich begleiten«, antwortet sie und tritt mir in den Weg. Ich muss zurückweichen, weil sie mit Zucker und Marmelade überzogen ist und ich nichts davon auf meinen schicken Doktorkittel bekommen möchte.

»Ich werde dir was Schönes mitbringen.«

Bestechung funktioniert bei Izwi immer am besten. Wenn sie so weitermacht, kann ich garantieren, dass eine strahlende Zukunft bei der Polizei von Schottland sie erwartet. Ihre Miene ist ein Chaos aus Gefühlen, während sie über mein Angebot nachdenkt.

»Nein.«

Ich bin ein wenig vor den Kopf geschlagen. Was um Himmels willen ist für sie wichtiger als süße Leckerbissen? Ich lasse offensichtlich schwer nach.

»Ich kann dich nicht mitnehmen. Es kann gefäh... Manchmal ist meine Arbeit ... Ich lege große Strecken zurück, und du hast kein Fahrrad, Sis. Wie wäre es, wenn du mich noch bis nach Calder begleitest und ich dir dann etwas Tolles mitbringe, wenn ich zurückkomme?«

Ihre Mundwinkel sacken nach unten, aber sie stimmt trotzdem zu. Ist ein fairer Kompromiss. Genug Zeit für meine Familie zu finden, das ist nicht einfach, mit allem, was ich am Laufen habe. Aber sobald alles erledigt ist, habe ich die Zeit. Zur Hölle, mit meinem Anteil des Vermögens schwimme ich quasi in Geld, und wir können dann machen, was auch immer uns einfällt. Das langfristige Ziel ist diese ganze Arbeit wert. Ich muss nur noch ein bisschen durchhalten, das ist alles.

Wir treten aus dem Wohnwagen und überlassen Gran ihrer Beschäftigung. Ich schnappe mir mein Fahrrad. River kommt unter dem Wohnwagen heraus, um sich uns anzuschließen. Sie reibt sich an meinem Bein, bevor sie sich zwischen mir und Izwi einreiht, als wir den Slum verlassen. Ist laut heute Morgen, mit all den Leuten, die ihrem Gewerbe nachgehen. Beim King's Market kann man Geld machen. Die Hausierer schieben Wagen mit Waren vor sich her. Ein elektrischer Roller kommt an uns vorbei. Jemand hämmert auf seinem Metalldach herum, das ist ein Geräusch, das sich direkt in meine Trommelfelle bohrt. Hektische Geschäftigkeit für einen schönen Tag wie heute. Das überzeugt mich, selbst auch in die Gänge zu kommen, als wir die Umgehungsstraße überqueren.

Ich möchte mit Izwi über das Angebot sprechen, das Callander ihr gemacht hat. Das mit der magischen Schule. Nicht dass ich von dem Gedanken an eine Trennung begeistert wäre, aber es ist eine tolle Gelegenheit, und das sollte ich ihr klarmachen. Sie ist ein cleveres Kind – ich glaube, irgendwann wird sie es kapieren. Ich will gerade den Mund öffnen, als mir der Gedanke durch den Kopf schießt. hey, warte mal eine Minute, wenn das mit dem Paterson-Vermögen klappt, sind wir doch stinkreich, und das alles wird gar nicht nötig sein.

»Wieso lächelst du?«, fragt Izwi.

»Gar nichts«, sage ich, grinse aber trotzdem weiter.

»Was auch immer.«

Ich werde ihr jetzt noch nichts erzählen, aber ich werde mich definitiv später mit Tom treffen und schauen, ob ein Besuch der Archive neue Erkenntnisse für seine Suche bringt. Sein Familienvermögen könnte meine Familie zusammenhalten. Ich könnte Izwi auf eine supertolle Schule in Edinburgh schicken, wenn das mit dem Geld erst mal geregelt ist. Ganz zu schweigen von einem richtigen Haus mit Innentoilette für Gran.

Als wir den Kreisverkehr in der Nähe von Broomhouse erreichen, bin ich so voller Optimismus, dass ich fast platze. Ich schicke Izwi mit River zurück, steige auf mein Rad und schieße die Longstone Road hinunter, die mich nach Craiglockhart bringen wird. Von dort komme ich mühelos nach Merchiston und zur Edinburgh-Schule für Magie.

Priya wartet an der Ecke der Gillsland Road auf mich, nur einen Steinwurf von der Klinik entfernt, in der sie arbeitet. Sie sieht richtig sommerlich aus in ihrem safrangelben Crinklekleid, das kurz über ihren Knien endet.

»Du siehst ja wie eine richtige Lebefrau aus«, begrüße ich sie.

»Und ich nehme an, du bist der Doktor?«

»Nummer dreizehn, Baby.«

»Eine Unglückszahl.«

»Numerologie war nie meine Stärke. Sollen wir losziehen?«

Priya beißt sich nachdenklich auf die Unterlippe. Dann seufzt sie und bedenkt mich mit einem bedeutungsvollen Blick.

»Ich akzeptiere deine Entschuldigung«, sagt sie nach einer Weile.

»Ich kann mich nicht erinnern, dir eine geliefert zu haben.«

»Du hast mir heute zwei Küsse geschickt.«

»Und? Judas hat Jesus auch geküsst. Das bedeutet gar nichts«, antworte ich. »Und du hast mir keine Küsse zurückgeschickt. Was hat es damit auf sich?«

»Mach die Sache nicht unbehaglicher, als sie sein muss. Mir tut es auch leid, okay?« Sie hebt ihre Faust, und ich stoße meine Knöchel gegen ihre. »Gut. Also, wollen wir den ganzen Tag hier rumstehen und gefühlsmasturbieren, oder wollen wir uns an die Arbeit machen?«

Hinter Priya erhebt sich eine unglaubliche Buchenhecke, die viel höher ist, als die Stadtverordnung es erlaubt … als würde sich irgendwer um so was kümmern. Bin hier unzählige Male vorbeigekommen, ohne je darüber nachzudenken, was wohl hinter der Hecke liegt. Das Ding muss mindestens dreißig Meter hoch sein und ist so dicht, dass sie genauso gut die Befestigungsmauer einer mittelalterlichen Burg sein könnte. Die Blätter hängen unheimlich still, obwohl eine ordentliche Brise weht.

Die Edinburgh-Schule wünscht offensichtlich absolute Privatsphäre, aber es scheint mir ein wenig paranoid, keinen Eingang an der Colinton Road zu haben, die immerhin die Hauptstraße ist. Stattdessen zieht sich die Hecke ohne Lücke bis zur Tipperlin Road.

»Muss echt nervig für dich gewesen sein, für die Ausbildung

bis nach Glasgow zu müssen, obwohl es eine wunderbare Schule direkt hier in Edinburgh gibt«, sage ich, um die letzten Reste der Anspannung zwischen uns zu vertreiben.

»Selbst der Leibhaftige könnte seine Tochter nicht in dieser Schule aufnehmen lassen. Nah, der Laden ist für Trottel, Ropa. Ich bin Kelvinistin durch und durch. Und ich habe keine Beschwerden über die Länge meines Schulweges. Du bist inzwischen ein paar Praktizierenden von der Edinburgh-Schule begegnet. Sie haben alle einen riesigen Stock im Arsch stecken.«

»Lewis ist ganz okay.«

»Du bist noch zu neu, um es besser zu wissen. Vertrau mir, die Edinburgh-Jungs sind üble Kerle.«

»Sir Callander?«

»Zugegeben, kleinere Ausnahmen gibt es.« Sie deutet auf eine Ansammlung von Gebäuden. »Das Land um die Schule gehört ebenfalls zum Anwesen, also werden hier die Angestellten untergebracht.«

Ein echter Vorteil. Dürfte sonst eine Menge kosten, in dieser Ecke zu wohnen. Priya stoppt vor einem schwarzen Tor, dessen Gitterstangen wie Schlangen geformt sind. Die Details sind so fein ausgearbeitet, dass ich sogar die einzelnen Schuppen sehen kann. Die Metallviecher strahlen eine seltsame Schönheit aus. Und wenn ich mich bewege, sorgt das Lichtspiel auf den Stäben dafür, dass es aussieht, als würden sie sich in einer Art vertikaler Schlangengrube winden.

»Dieses Tor soll eine Repräsentation der Beithir sein«, sagt Priya. »Kennst du die Sage?«

Ich nicke, obwohl nie ganz klar war, ob Beithire Schlangen oder Drachen waren, die in den Höhlen und Bergkesseln der entferntesten Teile der Inseln hausten – oder ob es überhaupt nur einen davon gab. Ich neige zu Schlange, nachdem Beithir niemals Feuer gespuckt oder irgendwelches sonstige, drachenartige Zeug gemacht hat. Dafür war es aber die tödlichste, giftigste Schlange jemals und wurde nur in Sommernächten gesichtet, in denen Blitze die Erde getroffen haben. Wenn man in Schottland eine Schlange tötet, soll man ihr den Kopf abschneiden und ihn so weit wie möglich vom Körper wegtragen, weil sie sonst als Beithir zurückkehrt … und dann ist man am Arsch.

Ich hatte heute eigentlich Lewis mitnehmen wollen, aber er muss auf seine Geschwister aufpassen und konnte nicht kommen. Aber Priya ist auch cool, weil sie solche Schulen kennt.

»Du warst schon mal hier, ja?«, frage ich.

»Ein paarmal, für Sportevents und Treffen, vor meiner Assistenzarztstelle.«

»Wie kommen wir rein? Gibt es eine Klingel oder irgendwas?«

»Das Tor lässt dich ein, Ropa«, antwortet Priya nüchtern.

Jenseits des Tores sehe ich mehr Wald als irgendwas anderes, sodass der Weitblick begrenzt ist. Die Straße biegt sofort nach links ab und windet sich in Kurven, statt direkt dorthin zu führen, wo das Schulgebäude stehen sollte.

Priya hebt die Hand, sodass sie vor dem verwickelten Haufen aus Schlangen schwebt und deklamiert:

»Deus über den Portalen und Türen, lass das Vergitterte sich öffnen, denn wir sind als rechtmäßige Schüler hier, Portunus.«

Ein lautes Zischen erklingt, das mich dazu bringt, angsterfüllt zurückzutreten, doch Priya bleibt stehen, wo sie ist. Die verknoteten Schlangen beginnen, sich voneinander zu lösen. Metallische Schuppen reiben übereinander, als sich die Körper bewegen. Sie ziehen sich in die Hecken zurück, bis nur noch ihre Köpfe sichtbar sind. Tote Augen starren in die klaffende Lücke. Das ist der unfreundlichste Schuleingang, den ich je gesehen habe. Fast bin ich erleichtert, dass Izwi diese Schule nicht besuchen kann.

»Bisher hat mich immer jemand am Tor abgeholt, also habe ich das Passwort oft genug gehört.«

»Ich mag nicht zwischen diesen Schlangen durchgehen, Priya.«

»Pussy«, höhnt sie und tritt durch die Öffnung. Dann dreht sie sich zu mir um und zuckt mit den Achseln, als wäre das keine große Sache.

Die Schlangen kriechen wieder an ihren Platz, also renne ich los, egal, was mein Bauch mir auch sagen mag. Das ist schließlich mein Job, und ich muss ihn erledigen. Vielleicht bin ich so skeptisch, weil ich nicht an solche Schulen gewöhnt bin, während das für Priya ganz normal ist. Doch egal, wie sehr ich auch versuche, mich zu überzeugen, meine Spinnensinne kribbeln, als hätte ich einen Ausschlag. Wir gehen die gepflasterte Straße entlang, die sich durch das bewaldete Gelände windet. In der Ferne ragt ein dunkelgraues Gebäude auf, das hinter all dem Blattwerk nur schwer zu erkennen ist. Ich erhasche immer wieder mal einen Blick auf eine Wand oder ein Fenster, aber das Ganze ist nicht zu erkennen.

Hier im Schatten ist es viel kühler als auf dem Asphalt vor dem Tor. Irgendwo rechts höre ich Wasser plätschern. Vielleicht steht da ein Brunnen im Wald. Es gibt Farne und Brombeeren, Hecken und Sträucher. Ich entdecke etwas, das aussieht, als stünde ein Mann im Wald, doch als ich genauer hinsehe, ist es nur eine Formschnitthecke in der Form eines Menschen. Es gibt noch mehr lebende Skulpturen in Form verschiedenster fantastischer Tiere oder Kelpies:

Nessie, Boobrie, Cait Sith – die mich an einen Jaguar erinnert – und irgendetwas Fischähnliches, vielleicht ein Morool. Wir kommen an einem Dämon auf einem Pferd vorbei, der – wenn wir denn beim Thema bleiben – der Nuckelavee sein muss … oder etwas ähnlich Schickes.

Diese Hecken müssen von einem echten Künstler geschaffen worden sein. Das erkenne ich an den Proportionen und der Auswahl der Pflanzen – Eibe, Stechpalme und Buchsbaum. Die Blattform wurde offensichtlich gewählt, um die jeweilige Gestalt bestmöglich darzustellen. Sie müssen hier wirklich einen fantastischen Gärtner haben.

Obwohl die Straße flach ist, fühlt es sich an, als würden wir bergauf laufen. Ich muss mich sogar vorlehnen, um voranzukommen. Priya muss sich in ihrem Stuhl auch anstrengen.

»Wie kommt …«

»Es ist eine falsche Ebene, eine optische Illusion. So wie am Electric Brae in Ayrshire. Sie haben das Konzept von Magnetbergen übernommen und auf die Gartenarchitektur hier angewandt. David Hume hat einmal argumentiert, dass wir uns auf dieser Erde auf nichts verlassen können als auf unsere Sinne. Die Schule bringt den Studenten bei, nicht ihrem ersten Eindruck zu vertrauen, sondern lieber alles zu hinterfragen … bis sie zu Skeptischen Fragenden werden.«

Also habe ich diese Anstrengung Humes übergroßem Einfluss auf die schottische Magie zu verdanken, die ungefähr im achtzehnten Jahrhundert einen Übergang vom Mystizismus zur Wissenschaft hinbekommen hat. Priya erklärt, dass es eine andauernde Debatte darüber gibt, ob Hume selbst ein Magier war oder ob nicht – worauf es eigentlich nur spärliche Hinweise gibt. Aber nachdem er an der South St David Street direkt neben dem St Andrew Square gewohnt hat, hat er ohne Zweifel von seinen Nachbarn im Dundas House gewusst und auch mit ihnen interagiert. Humes Empirismus und Skeptizismus haben den intellektuellen Rahmen für den Umgang mit Magie zur Verfügung gestellt – weil durch das Aufzeigen der Grenzen von Vernunft und Logik bisher missverstandene Phänomene legitim erklärt werden konnten. Was bis dahin als »Natürliche Magie« bekannt war, wurde zur Grundlage der »zweiten Wissenschaft«. Außerdem erlaubte dieses Denkkonstrukt den frühen Mitgliedern der Gesellschaft, mit den konzeptuellen Widersprüchen ihrer Arbeit umzugehen.

»Ziemlich cool, hm?«, meint Priya.

»Aber nicht so gut für meine Unterschenkel.« Ich übertreibe. Jeder Edinburgher weiß, dass Hügel einfach dazugehören. Hinter uns erklingt ein seltsames Rascheln. »Was war das eben?«

»Himmel, du bist aber heute wirklich ein Nervenbündel. Was ist mit dem Mädchen passiert, das Eier von der Größe von Hanteln hat?« Aber Priya klingt gar nicht mehr so selbstbewusst.

Überall um uns herum beginnt es zu rascheln. Das Geräusch dringt aus den Tiefen des Waldes heran. Die alten Bäume knarren. Mir wird endgültig unheimlich zumute, als mir einfällt, dass Priyas Deklaration zur Öffnung des Tores die klaren Worte »… sind als rechtmäßige Schüler hier …« beinhaltet hat. Nur dass wir das gar nicht sind. Und wieso sollten die Jungs von der Edinburgh-Schule so mit ihrem Passwort hausieren gehen, während andere zuhören? Das Tor hat sich geöffnet, aber wir sind keine Schüler. Wir sind nicht mal Jungs. Ich hätte an einem anderen Tag kommen sollen, mit Lewis.

»Priya …«

»Schneller. Zum Gebäude«, antwortet sie.

Gleich danach erklingt ein tiefes Rumpeln – als würde etwas aus dem Boden gerissen – gefolgt von einem lauten Rascheln und Geräuschen, als fielen große Erdbrocken zu Boden. Jepp, das dürften die Wurzeln sein, die sich aus der Erde lösen. O nein.

»Renn!«, ruft Priya.

Wenn die Buchenhecke die Mauer ist, dann müssen diese Wälder der Burggraben sein, und da haben wir uns kopfüber hineingestürzt. Ich ducke mich, um dem schwingenden Ast einer Eiche gerade noch auszuweichen, die es offenbar auf mich abgesehen hat. Bevor ich mich wieder sammeln kann, entdecke ich einen Heckenhirsch, der auf uns zugaloppiert kommt. Den Kopf hält er gesenkt, aber das riesige Geweih ist zum Angriff bereit. Vor uns tritt ein Löwe auf die Straße, um uns den Weg abzuschneiden. Seine grüne Mähne bebt vor Aggression. Er öffnet das Maul, doch statt eines Brüllens erklingen die Geräusche von Blättern, die von heftigem Wind gepeitscht werden.

»Hier entlang«, schreit Priya und biegt sofort auf einen Fußweg ab – als gäbe es eine andere Möglichkeit. Mir gefällt das überhaupt nicht, denn wenn alle Pflanzen so zum Leben erwachen, stürzen wir uns damit voll ins Getümmel.

Wir rennen den Kiesweg links weiter. Ich höre Priya direkt hinter mir. Sie muss sich schwer anstrengen, um auf dem unebenen Boden voranzukommen. Quasi alles Grünzeug ist zum Leben erwacht. Ein Hagel aus Kastanien, Kiefernzapfen und Eicheln geht auf uns nieder. Ein paar davon treffen mich am Schädel, was mir nicht besonders gefällt … aber die Beschwerdeabteilung ist im Moment geschlossen, also renne ich weiter.

Eine Ranke schlägt nach meinen Beinen. Ich stolpere,

bevor ich mein Gleichgewicht wiederfinde. Aber das verdammte Ding hat mein Rad erwischt und windet sich um die Speichen. Zum Teufel damit. Ich lasse das Fahrrad los und renne auf die Lichtung vor uns. Kaum habe ich mit Priya im Gefolge die Grasfläche erreicht, verfluche ich alle möglichen Götter. An einem sonnigen Tag wie heute sieht der Garten, in dem wir landen, einigermaßen manierlich aus – genau der richtige Ort für ein Picknick.

Doch bevor ich überhaupt mal Luft schnappen kann, ergießt sich schon eine ganze Menagerie aus Formheckentieren aus dem Wald – und der gräuliche Nuckelavee führt den Angriff an. Ich werde hier nicht rumstehen, bis seine Absichten klar werden.

»Zum Gebäude«, schreie ich und deute auf die graue Schule. Priya ist mir in diesem Punkt weit voraus. Sie rast über die Rasenfläche, als wäre auf der Musselburgh-Rennbahn Ladies Day.

Ich bin außer Atem, renne aber weiter, weil ich immer noch das unheimliche Rascheln der Hecken hören kann, die es auf uns abgesehen haben.

Priya ruft Zaubersprüche, und ich bete darum, dass ihre Kräuterkunde uns aus dieser Klemme holen kann. Doch selbst ich erkenne, dass wir in echten Schwierigkeiten stecken, als ihre Beschwörungen sich verändern, während wir noch den Hügel zur Schule hinaufrennen. In Rekordgeschwindigkeit eilen wir auf die Pflastersteine. Über uns explodiert ein riesiger Erdbatzen und lässt Dreck auf uns herabregnen, aber wir rennen weiter, direkt auf die riesige weiße Doppeltür zu. Eine Zuflucht!

Ich drücke die Klinke, doch die Tür bewegt sich nicht.

Die Heckenmonster kommen immer näher.

»Aus dem Weg«, schreit Priya. Eilig deklamiert sie auch

noch einen Zauber, den ich nicht verstehe, sodass ein heftiger Luftstoß die Tür trifft. Doch das Holz biegt sich nach innen, nimmt den Zauber und wirft ihn auf uns zurück. Der Wind trifft mich so heftig, dass ich sofort zu Boden falle. Priya meistert die Energie, indem sie ein Stück nach hinten rollt und damit sozusagen auf der Macht surft. Smooth. Ich dagegen bin auf meinem Steißbein gelandet, und mein Hintern schmerzt.

Wegen so was mochte ich die Schule nie.

»Lauf«, sagt sie.

»Nein, wirklich, Sherlock?«, mosere ich, als ich mich vom Boden aufrappele.

Ich renne den Weg entlang, der direkt vor dem Gebäude verläuft. Dann ziehe ich meine Sonnenbrille aus der Brusttasche und setze sie auf. Es wird Zeit für den einen Zauber, den ich halbwegs überzeugend wirken kann.

Ich schreie: »Prometheus!«

Gleißendes Licht füllt in diesem Augenblick die Umgebung, eine Flut aus weiß glühenden Funken explodiert um mich herum und trifft die Heckenkreaturen, die auch gleich versengt werden.

Nehmt das. Ich weiß, dass Pflanzen kein Feuer mögen.

Ich höre ein scharfes Geräusch, das an einen Pfiff erinnert – aber vielleicht sind das eher Schmerzensschreie. Doch sie haben uns immer noch im Visier. Und jetzt, mit den verbrannten Blättern und allem, wirken sie richtig aggressiv.

Priya sieht über die Schulter zurück.

»Du hast sie nur sauer gemacht, Ropa«, meint sie.

»Und du hast ihnen Wiegenlieder vorgesungen?«

»Ich habe versucht, die Erde dazu zu bringen, sie zu binden, aber dieser Ort ist mit Gegenmaßnahmen nur so durchtränkt. Es ist quasi unmöglich, irgendetwas zu bewirken«, antwortet sie, als wir um die Ecke des Schuldgebäudes biegen. »Dort rüber, zum Rugbyfeld.«

Ich weiß nicht, wovon sie redet, weil ich keine Pfosten in H-Form sehen kann. Stattdessen schweben diverse Pflastersteine in der Luft … ein bisschen wie eine Pyramide über einem Sandkasten.

Priya rollt direkt drauf zu. Ihr Stuhl erhebt sich in die Luft und landet auf dem ersten Stein, dann springt sie sofort weiter, bis sie die dritte Stufe erreicht hat.

Ich springe auf den ersten Stein; schaffe es gerade so, ihn zu packen und mich nach oben zu ziehen. Die zweite Stufe ist auch noch ein durchaus machbarer Sprung, aber die dritte schwebt zu hoch über mir. Der Abstand zwischen den Steinen wird mit jeder Stufe größer, sodass der oberste ziemlich hoch oben schwebt.

»Du musst jetzt mal springen, sonst erwischen sie dich, Ropa.«

»Ich werde es nicht schaffen.«

XXII

Egal, wie ich mir mein scheußliches Ende auch vorgestellt habe, ein Tod durch eine Menagerie von Heckenkreaturen ist mir nie in den Sinn gekommen. Bruder Musashi sagt so Zeug wie: »Fürchte den Tod nicht«, aber so wie meine Pumpe arbeitet, werde ich wahrscheinlich an einem myokardialen Infarkt sterben, bevor mich die Pflanzen in Dünger verwandeln.

Die Viecher sind langsamer geworden, umzingeln die Sandgrube unter uns. Beobachten sie uns? Sie haben keine Augen, aber sie wissen todsicher, wo wir uns aufhalten.

Ihre Wurzeln schleifen über das Gras.

Scharfe Dornen machen sich bereit, unser Fleisch zu zerreißen.

An der Spitze der Truppe ist dieser fiese Nuckelavee. Hätte ich wählen können, gegen welches Halb-Mensch-Halb-Pferd-Wesen ich antreten will, hätte ich mir lieber einen Zentauren ausgesucht; sie werden immer als weise und vernünftig dargestellt. Der Nuckelavee entspringt einer vollkommen anderen Spinnerei – eine zusammengewürfelte Kombi aus Pferd und Reiter ohne Haut, sodass man Muskeln und Sehnen sehen kann. Am Torso des Reiters hängen keine Beine, als wäre er auf dem Rücken des Pferdes eingewachsen. Seine Arme sind lang genug, um bis auf den Boden zu reichen, mit scharfen Klauen. Es heißt, sein

Atem reichte aus, um die Ernte verkümmern zu lassen und die Herden mit Krankheiten zu schlagen. Und sein Name wurde immer angsterfüllt geflüstert. Im Augenblick kommt die Heckeninkarnation dieses Wesens auf mich zu, die Klauen ausgestreckt.

Ich zerre meinen Schal aus der Tasche.

»Pack das andere Ende von Cruickshank und zieh mich hoch«, sage ich.

»Hä?«

»Mein Schal heißt Cruickshank«, rufe ich und werfe ein Ende zu Priya nach oben. Mir fehlt die Zeit, ihr zu erklären, dass ich den Namen einfach passend fand, weil er alt und ein bisschen schief klingt und auch etwas von einem irren Ninja hat.

Priya zieht die Bremse an ihrem Stuhl an, der unsicher auf dem Pflasterstein ruht. Sie packt den Schal mit beiden Händen.

»Schnell, Ropa, er ist direkt hinter dir.«

Dieses Rascheln ist so nah.

»Komm schon, Cruickshank, hilf mir«, sage ich.

Ich springe von meinem Stein und fühle den Windzug, den der Angriff des Heckenwesens verursacht. Doch mein Schal enttäuscht mich nicht. Er reißt mich in einem unglaublichen Bogen durch die Luft, sodass ich direkt auf Priyas Schoß lande.

Der schwebende Pflasterstein schwankt ein wenig, bleibt aber in der Luft.

Ein furchterregendes Lächeln erscheint auf dem Gesicht des Nuckelavees. Es ist ein Loch in den Blättern, das mich mit Grauen erfüllt. Einige der Blätter sind von den prometheischen Funken verkohlt, sodass er aussieht, als hätte ihn jemand direkt aus der Hölle gezerrt. Die Bosheit, die von ihm – von all diesen Heckenkreaturen – ausgeht, ist fast mit Händen zu greifen. Widerlich.

»Wir haben uns da in eine ganz schöne Zwickmühle gebracht«, meint Priya.

»Ist mir noch gar nicht aufgefallen.« Niedrigste Form von Humor, ich weiß. »Ehrlich, ich dachte, du hättest dich mit Botanik und solchem Zeug beschäftigt. Kannst du nicht den Aquaman machen und mit diesen Kerlen reden?«

»Das sind Fische – Pflanzen sind vollkommen anders. Es gibt kein zentrales Nervensystem. Außerdem hast du offensichtlich nicht zugehört, als ich dir von den Gegenzaubern erzählt habe ... Oh, oh. Das ist übel. Richtig, richtig übel.«

Ich schaue nach unten und kann sehen, dass der Nuckelavee den anderen Befehle zuraschelt. Die Herde teilt sich, um einen Pfad freizugeben, und dann tritt etwas aus den Reihen, was wie Bärenklau aussieht. Die Pflanze ist fast zwei Meter hoch, mit dicken, borstigen Stängeln. Die Krone besteht aus weißen Blüten, die in Dolden stehen. Das wirkt wie etwas aus den *Triffids,* und ich hasse es.

»Was zur Hölle ist das, Buddy?«

»Riesenbärenklau. Wenn er deine Haut berührt, kriegst du schreckliche Blasen. Ist echt scheußlich.«

Der immer noch lächelnde Nuckelavee bietet dem Bärenklau einen Ritt an, wobei er zu uns auf unserem winzigen Rettungsboot aus Stein heraufstarrt. Er hebt die giftige Pflanze in unsere Richtung. Die anderen Gewächse rascheln in beängstigender Vorfreude, als wären wir militante Veganer, die endlich ihre wohlverdiente Strafe bekommen.

»Tu etwas«, flehe ich verzweifelt.

»Und was genau?«

»Atomisier sie. Du bist die einzige qualifizierte Magierin hier, um Himmels willen.«

»Einen Protogenoi-Zauber.«

»Hä?«

»Du hast atomisieren gesagt.«

»Mach es einfach!«

Der Riesenbärenklau ist nur noch eine Armlänge entfernt, und ich möchte ihn nicht in meiner Nähe haben. Ich kann quasi schon spüren, wie mein Gesicht brennt.

»Zu Beginn, Primzahlen und Novi, Ordnung auf Chaos. Aus dringendem Bedarf beschwöre ich Physis …«

»Hör *sofort* auf«, erklingt eine raue Stimme und stoppt Priya mitten in der Beschwörung.

Ich stehe wie erstarrt, der Riesenbärenklau quasi direkt vor meiner Nase. Aber zumindest hat der Nuckelavee angehalten, also schulde ich der Frau, wer auch immer sie sein mag, ein Bier, Zigaretten und Pommes.

»Aus dem Weg. Mick, du hast eine Dreckspur quer über den Rasen gezogen. Und du, Agnes! Ich habe in fünf Jahren keine einzige Beere von dir bekommen, aber jetzt stolzierst du hier herum. Burt, ich habe dich gestern erst ordentlich gemulcht, und du hast alles ruiniert. Kommt schon, genug mit diesem Mist, ihr alle. Zurück in eure Beete. Senkt die Wurzeln tief in die Erde. Wenn ich einen von euch beim Rumstreunern erwische, erwartet euch ein heftiger Rückschnitt«, sagt sie irritiert. »Leute, ich muss tagelang Blätter vom Rasen rechen, dabei ist nicht mal Herbst.«

Der Nuckelavee wirft uns seinen letzten, harten Blick zu, bevor er sich umdreht und sich mit dem Rest der Menagerie zurückzieht. Himmel, endlich kann ich wieder atmen. Die langsam verschwindenden Pflanzen geben den Blick auf eine kleine Frau mit breitem Körper frei, die eine graue Latzhose, Gummistiefel und einen Strohhut trägt. In der linken Hand hält sie eine Heckenschere.

»Mrs. Guthrie, wie wunderbar, Sie zu sehen«, ruft Priya.

»Und du hast gerade die gesamte Arbeit meines bisherigen Sommers kaputtgemacht, Priyanka Kapoor.« Die Gärtnerin wedelt einmal mit der Hand, und die schwebenden Steine sinken nach unten … und wir mit ihnen. Ich lande auf der Seite in der Sandgrube, neben Priya, der es irgendwie gelungen ist, ihren Stuhl aufrecht zu halten.

»Autsch«, protestiere ich.

»Du würdest auf Spanisch fluchen, wenn Mick dir einen Mundvoll Bärenklau gefüttert hätte, Mädchen.« Mrs. Guthries raue Stimme klingt so reichhaltig wie organischer Kompost. »Und wenn ihr Mädels es gewagt hättet, einen Protogenoi-Zauber in meinem Garten loszulassen, hätte ich euch persönlich noch viel Schlimmeres angetan. Hoch mit euch und stöhnt nicht rum.«

»Tut mir leid«, sagt Priya verlegen.

»Ich bin dir auf ein paar Botanik-Konferenzen begegnet, Priyanka, und bisher habe ich dich immer für einigermaßen vernünftig gehalten. Aber wenn dir nicht aufgegangen ist, dass ein Koppelungszauber einen besseren Schutz geboten hätte, bis Hilfe kommt, dann weiß ich wirklich nicht, was sie euch am Lord Kelvin Institut beibringen. Und selbst wenn ihr an meinen grünen Freunden vorbeigekommen wärt, hättet ihr euch doch diesen steinernen Gargoyles am Schulgebäude stellen müssen. Und glaubt mir, die machen keine Gefangenen. Es ist Sommer, weswegen kaum Angestellte hier sind, also hatten du und deine kleine Freundin wirklich Glück, dass ich gerade vorbeigekommen bin. Unerlaubtes Betreten? Hier? Es gibt dumm und dann gibt es *dumm*, und ich bin mir nicht sicher, in welche Kategorie ihr beiden fallt.«

Mrs. Guthrie lässt ihren Blick über die Landschaft schweifen und stöhnt, angefressen von dem reinen Chaos, das wir verursacht haben. Der makellose Rasen und die gepflasterten Wege sind mit Erde, Zweigen und Blättern übersät.

»Und wer von euch hat es für eine gute Idee gehalten, hier ein Feuer zu entfachen?«

»Das ist Ropa Moyo, und sie ist Sir Callanders Praktikantin«, sagt Priya und schubst mich damit vor den Bus.

»Unsinn. Dieser verkniffene Mistkerl hat seit Jahren keinen Lehrling angenommen.«

»Jetzt hat er aber einen, Mrs. Guthrie, und sie hilft mir dabei, mich im Krankenhaus um Max Wu zu kümmern. Haben Sie gehört, was ihm zugestoßen ist?«

»Die Studenten gehen mich nichts an; dieser Garten hier ist das Einzige, was mich interessiert. Wenn ihr also nicht hier seid, um mir zu erzählen, dass er in einen Topf gepflanzt wurde und Blätter ausgeschlagen hat, ist mir das egal.« Fällt mir leicht, das zu glauben. Unter ihren Fingernägeln klebt Erde, und in ihrem lockigen braunen Haar, das ihr bis über die Schulter fällt, hängen Pflanzenteile.

Ich schlage mir den Sand von der Kleidung und verlasse die Grube, gerade noch rechtzeitig, um zu sehen, wie manche der Heckenkreaturen wieder in ihren vorherigen Positionen erstarren. Jetzt, wo ich nicht mehr zittere, strecke ich Mrs. Guthrie die Hand entgegen. Ihre Handflächen sind schwielig und rau. Es ist, als hätte ich ein Stück Borke geschüttelt. Sie beugt sich vor, bis ihr Gesicht direkt vor meinem schwebt.

»Wenn du meine Pflanzen noch mal ansengst, werde ich dir einen Tritt in den Arsch verpassen, der dich bis nach John O'Groats und in die Nordsee kickt. Kapiert?«

Ich schlucke schwer, bevor ich nicke. Sie lässt meine Hand los.

»Dann kommt mal, ich bringe euch zum Direktor. Er wird

entscheiden, wie wir mit diesem Schlamassel umgehen. Ihr habt schon genug von meiner Zeit verschwendet.«

»Danke, Mrs. Guthrie«, sagt Priya wie eine brave Schülerin.

Wir folgen der reizbaren Gärtnerin über die dreckverschmierten Wege zurück zum Hauptgebäude. Es ist ein großes graues Haus im gotischen Stil, das aus ungleichmäßig behauenden Steinquadern und jeder Menge Mörtel besteht. Die Fenster sind schmal, und neben der Eingangstür gibt es Buntglasfenster, auf denen irgendwelche alten Knacker abgebildet sind, von denen ich annehme, dass sie Praktizierende von ehedem waren. Der Ort hat etwas Gespenstisches, selbst im gleißenden Licht der Sommersonne. Hoch oben, unter dem Dach, hängen Gargoyles mit fiesen Fratzen, Flügeln und Hörnern. Dazwischen gibt es immer mal wieder Köpfe gewöhnlicher Männer, die nach unten schauen. Das ganze Gebäude ist total gruselig.

Nach unseren epischen Anstrengungen fällt es uns schwer, mit Mrs. Guthrie Schritt zu halten. Sie schreitet mit schnellen Schritten durch die weiße Doppeltür, die sich ohne Berührung vor ihr öffnet.

Wir landen in einer riesigen Halle. Vor uns befindet sich ein Hof, umschlossen von Steintreppen, die nach oben führen. Trotz der Hitze draußen ist es hier superkalt. In der hintersten rechten Ecke geht ein dunkler Korridor ab, und ich sehe, wie der Geist eines jungen Schuljungen vorbeigleitet.

Davon hatte ich keine Ahnung, bis ich mit diesem ganzen Wissenschaftliche-Magie-Zeugs angefangen habe … aber die Anwesenheit von Geistern kühlt eine Umgebung aufgrund von gewissen entropischen Prinzipien ab. Die transdimensionale Verschiebung aus dem AllDort zieht thermale Energie aus unserer Welt, um den Geist in dieser Welt zu verankern. Paradoxerweise minimiert das Lichtangebot im Sommer die spektrale Aktivität, weswegen Geister ihre beste Zeit eigentlich im Winter haben.

Der Geist verschwindet hinter Statuen schlecht gelaunt wirkender Männer im klassischen, griechischen Stil.

»Die früheren Rektoren der Edinburgh-Schule, angefangen mit dem Gründer Hamish Davenant«, erklärt Mrs. Guthrie. »Doch der Einzige, um den ihr euch Gedanken machen müsst, ist der aktuelle Direktor. Die Treppe hoch, los. Schnell.«

»Ich werde den Aufzug nehmen«, sagt Priya.

»Rechts und wieder rechts. Du kannst ihn nicht verpassen«, antwortet Mrs. Guthrie.

Ich muss die Stufen quasi hochrennen, weil es wirklich schwierig ist, mit Mrs. Guthrie Schritt zu halten. Keine Chance, mir dieses merkwürdige Gruselkabinett hier genauer anzusehen. Auf dem Absatz bleiben wir kurz stehen, bis Priya auftaucht.

Es gibt Pinnwände, Poster und ähnliches Zeug, so wie man es auch in einer normalen Schule finden würde … aber nach unserer herzlichen Begrüßung sorgt das auch nicht dafür, dass ich mich besser fühle.

Wir biegen nach links ab – in etwas, was wie ein Verwaltungsflügel wirkt, und passieren mehrere geschlossene Türen. Rechts von uns blicken Fenster in einen Hof hinunter, auf dem Bänke stehen. Zwei diagonale Wege überschneiden sich in der Mitte wie bei einem Andreaskreuz. Auf einer der dreieckigen Rasenflächen steht ein Brunnen.

Mrs. Guthrie führt uns zu einer offenen Tür ganz am Ende des Flurs und in einen Raum, in dem eine strenge Sekretärin auf eine Schreibmaschine einhämmert. Sie trägt ihr graues Haar zum Dutt gebunden, hat eine spitze Nase, auf der eine Perlmuttbrille sitzt. Ihre Arbeit lässt die Tasten laut klappern, und der Lärm hallt von den holzverkleideten Wänden wider.

»Ist der Direktor noch da, Gordania?«, fragt Mrs. Guthrie.

»Ist beschäftigt«, antwortet die Frau, ohne aufzusehen.

»Ich habe diese beiden dabei erwischt, wie sie übers Gelände getobt sind.«

»Du hättest sie der Security überlassen sollen, Adair. Die Gargoyles wissen mit Leichen umzugehen.«

»Die eine hier ist offensichtlich Callanders Praktikantin, womit das ein Besuch im Auftrag der Gesellschaft sein könnte.«

Gordania sieht stirnrunzelnd von ihrer Arbeit auf. Sie legt den Kopf ein wenig schief und schiebt die Brille auf ihre Nasenspitze, um mich eingehend zu mustern.

»Die Standards sinken«, sagt sie. Dann hebt sie den Hörer des drehbaren Telefons auf ihrem Schreibtisch, tippt eine Nummer, murmelt etwas und legt wieder auf. »Setzt euch«, sagt sie, so abgehackt wie man einem Hund Befehle gibt. Ich suche mir einen Platz auf der unbequemen Bank in der Nähe der geschlossenen Tür. Ich nehme an, genau hier haben über die Jahre schon Hunderte von nervösen Schülern gesessen.

»In Ordnung, dann mache ich mich mal wieder vom Acker. Dank dieser beiden habe ich eine Menge aufzuräumen«, verkündet Mrs. Guthrie spitz.

Fast eine Stunde lang sitzen wir dort und lauschen auf das Klappern der Schreibmaschine. Mein Hintern tut weh. Ich habe keine Ahnung, ob wir sprechen dürfen oder nicht, aber Priya hält die Klappe … und ich habe sicher nicht vor, ein Gespräch mit Gordania anzufangen. Verrückt, aber ich fühle mich, als wäre ich wieder in der Schule … nur dass keine Schule, die ich besucht habe, jemals so vornehm gewesen ist. Kein Duft nach Möbelpolitur, der von den Wänden aufsteigt und auch keine Rekordtafel mit Namen, die hunderte Jahre zurückreichen.

Nö. Ich komme aus einer ganz anderen Richtung. Aber ein Besuch beim Direktor stinkt trotzdem zum Himmel.

Plötzlich schwingt die Tür zum Direktorenbüro auf, und Montgomery Wedderburn erscheint. Sieht in einem maßgeschneiderten Anzug so frisch aus wie neue Scheine. Unwillkürlich stehe ich auf. Ist quasi ein Reflex. Auch wenn ich versuche, mich daran zu erinnern, dass ich Callanders Praktikantin bin und dementsprechend die Gesellschaft vertrete, ändert das doch nichts an der Tatsache, dass ich mich hier in Wedderburnland befinde. Nach dem Empfang, den Cockburn mir bereitet hat, bin ich mir nicht ganz sicher, wo ich mit ihm stehe.

»Miss Moyo, so trifft man sich wieder. Ist mir, natürlich, ein Vergnügen«, sagt er. »Ich hoffe, Sie genießen Ihr Praktikum.«

»Mr. Wedderburn, wir wollten Sie nicht stören.« Ich ertappe mich doch tatsächlich bei einer Entschuldigung.

»Und Sie, Priscilla … nein, Prica … ich erinnere mich noch vom Rugby gut an Sie. Lord Kelvins beste Spielerin im letzten halben Jahrhundert.«

»Priyanka«, stellt Priya richtig, aber Wedderburn hat sich schon wieder mir zugewandt.

»Und aus welchem Grund sind Sie, meine jungen Damen, unerlaubt auf mein Grundstück vorgedrungen?« Wedderburn entfernt sein goldenes Monokel und verstaut es in der Brusttasche seines Anzugs.

Er ist dieses Spinnennetz, so widerstandsfähig, komplex und auch noch zweckmäßig. Und anscheinend tanzen wir auf den Fäden. Also lege ich alle Karten auf den Tisch: Max

Wu, Doug Duffie und die mögliche Verbindung zu Rory MacCulloch. Und natürlich frage ich auch nach den Mönchen des nebligen Ordens.

»Es gibt zahlreiche genehmigte Bruderschaften an dieser Schule, aber die sogenannten Mönche gehören nicht dazu. Der Orden ist ein Mythos, den die älteren Jungs erfunden haben, um die Neulinge zu verschrecken. Ich erinnere mich noch aus der Zeit daran, als ich selbst Schüler war, Miss Moyo«, antwortet Wedderburn. »Was Duffie, Wu und MacCulloch angeht: Die Schule handelt nur während der Schulzeit in loco parentis. Wir sind nicht dafür verantwortlich, was die Jungs in den Ferien treiben … oder was ihnen dann traurigerweise zustößt. In dieser Zeit sollten sie sich unter der Aufsicht ihrer Erziehungsberechtigten befinden. Tut mir leid, dass ich Ihnen kaum weiterhelfen kann, aber ich wünsche Ihnen alles Gute für Ihre weiteren Nachforschungen.« Er öffnet die Tür und tritt in sein Büro zurück. Er hat uns kaum fünf Minuten geschenkt. »Sie müssen mich entschuldigen, meine Zeit gehört nicht mir allein.«

»Das verstehe ich, aber wir würden uns trotzdem gern die Schlafsäle ansehen«, sage ich eilig. Ich bezweifele sehr, dass er alles weiß, was seine Schüler so treiben. Deswegen muss ich selbst nachschauen.

»Mrs. Spence, wären Sie so freundlich?«, sagt Wedderburn, bevor er freundlich hinzufügt: »Und das nächste Mal benachrichtigen Sie die Schule, bevor Sie das Gelände betreten, Miss Moyo. Wir möchten doch nicht, dass ein Unglück Sie ereilt. Ich weiß, dass Sir Callander ein Mann von außergewöhnlichem Scharfsinn ist, also gehe ich davon aus, dass er Sie aus guten Gründen ausgewählt hat. Folgen Sie seinen Ratschlägen, und Ihre Zukunft in der Gesellschaft dürfte gesichert sein.«

Damit schlägt Wedderburn die Tür zu – und das war's. Mir wird bewusst, dass die Fenster in diesem Gebäudeflügel über die Rasenfläche hinwegblicken, über die wir vorhin gerannt sind – also muss er mitbekommen haben, wie wir uns mit den Heckenkreaturen herumgeschlagen haben. Hat er Mrs. Guthrie zu unserer Rettung geschickt? Ich erzähle Priya von meinen Vermutungen.

»Ich wäre mir da nicht so sicher«, flüstert sie zurück.

»Du irrst dich.«

»Vielleicht. Schließlich bin ich nicht die Detektivin in diesem Duo.«

Das ist okay. Wedderburn hat ja mir geliefert, was ich wollte – und mein Kopf sitzt immer noch auf meinen Schultern. Er war auch bei meiner Vorstellung bei der Gesellschaft ganz freundlich zu mir, also empfange ich bisher nur positive Vibes von ihm. Ich mag Rektor Wedderburn wirklich, und es freut mich, einen so nützlichen Verbündeten auf meiner Seite zu wissen.

XXIII

Gordania Spence benimmt sich, als hätte jemand sie gebeten, einen stinkenden Mülleimer rauszutragen, aber zumindest geht sie nicht so schnell wie Mrs. Guthrie. Ihre Absätze klappern über den Laminatboden, der in Fliesen übergeht, sobald wir den hinteren Teil des Gebäudes betreten. Sie hält einen klirrenden Bund mit einer Menge Schlüssel daran. Ihr Kopf ist hocherhoben, und sie strahlt eine Aura von beflissener Effektivität aus.

»Die Edinburgh-Schule für gewöhnliche Jungen wurde 1694 von Lord Hamish Davenant gegründet, und zwar mit dem Ziel, armen Jungen und Waisen eine Ausbildung zu ermöglichen. Er war ein fortschrittlich denkender Mann, der an den Wert allgemeiner Ausbildung zur Schaffung aufrechter Bürger glaubte, die einen Gewinn für ihre Nation darstellen.«

Ich sehe mir die prächtigen Gärten an, die wir inzwischen betreten haben, die weitläufigen Rasenflächen, Blumenbeete und den offensichtlichen Protz der gesamten Institution … und komme schnell zu der Erkenntnis, dass die Ausbildung armer Kinder auf der Prioritätenliste nicht mehr ganz oben steht. Ich glaube nicht, dass heute noch viele Waisen hier Magie studieren. Keiner der Jungs aus dem Slum seiner Majestät in Hermiston hat je diese Schule besucht. Sie könnten nicht mal davon träumen, die Schule auch nur zu sehen.

Ich empfinde immer noch eine gewisse Wachsamkeit gegenüber den Heckentieren. Gebranntes Kind und so.

»Die Schule hat einmal viel mehr Land besessen, aber wir sind im neunzehnten Jahrhundert von der Stadt gezwungen worden, unzählige Morgen zu verkaufen – für das Krankenhaus und noch mehr für den Merchiston-Campus der Napier-Universität. Die Schlafsäle waren früher im Hauptgebäude untergebracht, bis wir 1910 expandiert haben«, sagt sie. Klingt wie eine auswendig gelernte Rede, die interessierten Eltern oder neuen Schülern auf der ersten Führung gehalten wird. »Hinter der Stechpalmenhecke liegt das Gärtnerhaus. Sie haben die Dame ja bereits getroffen. Am Ende dieses Pfades liegen die Studentenwohnheime.«

Die Wohnheime sind im edwardianischen Stil erbaut. Anders als die groben Steine des Hauptgebäudes gibt es hier gerade Linien, ohne groteske Dekorationen oder andere Schmuckelemente. Es ist einfach ein funktionales, zweistöckiges Gebäude mit zwei Eingängen. Das Efeu, das im Erdgeschoss die Wände nach oben kriecht, scheint noch nicht lange zu wachsen, es wird wohl die neue Idee einer enthusiastischen Gärtnerin gewesen sein.

»Die Schule grenzt ans Royal Edinburgh Hospital«, flüstert Priya. »Deswegen haben wir an unserer Schule die Jungs von der Edinburgh-Schule immer *die Irren* genannt.«

Das ist zwar ein etwas kindischer Scherz, aber ich kapiere ihn, weil das Royal Ed die größte psychiatrische Klinik der Stadt ist. Schon Priyas Interaktion mit Lewis hat klargestellt, dass die beiden Schulen in Konkurrenz zueinander stehen. Andererseits geht es wahrscheinlich um diese Edinburgh-gegen-Glasgow-Sache … und zum ersten Mal in meinem Leben ertappte ich mich dabei, wie ich für die Weegies jubele.

»Wir haben vier Wohnheime in diesem Gebäude, zwei im Erdgeschoss und die anderen im ersten Stock.«

»Max Wu war ein Tagesschüler«, sage ich.

Mrs. Spence schließt den Haupteingang auf, und wir betreten eine saubere, spartanische Diele, in der es nach frischem Putzmittel und Politur riecht.

»Rory lebt im Malcolm-Haus, das nach Malcolm III. benannt ist, der von 1031 bis 1093 König von Schottland war«, berichtet sie. »Alle Häuser sind nach Königen benannt: Duncan, von dem ihr natürlich schon gehört habt, Cuilén und Kenneth … Ah, hier sind wir. Rein mit euch.«

»Danke, Mrs. Spence«, sage ich.

»Ich hoffe, es dauert nicht zu lange«, antwortet sie.

Priya rollt mit den Augen.

Angesichts der gotischen Pracht des Hauptgebäudes überrascht mich die spartanische Einrichtung der Schlafsäle. Ich hatte gehört, dass reiche Kinder in Internaten ihre eigenen Zimmer bekommen und so, aber Malcolm-Haus wirkt eher wie eine Jugendherberge für Leute mit wenig Geld. Holzoptik-Fliesen, Metallbetten, die mit dem Kopfende an der Wand stehen. Man erkennt deutlich, dass diese Betten schon diverse Jahre auf dem Buckel haben, weil sie in der Mitte durchhängen, genauso wie die superdünnen Matratzen, die darauf liegen. Auf einigen der Matratzen sind konzentrische braune Ringe zu sehen … Hinterlassenschaften von Bettnässern, nehme ich an.

Neben den Betten stehen kleine Schränke, am Fußende jeweils eine Kiste für Bettzeug. Null Privatsphäre. Wenn man darüber nachdenkt, ist es fast wie in unserem Wohnwagen. Wenigstens muss ich mir den Raum nicht mit zwanzig pubertierenden Jungs teilen. Mit Priya neben mir inspiziere ich die Betten.

»Suchen Sie nach etwas Bestimmtem?«, fragt Mrs. Spence.

»Mich interessiert alles«, antworte ich.

Bei dem fünften Bett entdecke ich ein wenig Schmutz auf dem Boden und schreibe mir ein internes Memo. Dann kontrolliere ich den Mülleimer, in dem die Verpackung eines Cadbury-Schokoriegels liegt.

»Wie oft werden die Schlafsäle gereinigt?«, fragt Priya und nimmt mir damit die Worte aus dem Mund.

»Während des Semesters täglich. In den Ferien wird einmal ordentlich durchgeputzt, nachdem die Studenten abgereist sind. Wir kontrollieren alles noch mal, bevor das nächste Semester beginnt, um sicherzustellen, dass alles in Ordnung ist.«

»Wurden hier in letzter Zeit irgendwelche Arbeiten durchgeführt?«, hake ich nach.

»Nicht dass ich wüsste.«

Ich öffne die Tür, die zum Badezimmer führt. An einer Wand hängen mehrere Waschbecken und ein Urinal, auf der anderen stehen Toilettenkabinen, gefolgt von den Duschen. Auf dem Spiegel direkt neben der Tür sind weiße Punkte zu erkennen. Spritzflecken vom Zähneputzen. Die restlichen Spiegel sind sauber. Das Schokoladenpapier hätte die Putzmannschaft noch übersehen können, aber in Kombination mit dem Dreck auf dem Boden und der Zahnpasta bin ich mir ziemlich sicher, dass jemand hier drin gewesen ist.

»Sieht aus, als hätten Sie einen heimlichen Feriengast, Mrs. Spence.«

»Lächerlich. Wie sollte der reinkommen? Wir halten das Haus verschlossen.«

»Die Heckenkreaturen, Gargoyles und so weiter würden Rory keinen Ärger machen, da er hier zur Schule geht. Er könnte einfach reinkommen. Sicher, Sie halten die Wohnheime verschlossen, aber diese Fenster sind leicht zu knacken.« Ich gebe nicht preis, woher ich das weiß. »Entweder er war hier, oder er ist immer noch hier. Es wäre nett, wenn die Schule die Augen offen hält und uns benachrichtigt, falls er auftaucht.«

Mrs. Spence nickt widerwillig und sieht sich mit in die Hüften gestemmten Händen im Raum um. Würde wetten, dass sie ziemlich sauer darüber ist, einen Schüler übersehen zu haben.

Jetzt kann ich nicht mehr viel tun außer, mein Fahrrad aus einem zwielichtigen Busch zu ziehen und mich wieder auf den Weg zu machen.

XXIV

Um Mittag herum ist es heiß. Ich schwitze, als Priya und ich die Straße nach oben in Richtung Morningside gehen. Sie lässt mich im Stich, weil sie ein Kaffee-Date mit einem Mädel hat, von dem sie schwört, dass sie die Inkarnation der Venus von Willendorf ist. Priya hat mich zwar eingeladen, sie zu besagtem Date zu begleiten, aber ich spiele nicht gern das fünfte Rad am Wagen, und außerdem arbeite ich noch. Doch ich werde meine Freundin bitten müssen, Gran ein paar Tricks beizubringen. Ehrlich, ich würde den Rest des Tages lieber nur herumsitzen, aber die Sonne wartet auf niemanden, und ich habe noch eine Menge zu tun.

Ich bin wieder in der Innenstadt und fahre gerade auf dem Weg zum Holyrood Park durch The Meadows, als mir ein alter Mann in einem Butler-Anzug in den Weg tritt. Ich lege eine Vollbremsung hin, sodass ich schlitternd vor ihm zum Stehen komme.

»So begrüßt man keinen alten Kollegen, Sonnenschein«, sagt Wilson.

Ich öffne meine Jacke, um meinen Dolch zu enthüllen. Allein der Anblick des Kerls macht mich stinksauer. Ich habe Wilson in einem fiesen Horrorhaus getroffen, wo ich von einem psychotischen Brounie gefangen gehalten wurde. Und Wilson hat sich verdammt undankbar benommen, obwohl ich ihm den Allerwertesten gerettet habe.

Jetzt grinst er bedrohlich. »Wieso so aggressiv? Wir stehen schließlich auf derselben Seite.«

Bullshit. Offensichtlich ist er immer noch so gestört wie damals. Aber um uns herum wandern eine Menge Leute herum, und das lässt mich friedlich bleiben.

»Was willst du?«

»Ich hatte viel Zeit, um über das nachzudenken, was du Arthur Lodge angetan hast. Ich war verzweifelt und konnte an nichts anderes denken als Rache.«

»Du kannst es gerne versuchen.« Ich packe meinen Dolch fester.

»O nein, nein, nein.« Er wedelt mit einem schlaffen Finger vor meinem Gesicht herum. »Verstehst du, du stehst jetzt auf unserer Seite. Jemand von ganz oben hat mich wieder aus den Tiefen heraufgezogen, in die du mich geschleudert hattest. Er hat mich noch mal neu zusammengesetzt. Und als ich dich ins Visier nehmen wollte, hat er mich daran gehindert.« Wilsons Augen glitzern bösartig. »Er hat eine Botschaft für dich.«

Ich runzele die Stirn. Das Gelaber des alten Knackers ergibt doch keinen Sinn. Soweit ich weiß, ist der Brounie endgültig besiegt.

»Geht es hier um den großen Mann, über den du ständig geredet hast, als ich dich das letzte Mal in den Arsch getreten habe?«

»Du musst tun, was immer nötig ist, um die Mönche des nebligen Ordens aufzuhalten.«

Hoppla. Woher um Himmels willen weiß er denn von denen? Mein Hirn dreht plötzlich hohl.

»Wir werden uns in der Advocate's Library um unseren Teil kümmern. Der Rest hängt von dir ab«, sagt Wilson. Ich bin überrascht, das ist mal sicher. »Vergiss nicht, wir stehen auf derselben Seite … für den Moment.«

Die Advocate's Library lässt etwas bei mir klingeln, aber ich kann den Gedanken nicht festnageln. Vor meinem inneren Auge erscheint das Bild einer noblen Perücke über einem missbilligenden Stirnrunzeln … nein, fällt mir einfach nicht ein.

»Was willst du damit sagen, Wilson? Für wen arbeitest du? Ist der Große Mann immer noch aktuell?«

»Du denkst, du wüsstest so viel. Aber der Eine Über Allen sieht weiter als jeder von uns«, sagt er.

Sein Lächeln verblasst, und jetzt kann ich brennenden Hass in seinen Augen erkennen, als er davonschleicht und in der Menge auf dem Weg zur South Clerk Street verschwindet.

Ich will ihm folgen und die Sache hier auf der Straße ausfechten. Nein. Ich muss arbeiten. Und außerdem ist es einfach unmöglich, dass er und ich im selben Team spielen. Muss das Gegeifer eines verkommenen Irren gewesen sein. Dieser Tag wird immer verrückter, aber ich weigere mich, den Köder zu schlucken.

Nicht heute, Luzifer.

Endlich erreiche ich Arthur's Seat. Ich steige ab und schiebe mein Fahrrad den steilsten Teil des Queen's Drive nach oben, bis der Boden wieder abflacht. Von hier aus hat man eine tolle Aussicht nach Osten und Süden, erst über ausufernde Dächer und dahinter – in der Ferne, jenseits der Umgehungsstraße – die Pentland Hills. Ein Schwarm Vögel tanzt über dem Horizont. Ich allerdings komme nicht weit, bevor ich auf eine Ansammlung Schwachköpfe stoße, die eine Barrikade aus alten Möbeln und Stacheldraht besetzen.

Hatte ganz vergessen, dass da ein Krieg tobt.

Sie sind zu fünft. Die Jungen wirken nervös. Sie sind mit

einem Sammelsurium an Waffen ausgestattet, von Dolchen über angepasste Cricketschläger mit tödlichen Nägeln darin bis hin zu einem Samuraischwert. Einer von ihnen hält sogar eine verdammte Armbrust.

»Wenn du mit dem Ding auf mich zielst, schneide ich dir die Eier ab«, verkünde ich, als ich mich der Gruppe nähere. »Ist der Rooster in der Gegend?«

»Alles gut, Ropa?«, fragt Cameron. Ich kenn ihn schon ewig. Er gehört quasi zum Mobiliar von Camelot.

»Wie läuft es mit den Kriegsanstrengungen?«

»Wir ham die Pilton Crew aus Stockbride gedrängt, bis Drylaw zurück, wo sie hingehör'n.« Er würgt und spuckt aus.

»Gut gemacht, Jungs«, antworte ich, als ich mein Fahrrad um die Barrikade schiebe.

Der Clan kann sich mühelos gegen diese Emporkömmlinge von der Küste behaupten. Ich frage mich, ob der Rooster die Gang auch aus Pilton treiben wird oder ob er sich damit zufrieden gibt, die Grenze zu sichern. Rob ist pragmatisch, also halte ich die zweite Variante für wahrscheinlicher. Die Sozialsiedlungen haben ihm zwar kaum etwas zu bieten, aber die Innenstadt wird er niemals aufgeben. Ich bin mir sicher, dass er auch Lehnszahlungen als Reparationen für den Ärger einfordern wird.

Von diesem Teil des Hügels hat man einen großartigen Blick auf das Duddingston Loch und das Meer. An der östlichen Küstenlinie kann ich bis zum Wrack der *Gogarmast* sehen. Der alte Öltanker ist in der Nähe von Port Seton auf Grund gelaufen und hat fässerweise Rohöl ausgespuckt, das die Strände von Edinburgh bis Bo'ness schwarz gefärbt hat. Der Ölteppich erstreckte sich über Meilen und Meilen, bis nach Fife, bevor sie den Tanker endlich dicht bekommen haben. Gab kein Geld für Reinigungsaktionen oder irgendwas, also klebt der Schlick noch im Sand, und die *Gogarmast* liegt bis heute dort, wo sie aufgelaufen ist.

Ich radele um einen Rammbock und entdecke Robs Zirkuszelt an der besten Stelle, in der Nähe des Dunsapie Loch. Camelot ist voll, wie immer im Sommer. Über den Hügel verteilt stehen Hunderte farbenfrohe Zelte. Eine Menge Leute schauen hier vorbei, Landstreicher, Opportunisten, Abenteurer, die verschiedensten Typen. Solange man die Gesetze des Rooster befolgt, kann man hier sein Zelt aufschlagen. Aber wenn man aus der Reihe tanzt, wird man von den Klippen geworfen, ob man nun Flügel hat oder nicht.

Auf einem kleinen Parkplatz neben dem Loch steht ein alter Lothian-Doppeldeckerbus, verbeult und heruntergekommen. Er ist ein Relikt aus der Vergangenheit, auch wenn hin und wieder immer noch ein paar von ihnen durch die Stadt fahren. Jemand hat »Shatter the Shibboleth« in großen Buchstaben auf die Seite gesprayt. Die sind die heißeste Band diesseits des Großen Teichs seit Iron Maiden. Ich will gerade auf dem Weg zu Robs Zelt daran vorbeifahren, als ich sehe, wie Tom mit nacktem Oberkörper aus dem Bus tritt. Er wirkt überrascht, mich zu sehen, obwohl ich ihm vorhin geschrieben habe, um meinen Besuch anzukündigen.

»Ich hoffe, dieser Haufen hat dir nicht das letzte Hemd gestohlen«, sage ich.

Lächelnd schüttelt er den Kopf. »Ich hatte eine wunderbare Zeit.« Und ich glaube ihm sogar … weil sich niemand mit dir anlegt, wenn dich der Rooster unter die Fittiche genommen hat. Absolut niemand.

Tom lädt mich in den Bus ein. Er ist gut gelaunt und scheint hier wirklich eine tolle Zeit zu haben. Ich vermute, für einen Touristen ist eine Unterbringung auf Arthur's Seat die Deluxe-

Edinburgh-Erfahrung. Seit Camelot gegründet wurde, kommen nur noch wenige Leute hier hoch, um die Aussicht zu genießen.

Das Erdgeschoss des Busses wirkt sofort unordentlich und riecht nicht allzu gut, aber hier liegen auch Landstreicher rum, also … Wir steigen die enge Treppe nach oben ins Obergeschoss, wo sich Tom offensichtlich häuslich eingerichtet hat. Der Rücksitz dient ihm als Bett. Seine Kleidung hat er in ordentlichen Stapeln auf einem freien Sitz ausgebreitet, ergänzt von ein paar Büchern, Papieren, Waschzeug … alles offen zu sehen.

»Die Räder im Bus drehen und drehen sich«, sagt er mit einem Lachen. »Ich hätte nie gedacht, dass ich mal in so was wohnen würde, aber es gibt Schlimmeres.«

»Gut für dich«, antworte ich.

»Also, was hast du für uns geplant, Ropa, meine Touristenführerin?«

»Partnerin«, sage ich. »Zieh dir ein Hemd an, wir gehen in die Archive.«

Er starrt mich an. »Wie hast du das geschafft?«

»Indem ich kein nerviger Fremder bin. Beeil dich, ich hab nicht den ganzen Tag Zeit.«

Ich gehe wieder und lasse Tom zurück, damit er sich anziehen kann. Ich muss dem Rooster meine Aufwartung machen und schauen, ob er uns einen zusätzlichen Drahtesel leihen kann. Das dürfte uns Zeit sparen. Die Archive sind nicht in der Bank untergebracht, sondern in den alten Büroräumen. Sie befinden sich auf meiner Seite der Stadt, und bis dorthin sind es fünf Meilen.

XXV

Wir schwitzen ordentlich, als wir Gyle erreichen. Die Sonne brennt dermaßen vom Himmel, dass ich quasi medium rare gebraten bin. Tom ist bereits ein gekochter Hummer. Er fährt total unbeholfen, weil er gleichzeitig den Lenker und seine Aktentasche festhalten muss. Ich hatte ihm angeboten, die Papiere in meinem Rucksack zu verstauen, aber das hat er rundheraus abgelehnt. In der Mappe befinden sich die Unterlagen, die sein Vater über das Paterson-Vermögen zusammengesucht hat. Angesichts der Tatsache, was diese Beweise wert sind, kann ich seine Paranoia nachvollziehen – aber das ist trotzdem ziemlich lächerlich. Ein Wunder, dass er auf seinem Schlangenlinienkurs noch nicht angefahren wurde.

Diese Gegend war früher mal ein richtiges Einkaufsviertel. Es gibt zwar immer noch das Depot der Royal Mail und ein paar andere Läden, die sich dem Niedergang widersetzt haben, aber die meisten Gebäude stehen da leer und verfallen rum. Ein paar Wohltätigkeitsorganisationen nützen die Räumlichkeiten als Lager oder betreiben hier Suppenküchen, die Leute aus den umliegenden Vierteln anziehen.

Viel früher, bevor das Land entwässert und entwickelt wurde, war hier ein Sumpf. Und der Niedergang der Stadt macht sich bemerkbar. Ich fürchte, dass diese Gegend über kurz oder lang in den Ursprungszustand zurückkehren wird. Anscheinend kann man den Gesetzen der Entropie nicht entkommen.

»In den Nachrichten wurde schon öfter gesagt, dass es Schottland übel erwischt hat, als ihr eure Probleme hattet, aber so was wie das hier hatte ich nicht erwartet«, bemerkt Tom, als er die Trostlosigkeit betrachtet. »Nichts für ungut.«

»Kein Problem«, antworte ich. »Wie ist es so in Kanada?«

»Besser als das hier, aber schlimmer als in Korea.«

Ich hatte mir ein wenig mehr Information erhofft, doch die gibt er nicht.

Zäune voller Löcher. Umgefallene Laternen und heruntergekommene Bushäuschen. Eine einzelne Eberesche, die sich aus einem Schlagloch mitten in der Straße erhebt. Wir fahren auf zwei Männer in Tarnanzügen zu, Sturmhauben über den Gesichtern, Finger an den Abzügen ihrer SA80-Dienstwaffen.

Sie stehen am Eingang zur Bank, der hinter einer hohen Betonmauer liegt, auf deren Spitze Stacheldraht glänzt. Überwachungskameras starren in jedem vorstellbaren Winkel auf die Straße herab. Die meisten Banken haben sich aus der Gegend zurückgezogen, genauso wie die Ladenketten, deren Filialen eingegangen sind. Hätte mir Callander nicht erzählt, dass sich die Archive immer noch hier befinden, wäre ich ahnungslos weitergefahren.

»Zutritt nur für Angestellte«, sagt einer der Männer, als wir näher kommen.

»Können Sie uns sagen, wo der Haupteingang liegt?«, fragt Tom.

Er bekommt keine Antwort. Ich stoppe ihn, als es aussieht, als wollte er noch mal fragen. Auf keinen Fall soll sich die Gans, die goldene Eier legt, eine Kopfnuss einfangen.

»Hier entlang«, sage ich und schiebe mein Rad in Richtung des Kreisverkehrs am Ende der Straße.

»Das war ein bisschen unhöflich, findest du nicht?«

»Du bist nicht mehr in Amerika, Amigo.«

»Das ist keine Entschuldigung. Außerdem komme ich aus Kanada.«

Damit fasst er das Offensichtliche in Worte, aber so ist es nun einmal. Auf dem Kreisverkehr steht eine riesige, seltsame Metallskulptur eines auseinandergenommenen Mannes, Füße auf einer Seite, der Kopf ein wenig höher auf der anderen Seite. Hände, aber kein Torso oder Beine. Die Stücke sind durch Metallstangen miteinander verbunden. Wir erreichen ein kleines Tor direkt am Kreisverkehr. Ich drücke auf den Knopf an der Gegensprechanlage. Dauert ein paar Sekunden, bis sich jemand meldet.

»Ropa Moyo von der Gesellschaft, hier um die Archive zu besuchen«, sage ich so selbstbewusst wie möglich.

»Die Archive sind hier nicht untergebracht«, antwortet die Frau am anderen Ende.

»Oh. Und wo sind sie dann?«

»Das ist nicht mein Problem.« Damit legt sie auf.

Ich drücke erneut den Knopf und warte. Keine Antwort. Also versuche ich es weiter.

»Was?«, antwortet sie schließlich.

»Leck mich«, antworte ich und gehe.

Tom lacht sich kaputt, als er mir folgt. Denkt wahrscheinlich, die Leute hier draußen wären verrückt oder irgendwas, aber nicht alles ist meine Schuld. Ich will gerade Callander anrufen, als ich auf die Idee komme, noch mal die Adresse auf meinem Handy anzusehen.

»Das also ist die Bank, die Großbritannien zerstört hat«, meint Tom. »Jetzt verstehe ich warum.«

Stellt sich raus, dass die unhöfliche Dame recht hatte. Ich habe die Adresse falsch gelesen. Wir sind auf dem South Gyle Crescent, obwohl wir die South Gyle Lane gebraucht hätten. Geschieht mir recht, weil ich nicht auf die Details geachtet habe.

»Komm, ich weiß, wo es ist«, sage ich.

»Geh voran«, meint Tom.

Wir wandern zu einer kleinen Gasse gegenüber der Royal Mail zurück. An dieser Straße gibt es nicht viel … außer wuchernden Hecken am Rand und zerbrochenen Fenstern. Die Leute aus dem Hermiston Slum in der Nähe durchsuchen die verlassenen Gebäude hin und wieder nach verwendbaren Materialien, aber mit den Jahren wurden die Funde immer seltener.

Nach kurzer Fahrt erreichen wir das Ende der Straße, wo eine graue Industriehalle steht, umgeben von einem stabilen Palisadenzaun aus verzinktem Stahl. Dort gibt es einen breiten Parkplatz, der bis auf ein paar Container in der Nähe eines überwucherten Hügels leer ist. Können hier wirklich die Archive sein? An der Vorderseite des Gebäudes sehe ich eine große, blaue Tür – die Farbe der RBS –, die in etwas führt, was vielleicht ein Büro ist. Rohre ziehen sich um das Gebäude herum, und auf dem Dach gibt es Lüftungsschächte.

»Das ist es?«, fragt Tom. Er wirkt enttäuscht.

Ich bin noch verwirrter als er, weil es hier – bis auf ein gelbes Schild in der Nähe des Tors, mit der Aufschrift WARNUNG: BITTE FERNHALTEN – keinerlei Sicherheitsmaßnahmen zu geben scheint. Lediglich ein gemähtes Stück Rasen neben einem gepflasterten Weg weist darauf hin, dass dieses Gebäude noch benutzt wird.

Das ist also das Archiv. Klar sichtbar und doch verborgen.

Bevor ich den Knopf an der Gegensprechanlage drücken

kann, schlendern zwei Security-Typen mit Maschinengewehren auf uns zu.

»Gott schütze den König«, begrüße ich die Frau.

»Möge er lange regieren«, antwortet sie. »Holt alle Waffen, Schlüssel und andere Metallobjekte heraus, die ihr vielleicht bei euch tragt. Dann legt auch Jacke und Rucksack ab und steckt sie in den Sack hier.«

Der Mann hält uns einen schwarzen Sack hin. Wir reichen unsere Sachen durch eine Lücke im Zaun. Ich tue wie geheißen und gebe meine Zwille, Dolch und Gürtel ab, bevor ich meinen Rucksack über den Zaun werfe. Tom ist nicht gerade begeistert davon, seine Aktentasche abgeben zu müssen, doch es führt kein Weg daran vorbei.

Die Frau öffnet das Tor und lässt uns nacheinander eintreten. Ich werde einer Abtastung unterzogen, die so grob ist, dass man sie auch als Tiefengewebsmassage durchgehen lassen könnte. Tom verzieht das Gesicht, als er dran ist, also weiß ich, dass es nichts Persönliches ist; die Frau nimmt nur ihren Job ernst.

Wir folgen den beiden durch die breite Tür ins Gebäude und werden auf einem Sofa, das gegenüber von einem Empfangstresen steht, abgesetzt. Die Wachen sind nicht allzu redselig, und ich lege auch keinen Wert darauf, ein Gespräch mit jemandem anzufangen, der seinen Finger so nah am Abzug hält.

»Wieso tut ihr das? Das ist so seltsam«, fragt Tom.

»Wovon genau sprichst du?«

»Von diesem ›Gott schütze den König‹-Spruch.«

Die Frage ist unglaublich dämlich, selbst für einen Ausländer, also ignoriere ich ihn und konzentriere mich stattdessen auf mein Handy. Superempfang hier. Aber eine Klimaanlage scheint nicht vorhanden zu sein. Ich stehe quasi in meinem eigenen Saft, als eine streng aussehende Frau Mitte dreißig in einem Nadelstreifenanzug den Raum betritt.

»Du bist spät dran. Eilidh Logan, Archivarin«, sagt sie. »Gehört er zu dir?«

»Das ist mein Kollege Thomas Mounsey«, antworte ich.

»Tom«, sagt er und streckt ihr die Hand entgegen, doch sie greift nicht danach.

»Es ist schon ziemlich lange her, dass die Gesellschaft irgendwen zu uns geschickt hat. Ich nehme an, aufgrund der Umstände war das zu erwarten. Kann ich deine Bibliothekskarte sehen?«

Ich übergebe das getrocknete Ohr in meiner Tasche. Sie mustert es. Sie sieht Tom an, der offensichtlich keine Zugangsberechtigung hat, und fragt: »Bürgst du für ihn?« Ich nicke. »Gut.«

»Also, sind die Archive Teil der Bank oder der Gesellschaft?«, frage ich, weil ich meine Neugier einfach nicht unterdrücken kann. Und vermutlich hilft mir diese Info auch, um einzuschätzen, woran ich mit diesen Typen bin.

»Weder noch. Wir sind Teil der Bibliothek, aber wir bewahren Sammlungen sowohl der Gesellschaft für Skeptische Fragende als auch der Royal Bank of Scotland auf. Hauptsächlich Dokumente, sowohl in ihrer physischen Form als auch elektronisch, aber ebenso Kunst«, antwortet Eilidh. »Und falls du dich das gerade fragst: Du kannst mich Eilidh nennen, und ich werde dich Ropa nennen. Die Konventionen differieren außerhalb des Elgin ein wenig. Sollen wir reingehen?« Jeder ihrer Sätze klingt abgehackt, und ihre Ausstrahlung lässt erahnen, dass sie es lieber mit Dokumenten zu tun hat. Diese menschliche Interaktion scheint sie wirklich zu stressen.

Also arbeitet sie für Dr Maige, Jomos Dad. Und wenn ich

inzwischen eines über die Bibliothekare gelernt habe, dann, dass sie ziemlich regelversessen sind. Diese Kerle agieren manchmal quasi mittelalterlich, also muss ich mich von meiner besten Seite zeigen.

Im Gebäude halten sich kaum Menschen auf. Es fühlt sich, na ja, tot an. Es hat nichts von der Erhabenheit der Bibliothek und strahlt auch nicht die Aura der Bank am St Andrew Square aus. Aber zumindest ist es in den Archiven kühler als im Empfangsbereich. Und auch recht sauber, wie ich feststelle. Kein Körnchen Staub, nirgendwo.

Die Stille und Abgeschiedenheit dieser Archive ist mir unheimlich. Überwachungskameras beobachten jede unserer Bewegungen.

»Stimmt es, was alle erzählen? Dass Sir Callander einen neuen Lehrling angenommen hat?«, fragt Eilidh.

»Praktikantin. Du sprichst mit ihr.«

»Gut für dich«, sagt sie. »Ihr dürft nichts aus diesem Raum entfernen, und jegliche Kopierarbeiten müssen von mir bewilligt werden. Es versteht sich von selbst, dass wir jegliche Beschädigung oder inakzeptable Behandlung der Materialien sehr ernst nehmen. Nehmt euch die Zeit, die Anweisungen auf dem Tisch dort drüben zu lesen. Darin steht, was an diesem Ort von euch erwartet wird.«

Tom geht zu dem Tisch in der Mitte des Raums und tut wie geheißen. Seltsamerweise macht das Ding eher den Eindruck eines Esstischs aus Kiefer als den eines Arbeitstisches.

»Wonach genau sucht ihr? Unsere Materialien sind weitreichend und reichen mehrere Hundert Jahre zurück. Wir haben Dokumente über all die verschiedenen Tochtergesellschaften, die von der Bank erworben wurden, also solltet ihr eure Suche etwas eingrenzen.«

»Dokumente, die sich mit dem Darién-Projekt beschäftigen«, antwortet Tom.

»Etwas spezifischer sollte es schon sein«, antwortet die Archivarin.

Tom beißt die Zähne zusammen. Seine Miene wirkt angespannt, weil er sich nicht verraten will. Aber wenn es eines gibt, was ich über die Angestellten der Bibliothek weiß, dann dass sie einem Ehrenkodex folgen.

»Eilidh, wir interessieren uns für das Paterson-Vermögen.« Ich denke, wir sollten offen reden.

Sofort leuchtet Verständnis in ihrer Miene auf.

»Interessant … und wer genau ist dieser Thomas Mounsey?«

»Ich bin ein Histor…«

»Mit dir habe ich nicht gesprochen«, fällt Eilidh Tom ins Wort, ohne den Blick von mir abzuwenden.

»Er ist ein direkter Nachkomme von William Paterson und hat … wenn wir es beweisen können … einen Anspruch auf das Vermögen«, antworte ich. Damit habe ich alle Karten auf den Tisch gelegt, denke ich.

»Weiß Sir Callander davon?«

»Noch nicht.«

»Ich verstehe«, sagt Eilidh, bevor sie langsam nickt. »Ich muss gewissen Protokollen folgen. Die Gesellschaft und die Bank müssen benachrichtigt werden.«

Mistdreck. Ich hatte auf Diskretion gehofft, damit wir unsere Beweiskette schließen können, bevor wir in Aktion treten. Aber mit meinem Besuch hier hätte ich mir genauso gut ein Megafon vor den Mund halten und Toms Absichten ganz laut verkünden können, während bereits ein paar wirklich fiese Leute hinter ihm her sind. Anfängerfehler.

»Eilidh, die Tatsache, dass es diese Protokolle gibt, zeigt

doch, wie heikel die ganze Angelegenheit ist. Tom wurde bereits von ein paar scheußlichen Magiern attackiert. Seine Anwesenheit herauszuposaunen dürfte ihm nur noch mehr Ärger einhandeln.«

»Meine Familie wartet seit Generationen auf die Wahrheit«, fügt Tom hinzu und klingt dabei fast verzweifelt. Er hebt seine Arme, um Eilidh die Verbrennungen zu zeigen.

Die Archivarin atmet tief durch und verzieht nachdenklich den Mund.

»Wir brauchen nur ein bisschen Zeit. Ein paar Tage, mehr nicht«, sage ich. Und presse dabei die Hände vor der Brust zusammen wie ein Ministrant bei der Messe.

»Die Archivare sind der Vergangenheit und der Wahrheit verpflichtet. Ihr habt Zeit bis Ende der Woche. Mehr kann ich nicht für euch tun«, antwortet sie feierlich, bevor sie verschwindet und zurückkehrt, um einen ordentlichen Haufen dicker Aktenmappen auf den Tisch fallen zu lassen.

»Danke«, sagen wir gleichzeitig.

»Freut euch nicht zu früh. Ich bin mir nicht sicher, was ihr zu finden hofft, was in der Vergangenheit nicht längst aufgedeckt wurde. Das ist nicht gerade das erste Mal, dass diese Forderung gestellt wurde. Allerdings wurde angenommen, dass die Paterson-Familie vor hundert Jahren mit den Antworten der Bank zufrieden war. Seitdem ruht die Angelegenheit. Wahrscheinlich wäre das ein guter Startpunkt. Im Anschluss könnt ihr euch langsam nach hinten arbeiten.«

»Das klingt perfekt«, sagt Tom voller Erleichterung.

Ich bin zwar froh, dass es jetzt so laufen wird. Aber gleichzeitig bedeutet das, dass meine Kerze von beiden Enden brennt. Ich muss definitiv gut auf die goldene Gans aufpassen … und dann den richtigen Moment wählen, um mich mit der Gesellschaft auseinanderzusetzen. Außerdem muss es einen angemessenen Weg geben, um Sir Callander die ganze Angelegenheit zu präsentieren. Je tiefer wir in die Archive einsteigen, desto weiter bewegen wir uns in der Zeit zurück. Callander meinte, die Geschichte der Bank entspräche der Geschichte des modernen Schottland. Aber ich fürchte mich vor dem, was wir aufdecken werden – denn wenn es eines gibt, was ich über die Vergangenheit weiß, dann dass sich unter *Geschichte* eine Menge *Schichten* von scheußlichem Mist verbergen. Und das Zeug wird garantiert stinken, wenn wir es wieder aufwühlen.

XXVI

Der Rechercheraum in den Archiven der Royal Bank of Scotland erinnert mich an diese alten Gefängnisse, die Panoptikum genannt wurden. In dieser Hinsicht bildet er einen absoluten Gegenpol zur Bibliothek. Die Bibliothek ist ein Labyrinth: Flure, Sitznischen, Räume innerhalb von Räumen, sich windende Treppen, die nur darauf warten, erkundet zu werden. Wirkt irgendwie einladend, sobald man Mitglied ist. Sicher, die Bibliothekare können manchmal etwas mürrisch sein, aber sie helfen jedem Besucher dabei, Bücher zu finden. Sie wollen, dass man die Texte liest, die Geheimnisse der Bibliothek erkundet und neue Horizonte des Geistes erschließt. Die Archive sind eine Festung, verborgen vor aller Augen in einem namenlosen Gebäude an einer nichtssagenden Straße in einem heruntergekommenen Viertel. Erinnert mehr als alles andere an ein Lagerhaus. In der Bibliothek gibt es wenig Technologie, aber hier spielen Überwachungskameras eine große Rolle. Die Archivare wollen einen wissen lassen, dass sie alles beobachten.

Tom sitzt am Tisch, während ich mich vor einem riesigen Bücherregal herumtreibe und mir die Titel ansehe. *Eine allumfassende Geschichte des schottischen Geldes, Geprägte Münzen 1867–1873, Tempel des Mammon, Kaledoniens letztes Gefecht, Der Mann, der die Zukunft sah.* Das Regal ist rammelvoll mit Büchern über die Bankengeschichte Schottlands, zusammen mit Büchern über die Banken, die die RBS in den letzten dreihundert Jahren geschluckt hat.

»Ist wie Frankensteins Monster, nicht wahr?«, fragt Tom, der mich beobachtet.

»Was?«

»Die Bank. Hat als kleine Niederlassung in dieser Stadt angefangen, bis sie irgendwann die Welt umklammert und dabei selbst weit entfernte Orte erreicht hat, an denen sie nicht mal den Namen der Bank kennen. So viele Ressourcen, die die gesamte schottische Wirtschaft zusammenhalten …«

»In Ordnung. Ich habe mir die Unterlagen zum Darién-Projekt angesehen und denke, das hier wäre ein guter Anfangspunkt für euch«, sagt Eilidh, als sie mit einem Arm voller Dokumente wieder in den Raum tritt. Fast widerwillig legt sie alles vor Tom auf dem Tisch ab.

»Vielen Dank«, sagt er. »Bekommen wir weiße Handschuhe, um die Seiten zu schützen?«

Eilidh schnaubt, bevor sie ihm ein herablassendes Lächeln schenkt.

»Die benutzt man nicht, es sei denn im Umgang mit sehr alten Fotos oder Pergament. Handschuhe erhöhen das Risiko, Seiten einzureißen. Deswegen sollte man nicht alles glauben, was im Fernsehen gezeigt wird.«

Das ist mir neu. Andererseits bin ich noch nie an einem solchen Ort gewesen. Ich frage mich, wie viel Jomo wohl über die Archivare weiß. Vielleicht wird er eines Tages mal hierher versetzt. Doch ich bezweifele, dass irgendwer bei klarem Verstand die Bibliothek gegen diese seelenlose Industriehalle tauschen will.

Brrr, ist echt kalt hier drin. Draußen bin ich quasi gebraten worden, also war die Temperatur erst mal eine Erleichterung, aber das ist lächerlich. Ich vermute, die Temperatur hat etwas mit dem Schutz der Dokumente oder ähnlichem Gedöns zu tun. Andere Orte, andere Sitten … und hier muss man sich offensichtlich den Arsch abfrieren.

Eilidh setzt sich auf einen Stuhl in der Ecke und beobachtet jede von Toms Bewegungen – obwohl sie keinen guten Grund hat, sich Sorgen wegen eines linkischen Kanadiers zu machen. Ihr Blick bleibt unverwandt auf den Dokumentenstapel gerichtet. Diesen Blick habe ich schon öfter gesehen, meistens bei frischgebackenen Müttern, wenn sie ihr Baby eine Minute an jemand anderen übergeben und es dann nicht schaffen, den Blick abzuwenden, aus Angst, ihrem Schätzchen könnte etwas zustoßen. Allerdings kann ich es Eilidh nicht übel nehmen, weil ich mich gerade nach Schwächen im Security-System umsehe. Alte Gewohnheit aus den Tagen, als ich noch gerobinhooded habe. Wohlgemerkt: Wir haben nie so riskante Ziele wie Banken ins Visier genommen. Mit so was landet man direkt im Gefängnis Ihrer Majestät in Saughton.

In die schwarze Wand am anderen Ende des Raums sind Einwegspiegel eingelassen. Ich bin mir sicher, dass uns von dort aus noch andere Leute beobachten.

Tom pustet ein wenig Schmutz von den alten, abgegriffenen Einbänden.

»Rotschimmel. Gegen den können wir nichts machen«, erklärt Eilidh kühl. »Mit der Zeit beginnt sich das Leder zu zersetzen. Die meisten Materialien in unseren Archiven wurden lange Zeit nicht nach modernen Standards aufbewahrt, also hat sich der Schimmel ausgebreitet. Jetzt können wir den Prozess nur noch verlangsamen.«

»Alles klar«, antwortet Tom und vertieft sich im Inhalt eines Kassenbuches.

Ich würde ja auch rumgeeken, aber irgendetwas stört

mich an diesem ganzen Prozess, also gehe ich zu Eilidh und lehne mich neben ihr an die Wand. Meine Nähe hält sie allerdings nicht davon ab, Tom mit Argusaugen zu beobachten. Die Sache ist nur, na ja, sie ist diejenige, die nach hinten geht und uns die Materialien bringt, die wir lesen können. Uns ist diese Möglichkeit nicht vergönnt, also wissen wir nicht wirklich, was es dahinten noch alles gibt. Wir müssen uns auf die Mildtätigkeit, Integrität und Sorgfalt der Archivarin verlassen. Auch wenn sie wie ein anständiges Kerlchen wirkt, ist Vertrauen auf dieser Seite des Äquators trotzdem Mangelware. Und wenn die Gesellschaft tatsächlich versucht, die Erbschaft zu vertuschen ... wäre es bestimmt besser, wenn wir selbst nach hinten gehen und uns die Sammlung mal ansehen könnten. Nur um auf Nummer sicher zu gehen.

Normalerweise würde ich das einfach laufen lassen und später, in der Nacht, zurückkommen, um selbst ein bisschen rumzuschnüffeln. Aber angesichts der Kameras und der Kerle mit den Automatikwaffen finde ich diese Option nicht allzu attraktiv. Gibt kaum eine Chance, dass ich allzu bald einen Tribut für The Grateful Dead auf die Beine stelle – meine Mbira-Riffs sind nicht rock'n'rollig genug. Ich muss es auf andere Art versuchen. Aber ich balanciere auf einem schmalen Grat, weil ich Eilidh nicht gegen mich aufbringen will.

»Ich dachte mir, da ich eine Angestellte der Gesellschaft bin, sollte es für mich in Ordnung sein, eure Sammlung anzusehen. Die Archive gehören doch zur Bibliothek, und die Bibliothek gehört zur Gesellschaft, also gehören wir letztlich alle zum selben Team«, meine ich.

»Deine Argumentation hat so viele Löcher, dass ich gar nicht weiß, wo ich anfangen soll«, antwortet sie fest. »Dies ist ein privates Archiv, kein öffentliches. Und das bedeutet, dass wir selbst entscheiden, wer unsere Einrichtung besuchen darf. Die Bibliothek ist eine von der Gesellschaft getrennte, selbstständige Institution, also gehören wir nicht ›zum selben Team‹, auch wenn die zwei Institutionen funktional voneinander abhängig sind.«

»Oh.«

»Und du hast Glück, dass ihr überhaupt hier sein dürft, nachdem der König die Gesellschaft schon vor Jahren von der Bank getrennt hat. Aber Sir Callander hat um einen Gefallen gebeten.«

Ich verziehe das Gesicht, vollkommen verwirrt von dieser Sachlage. Ich dachte, alles – die Bank, die Bibliothek und die Gesellschaft – wären miteinander verbunden, mit den Magiern oben an der Spitze der Pyramide. Seltsam, sich die Gesellschaft als von der Bank getrennt vorzustellen – ganz zu schweigen von der Bibliothek.

»Ich bin mir sicher, du fragst dich jetzt, wie es dazu gekommen ist, dass die Gesellschaft das Bankgebäude am St Andrew Square benutzt, wenn die zwei Institutionen doch nicht länger verbunden sind.« Habe ich eigentlich nicht, aber nachdem Eilidh das Thema angesprochen hat, kann ich es genauso gut herausfinden. »Dundas House war ursprünglich die Privatresidenz *von …?*«, fragt Eilidh.

»Sir Lawrence Dundas«, antworte ich.

»Und wie du weißt, war Sir Lawrence ein wohlhabender Kaufmann mit einer Vorliebe für das Esoterische, der regelmäßig einen Kreis gleichgesinnter Gentlemen zu sich eingeladen hat, die sich später zu den Skeptischen Fragenden zusammengeschlossen haben. Und zufällig ist er auch der Gouverneur der Royal Bank gewesen.«

Ich hätte wirklich dieses Buch über das schottische Bankenwesen lesen sollen, das Callander mir gegeben hat. Ich nicke trotzdem, obwohl ich von dem meisten Zeug, auf das Eilidh sich bezieht, keine Ahnung habe. Ich vermute, die Archivare bewahren wirklich die Erinnerungen von Schottland.

»Als Sir Lawrence gestorben ist, erlaubte sein Sohn den Skeptischen Fragenden weiterhin, sich dort zu treffen, und respektierte auch den letzten Wunsch seines Vaters, ihnen dieses Recht für alle Zeit zuzugestehen. Irgendwann hat er das Haus verkauft … allerdings nur unter der Bedingung, dass die Gesellschaft sich weiterhin dort treffen konnte.«

Eilidh mag ihre Dokumente nur widerwillig herausrücken, aber ihre Gedanken fließen so frei aus ihr heraus, als wäre ein Hauptrohr gebrochen.

»Und wo kommt die Bank ins Spiel?«

»Möchtest du gerade lieber irgendwo anders sein?«, antwortet sie langsam. »Ich glaube, nicht.«

Eine zweite Archivarin, genauso streng gekleidet wie Eilidh, betritt den Raum und legt einen weiteren Stapel Bücher und Dokumente auf dem Tisch ab, bevor sie ohne ein Wort verschwindet. Stumm wie ein Mönch, denke ich. Was mich daran erinnert, dass es da gewisse Mönche geben soll, die sich im Nebel oder irgendwo verstecken und die ich dringend aufspüren muss.

»Als die Bank das Gebäude kaufte, hatten die Skeptischen Fragenden freie Hand darin, gewisse Sicherheitsaspekte zu modifizieren. Und dank Sir Lawrence können sie niemals vertrieben werden, was die Union der zwei bisher getrennten Institutionen gefestigt hat.«

Jetzt hat Eilidh es mir aber echt gegeben. Eine so alte Verbindung kann nicht so einfach aufgelöst werden. Klingt wie ein geschiedenes Ehepaar, das immer noch unter demselben Dach lebt und sich bei der Kinderbetreuung unterstützt, während es gleichzeitig steif und fest behauptet, es wäre nicht mehr zusammen.

Ich werfe einen Blick über Toms Schulter. Sein Blick huscht zwischen drei Dokumenten hin und her. Seine Stirn ist gerunzelt. Ziemlich schwer, diese winzige Kursivschrift zu lesen. Wirft in mir die Frage auf, wie sie das damals alles von Hand gemacht haben. Mein Handgelenk fängt an zu schmerzen, wenn ich mehr als ein paar Sätze schreiben muss, aber meine Daumen können problemlos tippen – bis zum Abwinken.

»Es gibt eine massive Lücke und unzählige Unstimmigkeiten«, sagt Tom. »Hier steht der Verweis ›im Kassiererbuch nachschauen‹. Die Kassierer waren damals die Bankmanager. Und dort wird klar, dass jemand eine Zweitschrift der Unterlagen geführt hat.«

Ich zucke mit den Achseln, weil ich nicht weiß, was ich damit anfangen soll.

»Wir würden euch nichts vorenthalten. Die Archivare sind neutral. Wir sind lediglich die Hüter dieser Unterlagen«, erklärt Eilidh unbewegt. »Was du vor dir siehst, ist alles, was wir haben.«

»Es gab einen Safe in der ersten Niederlassung der Bank in Ship Close«, meint Tom. »Was ist damit passiert?«

»Die Originalsafes der Bank waren mit magischen Sprengfallen gesichert. Daher wurden sie nie bewegt, selbst als die Niederlassung umgezogen ist. Unsere Aufzeichnungen zeigen, dass der Inhalt in Gänze ins Dundas House überführt wurde, und von dort zu uns.«

»Hmmm … das sollte einen Blick wert sein. Ropa, ich werde deine Hilfe brauchen. Ich kann das nicht alles allein durchschauen«, sagt Tom, während er sich nachdenklich übers Kinn streicht.

Er ist superkonzentriert – kein leicht belämmerter Gesichtsausdruck mehr. Wirkt fast wie eine ganz andere Person.

»Du wirst mir sagen müssen, wonach ich Ausschau halten soll, Mann«, antworte ich.

»Hier.« Er greift nach einem Band und legt ihn an die Tischkante. »Du musst diese Aufzeichnungen Zeile für Zeile durchgehen und nach jeder Erwähnung von Paterson Ausschau halten.«

»Ich nehme nicht an, dass es eine Suchfunktion gibt?«, meine ich, als ich mich auf den Stuhl neben Tom sinken lasse. Ich will das nicht tun. Versteht mich nicht falsch, ich lese genauso gern wie andere Leute, aber es muss auch etwas sein, was mich fesselt. Und es hilft, wenn es in Times New Roman steht, und nicht in diesem unleserlichen Gekritzel. Zzzzzz.

Würde lieber in der Nase bohren, als das hier zu tun, aber davon hängt ein Riesenberg Zaster ab, und ich habe schon schwerere Aufgaben für weniger erledigt, also mache ich mich ans Werk. Bald schon herrscht absolute Stille im Raum, abgesehen von Tom, der schwer durch die Nase atmet. Eilidh sitzt unbeweglich auf ihrem Stuhl, immer aufmerksam. Es ist echte Plackerei, und ich will nicht lügen, mein Hirn wird weich, als ich Seite um Seite des moderigen alten Bandes durchgehe.

Wir hängen mit der Nase in der Tretmühle, als plötzlich der Strom ausfällt. Eilidh springt sofort auf. Irgendwo erklingt ein Summen, dann springt der Notgenerator an. Das Licht ist eigentlich unnötig, da es ja noch ewig hell sein wird – Sommer und so –, aber dann stürmt ein Wachmann in den Raum.

»Sofort aufhören, was auch immer ihr tut«, verkündet er grimmig. Was für ein Dreck.

»Tut mir leid, bei Notversorgung sind in diesem Raum keine Besucher erlaubt. Ihr werdet übermorgen zurückkommen müssen«, erklärt Eilidh.

»Geht morgen nicht auch?«

Sie schüttelt den Kopf. »Wir erlauben nur die Anwesenheit von zwei Forschern gleichzeitig. Morgen besuchen uns Wissenschaftler von der Universität von Edinburgh.«

Gnah. Ist ja nicht so, als hätten wir den rauchenden Colt schon gefunden. Tom steht langsam auf. Ich kämpfe gegen ein Lachen an, als Eilidh an den Tisch tritt und jedes einzelne Dokument kontrolliert.

»Ich freue mich schon drauf, dich wiederzusehen, Ropa«, sagt sie.

Sobald wir uns unsere Taschen und Fahrräder geschnappt haben, kommen wir wieder auf die Straße, weil ich Tom zum Clan zurückbringen muss, bevor ich nach Hause fahre. Stinkt zum Himmel, aber was soll ich machen? Er ist schließlich die Gans, und ich brauche die goldenen Eier, die bald aus seinem Hintern ploppen werden.

»Mir macht die Pause nichts aus. Morgen kannst du mich stattdessen zum Ship Close bringen«, meint er.

»Sicher«, antworte ich, während ich mir das Hirn zermartere, wo das sein soll. Ich kenne Edinburgh, als hätte ich eine Taxiprüfung abgelegt, aber verdammt noch mal, von einem Ship Close habe ich noch nie gehört.

XXVII

Die Hitze hat etwas nachgelassen, und die Strecke aus der Innenstadt führt meist bergab. Das hilft, da ich ausgebrannt bin. Ich jongliere im Mo so viele Bälle, dass ich fest damit rechne, dass mir demnächst einer davon auf den Schädel fällt. Die Mönche, Bumblebeam, Max Wu und das verdammte Vermögen … alles hängt irgendwie zusammen. Aber solange ich nicht herausfinde, wo Bumblebeam diese Kinder hingebracht hat, starre ich in eine Sackgasse. Und ich bin mir nicht sicher, was eine Schatzsuche mit dem Herumtollen auf anderen astralen Ebenen zu tun haben soll.

Meine Kumpels müssen mir mehr helfen, aber sie haben alle Jobs und eigenes Zeug zu erledigen, also ist es an mir, ein paar Atlas-Moves abzuziehen.

Ich befinde mich auf Höhe des verlassenen Lothian-Busdepots in Longstone, als ich ein paar Kaninchen entdecke, die am Straßenrand grasen. Ich stoppe weit genug entfernt, um sie nicht zu verschrecken, und ziehe meine Zwille plus Munition schneller heraus, als Pietro Maximoff es jemals könnte. Ich ziele für einen Sekundenbruchteil über das Y und lasse den Stein fliegen. Die Kaninchen springen panisch auseinander, lassen aber einen fetten Kameraden zuckend auf dem Boden zurück. Es gibt bestimmte Tage, an denen jage ich, aber ich bin Opportunistin – solche Chancen lasse ich mir nicht entgehen.

Sauberer Kopfschuss: Das arme Vieh hat nichts gespürt. Hoffe ich.

Und so sollte es sein. Gibt keinen Grund, ein Tier leiden zu lassen. Von dem Zeug gibt es schon in der menschlichen Gesellschaft genug. Warum müssen unschuldige Kreaturen in unsere selbst gemachte Hölle gezerrt werden?

Ich radele hinüber, lasse mein Rad ins Gras fallen und knie mich neben das Kaninchen. Dann nehme ich meinen Rucksack ab und ziehe ein paar Plastiktüten heraus, die ich immer für den Fall mit mir herumtrage, dass Mama Edinburgh mir ein Geschenk machen will. Und wenn man die Augen offen und die Ohren sauber hält, tut sie das sogar recht häufig. Im Mai allerdings haben Izwi und ich Schnäbel in die Kopfhaut bekommen, als wir in Cramond Möweneier sammeln wollten. Mal gewinnt man, mal verliert man.

Es ist sehr wichtig, das Fell des Kaninchens zu kontrollieren und sicherzustellen, dass es keine Geschwüre hat oder aufgebläht ist, wegen der Myxomatose. Sobald ich mich davon überzeugt habe, dass dieses Tier gesund ist, ziehe ich meinen Dolch heraus und durchtrenne die Haut an den Gelenken der Beine, bevor ich den Balg abziehe. Er löst sich so mühelos wie ein Pullover, bis ich den Kopf erreiche. Hier kann es ein bisschen knifflig werden, aber nicht allzu sehr. Ich ziehe ruckartig, und das war's schon. Sobald die Haut ab ist, bleibt nichts zurück als pinkfarbenes, gesundes Fleisch. Dauert wirklich nur Sekunden.

Ich mache mich daran, das Tier wie ein gelernter Metzger zu filetieren. Beine, Eingeweide und Kopf werfe ich in eine Tüte, die Haut kommt in eine zweite, damit Gran sie gerben kann. Zurück bleiben die besten Stücke. Ich teile sie auf und packe zwei Portionen in jeweils einer eigenen Tüte ab. Schon bald reinige ich meinen Dolch am Gras und stecke ihn wieder weg, packe die Beute ein und werfe mich zurück auf die Straße, um nach Hause zu fahren.

Als Erstes stoppe ich an Gary O'Donohues Schuppen am untersten Feld auf der anderen Seite des Kanals. Ist echt nichts Besonderes. Letztlich lebt er in einem umgebauten Gartenschuppen. Im Sommer kann man die Holzplanken sehen, aber im Winter wickelt er das ganze Ding in dicke Plastikfolie, um es zu isolieren. Ich weiß trotzdem nicht, wie er die kältesten Tage durchsteht. Vor dem Schuppen gibt es eine Feuerstelle zum Kochen, in der ein bisschen Asche liegt. Ein Stück entfernt ist Holz aufgestapelt.

Ich klopfe an die Tür, und Gary öffnet fast sofort. Ist ja nicht so, als gäbe es einen zweiten Raum. Ich erhasche einen Blick auf ein kleines Campingbett, bevor er aus dem Schuppen tritt und die Tür hinter sich schließt. Vielleicht ist er peinlich berührt, weil unser Wohnwagen hübscher ist.

»Ich möchte gar nicht lange bleiben. Habe dir nur ein bisschen saftiges Kaninchen gebracht, mehr nicht«, sage ich.

»Vergelt's Gott, Ropa. Zusammen mit meinen Toffeln gibt das ein gutes Essen«, antwortet er mit einem Grinsen, bevor er meine Gabe entgegennimmt. »Hat deine Nana schon was gesagt?«

»Ich arbeite daran. Du wirst dein Date kriegen.« Ich zwinkere ihm zu, dann seh ich zu, dass ich wegkomme, bevor er weiter nachhaken kann. Seine hoffnungsvolle Miene ist gerade zu viel für mich.

Bald schon habe ich die Brücke überquert und fahre über einen Trampelpfad zu unserem Wohnwagen. Ich gehe in die Hocke, öffne eine Tüte und kippe Kopf, Eingeweide und

Füße des Kaninchens neben ein Rad. River taucht aus ihrem Bau auf. Ihre Schnauze zuckt.

»Hey, Mädchen. Bevor du dich darüber beschwerst, welche Teile du bekommst, ich habe auch Herz und Leber dazugetan. Also erzähl mir nicht, du würdest nicht gut versorgt werden.«

River antwortet nicht, weil sie sich sofort aufs Fressen stürzt. Sie kaut und schluckt lautstark. *Verschluck dich nicht, du albernes Vieh.* Ich überlasse sie ihrer Mahlzeit und betrete den Wohnwagen.

»Bist du das, Ropa?«, fragt Gran.

»Die einzig Wahre«, antworte ich, bevor ich ihr einen Schmatzer auf die Wange drücke.

»Kann ich dein Handy haben?« Das ist Izwi.

»Ich tausche es gegen einen Kuss.«

»Nein, weil du dann zwei hast und ich nur einen.«

»Komm her und küss mich, Kind, dann haben wir alle zwei«, sagt Gran.

Ich wollte, meine restlichen Probleme ließen sich so einfach lösen, aber im Mo mag ich über den ganzen Quatsch einfach nicht nachdenken. Nö. Ich stecke mir heute Abend für meine Mädels einen Michelin-Stern ans Revers. Ich gehe in den Küchenbereich des Wohnwagens und ziehe das Kaninchen aus meinem Rucksack.

»Wie war dein Tag, Ropa?«, fragt Gran.

»Irre. Hatte ein kleines Gartenproblem, aber nichts allzu Außergewöhnliches. Du weißt ja, wie es läuft … viel Rumlaufen, so Zeug eben«, antworte ich, während ich Töpfe und Zubehör herausziehe. Dann, um sicherzustellen, dass sie nicht nachhakt: »Wie lief es bei dir?«

»Gareth von der Flüsterkneipe hat vorbeigeschaut, um zu fragen, ob ich Schlehenschnaps für ihn mache.«

»Ist es dafür nicht zu früh im Jahr?«

»Genau das habe ich ihm auch gesagt. Wir müssen bis nach dem ersten Frost warten, und bis dahin dauert es noch eine Weile. Ich werde die Früchte nicht ins Tiefkühlfach stecken, wie manche Leute es heutzutage tun. Nur der Frost behandelt sie richtig.«

»Wo ist das Mehl?«, frage ich.

»In der Dose ganz unten im Schrank.«

Ich schnappe es mir, schalte den Herd ein und erhitze ein wenig Butter in unserem Suppentopf aus rostfreiem Stahl. Er hat schon bessere Tage gesehen, aber wenigstens hat er keine Löcher und erledigt nach wie vor seinen Job. Dann schneide ich die Hälfte des verbliebenen Kaninchenfleisches klein und paniere es dünn mit Mehl. Es gibt nichts auf der Welt, was ich mehr liebe, als für meine Mädels zu kochen.

Ich hacke große Stücke Zwiebel, Karotten, Sellerie und ein bisschen Knoblauch. Dank Gary O'Donohue haben wir wirklich gute Gemüsevorräte. Ich wünschte, das ganze Jahr wäre Sommer, weil wir dann immer genug zu essen hätten. Aber so läuft es nicht. Wären Menschen wirklich clever, würden wir uns im Sommer vollstopfen und dann den ganzen Winter schlafen, wie Bären es tun.

Der Duft lässt meinen Magen knurren, als wäre ich 1974 im Dschungel des Kongo, als Mohammed Ali mit dem unbesiegten Schwergewichtsmeister George Foreman getanzt hat.

Okay, ich muss die Rinderbrühe zufügen, bevor ich das Grünzeug verbrenne. Ungefähr fünf Tassen sollten reichen. Das erinnert mich daran, dass ich uns mehr Wasser besorgen muss, bevor der Tank leerläuft. Aber dafür bleibt noch genug Zeit. Ich werfe ein wenig Thymian in den Topf und drehe den Herd höher, um meinen Eintopf köcheln zu lassen.

Dann wische ich mir mit dem Ärmel über die Stirn, weil es langsam warm wird, hier im Wohnwagen.

»Hey, Gran. Ich habe den Pelz für dich auf den Tresen gelegt, damit du ihn irgendwann gerben kannst.«

»Erst musst du mich füttern.«

Bald schon muss ich mich an das zweite Essen machen, das für Izwi. Schwesterchen ist Vegetarierin … und wenn man das nicht beachtet, bekommt man einen Vortrag über die Heiligkeit des Lebens. Himmel. Früher dachte ich, es wäre nur eine Phase, aber meine Sis ist eigensinnig. Wenn sie sich mal etwas in den Kopf gesetzt hat, ist kaum noch etwas daran zu ändern. Was auch der Grund ist, warum ich heute Abend vorsichtig sein muss. Ich habe kein Problem, mir Freunde zu machen, aber meine kleine Schwester zu beeinflussen ist eine Monstermission.

Aber immerhin ist Izwi nicht total ausgetickt und zur vollen Veganerin mutiert, also liebt sie Makkaroni mit Käse … was wirklich leicht zu machen ist.

Ich muss die Tür öffnen, um Luft reinzulassen, weil ich schwitze wie das sprichwörtliche Borstentier und dabei nicht gutaussehe. Von der Tür aus kann man über die Stadt hinwegschauen, bis hinüber zur Burg, die über allem anderen thront. Sieht toll aus vor dem rötlich verfärbten Himmel.

In meinem vollen Leben kommt es nur selten vor, dass ich einen Moment finde, um einfach rumzustehen und zu starren.

Nach einer Weile werfe ich mich neben Gran auf die Bank.

»Gary O'Donohue erkundigt sich jetzt schon seit einer ganzen Weile nach einer Verabredung mit dir, Gran«, sage ich.

»Tut er das?«, fragt sie ganz unschuldig.

»Na, ich glaube, er hat es ›eine Gelegenheit, um mal einen

netten Schwatz zu halten‹ genannt. Oder etwas in der Art zumindest.«

»Gran kriegt einen Freund«, sagt Izwi.

»Sei nicht albern. Ich bin zu alt für solchen Unsinn«, antwortet sie, kichernd wie ein Schulmädchen.

Total kokett, aber ich glaube, Gary hat tatsächlich eine Chance. Wenn man sich diese alten Schwarz-Weiß-Filme ansieht – und so stelle ich mir die Welt vor, wann immer ich Gran als junge Frau sehe –, dann haben sie sich auf Bällen getroffen und hatten bei Verabredungen immer einen Anstandswauwau im Schlepptau. Die Flüsterkneipe auf dem Gelände ist nicht gerade ein Ballsaal, aber für sie wird es reichen.

Der Eintopf ist fertig, als ich Izwis Makkaroni mit Käse aus dem Ofen ziehe. Nicht schlecht. Wie es scheint, habe ich meine wahre Berufung verpasst. Hey, ich hätte in der Vergangenheit vielleicht eine von diesen TV-Köchinnen werden können. Jepp, ich wäre wie Marguerite Patten, die immer behauptet hat, sie könnte aus quasi nichts ein leckeres Mahl zaubern.

Ich verteile das Essen auf Schüsseln und kredenze es Gran und Izwi. Im Eintopf schwimmen die Knochen, weil ich weiß, dass Gran gerne daran knabbert. Spare in der Zeit und all das. Ihre Beißerchen sind nach wie vor gut.

»Das ist köstlich«, sagt sie.

»Wohl bekomm's, Gran«, antworte ich.

Der Eintopf ist lecker und warm und läuft mir wirklich gut rein. Im Hintergrund läuft witzigerweise *Falsches Spiel mit Roger Rabbit,* aber zumindest ist Izwi zu sehr mit ihrem Essen beschäftigt, um mir wegen der Jagerei Vorwürfe zu machen. Ich glaube, das wäre ein guter Zeitpunkt, um ein kleines Schwätzchen mit Izwi über ihr Stipendium zu halten. Muss sie bearbeiten, während sie glücklich und satt ist.

»Sis, ich habe mir gedacht, da du doch gerne lernst, fändest du es nicht toll, irgendwo zu sein, wo es massenweise Bücher gibt?«

»Sicher«, antwortet Izwi, den Kopf über ihrem Teller.

»Du willst sicher massenweise neue, aufregende Dinge lernen.«

Izwi zuckt mit den Achseln. Ich meine, Runzeln auf Grans Stirn zu erkennen, vielleicht aus Sorge. Aber sie sagt nichts.

»An einem Ort, wo du neue Freunde kennenlernen kannst …«

»Ich habe schon Freunde«, antwortet Izwi.

Okay. Ich muss es einfach ausspucken.

»Diese Gelegenheit, die Sir Callander dir eröffnet hat … auf eine richtig tolle Schule zu gehen … ich glaube, du solltest das doch mal ausprobieren. Ich meine, Sis, das wird dein Leben verändern. Vertrau mir.«

»Ich habe schon Nein gesagt«, gibt sie zurück. »Ich mag ihn nicht – er stinkt. Ich will seine Schule nicht.«

»Izwi …«

»N.E.I.N. Nein, nein, nein.« Sie schmeißt ihren Teller durch den Wohnwagen, sodass Makkaroni und Käse überall herumfliegen. Dann springt sie auf und stürmt stinkwütend davon.

Mit einem Seufzen stehe ich auf. Das ist nicht gerade so gelaufen, wie ich gehofft hatte, und jetzt muss ich auch noch das Chaos beseitigen. Überall kleben Nudeln und Käse: auf meiner Bank, an den Fenstern, auf dem Boden. Was für eine Verschwendung. Ich folge Izwi nicht nach draußen, weil ich weiß, dass sie in diesem Zustand zum Wohnwagen ihres Freundes Eddie laufen wird. Ich kann später mit ihr reden, wenn sie sich beruhigt hat. Das jetzt zu tun wäre ungefähr so, als wollte ich Polonium mit bloßen Händen anfassen. Dieses Mädchen wird mich noch umbringen.

»Ich weiß, was du versuchst, und auch, warum du das für richtig hältst«, meint Gran fast traurig. »Mach dir keine Sorgen, Ropa. Ich werde mit Izwi reden.«

»Nein, Gran, ich bringe das schon in Ordnung. Es muss einen anderen Weg geben.« Denn ehrlich, ich will auch nicht, dass Sis auf irgendein Internat geht. Sie gehört hierher, zu Gran und mir. Aber ich kann uns nur dann alle zusammenhalten, wenn ich ordentlich Knete verdiene. Und das heißt, dass allein das Paterson-Vermögen mir aus diesem Loch helfen kann.

XXVIII

Um ehrlich zu sein, ich fühle mich ziemlich bescheiden. Der Abend ist nicht nach Plan verlaufen, aber das Geschirr muss trotzdem gespült werden. Wären meine Eltern noch am Leben, wär das alles nicht mein Problem. Aber es ist, wie es ist. Ich bin hier Sis, Mum, Enkelin, Ernährer und auch noch allgemeiner Trottel. Alles Mögliche. Ich schicke eine Nachricht an Eddies Mum, Marie, um sie wissen zu lassen, wieso Izwi stinkig sein wird, wenn sie bei ihnen ankommt. Ich habe gerade auf Senden gedrückt, als mein Handy klingelt. Rooster Rob.

»Du wolltest, dass wir Bumblebeam für dich finden. Jemand anderes hat ihn zuerst erwischt, Ropa. Er wird nicht mehr an Blüten schnüffeln«, sagt er.

»O Gott.«

»Ich habe dir die Koordinaten geschickt«, sagt er. »Du schuldest uns mal wieder was.«

»Warte. Was genau ist mit ihm passiert?«

»Will verdammt sein, wenn ich das weiß«, antwortet Rob und legt auf.

Kann das irgendwie noch schlimmer werden? Zumindest ist eine Antwort von Marie da, die mich wissen lässt, dass Izwi sicher angekommen ist.

»Was ist los?«, fragt Gran.

»Die Arbeit, Gran. Ich muss noch mal los, tut mir leid. Marie sagt, es ist okay, wenn Izwi über Nacht bleibt. Ich habe ihr gesagt, sie soll vorbeikommen und sich die Reste abholen, wenn sie möchte. Dann kann Izwi zumindest noch ein bisschen was essen.«

»Du tust zu viel, Kind.«

»Was muss, das muss, Gran. Was muss, das muss.«

Ich breche eilig auf, weil es keinen Sinn hat zu trödeln, wenn die Arbeit wartet. Das wird langsam heftig … und nichts davon gefällt mir. Aus diesem Grund nehme ich River mit. Ihr Bauch ist gut gefüllt, und auf keinen Fall werde ich ohne mein Extragebiss herumlaufen, wenn man bedenkt, was gerade alles abgeht. Sobald Robs Koordinaten ankommen, schicke ich sie an Priya und Jomo weiter und sage ihnen, dass wir uns dringend treffen müssen.

Ich fahr direkt in die Stadt, mit River neben mir. Die Straßen sind immer noch voll, diesmal mit betrunkenen Feiernden. Die Pubs senken die Preise, um die Konkurrenz auszugleichen, die durch all die Typen entsteht, die während der King's Market Week Schwarzgebrannten verkaufen. Bevor das alles vorbei ist, wird es Schlägereien geben, Leute werden ausgeraubt oder erstochen. Ich habe mir vor einer Weile eine Diskussion mit einem Professor von der Edinburgh-Napier-Universität angehört. Er hat argumentiert, dass das Chaos der King's Market Week darauf ausgerichtet ist, den Leuten zu verdeutlichen, dass sie den »Leviathan« brauchen, der am Ende kommt und die Ordnung wiederherstellt. Ohne die Knute des Königs, unter der wir stehen, würden wir in dauerhafter Angst leben, ständig in Gefahr, einen gewalttätigen Tod zu erleiden – unsere Leben wären dementsprechend armselig, hässlich, brutal und kurz. Beängstigende Scheiße, aber ich bin trotzdem nicht sicher, ob mich die Argumentation überzeugt.

Dauert nicht lange, bis ich durch Fountainbridge fahre, dann über den Lauriston Place und auf die George-IV-Brücke. An diesem Ende der Stadt bin ich dem Gericht für meinen Geschmack zu nahe, wenn man bedenkt, mit wem ich gerade Umgang pflege. Ich vermute, wenn ich mich nicht aus dem Clan zurückgezogen hätte, um stattdessen mit Geistern zu sprechen, wäre ich wahrscheinlich irgendwann hier gelandet. Andererseits gehöre ich irgendwie wieder zur Gang, wenn auch nur am Rand. Ich nehme an, das heißt, dass ich rückfällig geworden bin. Ich schulde dem Rooster immer mehr Gefallen. Wenn ich nicht bald etwas unternehme, wird er mich im Gegenzug bitten, einen Job für ihn zu übernehmen.

Ich muss proaktiv vorgehen.

Jomo und Priya warten bereits in der Nähe der Adresse auf mich, die Rooster geschickt hat. Dieses Ende der Stadt ist ein Spielplatz für Anwälte und andere Egel. In dieser gesetzlosen Stadt gibt es eine Menge Arbeit für sie. Jomo trägt sein Skateboard unter dem Arm. Ihr Gespräch bricht ab, als ich mich ihnen anschließe.

»Hey, River. Ich hab dich ja seit Ewigkeiten nicht gesehen, du süße Fähe«, sagt er grinsend und geht vor ihr auf die Knie. »Ich hänge den ganzen Tag in der Bibliothek fest. Das ist das erste Mal, dass ich heute frische Luft schnappe.« Er wirkt tatsächlich ziemlich bleich für die Jahreszeit.

»Ich kann nicht sagen, dass es mich angesichts von Bumblebeams Aktivitäten wirklich wundert, dass er ein fieses Ende gefunden hat. Aber nachdem ich mich mit ihm duelliert habe, möchte ich dich wissen lassen, dass nur jemand mit außergewöhnlichen Fähigkeiten ihn hätte schlagen können«, meint Priya.

»Das, oder sie haben ihn in die Pfanne gehauen.«

»Kommt schon, lasst uns rübergehen und ein bisschen rumschnüffeln, wenn möglich.«

Ist nur ein kurzer Weg, vorbei an der National Library of Scotland und dann auf die High Street. Es lungern eine Menge Bullen in Stichschutzwesten herum, als wir an der St. Giles Cathedral vorbeigehen. Am Parliament Square drängeln sich noch mehr. Schließlich erreichen wir die Adresse. Mir rutscht das Herz in die Hose. Ich schwöre, ich habe diesen Namen vor Kurzem gehört. Die Advocate's Library ist mit Polizei überlaufen und mit Flatterband abgesperrt.

Ist immer besser, Begegnungen mit der Polente auszuweichen. Aber ich weiß noch nicht, wie wir da reinkommen sollen. Feuerwehrwagen parken auf dem Platz, und ein paar der dazugehörigen Typen hängen um die Wagen herum. Sie sind okay – es sind die Bullen, auf die ich nicht scharf bin.

Aber kein Krankenwagen zu sehen.

»Wie sollen wir an ihnen vorbeikommen?«, fragt Priya, als hätte sie meine Gedanken gelesen.

Wir bleiben neben der Statue von David Hume stehen. Er lungert da mit einem Buch in der Hand herum. Eine Brustwarze hängt raus, weil er aus irgendeinem bescheuerten Grund eine Toga oder ein Bettlaken trägt. Sex sells, sogar, wenn es um einen toten Philosophen geht.

Ich sehe mich um, doch selbst mit meinem Einbrecherblick kann ich keinen Zugang entdecken. Hier gibt es nur prachtvolle Gebäude mit Torbögen, Säulen und Statuen. Wenn in diesem Teil der Stadt etwas passiert, taucht die Polente sofort auf – wenn wir hier am Fleshmarket wären, könntet ihr es vergessen. Sie würden es nicht wagen, zumindest nicht nachts. Dort hätten wir das Sagen.

»Jomo, du hast nicht zufällig Mitarbeiterzugang zur Advocate's Library?«, frage ich.

»Sicher, ich habe für jede Bibliothek von Schottland die volle Zugangsberechtigung für mich, zwei Mädchen und einen Fuchs«, antwortet er. Seine Stimme trieft vor Sarkasmus.

Wir stehen immer noch planlos herum, als eine Hand auf meiner Schulter landet und mir ein Hauch von Tabakduft in die Nase steigt.

»Gut, du bist schon da«, sagt Sir Callander. »Miss Kapoor, ich weiß, dass Sie keine Pathologin sind, aber Sie können sich die Sache trotzdem für uns ansehen. Mr. Maige junior, sollten Sie nicht in der Bibliothek sein?«

»Ich bin hier, um zu helfen«, antwortet Jomo unsicher.

»Dann kommen Sie mit«, sagt Sir Callander und geht direkt auf den Eingang des Gebäudes zu. »Ich vermute, der Fuchs gehört zu euch?«

»Ja«, antworte ich.

Er schnaubt, bevor er murmelt: »Wieso bringen Sie das nächste Mal nicht gleich das ganze Dorf mit?«

Ein Polizist tritt Sir Callander in den Weg, doch der Magier starrt ihn nur böse an.

»Tut mir leid, aber hier läuft gerade eine Ermittlung. Im Augenblick darf niemand das Gebäude betreten«, sagt der Typ. Er schluckt schwer. Habe noch nie einen so nervösen Bullen gesehen.

»Ihr Vorgesetzter hat das Büro des Entdeckungsgenerals kontaktiert. Dieser steht jetzt mit seinen Assistenten vor Ihnen. Geben Sie den Weg frei«, fordert Sir Callander. Seine eigene Irritation verunsichert den Cop. Ich bezweifele, dass er es gewöhnt ist, sich mit Leuten herumzuschlagen, die über sich selbst in der dritten Person sprechen. Der Bulle greift mit zitternder Hand nach seinem Funkgerät und murmelt etwas.

Es folgt eine Antwort, doch ich höre nur statisches Knistern.

Mit all dem Chaos auf der High Street ist es ziemlich laut hier.

»Tut mir leid. Sie können reingehen«, sagt der Cop. Ich schwöre, heute ist es das erste Mal, dass ich je gehört habe, wie sich ein Cop entschuldigt. Und dann gleich zweimal in zwei Minuten! Als wir an ihm vorbeigehen, fällt mir auf, dass er den Blick nicht von River abwenden kann. Jepp, seltsame Nacht für uns alle, Kumpel.

Der beißende Gestank eines chemischen Feuers brennt in meiner Nase, kaum dass wir das Gebäude betreten haben. Schießt direkt in die Nebenhöhlen und verätzt sie. Rauch wabert durch die Gänge. Das dürfte auch die Feuerwehrleute erklären.

Ein Feuer wird hier jede Menge Nahrung finden, weil sie für all diese Holzverkleidungen an den Wänden und das Parkett einen ganzen Wald niedergemäht haben müssen. Ganz zu schweigen von den Bücherregalen, den Schreibtischen und sonstigen Tischen. Beeindruckend. Soweit ich weiß, ist diese Bibliothek der Hotspot für juristische Texte und solches Zeug. Also hängen eine Menge Winkeladvokaten hier rum, nippen Milchkaffee und machen den großen Reibach. Ein riesiges Porträt des Gründers, Lord Advocate George MacKenzie, hängt in der Mitte einer Wand. Sein strenger Blick scheint uns durch den Raum zu verfolgen. Das ist der Mistkerl, der damals all diese Covenanters hat umbringen lassen. Also Typen, die Presbyterianer bleiben wollten. Ich mag einfach keine Anwälte.

Trotzdem hat der Typ eine bemerkenswerte Bibliothek erbaut. Irre Details über unseren Köpfen, eine unglaublich schöne Kastendecke. Fantastisch ... bis man den toten Mann entdeckt, der an allen vier Gliedmaßen daran festgepinnt ist, sodass sein Blut auf den Boden tropft.

Jomo beugt sich vor und kotzt.

Bo Bumblebeam wird keine Astraltouren mehr anbieten, das ist mal sicher.

Mein Magen ist auch nicht für solchen Dreck gemacht. Ich beschließe, Sir Callander alles zu gestehen. Alles auszupacken, ohne irgendetwas zurückzuhalten. Die Einsätze am Tisch sind plötzlich höher, als ich es mir im Casino leisten will. Und ich will verdammt sein, wenn ich mich mit dem Vlad, diesem verdammten Pfähler herumschlage.

Keine Panik. Cool bleiben. Nicht den Kopf verlieren.

Die Grimasse auf Bo Bumblebeams fahlem Gesicht ist absolut beängstigend. Aber wieso hier? Dieser Mann war doch kein Anwalt. Dieser Scheiß ist einfach irre. Muss noch am Leben gewesen sein, als er dort oben hingehängt wurde. Offenbar wurden die Messingrohre der Lampen von den Lesetischen benutzt. Die Lampenfüße und -köpfe liegen überall auf dem Boden verteilt. Die Verbindungsrohre stecken in Bumblebeams Händen und Beinen und halten ihn an der Decke fest. Muss echt hart gewesen sein, ihn da hochzukriegen.

Priya starrt mit offenem Mund. Folgendes: Ich habe kein Problem damit, Tote zu sehen – es ist, wie es ist –, aber Leichen sind nicht so mein Ding. Zu krass. Meine Hände zittern, also stopfe ich sie in die Jackentaschen und versuche, einen auf cool zu machen. Als wäre das gar nichts. Jomo hat sich neben die Tür zurückgezogen und wirkt total traumatisiert. Sein Blick hat sich an den vielen Büchern festgesaugt, die verbrannt und zerrissen auf dem Boden verteilt liegen.

Für einen Bibliothekar wie ihn muss das hier doppelt übel sein, weil dabei auch noch ein Lesesaal entweiht wurde.

River wittert die Luft und erträgt die ganze Szene mit spockähnlicher Gleichmut. Sie ist einfach krass.

»Gott schütze den König«, sagt ein Mann in einem schwarzen Anzug.

»Guten Abend, Detective Inspector Balfour«, antwortet Sir Callander.

»Wie oft in den letzten zwanzig Jahren habe ich Sie zu einem meiner Fälle gerufen? Jedes Mal sind Sie aufgetaucht und mit der Behauptung auf den Lippen wieder verschwunden, dass die Ermittlung nichts mit Ihrem Direktorat zu tun hätte. Das letzte Mal habe ich Sie wegen eines Magnesiumfeuers gerufen, aufgrund dessen die Gorgie Farm niedergebrannt ist, aber Sie haben erklärt, das wäre ein Freak-Unfall gewesen. Was sagen Sie jetzt?«

Detective Balfour hat grau meliertes Haar und wirkt, als wäre er ungefähr Mitte fünfzig. Sein Blick huscht über jeden von uns, bevor er wieder Sir Callander ansieht, dessen Blick unverwandt auf die Gestalt an der Decke gerichtet ist.

Ein scharfes Klicken durchschneidet die Luft – Priya, die ihren Sicherheitsgurt anlegt. Dann fährt sie lässig zur nächsten Wand und Peter-Parkert nach oben. An der Decke fährt sie einfach weiter, sodass sie kopfüber hängt. Es ist ein holpriger Ritt zu Bumblebeams Leiche, weil die Kassettendecke mit all diesen Verzierungen ziemlich uneben ist.

Die Augen des Inspektors werden groß, aber er bleibt stoisch.

»Welche Farbe hatten die Flammen, Detective Inspector Balfour?«, fragt Callander.

»Sie meinen das Feuer?«

Callander nickt.

»Gelb, vielleicht mit ein wenig Rot darin. Warum?«

Sir Callander liefert Balfour keine Erklärung und hakt auch nicht weiter nach, aber ich verstehe sofort. Magier erzeugen verschiedenfarbige Flammen, abhängig von ihrem Potenzial – entsprechend der Somerville-Gleichung, mit der der Feuerzauber beschrieben wird. Meine Flammen sind weiß, Priyas sind grün, und ich habe gesehen, dass Bumblebeams Feuer rötlich war. Und was Callander angeht: Wer weiß das schon?

Doch falls diese Information dem Boss einen Hinweis auf den Täter gibt, lässt er sich nichts anmerken. Callander wandert um die rote Pfütze unter der Leiche herum. Unsere Gestalten spiegeln sich in dem gerinnenden Blut.

»Gab es irgendwelche Zeugen?«

»Wir sind in Edinburgh. Die Hälfte der Leute auf der Straße würde einen ehrlichen Polizisten eher ermorden, als uns bei unseren Ermittlungen zu helfen«, antwortet Balfour, offensichtlich schwer genervt.

»Lassen Sie uns allein«, sagt Callander zu Balfour.

Der Polizist öffnet den Mund, überlegt es sich anders und verlässt widerspruchslos den Raum. Als er die Tür erreicht, dreht er sich noch mal um. »Es versteht sich von selbst, dass dies ein aktiver Tatort ist, also dürfen Sie nichts anfassen oder verändern.«

»Natürlich«, antwortet Callander. Er wandert wieder durch den Raum und sieht sich die gesamte Umgebung genau an. Also, Callander ist schon normalerweise immer ernst und streng, aber heute Abend ist der superkonzentriert.

Ich trudele hinter ihm her, vollkommen verängstigt. Mir gefällt gar nicht, worauf das alles hinausläuft. Bumblebeam ist mit Rory MacCulloch herumgetobt, als er noch fröhlich toben konnte. Soll das bedeuten, dass Rory MacCulloch das getan hat? Die Mönche haben mit okkulter Magie und ähnlichem Dreck herumgespielt, aber das sind trotzdem nur Kinder. Und ich kann mir einfach nicht vorstellen, dass einer dieser schnieken Schuljungen *etwas so* Schreckliches getan hat. Das sprengt die Grenzen des Bösen.

Meine Gedanken folgen dieser Richtung, bis mir plötzlich meine Begegnung mit Wilson wieder einfällt. Hat er gestern nicht etwas davon gesagt, dass sie sich »in der Advocate's Library um unseren Teil kümmern« wollen? Hat er das hier gemeint? Aber wie genau soll ein alter Knacker wie Wilson eine Leiche an die Decke kriegen? Soweit ich weiß, ist er kein Magier.

Irgendwie passt hier nichts zusammen.

Ich muss Callander erzählen, wo ich in dieser ganze Sache stehe. Alle Karten auf den Tisch: Tom, das Paterson-Vermögen ... eben alles.

»Sir Callander, könnten wir uns kurz unterhalten?«, frage ich.

Er sieht mir in die Augen, und plötzlich habe ich mehr Bammel als jemals zuvor in meinem Leben. Aber ich muss ihm alles erzählen. Ich meine, er ist mein Boss, also ... Aber das bedeutet, dass ich die Gans aufgeben muss, die goldene Eier legt. Was wiederum bedeutet, dass ich jegliches Geld verliere, das ich mit dieser Sache verlieren könnte. Was außerdem bedeutet, dass Izwi nach Aberdeen gehen muss, weil ich ihr nichts Besseres bieten kann.

»Ja, bitte?«, sagt Callander.

»Es ist nur ... nun, ich habe nachgedacht. Wer auch immer Bo Bumblebeam das angetan hat, muss wirklich mächtig gewesen sein, und ich habe gehört, wie Sie sich nach der Farbe der Flamme erkundigt haben. Bedeutet das, dass wir alle Magier mit gelben Flammen kontrollieren können?«

Er nimmt sich eine Minute Zeit, lässt mich währenddessen keinen Augenblick aus den Augen, als wisse er, dass ich nicht alles gesagt habe.

»Gelbes Feuer in verschiedenen Schattierungen ist unter unseren Praktizierenden ausgesprochen verbreitet. Es wäre schwierig herauszufinden, wer sich für dies hier verantwortlich zeichnet. Aber bei diesem Anblick …« – er deutet an die Decke, »… solltest du verstehen, dass die Farbe der Flamme Auskunft über das Potenzial des Praktizierenden gibt. Und es ist nur das und nicht mehr – Potenzial. Was am Ende zählt, ist Übung und Hingabe, die Beherrschung der magischen Wissenschaft. Ein gelehriger Magier mit schwachem Potenzial kann einen Praktizierenden mit höherem Potenzial in einem Duell besiegen. Bei dieser Begegnung wurde Bumblebeam geschlagen.«

Ich sollte es ihm *wirklich* erzählen …

»Ich glaube, das hängt alles mit der Max-Wu-Situation zusammen.«

»Ich möchte, dass du sehr vorsichtig bist und dieser Angelegenheit deine volle Aufmerksamkeit widmest.« Er sieht zur Decke. »Irgendetwas Nützliches, Miss Kapoor?«

»Nur das, was Sie auch sehen können«, antwortet Priya. »Abgesehen von der Hitze, die von ihm ausstrahlt. Fühlt sich wie ein Heizkörper an. Doch seine Kleidung ist nirgendwo versengt. Seltsam.«

Also wurde Bumblebeam getötet, bevor das Feuer gelegt wurde? Oder reden wir hier von den Kollateralschäden eines Duells? Ich erinnere mich daran, wie er und Priya das Water of Leigh mit Flammen überzogen haben.

»Mr. Maige, wenn Sie Ihre Fassung wiedergefunden haben, möchte ich, dass Sie sofort ein Treffen mit Ihrem Vater arrangieren. Der Rest von Ihnen kann jetzt gehen. Ich werde mich in der Bibliothek mit Ihnen treffen.«

Damit wäre ich vom Haken. Als ich um die Blutlache herumgehe, um Priya nach ihrem Abstieg abzufangen, steigt üble Verwirrung in mir auf. Meine Gedanken rasen. Ich mag das Gefühl nicht, von Chaos zerrissen zu werden. Allerdings fühle ich mich ein bisschen sicherer und stabiler, als River sich an mein Bein drückt.

Detective Inspector Balfour konferiert bei unserem Aufbruch mit Sir Callander. Callander sagt zu ihm: »Ich habe Berichte gehört, dass in der Unterwelt dieser Stadt ein Bandenkrieg stattfindet – vielleicht sollten Sie das Augenmerk Ihrer Ermittlungen lieber darauf richten.«

Bandenkrieg? Das wäre mir auf jeden Fall lieber als dieser Pferdemist. Alles fängt mit einem kranken Kind an … und bevor man überhaupt weiß, wie einem geschieht, steckt man schon mitten im Texas-Kettensägenmassaker. Die Mönche, Tom, Bumblebeam, Paterson – das hängt natürlich alles zusammen, aber ich kann das Gesamtbild noch nicht erkennen. Ich nehme an, mit einer Sache hat Callander recht. Selbst wenn vornehme Schnösel kämpfen, ist das nur eine andere Art von Bandenkrieg. Solches Zeug gerät allein wegen Geld so außer Kontrolle … und das heißt, dass ich vor allem der Spur des Schotters folgen muss.

XXIX

Auf der Royal Mile herrscht trotz der späten Stunde immer noch Highlife. Während der King's Market Week schläft Edinburgh nicht. Die Luft ist mit dem bitteren Duft von Schwarzgebranntem, Schweiß, Rauch und den Aromen der Nahrungsmittel erfüllt, die von Verkäufern frisch am Straßenrand zubereitet werden. Tänzer, Straßenmusikanten und Akrobaten jeglicher Couleur versuchen, den Leuten auf der Straße einen Shilling oder zwei aus der Tasche zu ziehen.

Ich gehe hinter Priya und schiebe ihren Stuhl. Sie trägt Jomos Skateboard, weil er mein Fahrrad schiebt. Auf keinen Fall könnten wir hier nebeneinander gehen.

»Das war ja ... wirklich wild«, sagt Priya seltsam fröhlich. »Entschuldigt, Leute, Rollstuhl incoming ... Danke, Kumpel. Erinnert mich an die Leichen, an denen wir am Kelvin Institut gearbeitet haben. Na ja, die waren besser aufbereitet, aber man entwickelt trotzdem einen starken Magen. OMG, ist das ein echter Bratwurststand? Kommt, lasst uns doch Hotdogs kaufen.«

»Nö, lieber nicht, Buddy«, sage ich, weil mir immer noch ein wenig schwummrig zumute ist.

»Jomo, Hotdog?«, ruft sie über den Lärm hinweg.

Er dreht sich eilig um, sein Gesicht ist gräulich, und er würgt, als müsse er sich erneut übergeben, doch er bekommt es geregelt. Gerade so.

»Dann sind es wohl nur ich und River«, meint Priya.

Wir treten vor den Tresen, wo ein Krautsalatlöffelnder Fifer ungefähr in meinem Alter ihre Bestellung entgegennimmt, komplett mit einem aufgesetzten deutschen Akzent. Schwer zu glauben, dass all diese Leute so fröhlich sind, während keine fünf Minuten entfernt ein toter Kerl an der Decke hängt.

Ich lasse den Blick über die Menge gleiten. Habe das seltsame Gefühl, dass mich jemand beobachtet. Eher ein Bauchgefühl als etwas Konkretes. Sicher, wir sind hier in Edinburgh, und zweifellos sind ein paar Diebe auf der Suche nach einfachen Opfern unterwegs, aber ich fühle mich, als stünden konkret wir unter Beobachtung. Aber ich entdecke niemanden, dem ich das Gefühl ans Bein nageln kann. Vielleicht bin ich einfach nur paranoid.

»Das ist ein Orgasmus in einem Brötchen«, sagt Priya, als sie die Zähne in ihrem Hotdog vergräbt. »Was sagst du, River?«

River antwortet, indem sie ihr Würstchen verschlingt.

»Kommt, lasst uns hier verschwinden«, sage ich. Ich werde mich besser fühlen, wenn wir die Menge hinter uns gelassen haben. Da gibt es zu viele Gesichter.

»Die Hitze, die von Bumblebeam ausgestrahlt hat, erinnert mich an Max Wu«, meint Priya.

»Dann haben sie sich mit dem selben Leiden gequält?«

»Aber mit einer anderen Heilungsprognose.«

Das verstehe ich. Max' Leben hat nicht in einer Shaka-Zulu-Hinrichtung geendet.

Wir stehen auf dem Calton Hill, wo um diese Nachtzeit echt nichts los ist, und ich stelle erleichtert fest, dass uns weder Lebende noch Tote folgen. Ziemliches Gedöns, River auf die Säulen der nie fertiggestellten Nachbildung des Parthenon zu stemmen. Sie drängt sich rückwärts gegen mich, als Priya und Jomo durch das Portal verschwinden.

»Komm schon, Mädchen, es ist doch nur eine Tür. Willst du mir erzählen, dass du bei der Leiche in der Advocate's Library die Ruhe selbst warst, das hier aber nicht wegstecken kannst?«

Ich hebe River hoch – wobei ich das Gefühl ihres weichen Fells an meinem Körper genieße –, und dann gehen wir rein. Das arme Vieh ist ziemlich durch den Wind, als wir auf der anderen Seite auftauchen. Windet sich und schnappt in die Luft. Aus Vernunft setze ich sie ab, nur für den Fall, dass sie beschließt, mich als Feind zu betrachten und mir die Nase abzubeißen.

»Was haben wir hier?«, sagt der Wachmann im Portier-Outfit, als er River bemerkt. »Was ist denn das für eine Schönheit! Hab keine Angst, meine Kleine, das erste Mal ist immer beunruhigend, aber du gewöhnst dich dran.« Er wendet sich an mich. »Pass gut auf sie auf, und sie wird sich um dich kümmern; manche Tiere sind mit Willen ausgestattet, genau wie wir, und sie gehört dazu.«

»Ähm, danke.«

Ich kann mich nicht erinnern, dass er so ausgestiegen ist, als *ich* das erste Mal durchs Portal getreten bin. Aber was auch immer er sagt, es hat einen Effekt auf River. Sie beruhigt sich tatsächlich und lässt sogar zu, dass er sie streichelt.

Jomo und Priya warten bereits neben dem Torbogen an den Stufen, die in die Bibliothek hinabführen. Ich muss dem Wachmann noch mein Ohr geben, damit er es stanzen kann, bevor ich reingehe. Spielt keine Rolle, wie oft ich hier durchkomme, er fragt jedes Mal nach dem verdammten Ding. Andererseits: Die Leute, die für die Bibliothek arbeiten, sind in den meisten Dingen echt pedantisch.

»Demnächst brauchst du ein neues«, sagt er, als er mir das Ohr zurückgibt.

River springt bereits vor uns her. Mit jeder der riesigen Stufen, die wir nach unten steigen, gewinnt sie an Selbstvertrauen. Jomo hat einen Arm um meine Schulter gelegt und stützt sich heftig auf mich. Priyas Rollstuhl knirscht und klappert auf dem Weg nach unten, vorbei an den Wänden mit äthiopischer Ikonografie. Wir erreichen die Rezeption und siehe, Callander ist bereits da.

»Warum habt ihr so lange gebraucht?«

»Wir haben noch kurz wegen Hotdogs angehalten«, antwortet Priya.

Aber das hat nur ein oder zwei Minuten gedauert, also kann Callander eigentlich auf keinen Fall vor uns angekommen sein. Wir haben doch den direkten Weg genommen. Ich wette, er hat einen geheimen Zwilling, und sie verarschen uns … Nein.

»Mr. Evelyn, ist Pythagoras heute Abend hier?«, fragt Callander den Bibliothekar hinter dem Schreibtisch. Der hier ist ein dicklicher, mindestens fünfzig Jahre alter Kerl in einer purpurfarbenen Robe.

»Ich glaube, der oberste Bibliothekar hält sich in seiner privaten Lesekabine auf, um Beweisführungen vorzunehmen«, antwortet Mr. Evelyn kühl. Dann wendet er sich an Jomo. »Er arbeitet ständig schwer in den Diensten des Elgin. Anders als sein Sohn, dem dasselbe Maß an Fleiß vollkommen abgeht.«

»Ich habe nur mal Pause gemacht«, antwortet Jomo betreten.

Er zieht sich eilig aus dem Einflussbereich von Mr. Evelyns Kritik zurück. Wir meandern durch die labyrinthischen Korridore außerhalb des Hauptbereichs der Bibliothek. Dieser

Teil vermittelt mir das Gefühl, als liefe ich durch einen verlassenen Minenstollen, wenn auch durch einen, der von Bücherregalen gehalten wird statt von Stützbalken. Selbst in einer warmen Sommernacht ist die Luft hier unten kühl. Wunderbar.

Wir landen vor einer beschnitzten runden Tür. Die Rillen und Linien darin erinnern an ein Ziffernblatt ohne Zahlen.

Sir Callander klopft.

»Herein.«

Wir betreten die größte, schickste Lesekabine, die ich je gesehen habe. Der Raum ist ein perfekter Würfel, aus dem Stein geschlagen, aus dem der ganze Hügel besteht. Die Dimensionen sind so genau symmetrisch, dass man ohne Schwerkraft oben nicht von unten und rechts nicht von links unterscheiden könnte. Dr. Maige sitzt über einen riesigen Schreibtisch aus Stein gebeugt, der ebenfalls nur aus geraden Linien und rechten Winkeln besteht. Von draußen dringt keinerlei Geräusch herein. Und auch an den Wänden gibt es nichts, was eine Person ablenken könnte.

Dr. Maige liest in einem kleinen Notizbuch, wobei er ab und zu etwas aufschreibt. Ich verstehe keinen Piep von dem, was er da kritzelt, weil das Zeug fast nur aus mathematischen Formeln besteht, die mir noch nie begegnet sind.

»Dr. Maige, ich …«, setzt Callander an, doch der oberste Bibliothekar hebt eine Hand und fährt mit seiner Arbeit fort.

Hier läuft irgendeine Art von Machtkampf zwischen dem obersten Bibliothekar und dem Sekretär der Gesellschaft ab. Ich erkenne den Unmut in der Miene meines Mentors. Vielleicht hat es etwas damit zu tun, dass die Bibliothek und die Gesellschaft unabhängig, aber miteinander verflochten sind, wie Eilidh Logan es angedeutet hat. Das muss hin und wieder zu Spannungen führen. Dr. Maige lässt uns eine ordentliche Weile warten. Seine scharlachrote Robe, die vor dem dunklen Stein quasi leuchtet, verkündet seine Macht und Autorität an diesem Ort. Das hier ist *seine* Bibliothek.

»Es ist nicht seine Schuld«, flüstert mir Jomo zu. »Beweisführung ist harte Arbeit.«

»Was?«

»Das tut er gerade. Gehört zu den wichtigsten Aufgaben, die die Bibliothek für die schottische Magie zu erfüllen hat«, antwortet Jomo voller Stolz.

»Ich kapiere es immer noch nicht, Mann.«

»Dir ist doch sicher schon mal der Begriff *bewiesene oder unbewiesene Zauber* begegnet?«, schaltet Priya sich ein.

Ich nicke, weil ich das bereits in meinen Büchern gelesen habe … allerdings ohne groß darüber nachzudenken. Für diesen Haufen, der Vollzeit Magie lernen kann, ist es einfach. Ich versuche, eine Million Dinge gleichzeitig zu erledigen, und ein Tag hat nur eine begrenzte Anzahl Stunden.

»Anscheinend erlaubt Ihr Dominus eklatante Lücken in Ihrem Wissen, Miss Moyo. Ich hoffe, Sie erlauben mir, Abhilfe zu schaffen«, sagt Dr. Maige, legt seinen Stift zur Seite und rückt die Ärmel seiner Robe zurecht. »Bibliothekare sind Naturphilosophen im Stil von Maxwell. Eine unserer wichtigsten Aufgaben besteht darin, Magie mit Mathematik zu vermählen. Tatsächlich verbringen die Besten von uns nur wenig Zeit damit, die Bibliothek zu pflegen – und stattdessen sehr viel mehr mit Beweisführung. Magie wird nicht geschaffen, sondern entdeckt, junge Dame …«

»Es gäbe da eine dringende Angelegenheit, die wir besprechen müssen, Pythagoras. Vielleicht könntest du diese Vorlesung ein anderes Mal halten?«, bemerkt Sir Callander gereizt.

»Erinnern Sie sich an das Gespräch, das wir über meine Dissertation geführt haben, als Sie hier noch neu waren, Miss Moyo?«, fragt Dr. Maige, ohne auf meinen Boss zu achten. Ich winde mich quasi, weil ich zwischen den beiden gefangen bin. »Als ich aus Tansania nach Schottland gekommen bin, habe ich das für ein Doktorat über den Nummernsymbolismus der pythagoräischen Bruderschaft in der antiken Welt getan. Sie haben geglaubt, Zahlen seien von Magie erfüllt. Also wissen wir, dass sogar in der Antike verschiedene Kulturen bemerkt haben, dass die Zauber, die man mit Worten wirkt, nur ein linguistischer Ausdruck allgemeiner mathematischer Gesetze sind. Am Anfang war die Zahl, nicht das Wort.«

Das ergibt für mich durchaus Sinn, da der Feuerzauber – dies ist der erste Zauber, den jeder lernt – schließlich von der Somerville-Gleichung gestützt wird, die die Worte des Zaubers als mathematische Notation darstellt. Ich habe in manchen Texten erwähnt gesehen, dass etwas namens »Dekohärenz« der Prozess ist, durch den Mathematik in Magie übergeht. Allerdings muss ich zugeben, dass ich es nicht ganz verstehe. Zumindest noch nicht. Richtig geekiges Zeug. Ich würde gern noch eine Weile hier verbringen und darüber schwatzen, wenn mein Mentor nicht so sauer wäre. Nicht dass das den guten Doktor anfechten würde.

»Jeder Zauber muss mathematisch bewiesen werden, damit wir die volle platonische Wahrheit verstehen, die ihm zugrundeliegt. Wenn ein Magier einen neuen Zauber entdeckt, wird dieser zur Beweisführung an uns geschickt … denn nur, wenn die zugrundeliegende mathematische Struktur bekannt ist, können wir ihn wirklich von anderen Zaubern unterscheiden. Häufiger kommt es nämlich vor, dass etwas, was für einen neuen Zauber gehalten wurde, in Wahrheit nur die neue linguistische Entsprechung eines bereits bekannten Phänomens ist. Der Großteil der geläufigen Zauber ist bereits bewiesen. Bei ein paar Zaubern, so wie Rachmans Esoterika – von dem ich mir sicher bin, dass Sie irgendwann davon hören werden –, entzieht sich uns die Beweisführung noch. Was mich wieder zu meiner Rolle bringt. Ohne Beweisführung fällt die Magie in die dunkle Zeit des Mystizismus und des Aberglaubens zurück. Aber jetzt werde ich in dieser wichtigen Arbeit unterbrochen. Also, Sir Callander, wie kann ein Diener dieser erlauchten Institution Ihnen heute Abend zu Diensten sein?«

Autsch.

Das war mehr oder minder ein »Fick dich« verpackt in Valentinstaggeschenkpapier. Aber alles, was Dr. Maige gesagt hat, führt mich zu einer anderen magischen Theorie, die von der Mathematischen-Universum-Theorie abzweigt … die mich persönlich immer an die Theorie der simulierten Realität denken lässt. Nur dass in dieser Theorie die Welt, in der wir leben, keine Computersimulation ist, sondern das Ergebnis von Mathematik. Und das ist total hardcore, weil die Theorie besagt, dass das Universum nicht nur mittels der Mathematik beschrieben wird, sondern tatsächlich aus Mathematik *besteht*. Sorgt allerdings dafür, dass ich mir einige Fragen stelle, wie zum Beispiel: Wenn die Mathematiker Magie als Mathematik darstellen können, dann müsste es doch sicherlich auch umgekehrt möglich sein? Statt darauf zu warten, dass Magier Zauber schaffen, könnten sie andersherum arbeiten und die Mathematik einsetzen, um neuen Zauber zu empfehlen, oder? Nicht dass ich diese Frage mitten in einem Hahnenkampf stellen werde.

»Ich bedauere die Störung«, antwortet Sir Callander

ziemlich hölzern. »Aber ich wäre nicht gekommen, wenn es nicht sehr wichtig wäre.«

Dr. Maige verschränkt die Finger und lehnt sich in seinem Stuhl zurück.

»Dad, es gab …«, setzt Jomo an.

»Dr. Maige heißt es für Sie, Mr. Maige«, fällt sein Vater ihm ins Wort. »Sie arbeiten für die Bibliothek, nicht für die Gesellschaft. Und das sollten Sie besser nicht vergessen, junger Mann.«

Jomo starrt geknickt auf den Boden. Ich finde, sein Vater muss ihn nicht so behandeln. Kann ja nicht leicht für meinen Freund sein. Solcher Dreck tötet jede Seele, und Gran meint, es gibt in dieser Welt nichts Schlimmeres als seelenlose Wesen. Ich möchte etwas sagen, aber dafür sind wir gerade nicht hier. Und ich glaube auch nicht, dass sich dadurch irgendwas verbessern würde.

»Du musst ein Buch anfertigen«, sagt Sir Callander.

»Aus wem?« Dr. Maige richtet sich hoch auf.

»Bo Bumblebeam, einem vor Kurzem verstorbenen, unlizensierten Praktizierenden.«

»Ausgeschlossen.«

Ich bin verwirrt. Sie wollen ein Buch aus einer Person machen? Das ergibt keinen Sinn, also lausche ich aufmerksam auf weitere Hinweise.

»Es ist aber außergewöhnlich wichtig. Bumblebeam ist in schändliche Intrigen verwickelt, und Leben stehen auf dem Spiel. Hier geht es um den gegenseitigen Beistand zwischen der Bibliothek und unserer Gesellschaft«, drängt Callander.

»Es gibt strenge Kriterien, nach denen entschieden wird, welche Bücher von dieser Institution veröffentlicht werden. Und ich muss dir sicher nicht erklären, dass diese Regeln aus gutem Grund bestehen. Gegenseitiger Beistand ist nicht wichtiger als diese grundlegenden Verhaltensregeln, und das weißt du auch«, antwortet Dr. Maige vehement. »Falls das alles war, ich muss an meine Arbeit zurückkehren.«

Sir Callander stößt hörbar die Luft aus, dann verlässt er abrupt den Raum. Und uns bleibt nichts anderes übrig, als ihm mit eingeklemmtem Schwanz zu folgen.

XXX

Callanders mürrischer Gesichtsausdruck hat sich nicht verändert, als wir schließlich die mittlere Galerie im Hauptbereich der Bibliothek erreichen. Ich vermute, dass er es gewöhnt ist, seinen Kopf durchzusetzen. Allerdings bin ich mir immer noch nicht sicher, worum es bei diesem Gespräch übers Büchermachen wirklich gegangen ist. Unsere Schatten wabern im flackernden Kerzenlicht, und die Luft riecht nach Wachs. Hier draußen wird man quasi von der unglaublichen Weite der Bibliothek verschlungen. Die Leser in den unteren Bereichen wirken klein wie Puppen.

Die unterirdische Struktur der Bibliothek fühlt sich an, als wäre sie viele Dinge gleichzeitig. Eine Mine, eine Skulptur, ein Tempel – zur Hölle, manchmal fühle ich mich, als hätte ich den Jackpot geknackt und befände mich in einem Osterei. Ich lehne mich gegen eine Säule, und der kalte Stein presst sich rau gegen meine Haut.

»Wir können heute Nacht nicht mehr viel erreichen«, sagt Callander schließlich. »Miss Moyo, bitte treiben Sie Ihre Nachforschungen weiter voran und erstatten Sie mir Bericht über alle Fortschritte. Und angesichts der aktuellen Geschehnisse möchte ich Ihnen schwer ans Herz legen, sich besser mit den Anweisungen in Cliffords *Selbstverteidigung* vertraut zu machen. Wenden Sie sich an mich, wenn Sie Hilfe brauchen.«

Damit verlässt er uns mit großen Schritten. Er hat recht, ich muss von jetzt an vorsichtiger vorgehen, wenn ich nicht eines scheußlichen Todes sterben will. Das gilt aber für uns alle. Momentan haben wir so viele Bälle in der Luft. Ich muss mal richtig nachdenken, damit wir das zu Ende bringen können. Dann kann ich mein goldenes Ei auffangen und mir ein schönes Omelett machen. Mann, fast hätte ich die Nerven verloren und alles verraten.

Ich habe echt einen Riesenbammel. Ginge es um irgendwen anderen als Bumblebeam, würde ich ins AllDort gehen, um ihn zu finden und eine Abmachung mit seiner Seele zu treffen. Aber ich habe gesehen, was er getan hat, als ich mich in die astralen Ebenen gewagt habe. Das wäre reine Kamikaze. Selbst Bruder Musashi warnt in seinem Buch der fünf Ringe vor solchen Leuten … aber welche Alternative gibt es?

»Das tut mir alles schrecklich leid, Leute«, sagt Jomo.

»Ist nicht deine Schuld, dass dein Vater ein Prinzipienreiter ist«, antwortet Priya.

»Was hat es überhaupt mit diesem Buch auf sich, das Callander wollte?«, frage ich.

»Ich habe eine Idee«, flüstert Jomo aufgeregt. »Wie wäre es, wenn *ich* das Buch anfertige? Ich habe ein paarmal dabei zugesehen, und ich bin mir sicher, dass ich es schaffen kann.«

»Bist du vollkommen wahnsinnig geworden?«, fragt Priya.

»Ich kann es hinkriegen.«

»Moment«, sage ich. »Wie soll es uns denn helfen, irgendein Buch zu veröffentlichen? Außerdem müssen wir Max jetzt retten, nicht erst in einem Jahr.«

»Das ist das Dämlichste, was ich in meinem Leben gehört habe«, blafft Priya Jomo an. Aber sie wirft auch mir eine

Brotkrume zu. »Die hochrangigsten, qualifiziertesten Bibliothekare können die Erinnerungen einer toten Person in das kanalisieren, was sie ein Buch nennen, weil diese Erinnerungen dann »gelesen« werden können. Hätten wir ein Buch von Bo Bumblebeam, würde es uns vielleicht Hinweise liefern, wie wir Max retten können. Aber Jomos Dad hat Nein gesagt, und Jomo«, sie bricht ab, um ihn böse anzustarren, »... *so etwas hat er noch nie zuvor getan*. Es war ein harter Abend, und Sir Callander hat vollkommen recht. Wir sollten dieses alberne Gerede hinter uns lassen, uns eine Mütze Schlaf gönnen und uns morgen früh etwas anderes einfallen lassen.«

Jomo sackt in sich zusammen, den Kopf gesenkt wie ein geprügelter Hund.

Er wollte nur helfen, doch so, wie Priya klingt, ist diese Diskussion ein für alle Mal beendet.

Jomo ist total niedergeschlagen, also boxe ich ihn spielerisch gegen die Schulter, um ihn aufzumuntern. Aber Priya hat trotzdem recht. Wir brauchen mal eine Pause, und irgendwer sollte jetzt besser Orangen servieren.

»Okay, ich gehe nach Hause. Wir hören uns morgen, ja?«, sagt Priya und löst die Bremsen an ihrem Rollstuhl. »Jomo, alles okay mit uns?«

»Sicher«, sagt er.

Priya verlässt uns in Richtung Rezeption, und auch ich vermute, dass es eigentlich keinen Grund mehr gibt, hier noch rumzuhängen.

»Komm schon, Jomo, begleite mich ins UnterHume. Ich muss ein bisschen üben.« Außerdem möchte ich Gran eine Nachricht schreiben, um sie wissen zu lassen, dass ich heute Nacht in der Stadt bleibe. Ist echt sinnlos, nach Hause zu fahren und gleich morgen früh wieder zurückzukommen.

Das Tolle an der Bibliothek ist, dass es jede Menge Nischen und Winkel gibt, um sich aufs Ohr zu hauen, ohne gestört zu werden. Ich habe schon öfter Schnarchen aus stillen Ecken gehört, also bin ich definitiv nicht die Einzige, die mal hier pennt.

Jomo und ich steigen ins unterste Stockwerk der Bibliothek, dann noch weiter nach unten in den Keller – falls unterirdische Räumlichkeiten einen Keller haben können. Der Übungsraum ist eine schmucklose Höhle mit grob behauenen Wänden, die eine urzeitliche Aura verbreiten. Nicht ansatzweise so protzig wie Dr. Maiges Lesekabine. Nur hier darf innerhalb der Bibliothek Magie gewirkt werden … und inzwischen verstehe ich auch, warum. Es geht darum, die Texte und andere Bibliotheksgäste vor den Auswirkungen magischer Fehler zu schützen.

Ich ziehe meine Ausgabe von Clifford heraus und werfe meinen Rucksack zur Seite. Jomo lehnt sich gegen die Wand. Er wirkt immer noch ziemlich angefressen von der ganzen Sache. Aber hey, es war eine lange Nacht. Vielleicht kann River ihn aufmuntern, weil ich momentan keinen Schimmer habe, wie ich das anstellen soll.

»Okay, alter Mann. Lass uns sehen, was du kannst«, sage ich, als ich meinen Schal – Cruickshank – aus der Tasche ziehe und ihn mit einer Hand halte, sodass das Ende nach unten hängt.

Meiner Meinung nach habe ich meine Zwille für den Fernkampf, meinen Dolch für den Nahkampf und Cruickshank für irgendetwas dazwischen. Wenn ich ihm beibringen kann, zu schlagen und zu ringen oder meine Gegner sogar abzulenken, sollte mir das in Action einen Vorteil verschaffen.

»Wach auf, Cruickshank«, sage ich, und sofort hebt sich das schlaffe Ende. »Und jetzt schlag zu.«

Cruickshank rollt sich zu einem Ball zusammen, dann boxt er mich heftig genug in den Bauch, dass ich umkippe.

Meine armen Eingeweide.

Jomo kommentiert meine Erniedrigung mit langsamem Klatschen, während ich mich wieder aufrapple.

»Was zum Teufel, Cruickshank? Wir sollen doch Schattenboxen üben. Aber wenn du dich so benehmen willst, dann landest du in der stillen Ecke«, sage ich und werfe den Schal neben meinem Rucksack auf den Boden. Und ich könnte schwören, dass sich dieser freche Mistkerl zu etwas arrangiert, was wie ein Lächeln aussieht. Aber ich werde den Köder nicht schlucken. Stattdessen öffne ich Cliffords *Selbstverteidigung* und blättere durch die Seiten, um den Zauber für einen Druckwellenschlag zu finden.

Priya hat ihn im Garten der Edinburgh-Schule verwendet, und ich finde, das wäre eine tolle Art, Gegner bewusstlos zu hauen.

»Lust auf einen Tee?«, fragt Jomo durch ein Gähnen.

»Aber sicher doch«, antworte ich sofort, bevor ich kapiere, was er vorhat. »Moment mal, versuchst du, hier rauszukommen, bevor ich den Zauber wirke?«

»Vielleicht solltest du ihn ein paarmal allein probieren, ohne mich. Nicht böse sein, Ropa, aber ich habe gehört, dass dein Feuerzauber ein bisschen, nun, lass uns sagen, nach dem Gießkannenprinzip funktioniert.«

»Was auch immer, Mann. Sorg einfach dafür, dass in meinem Tee jede Menge Zucker ist.«

Eigentlich gut, dass er gegangen ist, weil ich mich jetzt richtig konzentrieren kann. Magiern erfordert laserartige Konzentration. Der Geist muss vollkommen fokussiert sein auf den Zauber, die zugrundeliegende Wissenschaft, den intendierten Effekt etc. pp.

Okay, also dieser Druckwellenschlag ist grundsätzlich gesehen eine mächtige Soliton-Welle, die man erschafft, um einen Gegner auszuschalten. Ich ziele auf ein kalibriertes, langwelliges, atmosphärisches Soliton ab – ein bisschen wie das, was passiert, wenn es eine Explosion gibt und die Druckwelle Dinge drumrum durch die Gegend schleudert. Das Witzige ist, dass diese Art von Welle – das Soliton – von John Scott Russel entdeckt wurde, in dem Kanal in der Nähe meines Zuhauses. Das Soliton ist über lange Entfernungen bei gleichmäßiger Geschwindigkeit stabil, während normale Wellen anfällig für Kraftverlust und Störungen sind.

Clifford schreibt, dass man den Zauber unterstützen kann, indem man die Hand öffnet und die offene Handfläche nach vorn stößt, um die Luftströmung zu lenken.

Okay, dann mal los.

Ich nehme Haltung an: Die Füße breit und das linke Bein leicht hinter meinem rechten, damit ich den Rückstoß auffangen kann, den meine eigene Muskulatur generiert. Je heftiger der magische Schlag, desto intensiver der Rückstoß, was beeinflusst, wie heftig der Zauber nach vorn schießen kann.

Atme. Finde deinen Nexuspunkt.

»Gegen die Elemente gestemmt, zeig deine Stärke, Boreas, und reiß dem Mann den Mantel vom Körper.«

Ich stoße die Hand nach vorn, und sofort wird sie wieder nach hinten gestoßen. Ein pneumatisches Zischen schickt einen nebeligen Abdruck meiner Hand durch die Luft nach links. Mit einem Schlag knallt er gegen die Wand, so ziemlich an der Stelle, wo Jomo vorhin gestanden hat.

Uuups.

Nicht die Stelle, auf die ich gezielt habe. Aber zumindest hat es grundlegend funktioniert.

Ich konzentriere mich und versuche es noch mal, mit demselben Ergebnis. Hmmm. Wieso zieht der Zauber immer so nach links? Ich habe mich gerade vorgebeugt, um den Clifford aufzuheben, als jemand hinter mir sagt:

»Wenn du keinen Kompass dabeihast, würde ich davon absehen, die Boreas-Variante zu beschwören. Er ist schließlich der Gott des Nordwindes und wird daher immer in diese Himmelsrichtung wirken, so wie Zephyrus nach Westen und Notus nach Süden strebt. Wenn du einen allgemeineren Anemoi-Zauber beschwörst, wäre er zweifellos ein wenig schwächer, aber sicher handlicher im Umgang.« Die unbekannte Stimme klingt misstönend und grell.

Im Türrahmen steht ein junger Kerl, gekleidet in Blazer, Hemd und Stoffhose wie ein Greis. Mein Blick saugt sich an seiner Pilzfrisur fest.

»Außerdem ist deine Handbewegung falsch«, fährt er fort. »Du bewegst sie *nach* dem Zauber, obwohl du dich im Takt der Beschwörung bewegen solltest, um mit dem letzten Wort den Arm ganz auszustrecken. Sonst harmoniert es nicht, was letztlich zu einer limitierteren entropischen Veränderung führen wird.«

Rory MacCulloch. Ich habe Unzeiten mit dem Versuch verbracht, ihn zu erwischen – habe es auf dem Handy versucht, an seiner Schule, bei seinen Freunden. Und jetzt kommt er einfach hier in den Raum geschlendert. Als ich das letzte Mal von ihm gehört habe, war er mit Bo zusammen … und seht euch an, was passiert ist.

Habe ein echt übles Gefühl bei der Sache. Ich schnappe mir meinen Schal, nur für den Fall, dass er irgendwas versucht.

»Rory MacCulloch, du schuldest mir ein paar Antworten. Und sie sollten besser verdammt gut sein, weil ich …«

Ich breche ab, weil ich spüre, dass irgendwas nicht stimmt. Das Glitzern in seinen Augen ist nicht ganz menschlich. Und aufgrund früherer Erfahrungen weiß ich auch, woher das kommt.

»Ich wende mich an die Entität, die in diesem Jungen weilt. Mit wem spreche ich?«, sage ich voller Autorität.

»Ich bin eingeladen worden, Ropa Moyo. Das wird bei mir nicht funktionieren.« Seine Stimme ist schrill. Gleichzeitig erscheint ein fieses Lächeln auf seinem Gesicht.

Das Gesicht verändert sich, und auf den Wangen erscheint etwas, was wie ein zweites Paar Augen aussieht. In einem Moment scheint der Mund zu lächeln, im nächsten wirkt er wie zum Schrei aufgerissen, als tobe im Körper eine große Schlacht. Rory betritt den Raum, doch seine Bewegungen sind seltsam. Die Knie beugen sich zu heftig, seine Knöchel sind verbogen. Er sollte sich vor Schmerzen auf dem Boden winden, statt hier rumzulaufen. Seine Armbewegungen wirken zufällig, und sein Kopf schwankt auf dem Hals. Es ist, als beobachte man eine Marionette.

»Wer bist du, und was hast du mit Rory MacCulloch gemacht?«

Er lacht, ein Geräusch wie Nägel auf einer Schiefertafel. Der Kiefer hängt herunter, als wäre er ausgerenkt. Das muss die Gegenwart sein, die ich vorhin auf der High Street gespürt habe.

»Kleine Hexe, du, die du mit dem Einen über Allen im Bunde stehst, wagst es tatsächlich, meine Gegenwart infrage zu stellen, obwohl du ihm den roten Teppich aus Blut und Schmerz und Leid ausgerollt hast? Wie heuchlerisch.«

»Keine Ahnung, was du da laberst, Kumpel, aber ich stehe mit niemandem im Bunde.«

»Glaubst du das wirklich?«

»Warum bist du hier?« Mit dieser Frage versuche ich, meine Autorität erneut geltend zu machen.

»Die Mönche des nebligen Ordens haben auf meinem Grab getanzt, meine Überreste gestört und meinen Schädel wie einen Fußball durch die Gegend getreten, nachdem sie dunkle Magie gewirkt haben, von der sie nichts verstehen. Sie sind jetzt an mich gebunden. Ich werde sie als meine Gefäße nutzen, um Schottland vor einer Bedrohung zu retten, die ihr in eurer Blindheit gar nicht erkennen könnt. Und dann, vielleicht, wird auch mir endlich erlaubt werden weiterzuziehen.«

»Ja, genau. Du bist nur ein freundlicher Geist, der unterwegs ist, um den Helden zu spielen. Deine sogenannten ›Gefäße‹ sehen sich wegen dem, was du mit ihnen anstellst, dem Tod gegenüber.«

»Weißt du nicht, dass alles einen Preis hat?«

Fast hätte ich geantwortet, doch dann fällt mir wieder Grans Rat in Bezug auf eigenwillige Geister ein – diejenigen, die sich der Autorität entziehen. Je mehr Fragen man beantwortet, desto mehr Autorität gibt man ab. Wenn man das Gespräch lange genug laufen lässt, ist man irgendwann machtlos. Die meisten Geister sind unsichtbar, außer für Leute wie mich; dann gibt es noch diejenigen, die sich manifestieren können. Oder Poltergeister, die Typen, die fieses Zeug machen wie Türen schlagen oder Möbel umwerfen. Laut Gran ist jede Beeinflussung der materiellen Welt echt superkrass.

Aber das, was da in Rory steckt, ist irgendwie das Übelste vom Üblen. Es ist uralt, wütend und bösartig, also muss ich vorsichtig vorgehen. Der Geist denkt, dass seine Handlungen ihn in irgendeiner Art rehabilitieren und ihm damit erlauben, weiterzuziehen. Aber die Körper anderer in Besitz zu nehmen ist meiner Meinung nach ein großes No-Go. Ich brauche nicht mal meine Mbira, um ihn zu hören, nachdem er durch den Mund seines menschlichen Gefäßes spricht. Mit solchen Geistern gibt es keine Verhandlungen, und für sie gibt es auch keine Erlösung. Man treibt sie an den Anderen Ort aus. Eine einfache Fahrkarte in das Land des Heulens und Zähneknirschens und all dieses anderen biblischen Mists.

Ohne Namen ist es viel schwerer, solche Geister auszutreiben. Bisher habe ich nicht mal gesehen, dass Gran so was getan hätte, aber ich muss es trotzdem versuchen.

River drückt sich eng an den Boden und schleicht los, um in seinen Rücken zu kommen.

»Ich werde dich heute Abend austreiben, Kumpel«, sage ich.

Also, Bruder Musashi hat eine Menge Dinge gesagt, aber er hat kein einziges Mal davon gesprochen, dass man dem Feind die eigenen Absichten verraten soll … besonders dann nicht, wenn man dafür seine Mbira braucht und besagtes Instrument in dem Rucksack neben besagtem Feind liegt. Also trete ich mir metaphorisch selbst in den Hintern, als dieser Geist einen Zauber skandiert und damit die Mutter aller Thermosphären in seine linke Hand ruft. Das Feuer erhellt den Raum, brennt in hellem Orange wie ein Sonnenuntergang. Zum Teufel damit. Ich will gerade nach meiner Zwille greifen, als Jomo in den Raum stürmt, zwei Tassen Tee in den Händen.

»Stopp, ihr beide. Sofort«, schreit Jomo.

Rory legt den Kopf schief und dreht sich um, was mir genug

Zeit schenkt, um meine Zwille zu laden und zu zielen. Ich flüstere einen promethischen Feuerzauber und fülle den Stein damit. So soll er mitten im Flug in scharfe Splitter zerspringen. Diesmal wird er mir nicht entkommen.

»Damit habe ich auch Sie gemeint, Miss Moyo«, sagt Jomo. Seine Förmlichkeit überrascht mich. »Diese Bibliothek ist ein heiliger Ort, den alle Praktizierenden ohne Vorurteile betreten dürfen. Innerhalb ihrer Wände ist Gewalttätigkeit nicht gestattet. Ist das klar?«

»Jo… ich meine Mr. Maige, das ist nicht Rory, das ist ein Geist, der seinen Körper übernommen hat. Ich muss ihn bannen.« Der Stein verbrennt mir schon die Finger.

»Spielt keine Rolle. Die Bibliothek hat Mr. MacCulloch als Mitglied Zutritt gewährt, nachdem er ein Schüler der Edinburgh-Schule ist. Als solcher wird er von ihren Regeln geschützt … ebenso wie Sie.«

Rory – oder wer zur Hölle auch seinen Körper kontrolliert – löscht diese allmächtige Thermosphäre. Ich bin in Versuchung, jetzt zu schießen, doch Jomos Miene hält mich davon ab.

»Kluges Mädchen. Ich bin nicht hier, um mit dir zu kämpfen. Aber wenn du dich weiterhin in meine Arbeit einmischst, wird das Konsequenzen haben.«

»Wie das, was du Bo Bumblebeam angetan hast, hm?«

»Wie kannst du es wagen, mir das zur Last zu legen!«, schreit der Geist wütend. »Bumblebeam war ein großartiges Gefäß. Ich werde seinen Tod rächen.«

Ich kaufe ihm diesen Dreck nicht ab. Geister wie dieser lügen ständig.

»Nenn mir deinen Namen«, befehle ich.

Er zieht sich mit einem Knurren zurück.

»Das reicht, Miss Moyo«, sagt Jomo mit fester Stimme und

klingt dabei fast wie sein Alter. »Mr. MacCulloch, dieser Übungsraum ist besetzt, aber Sie können gerne den Rest unserer Einrichtung nutzen, ohne gestört zu werden.«

Jomo gibt den Türrahmen frei und erlaubt dem Körper von Rory und seinem Fahrer, in diesem unbehaglichen Marionettengang den Raum zu verlassen. Sobald er verschwunden ist, werfe ich meinen Munitionsstein in die Ecke des Raums, wo er mit einem Knall explodiert.

Ich muss meine geröteten Finger bewegen, weil der Stein heiß war wie die Hölle. Eilig schnappe ich mir meine Sachen, den Rucksack und auch Cruickshank und rufe River. Ich mache mich schon auf, dem Geist zu folgen, doch Jomo verhindert das, indem er mir meine Tasse Tee entgegenstreckt.

»Er entkommt«, sage ich.

»Ich würde im Moment nichts unternehmen, Ropa. Es gibt eine andere Möglichkeit.«

XXXI

Bin vollkommen mit den Nerven runter. Das war ein irrer Tag, aber nichts, was eine gute Tasse Tee nicht in Ordnung bringen kann. Jomo und ich sitzen auf dem harten Boden des Übungsraums. River bleibt wachsam, den Blick auf die Tür gerichtet. Meine Gedanken allerdings rasen. Diese orangefarbene Flamme, die Marionetten-Rory erzeugt hat, passt nicht gerade zu den Flammen, die Detective Balfour in der Advocate's Library gesehen haben will. Aber er muss es gewesen sein … und außerdem dürfte es ziemlich leichtfallen, Orange und Gelb zu verwechseln. Ich glaube absolut nichts, was Marionetten-Rory gesagt hat. Er hat's getan, da bin ich sicher.

In Bezug auf das, was diese Jungs auf der astralen Ebene getrieben haben, haben wir uns geirrt. Es ging nicht darum, ein physisches Objekt zurückzubringen, sondern eine Seele. Daher das Interesse an König James' *Daemonologie* und die verbotene Magie.

Aber am Ende des Tages ist es trotzdem nur ein Geist, und die sind meine Spezialität.

Ich werde mit Callander über den blinden Fleck der Gesellschaft in Bezug auf dieses Thema reden müssen. Erinnert mich daran, wie Ärzte sich früher geweigert haben, Füße und Zähne zu behandeln, weil sie das als unter ihrer Würde betrachtet haben. Die Gesellschaft schätzt manipulative

Magie über alles – also die Fähigkeit, thermodynamische Veränderungen in dieser Welt zu bewirken. Und mir wurde gesagt, dass ich als Geistersprecherin nichts anderes bin als eine Telefonleitung. Ihren Maßstäben nach ist das kaum Magie. Kein Wunder, dass sich Bumblebeam, mit seinem Interesse für das astrale Reich, als verarmter Praktizierender am Rand wiedergefunden hat.

Also, Priya hat erklärt, Bumblebeams Körper hätte Hitze ausgestrahlt, was für mich klingt wie das, was auch bei Max Wu und Doug Duffie abgeht. Also sind sie vielleicht alle vom selben Geist besessen gewesen?

»Was denkst du gerade?«, fragt Jomo.

»Du weißt, dass es immer kalt wird, wenn sich ein Geist in der Nähe aufhält?«

»Nö.«

»Also, um sich aus dem AllDort manifestieren zu müssen, müssen sie ihre harmonischen Resonanzen an unsere Dimension anpassen. Doch wegen der Gesetze der Thermodynamik, die in unserer Welt gelten, kostet das Energie. Die ziehen sie in der Regel aus der direkten Umgebung, sodass es dort kälter wird.«

»Was hat das mit dieser ganzen Sache zu tun?«

»Ich nehme an, wenn ein Geist sich in deinem Körper manifestiert, müsste der wie wild arbeiten, um die Energie für eine so komplizierte Symbiose zu liefern. Und was passiert dann, wenn der Geist sich wieder verpisst? Du bleibst mit hohem Fieber zurück, das einem Ungleichgewicht im Verschränkungsfeld zwischen deiner Seele und deinem Körper entspringt. Du bist aus der Justierung gerissen worden.«

»Klingt nicht schlecht, aber da klafft ein riesiges Loch in deiner Hypothese. Wenn das nämlich der Fall wäre, gäbe es doch keine Geistermedien und Ähnliches, oder? Sie würden schon nach der ersten Besessenheit krank werden.«

»Nicht notwendigerweise«, gebe ich zurück. »Medien sind ausgebildete Personen, geübte Praktizierende sozusagen. Außerdem sind Medien nur für, na ja, für ein paar Minuten besessen, bevor der Geist wieder verschwindet. Nicht Tage und so.«

»Ich glaube, du bist da an was dran. Wenn du recht hast, nimmt der Geist die Mönche des nebligen Ordens einen nach dem anderen in Besitz und brennt sie sozusagen aus. Wir sollten das unbedingt Priya sagen. Könnte bei Max' Behandlung helfen.«

»Mach das, Jomo, und lass mich wissen, was sie sagt.« Zumindest dürfte dies die Stimmung zwischen den beiden wieder in Ordnung bringen, nach der Kabbelei über das Buch. Er springt sofort auf, aber mir fällt noch etwas ein. »Du meintest, es gäbe einen anderen Weg, um herauszufinden, was hier vor sich geht?«

»Lass mich erst Priya anrufen, dann klär ich dich auf. Wir können uns heute Nacht treffen … ich schicke dir eine Uhrzeit«, sagt er, und dann rennt er aus dem Raum.

So viel zu tun. Aber wenn ich recht habe, haben wir zumindest herausgefunden, was diesen ganzen Ärger überhaupt erst angestoßen hat. Natürlich müssen wir auch Callander informieren. Allah, ich wünsche mir wirklich, ich würde Kohle für diesen Gig bekommen. Dann würde ich jetzt ausbezahlt werden. Aber die dämliche Cockburn hat mich so richtig behumpst.

Wisst ihr was? Zum Teufel mit Rory MacCulloch. Er und seine Kumpel haben dieses Ding eingeladen, also sollen sie sich auch selbst damit rumschlagen. Ich lasse Sachen nicht gerne unerledigt, aber ich habe meinen Teil getan. Ich habe meinen Auftrag erfüllt: Mission Geisterjagd ist keine Option. Mir ist klar geworden, dass das Paterson-Vermögen der einzige Weg ist, wie ich aus diesem Hamsterrad aussteigen kann, und darauf sollte ich mich konzentrieren, Punkt. Sir Callander hat sich mir gegenüber immer anständig verhalten, aber ich kann mit Wohlwollen weder Rechnungen bezahlen noch Izwi zuhause behalten.

Wenn ich das richtig hinkriege, werde ich die Bank lachend verlassen.

XXXII

Konnte eine schöne Dusche nehmen, weil Jomo mich in den Personalbereich geschmuggelt hat, also fühle ich mich frisch, obwohl ich die Kleidung von gestern trage. Offenbar haben die Bibliothekare kein Problem mit Sanitärinstallationen, weil es sie schon seit der Zeit der Römer gibt … aber bei Elektrizität ist Schluss. Die Mütze Schlaf hat mir gutgetan. Ich fühle mich frischaufgeladen und bereit, mich wieder ins Getümmel zu werfen, als ich River die fiesen Stufen nach Holyrood nach unten führe. Ich muss mich an den rechten Rand pressen, weil Pflanzenwelt an der Steinwand außer Kontrolle gerät.

Heute herrscht eine Affenhitze, also trage ich eine Flasche Wasser mit mir herum. Der Teer brennt förmlich, sodass Edinburgh sich wie das Innere eines Ofens anfühlt. Wenn es richtig übel wird, fallen immer mal Leute auf dem Pflaster in Ohnmacht, besonders die Älteren. Ich würde mich ja gern im Schatten herumtreiben, aber ich muss arbeiten. Muss Tom einsammeln und mit ihm in die Archive zurückkehren, um noch ein wenig Schlamm zu sieben. Außerdem sollte ich rausfinden, wo zur Hölle Ship Close lag, und checken, ob sich dort Hinweise auf das Paterson-Vermögen finden lassen. Die Straße selbst existiert nicht mehr, aber irgendwas liegt dort versteckt, da bin ich mir sicher. Glaube, dass ich das erledigen werde, wenn ich später in die Bank gehe, um Callander zu informieren.

Mein Handy klingelt, und ich ziehe es aus der Tasche. Priya.

»Einen gesegneten Morgen wünsche ich dir«, sagt sie mit schlechtem irischem Akzent. »Ich habe letzte Nacht mit Jomo gesprochen und kann dir gar nicht sagen, wie zufrieden wir mit deinen Recherchen sind. Trete mich gerade selbst in den Hintern, weil unsere ursprüngliche Diagnose so unglaublich danebenlag. Der menschliche Körper ist resistenter gegen Magie als alles andere. Und zwar, weil er das Gefäß des Willens ist, wie ich dir gesagt habe. Aber diese Jungs haben es irgendwie geschafft, das zu umgehen. Max Wu und Doug Duffie haben einen seltenen Fall von Schöners Animaluxation. Selbst Lethington sagt, das ist ihm in seiner Zeit noch nicht untergekommen.«

»Jetzt, wo ihr den Grund kennt, werden Max und Doug sich erholen?«, frage ich.

»Deswegen rufe ich dich an. Ich habe die ganze Nacht in der Klinik gesessen und bin alte Texte durchgegangen, nachdem dieser Zustand in der modernen Literatur so gut wie nie erwähnt wird.«

»Aber eine Heilung ist möglich, oder?«

»Es ist kompliziert. Wir müssen Max' Seele wieder korrekt in seinem Körper ausrichten, weil da was aus dem Gleichgewicht geraten ist. Aber dafür müssen wir wissen, wer den Körper in Besitz genommen hat. Ohne diese Info können wir die Disharmonielevel nicht quantifizieren. Wir brauchen einen Namen, Ropa.«

Riesenbärenkacke, dieser Mist nimmt einfach kein Ende.

»Hallo? Bist du noch da?«

»Sicher, ich bin noch dran.«

»Du hast gehört, was ich über den Namen des Geistes gesagt habe, oder?«

»Ich werde ihn dir bald liefern«, antworte ich.

»Brill. Die Zeit drängt.«

Da geht meine Ausstiegsstrategie dahin. War wohl dämlich, mir einzubilden, ich könnte diesen Dreck einfach hinter mir lassen. Alles hängt zusammen, und ich muss diesen verdammten Knoten lösen, weil es anders nicht geht. Ein bisschen wie wenn Izwi sich mit Grans Wolle beschäftigt hat und ich Stunden aufwenden muss, um alles wieder aufzudröseln. Auf die eine oder andere Art werde ich den Namen dieses Spuks herausfinden.

Jomos Plan für heute Nacht sollte besser funktionieren.

»Wann steht der Sieg fest, Jungs? Macht ihr sie fertig?«, frage ich Rooster Robs Wachen. Ein paar von ihnen besetzen immer noch die Barrikade vor Arthur's Seat.

»Wir sind schon am Aufwischen, Ropa Moyo«, antwortet einer von ihnen triumphierend. »Wäre es nicht so heiß, wir wären schon fertig. Vielleicht könntest du uns deinen Fuchs leihen, um die letzten paar Idioten aufzuspüren. Das würde helfen.« Er zwinkert uns zu.

»Sorry, aber sie hat schon einen Job.«

An Sommermorgen wie heute ist Camelot ein Chaos aus Farben, vom hellgelben Heidekraut über die leuchtend grünen, roten und blauen Polyesterzelte, die überall herumstehen. Kleider hängen zum Trocknen an der Leine oder über Büschen, nackte Leute baden im Dunsapie Loch. Hier oben gibt es auch Schafe und ein paar Ziegen, sogar einige Schweine in Pferchen. Ich muss mir wirklich mal 'ne Einladung zu einem Grillabend hier sichern. Zumindest rät mir das mein Bauch.

Ein stetiger Strom von Männern, die mit Waren beladen sind, strebt den Hügel hinunter, um in der Stadt zu handeln. Sie bewegen sich in der Hitze bewusst langsam. Was auch immer sie verticken, es dürfte eine Mischung aus geklauten und sauberen Waren sein, vermute ich. So läuft es hier oben auf dem Hügel einfach.

Ich erreiche den Doppeldeckerbus.

»Tom, können wir los?«, rufe ich.

Ich klopfe an die Falttür, sodass sie laut klappert, aber niemand antwortet. Dann spähe ich durch die Fenster, um zu sehen, ob sich unten irgendwer aufhält. Gnah. Ist leer. Also muss ich rein. Ich rufe noch mal, als ich die Stufen nach oben gehe.

Er ist nicht da.

Ist noch früh. Er könnte sich irgendwo auf dem Hügel herumtreiben. Vielleicht ist er kacken oder irgendwas. Ich werde ein paar Minuten warten, also setze ich mich auf die vordere Bank und beobachte die Leute bei ihrem Treiben. Ein bärtiger Kesselflicker beschlägt ein Maultier. Jungs lassen ihre selbst gebastelten Drachen hoch in die Luft steigen, als hätten sie keine einzige Sorge auf der Welt. Gut für sie. Ich habe selten die Zeit, einfach bloß rumzuhängen oder einfach mal Spaß zu haben. Meine Tage sind rappelvoll.

Komm schon, Tom. Wir sollten los.

Ich warte eine halbe Stunde, während der ich auf meinem Handy spiele, bevor ich beschließe, nach ihm zu suchen. Er kann ja nicht weit sein. Er soll den Hügel nicht ohne mich oder ein Mitglied des Clans verlassen, das auf ihn aufpasst.

»Dann mal los, bevor der Kontrolleur uns erwischt, Mädel«, sage ich zu River.

In der Nähe steht ein großes Zirkuszelt, das prachtvollste auf dem ganzen Hügel. Da ist Robs Zuhause. Ich rolle die

Zeltwand zur Seite und tauche hinein, gehe durch einen schmalen Gang zwischen Sitztribünen auf beiden Seiten. Hier drin riecht es wie in einer Taverne. Es gibt Stapel mit Kartons von Fernsehern und Bildern von Spielkonsolen. Klar erkenntlich geklaut. Und mir fällt auch ein Stapel mit Handys ins Auge.

»Wohl dir, Than von Camelot«, sage ich. »Dieser Krieg muss dich erschöpfen.«

»Schwer ruht das Haupt, das eine Krone drückt, denn sie besteht aus Klingen und Dornen«, antwortet er.

Rooster Rob hockt in einer altmodischen Badewanne aus Metall im hintersten Bereich des Zelts. Die Wanne ist nicht an irgendwelche Rohre angeschlossen oder so. Er hebt eine kleine Schüssel mit Eis und füllt damit sein Bad auf. Ein paar Schlägertypen hängen im Zelt ab, bereits in verschiedenen Aggregatszuständen von Trunkenheit.

»Ein Mann findet einfach keinen Frieden, wenn du in der Gegend bist, Ropa Moyo«, beschwert sich der Rooster.

»Von Frieden kriegen wir noch genug, wenn wir die Radieschen von unten betrachten.«

»Aller Wahrscheinlichkeit nach wird es dich zuerst erwischen, wenn ich mir dein Leben so anschaue.«

Jetzt geht das schon wieder los.

»Wo ist Tom?«, frage ich, um das Thema zu wechseln.

»Sehe ich wie eine Gouvernante aus?«

»Himmel, Rob, jetzt lass mal locker. Du kriegst dein Geld, und soweit ich weiß, zahlt Tom ziemlich gut für seine Luxus-Camping-Erfahrung.«

»Ihr beide«, befiehlt Rob seinen Schlägern, »findet Tom, damit ich endlich meine Ruhe bekomme. Niemand betritt oder verlässt diesen Hügel, ohne dass ich davon weiß.«

Er sinkt ganz in die Wanne ein. Der Stress des Krieges

muss an ihm nagen, er scheint mir noch schlecht gelaunter zu sein als sonst. Hier im Zelt kann man sich gut vorstellen, dass draußen eine Armee lagert und ständig Gehilfen mit Befehlen und Schlachtplänen kommen und gehen. In Edinburgh zu überleben, ist ein Kampf, das ist mal sicher.

Ich warte auf einer der Tribünen. Nach einer guten Weile tauchen die Schläger wieder auf, nur um zu berichten, dass sie Tom nicht finden können.

»Er is' nich' aufm Hügel, Rob«, sagt einer von ihnen.

Der Rooster stößt ein langes Seufzen aus.

»Ihr hattet *einen* Job«, sage ich, bevor ich mir genervt den Nasenrücken massiere.

»Sagt allen, dass die Jungs seinen Arsch in einem Stück aufspüren und wieder herbringen sollen«, weist Rob seine Lakaien an. Dann sagt er zu mir: »Ich werde anklingeln, wenn ich was höre.«

Super, jetzt haben diese Kerle die verdammte goldene Gans verloren. Natürlich haben sie auch in einem Krieg gehangen, aber das ist verdammt noch mal keine Entschuldigung. Trotzdem, ich habe keine Wahl, ich muss in Bewegung bleiben – allerdings nicht, bevor ich mir nicht eines der Handys von dem Stapel mit Diebesgut geschnappt habe. Das ist der Ausgleich für die Anzahlung, die der Rooster mir abgenommen hat.

XXXIII

Am Abend koche ich vor Wut, weil der Clan Tom immer noch nicht gefunden hat. Sie haben ihre Augen und Ohren überall in der Stadt, aber da sie sich in den letzten Zügen eines Krieges befinden, sind es nicht so viele wie sonst. Ich bin selbst auf der Suche quer durch die Stadt gefahren und habe als Beweis für meine Mühe nur einen großen Sack voll Nichts. Damit ist ein gesamter Tag den Bach runter. Und jetzt müssen Jomo und ich mal in die Pötte kommen, während all das noch meinen Kopf blockiert.

Wir sitzen auf einem Dreirad, das Jomo besorgt hat, und parken am hintersten Ende des Cowgates, kurz bevor es in Holyrood übergeht. Zumindest sind wir noch in der Innenstadt, weil ich heute so viel rumgekommen bin, dass ich am Arsch wäre, wenn unser Ziel noch weiter entfernt läge.

Der arme Jomo zittert trotz der Hitze wie Espenlaub. Ich kann sehen, wie nervös er ist, und wünsche mir, es wäre nicht so weit gekommen ... aber im Mo sehe ich einfach nicht viele andere Möglichkeiten.

»Reiß dich zusammen, du kriegst das hin«, sage ich.

»Vielleicht hatte Priya recht. Ich habe bisher noch nicht mal in einer Prüfung gemogelt, und jetzt spiele ich mit dir Burke und Hare. Ich bin quasi ein Grabräuber«, stöhnt er.

Jomo hat mir seinen Plan vorhin erklärt, am Handy. Kann nicht sagen, dass ich begeistert bin, aber uns bleibt keine

Wahl. Grundsätzlich ist das Buch, das Sir Callander haben wollte, die »Essenz« von Bo Bumblebeam. Ein Buch all seiner Erinnerungen, Gedanken und so Zeug. Auf diese Weise können wir rausfinden, wer in ihn und die Teenager gefahren ist – und wer jetzt in Rorys Körper steckt. Den Namen aufdecken, den Geist austreiben, die Teenager heilen, und schon haben wir's. Problem gelöst.

Aber um das Buch zu erschaffen, brauchen wir Bos Leiche. Ein bisschen eklig, aber ich weiß einfach nicht, wie wir die Jungen sonst retten sollen.

»Hey, dieser Leichenraub war deine Idee. Ist für einen guten Zweck, und dein Papierkram wirkt echt, richtig?«

»Habe ich aus dem Büro meines Dads gestohlen. Er wird mich umbringen, wenn er das herausfindet.«

»Das wird schon, vertrau mir.«

Mein Buddy schluckt schwer, und ich steige endlich aus der Fahrerkabine des Dreirads aus. Auf der Seite steht »West Port Allerlei und Lieferungen«. Wir schließen das Ding an, weil, ihr wisst schon, Edinburgh. Und dann halten wir auf ein Bürogebäude aus grauen Ziegeln zu. Es ist nur zwei Stockwerke hoch und liegt ein Stück nach hinten versetzt, mit einem Parkplatz davor; nichtssagender Nachkriegsbau, der sich keinerlei Mühe gibt, sich in die traditionelle Architektur der Old Town einzufügen. Es gibt auch ein riesiges Tor mit Laderampe, aber die Eingangstür besteht aus Glas.

Eine kleine, heruntergekommene Plakette an der Wand verkündet »Städtisches Leichenhaus, 297 Cowgate«. Jomo klingelt, und als er verkündet, dass er von der Bibliothek kommt, wird aufgeschlossen.

Sobald sich die Tür öffnet, schlägt mir der grauenerregende Geruch von Verwesung entgegen, vermischt mit Bleiche. Am liebsten würde ich mich übergeben, doch stattdessen verziehe ich das Gesicht, presse mir den Jackenärmel vor die Nase und mache weiter. Ratten verschwinden in versteckten Nischen hinter den Fußbodensockeln. Die fluoreszierenden Lampen flackern, und ich sehe Schatten – eine Handvoll verweilender Seelen, die sich hier rumtreiben. Im Sommer fühlen sich Tots von solchen mit dem Tod verknüpften Orten angezogen, weil es ihnen dort etwas leichter fällt, die Verbindung zu dieser Welt aufrechtzuerhalten. Aber sie können im Sommer, wenn der Sog des AllDort am stärksten ist, nicht weit reisen.

»Während der Hitzewelle heute Nachmittag ist der Strom ausgefallen, und das gilt übrigens für die meisten Tage«, sagt eine schleppende Stimme irgendwo im Raum. »Die Hälfte meiner Kühlschränke ist kaputt, und der Stadtrat will nichts davon wissen, und dann sind da all diese Leichen, die sie ständig herbringen. Halsabschneider vom Fleshmarket legen ihre Leichen an manchen Wochenenden direkt auf dem Parkplatz ab. In diesem Stall gibt es kein Bett mehr, selbst wenn Baby Jesus, Maria und Josef auf der Suche nach einem Nachtlager vorbeikämen. Die Toten liegen sogar in den Fluren. Du bist der junge Bibliothekar. Ich erinnere mich noch vom letzten Mal an dich.«

»Freut mich auch, dich zu sehen, Mansoor«, sagt Jomo.

»Wer ist sie? Wo ist Sneddon? Was geht hier vor sich?« Mansoor taucht aus dem Inneren auf, fahl, kahlköpfig. Sieht selbst wie eine Leiche aus. »Seit dreißig Jahren mache ich diesen Job und bin noch keinmal einer Bibliothekarin begegnet.«

»Gratulation, Sie haben den Yeti gesichtet«, antworte ich.

Mansoor zieht eine Kippe hinter dem Ohr heraus und zündet sie an, trotz der alten »Rauchen verboten«-Schilder an den Wänden.

Misstrauisch mustert er uns aus blutunterlaufenen Augen, dann sagt er: »Papiere.«

Jomo reicht ihm ein ausgefülltes Formular, zusammen mit ein paar frischen Banknoten, die Mansoor sofort einsteckt. Der alte Mann nickt brummelnd.

»Sag ihnen, dass es nicht einfach ist, eine so unverwechselbare Leiche zu ersetzen wie die, die ihr gerade haben wollt. Diese Peanuts reichen nicht mehr, nicht, wenn ich die ganze Nacht herumhängen und irgendeinen Dad verstümmeln muss, um dem Pathologen am Morgen was liefern zu können. Und zusätzlich zahlt ihr mir einfach nicht genug für all die Ohren, die ich euch ständig schicke. Was macht ihr überhaupt damit? Weißt du was? Spar dir die Antwort. Ich will es gar nicht wissen. Unsere Abmachung muss angepasst werden. Ist nur fair. Und jetzt raus. Ich werde das Tor für euch öffnen.«

Während wir auf Mansoor warten, erklärt mir Jomo, dass die Bibliothekare Teilzeit-Leichendiebe sind und dass das schon seit Jahrhunderten so läuft. Früher, im neunzehnten Jahrhundert, haben fleißige Kerle Leichen aus den Friedhöfen von Edinburgh gestohlen, um sie an die Seziersäle an medizinische Fakultäten zu verkaufen. Makabrer Job, aber solange sie heimlich vorgegangen sind, hat das Gesetz weggesehen. Man kann die Auswirkungen noch heute auf Edinburghs alten Friedhöfen erkennen, wo manche der Gräber von Eisengittern umgeben sind, um die Leichenräuber abzuschrecken. Wie jeder weiß, haben Burke und Hare diese Profession zu weit getrieben. Die beiden hatten sich gedacht, hey, warum warten, bis Leute von allein sterben, wenn man sie auch selbst erledigen kann und damit garantiert frische Leichen anbietet ... ich frage mich, wie die Bibliothek heutzutage zu so was steht.

»Kommt schon, ihr beide. Ich habe nicht die ganze Nacht Zeit«, sagt Mansoor, die Kippe im Mundwinkel. Er schiebt eine Bahre mit einem Leichensack darauf. »Ist das der Richtige?«

Er öffnet den Reißverschluss, und tatsächlich, da ist Bumblebeam, komplett mit seinen Stigmata. Jomos Methode sollte besser funktionieren, weil ich es nicht riskieren werde, die Seele dieses Toten im AllDort zu suchen. Das – und die Tatsache, dass ein weiterer Geist in diese ganze Sache verwickelt ist – bedeutet, dass ich nicht wüsste, welche Art von Empfang mich erwartet, wenn ich rübergehen sollte. Normalerweise schlurfen Geister nur ziellos herum. Aber ich habe nicht vor, einfach loszustürmen und mich dann zwischen zwei Feinden auf ihrem eigenen Revier wiederzufinden.

Jomo nickt stirnrunzelnd, dann schiebt er die Bahre auf die Rampe.

»Schnell jetzt. Ich möchte nicht, dass noch mehr Fliegen reinkommen«, sagt Mansoor.

»Hast du den Körper schon für uns vorbereitet?«, fragt Jomo.

»Ich bin seit vor deiner Geburt im Geschäft. Eingeweide raus, abgesehen von Herz und Hirn, so wie immer.«

»Danke«, antwortet Jomo.

»Dank dir selbst und komm in die Gänge. Meine Freunde warten drinnen auf mich. Heute ist Pokerabend.« Mansoor spielt sogar innerhalb der Gilde der Bestatter in einer eigenen Liga. Ich hoffe nur, dass er nicht auch mit den Toten Poker spielt.

Ich schnappe mir die Beine, während Jomo den Oberkörper nimmt, dann heben wir ihn auf drei an. Ich werde mir noch den Rücken verreißen. Geister sind mir auf jeden Fall lieber. Ich glaube jedenfalls nicht, dass irgendetwas im

Leben einen auf die Erfahrung vorbereiten kann, einen steifen Körper in einer heißen Sommernacht in Edinburgh irgendwie in einen dreirädrigen Leichenwagen zu verfrachten. Natürlich hat die Leichenstarre schon eingesetzt. Mansoor beobachtet uns amüsiert, während wir bei dem Versuch, Bumblebeam in den Laderaum zu überführen, ungeschickt herumstolpern.

»Wisst ihr, ihr hättet ihn einfach direkt von der Bahre rüberschieben können«, meint Mansoor und senkt die Bahre ab, um uns zu nerven.

»Vielen Dank auch«, antworte ich.

Er lacht herzlich, aber dann verfällt er in einen Hustenanfall. Ich schwöre, auf diese Art zwischen Toten zu arbeiten sorgt einfach dafür, dass ein paar Tassen aus dem Schrank verschwinden. Sobald seine Lunge wieder arbeitet, nimmt er einen tiefen Zug von seiner Kippe und fordert uns mit einer Geste auf zu verschwinden. Das Rolltor klappert laut, als es sich senkt.

Für mich ist kein Platz mehr im Trike. Aber ich habe kein Problem damit zu gehen, während Jomo strampelt. Bin heute schon genug geradelt. Meine Knie haben einfach keine Lust mehr. Trotzdem, auch im Gehen halte ich Ausschau nach Tom – nur für alle Fälle.

XXXIV

Der Eingang für Bibliothekare – nicht der für die Gesellschaft auf dem Calton Hill – liegt in David Humes Mausoleum auf dem Old Calton Burial Ground. Damals im achtzehnten Jahrhundert hat ein jüdischer Zahnarzt namens Herman Lyon angestrengt nach unterirdischem Grundbesitz für sich und seine Ehefrau Ausschau gehalten, da sie nicht auf den christlichen Friedhöfen bestattet werden durften. Die Stadt hat sie in diese Richtung gewiesen. Es wurde dann die Top-Begräbnisstätte für jegliche Nichtgläubigen. Es ist ein großartiger Ort, mit einem Superausblick über North Bridge auf der anderen Seite des neuen Lochs bis zum Edinburgh Castle.

Hier treiben sich ein paar Ghule herum und beobachten uns, wie sie es immer tun. Das eine, was den Toten in Massen zur Verfügung steht, ist Zeit. Sie haben jede Menge davon, darum beneide ich sie. Jomo schließt das Mausoleum auf. Die Torflügel quietschen beim Aufschwingen. Er sinkt auf die Knie und presst die Hand auf einen bestimmten Stein, um den unterirdischen Eingang zu öffnen.

»Bin gleich zurück, muss die Rampe für das Dreirad anlegen«, sagt er, bevor er in die Dunkelheit hinabsteigt.

Ich warte unter dem Viertelmond, der am Himmel hängt. Dauert nicht lang, bis mein Buddy zurückkehrt und ich das Trike die Rampe runter in einen langen, abfallenden

Korridor schiebe, dessen Wände mit uralten Symbolen verziert sind. Fackeln erleuchten unseren Weg, als wir tiefer steigen. Irgendwann stellen wir unser Dreirad in einem Nebenraum ab und tragen die Leiche selbst.

So spät in der Nacht hallt jedes Geräusch in den Gängen wider, und mein Herz trommelt wie eine Bongo.

»Ich gehe zuerst«, flüstere ich, als wir die Treppe erreichen, die in die Bibliothek führt. Denn meiner Einschätzung nach muss derjenige, der unten geht, den Hauptteil des Gewichtes tragen.

»Sicher. Aber nur, wenn du auch weißt, wo es hingeht«, antwortet Jomo.

Guter Punkt.

Und so ende ich unten, mit Bumblebeams Beinen über meiner rechten Schulter. Ich muss mich vorlehnen und meine gesamte Kraft aufwenden. Meine Arme zittern, und mein Rücken bringt mich fast um, aber wir kommen voran, wobei wir uns sehr bemühen, leise zu sein. Einfacher gesagt als getan … auf diesen harten Steinfußböden.

»Stopp«, sagt Jomo, als wir uns dem Ende der Treppe nähern.

Das Geräusch von Schritten über uns ist fast unerträglich mit dem Gewicht, das auf mir lastet. Sobald sie verklungen sind, gibt Jomo Entwarnung, und wir treten auf die mittlere Galerie der Bibliothek. Auf einer tiefer liegenden Galerie sitzt eine Leserin, vollkommen in ihre Lektüre versunken. Glücklicherweise schaut sie nicht auf, sonst wären wir aufgeflogen. Wir halten uns so gut wie möglich in den Schatten, aber es ist verdammt schwer, unauffällig zu wirken, wenn man eine Leiche herumschleppt.

Jomo huscht in einen Korridor, und wir verstecken uns hinter einem der Bücherregale, die direkt aus dem Stein des

Hügels geschlagen sind. Ich lehne die Leiche gegen das Regal, um mir mal eine Pause zu gönnen, als erneut Schritte vorbeiwandern.

Dann ziehen wir wieder los, kämpfen uns voran, bis wir einen Torbogen mit arabisch wirkender Schrift darüber erreichen, verschlossen von einer großen Doppeltür mit Messingbeschlägen. Jomo schiebt sie auf, und wir betreten einen riesigen, hell erleuchteten Raum. Vielarmige Kerzenleuchter hängen an glänzenden, goldenen Ketten von der Decke.

Mit dem Fuß schiebe ich die Tür hinter uns zu.

Der Raum ist lang und rechteckig, wie das Hauptschiff einer gotischen Kathedrale, doppelt so groß wie St. Giles. Aber hier herrscht nicht die stille Kühle einer Kirche und auch nicht die würdevolle Ruhe, die die Bibliothek erfüllt. Ich spüre rumpelnde Vibrationen. Nicht wirklich ein Geräusch, sondern etwas, was eher an Wellen erinnert, die übereinanderschlagen wie ein aufgewühltes Meer. Dieser Raum vermittelt das Gefühl, als befände man sich tief unter Wasser und bekäme die Taucherkrankheit, wenn man ihn verlässt.

»Beweg dich, Mann«, sagt Jomo, weil ich bummele. »Ist okay, niemand ist hier. Man muss sich einen Slot reservieren, um in diesen Lesesaal eingelassen zu werden, und ich habe mir vorhin die Liste angesehen.«

»Du hättest mich fast hierhergebracht, als du mich das erste Mal in die Bibliothek geschmuggelt hast, aber dein Vater hat das verhindert, erinnerst du dich?«

»Ropa, du hast noch nicht mal die Hälfte der Bibliothek gesehen. Und du dürftest hier sowieso nicht rein. Du bist nur ein außerordentliches Mitglied, ohne volle Mitgliedschaft.«

»Das ging unter die Gürtellinie.«

»Nichts für ungut – alle Schüler sind außerordentliche Mitglieder der Bibliothek. Nur registrierte Praktizierende erhalten eine volle Mitgliedschaft. Das hier ist die echte Bibliothek der Toten.«

»???«

»Ich weiß, ich weiß, alle nennen diesen ganzen Ort die Bibliothek der Toten. Aber in Wahrheit sind es zwei unterschiedliche Bibliotheken. Dort draußen ist, das ist die Calton Hill Bibliothek, wo wir die Texte aufbewahren. Dieser Ort hier ist die tatsächliche Bibliothek der Toten, in der wir unsere Bücher aufbewahren. Du kannst Texte ausleihen – wie du es immer tust –, aber unsere Bücher können niemals ausgeliehen werden. Spielt keine Rolle, wer du bist. Du liest sie hier und nur hier.«

Dieser Raum … Wow.

Der Boden besteht aus aufwendigen, geometrischen Mustern, die sich endlos ausbreiten und an marokkanische Fliesen erinnern … nur dass die polierten Linien hier aus dem Stein herausgemeißelt sind. Und in den Fugen zwischen den Mustern glänzt ein Strom aus unglaublichem, metallischem Füllmaterial, das dafür sorgt, dass der Boden eben ist. Ich muss an diese Kintsugi-Sache in Japan denken, bei der zerstörtes Porzellan mit kostbarem Metall repariert wird – nur dass wir hier von dem gesamten Boden reden. Das Silber steht in scharfem Kontrast zum schwarzen Stein des Hügels. Es leuchtet im Kerzenlicht und vermittelt so die Illusion von fließenden Quecksilber-Flüssen. Die Kanäle sind wie Venen und Arterien, von denen Kapillargefäße abgehen. Lässt mir den Atem stocken.

Natürlich gibt es keine Fenster, aber wo die Hauptbibliothek sich mit grob behauenen Wänden zufriedengibt, haben hier Künstler klassische Reliefs aus dem Stein gemeißelt, die bis zur Perfektion poliert sind. Es fällt mir wirklich schwer, die Leiche festzuhalten und mich gleichzeitig angemessen umzusehen.

»Ziemlich cool, hm?«, meint Jomo.

»Ist schon okay«, antworte ich.

Die Figuren an den Wänden sind so lebensecht, dass es wirkt, als bewegten sich ihre Roben im Wind. Vielleicht ist das nur eine optische Täuschung, aber verdammt. Neben uns sind die kleinen Kanäle voller Wasser. Die Oberfläche der Flüssigkeit kräuselt sich im Takt der Vibrationen in der Luft. Vielleicht fühlt es sich so an, in einem menschlichen Herz zu stehen – auf jeden Fall vermittelt dieser Raum ein Gefühl von Lebendigkeit.

Jomo führt uns durch einen Tunnel mit glatten Wänden, der langsam abfällt, bis wir einen kleinen Raum erreichen, der an eine Totenkammer erinnert. Doch ich empfinde eine tiefe Sehnsucht, als ziehe mich etwas in den großen Saal zurück.

Ich möchte diese Vibrationen spüren.

Das Leben fühlen.

Wir legen Bumblebeams Leiche auf einen Tisch aus rostfreiem Stahl.

»Ich muss wieder nach oben gehen, um mir die Bibliothek anzuschauen, Jomo.«

»Du spürst die Anziehungskraft, oder? Es gibt gute Gründe, warum man nur eine bestimmte Zeitspanne buchen kann – manchmal muss ein Bibliothekar dich rausführen. Es heißt, in der Vergangenheit wären manche Magier hier verhungert, weil sie unfähig waren, den Blick von den Büchern loszureißen. Bibliothekare werden ausgebildet, um dem Sog zu widerstehen. Also pass auf dich auf, Ropa. Und außerdem brauche ich *hier* deine Hilfe.«

Jomo öffnet den Leichensack ganz. Der Gestank ist unfassbar. Würgend rennt er zum Mülleimer und kotzt sich die Seele aus dem Leib, wobei er zwischen den Anfällen ständig »Tschuldigung, 'tschuldigung« murmelt. Ich tätschele ihm den Rücken, bis er fertig ist. Dann richtet er sich auf, die Augen glasig wie bei einem Zombie, und schnappt sich eine Flasche Wasser. Er spült sich den Mund aus und spuckt den Rest in eine Tonne am hinteren Ende.

»Mein Dad … Dr. Maige glaubt, ich wäre nicht für das hier gemacht«, sagt er.

»Spielt keine Rolle, was er denkt.«

»Aber, hey, er meinte, wenn ich mich nicht als Bibliothekar qualifizieren kann, bräuchte die Bibliothek immer Reinigungspersonal. Ich vermute, das ist wenigstens etwas.«

»Vergiss ihn, Mann. Du selbst kennst dich selbst besser als jeder andere. Nur das zählt.« Ich pieke ihn in die Brust und lasse meinen Finger dort liegen. »Unter dem hocherhobenen Schwert bringt dich die Hölle zum Erzittern. Aber geh voran, und du erreichst das Land der Glückseligkeit.«

»Was soll das bedeuten?«

»Ist nur etwas, das mir mal ein alter Japaner gesagt hat.«

»Was auch immer. Ich werde dieses Buch anfertigen.«

Wir werfen uns in Schürzen, Handschuhe und Schutzbrillen, die da in dem Raum bereit liegen. Sofort sehen wir wie richtige Profis aus. Jomo bittet mich, ihm dabei zu helfen, Bumblebeams Körper auf die linke Seite zu rollen. Dann tritt er hinter ihn und faltet den Leichensack zusammen. Danach rollen wir unsern Kerl nach rechts, und ich ziehe den Leichensack heraus. Ich sehe Löcher auf Bos Rücken, Austrittswunden des Angriffs.

»Du hast schon von der Sculptor's Cave gehört, oder?«, fragt Jomo.

Ich schüttele ahnungslos den Kopf.

»Vor Hunderten von Jahren haben sie hier in Schottland in Höhlen Leute geopfert. Mächtige Rituale. Sie haben sogar Kinder geopfert und die Körper dann vertrocknen lassen – dort, wo Tiere nicht an sie herankamen. Ich weiß, dass du mit Geistern redest und alles, aber nachdem sie auf die andere Seite gewechselt sind, ist es eine ziemliche Aufgabe, die Seelen zu finden. Deswegen braucht man den Körper – weil er Wissen enthält, das einfach verrottet, wenn man nicht etwas unternimmt, um es zu bewahren. Geister können dich in die Irre führen, aber der Körper lügt niemals. Er ist die Quelle der ultimativen Wahrheit. Und hier in der Bibliothek der Toten schaffen wir aus der Körpersprache Bücher.«

Der Vortrag scheint Jomo von der grauenhaften Arbeit abzulenken. Er spricht über Anthropomantie und Slinneanachd, das sind diese uralten Praktiken, aus denen sich die Künste der Bibliothek der Toten entwickelt haben. Er strahlt jetzt Elan und Enthusiasmus aus, wirkt wie eine Mischung zwischen Künstler und irrem Wissenschaftler. Neben ihm auf einem Tablett liegt eine Ansammlung von Instrumenten, die nicht allzu erbaulich aussehen. Wie altes Chirurgiebesteck … Knochensägen und Skalpelle.

»Bei dir alles okay?«, frage ich, als er sich mit dem Ärmel die Stirn abwischt.

»Ich habe Dr. Maige ein paarmal dabei beobachtet, und ich erinnere mich an jeden Schritt des Prozesses. Er glaubt nicht, dass ich so was hinkriegen kann. Er denkt, ich wäre nicht für die Arbeit als Bibliothekar geschaffen. Ich werde es ihm zeigen.«

Jomo fängt an, den Schädel zu öffnen, und jetzt fühle ich mich, als müsste ich jeden Augenblick meinen Tee wieder hergeben.

XXXV

Vollkommen vernichtet ist noch eine zu milde Beschreibung für meinen Zustand, als ich bei Sonnenaufgang mit River aus der Bibliothek auftauche. Ich habe Jomo immer noch an der Arbeit zurückgelassen, weil »ein Buch anfertigen« kein leichtes Unterfangen ist. Scheint irgendwie, als wolle mein Kumpel hauptsächlich seinem Dad etwas beweisen, aber das kann ich ihm nicht übel nehmen. Es ist ein toxischer Antrieb, aber der Gedanke schenkt ihm Motivation. Und wir müssen diesen Job irgendwie erledigen. Wenn das vorbei ist, werde ich mein gewonnenes Vermögen durch drei teilen. Vielleicht kann Jomo sich so auch seine Freiheit erkaufen. Aber zuerst muss ich Tom finden.

Ein neuer, schöner Tag und so. Ich denke, ich sollte mich mal bei meinen Leuten blicken lassen und vielleicht eine Mütze Schlaf ergattern, bevor ich wieder in die Stadt fahre. Jomo meinte, das Buch müsste heute Abend fertig sein.

»Ein bisschen Kleingeld, bitte?«, fragt ein Bettler am Fuß des Hügels.

Ich halte an, grabe in meinem Rucksack herum und gebe ihm zwei Pflaumen und einen Holzapfel. Mehr habe ich nicht.

»Gott segne dich«, sagt er, als ich davonfahre.

Vielleicht ist das etwas, was ich mit meiner Kohle machen werde: Leuten geben, die nicht mal eine Plastiktüte besitzen.

Ich, Gran und Izwi brauchen nicht viel. Nur ein bisschen Startkapital. Ein Haus mit fließendem Wasser, Medikamente für Gran, eine Schule für Izwi, Steaks für River und vielleicht ein neues Paar Stiefel für mich.

Als ich mit River neben mir die Princes Street entlangradelte, hupt hinter mir ein Auto. Ich halte mich schon ganz am Rand, also fahre ich weiter. Wieder hupt es. Ich will gerade den Stinkefinger heben, als ich mich umdrehe und Callander in seinem Bentley erkenne. Ich schwöre, diese Stadt ist einfach zu klein.

»Wir müssen wirklich aufhören, uns so zu treffen«, sage ich.

»Steck dein Rad in den Kofferraum. Es gab einen Vorfall in den Archiven«, sagt er.

Er lenkt den Bentley neben mich, und ich steige ab. Die Elektroautos hinter uns hupen wie wild, weil er mitten auf der Straße steht und niemand vorbeikommt, aber Callander lässt sich nicht hetzen.

Sobald das Fahrrad verstaut ist, springe ich auf den Ledersitz neben ihm und hebe River auf meinen Schoß. Wir fahren langsam an. Der Motor knurrt wie ein Monster. Sobald ich Kohle habe, besorge ich mir auf jeden Fall einen Führerschein … sobald ich sechzehn bin. Mit all diesem Geld kann ich mir ein Elektroauto kaufen. Nur wichtige Leute wie Sir Callander bekommen Benzin für ihre Autos. Alle anderen müssen sich mit Pferden, Fahrrädern oder Schusters Rappen zufriedengeben.

»Ein Magier hat die Archive angegriffen. Und wie du dir vorstellen kannst, verlangt die Bank Antworten von der Gesellschaft.«

»Rory MacCulloch?«

»Das Verhältnis mit der RBS ist ohnehin schon angespannt

genug, ohne dass ein abtrünniger Praktizierender eine ihrer Einrichtungen niederbrennt. Und du verstehst sicher, dass solche Vorfälle auch Uneinigkeit mit der Bibliothek schüren. So etwas hätte nie passieren dürfen.«

Callander klingt mächtig irritiert, und seine Augen brennen vor Wut, als er den Wagen über die West Approach Road lenkt. Das Dach ist geöffnet, und mir weht der Wind ins Gesicht. Blauer Himmel, wohin man blickt. Und Sonnenschein. In der Hitze mache ich mir Sorgen, dass das Eis, auf dem ich mich bewege, mit jeder Sekunde dünner wird. Die ganze Sache geht in die Binsen. Eilidh wird auspacken, und dann bin ich aufgeflogen. Ich habe Callander von allem erzählt – außer von Tom. Was, wenn er vermisst wird, weil Rory irgendwie oben in Camelot an ihn herangekommen ist? Diese Möglichkeit muss ich in Betracht ziehen. Also entführt Marionetten-Rory Tom, quetscht Informationen über das Vermögen aus ihm heraus und jagt jetzt die Beweise in den Archiven. Das muss es sein, oder?

Aber was sollte dieser Geist mit all diesem Zaster wollen? Außer …

Verdammt.

Priya hat gesagt, sie bräuchte den Namen des Geistes, um die Jungs von der Edinburgh-Schule zu heilen. Ich ziehe mein Handy raus und schreibe ihr: »Versuch es mit William Paterson!«

Jetzt ergibt alles Sinn. Die Mönche des nebligen Ordens, Bo, Max Wu – einfach alles. Ein paar Schulkinder spielen mit okkultem Scheiß herum, den sie nicht verstehen, und jetzt benutzt Paterson sie, um sein Vermögen zurückzuholen. Wieso habe ich das bisher nicht erkannt? Ich schlage mich schon seit meiner Kindheit mit Geistern herum. Eines ist sicher: Der wichtigste Grund, warum sie im AllDort verweilen und sich weigern weiterzuziehen, sind unerledigte Angelegenheiten. Meistens ist es irgendwas, womit ihnen Unrecht getan wurde. Passt. Nach langer Zeit will Paterson sein Geld zurück.

»Gibt es etwas, was du mir sagen willst?«, fragt Callander.

»O nein, alles gut«, sage ich.

Das hast du wirklich in den Sand gesetzt wie ein Riesendödel, Ropa.

Natürlich ist der Mann, der sich selbst Thomas Mounsey nennt, wahrscheinlich überhaupt kein Nachkomme von Paterson. Er ist ein Hochstapler. Die Paterson-Familie wurde schon vor langer Zeit abgewimmelt und hat sich seitdem nicht um das Geld bemüht, weil sie nichts beweisen konnten. Ich habe nur einen fremdländischen Akzent gehört und bin drauf reingefallen wie ein Volltrottel. Ich war zu sehr damit beschäftigt, die Kohle zu jagen … als hieße ich mit zweitem Vornamen Diana. Das ist nicht gut. Ich höre quasi, wie das Eis unter meinen Füßen bricht.

Ich bin so eine Idiotenkuh.

Ich muss das in Ordnung bringen.

Okay, also versucht dieser Thomas-Mounsey-Typ, den Schwindel des Jahrhunderts durchzuziehen, und schafft es dabei, den Geist von William Paterson gegen sich aufzubringen, der mit Grimm zurückkehrt, um große Rachetaten zu vollstrecken. Und jetzt haben wir einen toten Bo Bumblebeam, einen Angriff auf die Archive, und das Leben von Max Wu und Doug Duffie hängt am seidenen Faden. Und mich wird der Rückstoß treffen, wenn dieser riesige Clusterfuck in sich zusammenstürzt.

Geht klar, schreibt Priya zurück.

Ich muss mich einfach nur beruhigen und nachdenken,

um einen Weg zu finden, wie ich diese Sache regeln kann, ohne mich selbst zu kompromittieren … Wer A sagt, muss auch Z sagen.

Das elektrische Tor steht bereits offen, als wir bei den Archiven vorfahren. Außerdem stehen da ein paar wirklich fies wirkende, private Security-Typen in Kevlar-Westen mit automatischen Waffen herum. Sie tragen schwarze Tarnkleidung ohne irgendeinen Hinweis darauf, für wen sie arbeiten. Ein Löschzug ist auch da. Aber keine Polizeiwagen. Sieht aus, als wolle die Bank das selbst regeln. Ergibt ja auch Sinn. Wäre Geld gestohlen worden, würden sie das Gesetz wahrscheinlich einschalten, aber sie wollen nicht riskieren, dass jemand, den sie nicht kontrollieren können, in ihrem Allerheiligsten herumschnüffelt. Wenn die Polizei das hier zu einem Tatort erklärt, hätten sie Zugang zu allem. Sie sind der Staat … und der Staat ist die Monarchie.

Diese Stadt, Leute … sie stinkt.

Der Ausdruck auf Eilidh Logans Gesicht, als sie mich sieht, sorgt dafür, dass ich mich umdrehen und die Flucht ergreifen will. Aber das kann ich nicht machen. Sie steht auf dem Parkplatz neben ein paar Bankleuten in schicken Anzügen. Es sind drei Männer mittleren Alters, die sich auf diese geschäftsmäßige Weise ähneln, die fast vermuten lässt, sie wären in derselben Fabrik hergestellt worden. Eine Feuerwehrfrau in Tarnkleidung erklärt ihnen gerade irgendwas.

Da ist er wieder, dieser chemische Gestank, der an verbranntes Plastik erinnert und in der Kehle brennt.

»Bitte entschuldigen Sie uns«, sagt Eilidh zu der Feuerwehrfrau, als wir ankommen.

»Wurde irgendjemand verletzt? Was ist gestohlen worden,

und wie schlimm ist der Schaden?« Sir Callander kommt direkt zum Punkt.

»Das hat Ihr Haufen angerichtet!«, sagt der größte von den Bankfuzzis.

»Ein Angriff auf die Bank durch einen Magier hinterlässt allgemein einen schlechten Geschmack im Mund«, sagt der, der links vom ersten steht. »Die Gesellschaft soll unsere Vermögenswerte eigentlich *schützen.*«

»Die Security dieser Einrichtung wurde uns nie anvertraut«, antwortet Callander. »Sie haben Ihr Vertrauen in uns reduziert. Die Bank drängt uns mit jedem Jahr, das vergeht, weiter an den Rand.«

»Das war die Entscheidung des Königs – und Sie wissen auch, warum. Ihre Position war unhaltbar.«

»Er hat unsere Beteiligung eingefroren. Doch im Edikt steht nichts, was Sie angewiesen hätte, uns aus dem Vorstand zu drängen oder die Kooperation in anderen Bereichen zu minimieren.«

»Also geben Sie zu, dass Sie diesen Angriff geplant haben, um wieder Zugang zu bekommen?«, fragt der Mann links. »Zwei Wachmänner, schwer verletzt. Männer mit Familien, und das nur, damit Sie einen Umsturzversuch …«

»Ich wäre vorsichtig damit, solche Anschuldigungen auszusprechen«, sagt Callander, seine Stimme ist kaum mehr als ein leises Grollen.

Es folgt Stille, und ich bemerke durchaus wahrnehmbares Unbehagen in der Miene des Bankers, der ihn herausgefordert hat. Sir Callander kann ziemlich beängstigend wirken. Er ist kein netter Großvater; er gehört zu der Sorte, die auch mal einen Schlag austeilt, wenn man sie unter Druck setzt.

»Die Gesellschaft bewahrt ebenfalls wichtige Unterlagen hier auf«, streicht Eilidh heraus.

»Das mag stimmen, aber unser CEO verlangt Antworten«, sagt der größte Banker, ohne die Anschuldigungen noch mal zu erwähnen.

In diesem Augenblick saust ein kleines, zweitüriges Elektroauto durch das Tor und parkt neben Callanders Bentley. Dr. Maige springt heraus, wobei er sich schneller bewegt, als ich es je gesehen habe. Die Archivare gehören schließlich zur Bibliothek. Es ergibt Sinn, dass er sich Sorgen um das Wohl seiner Angestellten macht.

»Die Sammlung«, sagt er … Okay. Oder auch nicht. Es sind die Dokumente, die ihn umtreiben.

»Der Großteil ist sicher, aber wir haben einen Stapel Korrespondenz verloren, die bis zur Equivalent Company zurückreicht, die die Urkunde erhalten hatte, die Royal Bank of Scotland zu gründen. Wir wissen im Moment noch nicht, um welche Briefe es sich genau handelt, aber ein ganzes Team ist darauf angesetzt«, sagt Eilidh. »Im vorderen Büro wurde Feuer gelegt, aber dort befindet sich nichts, was wir nicht ersetzen könnten. Und von den Daten gibt es sowieso Back-ups auf unseren Servern.«

»Waren die Dokumente digitalisiert?«, fragt Dr. Maige.

»Es wurden über die Jahre immer wieder Finanzierungsanträge eingereicht, doch keiner ist bewilligt worden.«

»Wir müssen herausfinden, wer das getan hat, und unser gestohlenes Eigentum zurückholen. Die Bank wird alle erforderlichen Mittel autorisieren«, sagt der größte Banker.

Nach dem, was »Tom« mir erzählt hat, besitzt die Equivalent Company eine Sonderstellung in der Geschichte der Bank. Der Diebstahl dieser Dokumente ist quasi ein Angriff auf die Seele der Institution.

»Die Missetäter werden aufgespürt und zur Rechenschaft gezogen werden«, verkündet Callander streng.

Das bringt mir einen Blick von Eilidh ein, weil ich Tom Zugang verschafft habe, aber sie schwärzt mich nicht an. Buddha sei gedankt.

»Entschuldigen Sie, aber wer um Himmels willen ist dieses kleine Mädchen, und wieso trägt sie einen Laborkittel?«, fragt der zweite Mann, als er mich bemerkt.

»Sie ist eine Angestellte unseres Allgemeinen Entdeckungsdirektorats«, antwortet Callander.

»Jetzt habe ich wirklich alles gesehen«, sagt der Mann.

»Vielleicht sollten wir uns darauf konzentrieren, wie wir alle uns jedes verlorene Dokument zurückholen können«, sagt Dr. Maige mit fester Stimme. Etwas anderes interessiert ihn offensichtlich nicht.

»Und im Anschluss sollten wir vielleicht sicherstellen, dass so etwas nicht noch einmal geschehen kann«, fügt Eilidh hinzu.

Das Büro wurde zerstört, aber es gibt immer noch die Aufnahmen der Überwachungskameras. Wir drängen uns vor einem kleinen LCD-Monitor, dann drückt einer der Sicherheitsleute die Play-Taste. Es beginnt damit, dass sich eine Gestalt über den verwahrlosten South Cyle Crescent nähert. Ich erkenne sofort diesen Marionettengang. Unheilvoll und doch zielstrebig. Rory MacCulloch mustert einen Augenblick das Tor. Das Bild ist nicht besonders klar und halb hinter den Gittern des Tors verborgen, doch man kann deutlich erkennen, wie er die Hand hebt … und dann wird das Tor aufgerissen. Der erste Wachmann stürmt nach vorn, um Rory auf dem Parkplatz abzufangen. Er bewegt sich schnell, geht in die Hocke und hebt seine Waffe. Es gibt keinen Ton, aber ich meine zu erkennen, dass er etwas schreit – Befehle, vielleicht eine Warnung.

Doch er zögert. Ergibt Sinn, nachdem er sich einem Teenager gegenübersieht, einem Schüler. Dann wedelt Rory mit dem Arm, und irgendetwas reißt den Wachmann hoch in die Luft und aus dem Blickfeld der Kamera.

Innerhalb des Gebäudes haben die Kamerabilder eine wesentlich bessere Auflösung. Der zweite Wachmann schafft es, per Funk Hilfe anzufordern, bevor auch er ausgeschaltet wird. Rory MacCulloch sieht zu der Kamera auf – sieht uns direkt an – und schenkt uns dieses verzerrte Lächeln.

XXXVI

Wenn plötzlich alles außer Kontrolle gerät, besteht die Versuchung, einfach loszurennen wie ein Hund, der ein Auto jagt. Man beschleunigt, obwohl man eigentlich innehalten, einen Schritt zurücktreten und das Gesamtbild aus einem anderen Winkel betrachten sollte. Nachdem ich die Archive verlassen habe, fahre ich nach Hause. Der Slum ist nur einen Steinwurf entfernt, und ich bin mit den Nerven runter. Der Druck ist unglaublich. Ich habe Kopfweh, und nichts läuft wie erhofft.

Ich muss meine Batterien aufladen, eine neue Strategie entwerfen und die Initiative zurückgewinnen.

»Schön, wieder zuhause zu sein, hm, Mädel?«, sage ich zu River, als sie sich in die Behaglichkeit ihres eigenen Baus unter dem Wohnwagen zurückzieht.

Ich öffne die Tür zum Wohnwagen und werfe meinen Rucksack auf die Arbeitsfläche.

»Ropa!«, schreit Izwi und springt mich an.

»Hey, Sis«, sage ich, als ich sie hochhebe.

Brahma, Vishnu und Shiva, sie ist – wie ich – ziemlich dünn und klein, wiegt aber trotzdem eine Tonne. Muss daran liegen, wie fertig ich bin. Ich trage Izwi quer durch den Raum und setze mich neben Gran, die eifrig häkelt. Die Sache mit meiner Schwester ist die: Wenn sie austickt, dringt heiße Lava aus jeder Pore, und dieses Zeug verbrennt echt alles. Aber wenn die Lava abkühlt, wird unsere Insel ein wenig größer und wir finden neues, fruchtbares Land, auf dem wir unsere Beziehung kultivieren können.

»Du bist Ewigkeiten weg gewesen. Bist du sauer auf mich?«, fragt Izwi.

»Nein, niemals. Dafür liebe ich dich zu sehr, Sis. Ich habe bloß gearbeitet, sonst nichts.«

»Hast mit Geistern geredet?«

»Sozusagen. Ich versuche, einen vermissten Gegenstand für ein paar sehr wichtige Leute zu finden.«

»Gran sagt, wenn man etwas verliert, soll man immer am letzten Ort nachschauen, wo man es hatte. Nicht wahr, Gran?«

Gran gluckst in sich hinein. »Bei mir funktioniert das.«

»Weißt du was? Das werde ich versuchen. Danke, Sis.«

»Izwi, wärm den Haferbrei für deine Schwester auf. Sie klingt vollkommen erschöpft.«

Ich gähne. Bin müder, als ihr euch vorstellen könnt.

Aber das bin ich – das ist mein Leben. Alles, was ich tue, tue ich für diese beiden, und daran würde ich für nichts auf der Welt etwas ändern. An solchen Morgen wie heute, im Auge des Sturms, würde ich am liebsten die Zeit anhalten. Hier, jetzt, dieser Augenblick. Ich, Gran und Izwi. Das ist mein wahres Vermögen, und ich würde es keiner Bank der Welt anvertrauen, weil ich es genau hier aufbewahre, im Tresor meines Herzens.

»Hast du schon über Gary O'Donohues Einladung nachgedacht?« Ich muss mich von der Arbeit ablenken.

»Drängel mich nicht«, sagt Gran. »Bezahlt er dich dafür?«

Ich lache. »Du hast mich erwischt, Gran. Du weißt doch, wie sehr ich auf frische Toffeln und Zwiebeln stehe. Er ist wirklich nett.«

»Ich war schon zweimal verheiratet, Ropa. Das erste Mal lange vor deiner Geburt, also versuch nicht, einem alten Hund neue Tricks beizubringen.«

»Ich werde nie heiraten«, verkündet Izwi, als sie sich uns wieder anschließt und mir eine Schüssel Haferbrei reicht. »Jungs sind eklig.«

»Was ist mit deinem guten Freund Eddie?«, ziehe ich sie auf.

»Iiiiiih«, sagt sie, und wir lachen, Gran lauter als wir beide zusammen und so heftig, dass der Wohnwagen schwankt.

Diese beiden sind die ganze Plackerei so was von wert. Ich habe meinen Haferbrei – köstlich, weil Izwi einen Löffel selbst gemachte Brombeermarmelade eingerührt hat, genau, wie ich es mag. Wir schnacken und lauschen auf die coolen Beats des Shanbehzadeh-Ensembles, das Gran gerade hört. Sie spielen Dudelsäcke, aber nicht die schottische Art; diese hier klingen sogar noch jammernder. Sorgen aus irgendeinem Grund dafür, dass ich an Gänse denken muss.

Gran heult laut auf, zusammen mit den Musikern im Lied. Sie sagt, dass sie das oft bei Feiern gemacht haben, als sie noch ein kleines Mädchen in Zimbabwe war. Ich habe es auch schon versucht, doch irgendwie klingt es aus meinem Mund seltsam. Izwi kann es viel besser als ich ... und sobald sie und Gran die Schlaginstrumente ergänzen, geht die Party ab. Als es mir damit reicht, ziehe ich meine Mbira heraus und fange an, mit den Bandari-Trommlern auf dem Band zu jammen.

Aber nach einer Weile verliert die Party an Schwung. Ich langweile mich und schlurfe zu meiner Bank. Es dauert nicht lange, bis ich leise schnarche.

Ich habe vor einer Weile einen Podcast gehört, in dem dieser Typ behauptet hat, er hätte den wahren Grund hinter allem herausgefunden, was in unserer Welt schiefläuft. Es wäre nicht unsere Schuld und nichts, sondern es wäre eben einfach so. Er hatte diese Theorie, die er die *Theorie des ewigen Drehens* nannte. Also, unsere Erde dreht sich um ihre eigene Achse, in einer unfassbaren Geschwindigkeit, also leben wir unsere Leben wie Kinder, die sich im Kreis drehen, bis ihnen schwindlig wird. Und zur Krönung der ganzen Sache befinden wir uns auch noch in dieser Karussell-Situation, in der die Erde um die Sonne kreist. Einmal pro Jahr geht es rum, und dann beginnt alles von vorn. Dieses ewige Drehen, ständig diese Kreise – das ist es, was alle wahnsinnig macht. Oder zumindest glaubt er das. Unser Leben ist eine Art schreckliche Achterbahnfahrt. Der Kerl, der das alles erklärt hat, Bill Hicks, war ein Comedian, daher weiß ich nicht, ob er es ernst gemeint hat oder nicht. Aber als ich aufwache, bin ich mir sicher, dass er da einen Punkt hatte.

Izwi ist nicht da. Ist wahrscheinlich zum Spielen zu Eddie abgedampft. Gran gönnt sich ein Nickerchen. Schläft aufrecht sitzend, ihr Häkelzeug noch in den Händen. Ich nehme die Fleecedecke, die ich benutzt habe, und decke sie zu. Dann kontrolliere ich mein Handy und entdecke eine Nachricht von Priya, in der sie um einen Anruf bittet.

Ich will Gran nicht stören, also verlasse ich dafür den Wohnwagen.

»Bitte erzähl mir, dass du gute Nachrichten hast«, sage ich, sobald Priya abhebt.

»William Patersons Name hat den Jungs nicht geholfen. Er ist nicht unser Geist. Sorry.«

Was? Das ergibt keinen Sinn. Welche anderen Geister sollten sich denn für das Paterson-Vermögen interessieren?

»Bist du dir denn sicher?«

»So sicher wie das Amen in der Kirche. Sorry, aber er fällt aus.«

Gnah.

»Ich brauche mehr Zeit, um die Sache noch mal anders zu betrachten.«

»Max' Organe versagen, Ropa. Ich glaube nicht, dass wir ihn noch lange stabilisieren können.« Priya klingt ernst, und das ist niemals gut.

»Bin dran«, sage ich und lege auf.

Dann schicke ich Jomo eine Nachricht, um ihm zu verkünden, dass ich unterwegs bin.

Tiefe Trauer erfüllt mich, als ich den Wohnwagen hinter mir lasse. Kann mich nicht mal richtig von Gran und Izwi verabschieden. Bruder Musashi hat irgendwas darüber gesagt, dass man sich von Trennungen nicht betrüben lassen sollte, aber ich kriege das anscheinend nicht hin. Er hielt gar nichts davon, Verbundenheit zu empfinden und sich an Materielles zu binden – was ich ziemlich hardcore finde.

Die meisten seiner Ratschläge sind wahr, aber dieses Zeug kaufe ich ihm einfach nicht ab. Der Kerl war ein richtiger Samurai, ist durch das alte Japan gezogen, um Leute in den Hintern zu treten, und dafür bewundere ich ihn. Bewundere, dass er seinen Worten entsprechend gehandelt hat. Und viel von dem, was er so sagt, kann ich nachvollziehen … aber das nicht. Ich fühle mich meiner Familie verbunden. Ich nehme an, das macht mich zu einer anderen Art von Krieger.

Worin Bruder Musashi eine Schwäche gesehen hat, das ist in Wirklichkeit meine Stärke – sogar der Grund für meine Existenz.

XXXVII

Fahre mit River zurück zur Calton Hill Bibliothek und treffe mich mit Jomo. Plötzlich sind massenweise Leute unterwegs. Magier sitzen über Büchern und sehen dabei schick und mysteriös aus. Ziemlich große Veränderung, schließlich hat es Tage gegeben, an denen ich hier niemanden außer den Bibliothekaren gesehen habe. Jomo führt mich in die gotische Kathedrale der Bibliothek der Toten, und sofort treffen mich wieder diese verführerischen Vibrationen.

Im Leichensaal fällt mir die Kinnlade nach unten, als ich sehe, was auf dem Stahltisch liegt.

»Da ist dein Buch, Ropa«, sagt Jomo und strahlt vor Stolz.

Ich erkenne einen ganz bestimmten Ausdruck in seinen Augen. Fast glückselig, wie ein Marathonläufer nach dem Rennen, wenn er weiß, dass er die Ziellinie tatsächlich überquert hat.

Ich gehe zum Tisch und kann immer noch nicht ganz glauben, was ich sehe.

Da liegt ein Buch … oder etwas Ähnliches. Ähnelt nämlich keinem Buch, das ich bisher gesehen habe. Hat die Größe dieser superriesigen Kirchenfolianten, einen Dreiviertelmeter hoch und fast einen halben Meter breit. Fast dreißig Zentimeter dick. Es strahlt eine finstere Schönheit aus. Abstoßend, aber auch berückend ist dieses seltsame Artefakt aus Knochen und Fleisch, das sanft auf dem Stahltisch pulsiert.

Es lebt.

Der Rücken besteht aus Bumblebeams Wirbeln. Die Knochen ziehen sich über den Einband und bilden eine Art Außenskelett. Von dem Rücken auf das Cover ziehen sich Rippenknochen, gebrochen und neu angeordnet. Und dieses Cover … besteht aus Fleisch, das unglaublich lebendig wirkt, mit Leberflecken, Sommersprossen, Bartschatten, Narben und Adern. Und zusammengehalten wird das Ganze von Haaren, die zu Fäden gezwirbelt wurden.

»Jomo, was hast du getan?«

Das Cover ist Bo Bumblebeams Gesicht. Das Buch pulsiert sanft. Ich hebe die Hand, um es zu berühren.

»Nein, noch nicht«, sagt Jomo und greift mein Handgelenk.

Er gräbt in der Tasche seiner weißen Robe herum, holt ein Paar Seidenhandschuhe heraus und zieht sie an.

»Bücher werden in der Bibliothek gelesen, nicht hier unten.«

»Ich kann den Blick nicht davon abwenden.«

»Ich habe dich schon gewarnt, Mann. Ermahne dich, der Verlockung zu widerstehen. Sei dir ihrer immer bewusst. Die älteren Bücher sind sogar noch verlockender. Deswegen ist das eine reine Präsenzbibliothek. Niemand darf diese Bücher ausleihen, niemals.«

»Jetzt weiß ich, wie es ist, den einen Ring zu betrachten«, sage ich, bevor ich den Kopf schüttele und mich zusammenreiße. Es kostet mich meine gesamte Willenskraft, meine gesamte Stärke, mich von diesem Buch abzuwenden.

Jomo hebt das Buch vorsichtig mit behandschuhten Händen an, und dann steigen wir durch den Flur in die Bibliothek auf. Mein Kumpel kämpft, weil das Buch ziemlich schwer ist, doch bald schon befinden wir uns wieder in der Pracht der Bibliothek der Toten.

Die Regale erheben sich bis zur Decke und bestehen aus dunklem, poliertem Hartholz, in das komplizierte Muster geschnitzt sind. Säulen an ihren Enden sorgen dafür, dass sie an schmale Himmelbetten erinnern. Aber vor den Regalbrettern hängen Spitzenvorhänge, die die Sicht auf die Bücher verschleiern.

Ist wahrscheinlich besser so. Hier drin ist der Sog unglaublich stark, fast so, als würden die Bücher einen rufen und darum betteln, gelesen zu werden. So fühlt es sich tief in meinem Inneren an. Ich schüttele den Kopf. *Reiß dich zusammen, Ropa.* Es ist diese verdammte Verlockung ... das sind sie: Sirenen. Diese Vibrationen sind ihre Musik ... und wenn jedes Buch in seinem eigenen Takt singt, dann ist die Bibliothek von den Harmonien eines himmlischen Chors angefüllt, dessen Gesang unter den brennenden Kerzen der Kronleuchter erklingt.

Ich drehe mich einmal im Kreis, während ich Jomo folge, auch wenn ich nichts lieber täte, als diese Spitzenvorhänge zur Seite zu ziehen und mir ein Buch zu schnappen. Nein. Ich will sie *alle* lesen, selbst wenn es mich den Rest meines Lebens kostet. Ich würde hier verweilen, umgeben von ... Nein, das ist irrsinnig. Ich weiß, dass Jomo mich gewarnt hat, aber diese Verlockung spricht irgendetwas jenseits meiner Vernunft an.

»Manchmal habe ich das Gefühl, dass uns die Bücher beobachten«, bemerkt Jomo. »Sneddon sagt, wenn man eines liest, liest es einen im Gegenzug zurück.«

»Hast du je eines gelesen?«

»Nö. Bibliothekaren ist es nicht erlaubt, die Bücher zu lesen, nicht einmal meinem Vater. Unsere Rolle ist die von Hütern. Versteh mich nicht falsch, ich war schon in Versuchung. Man sagt, es ist, als würde man in den Geist eines anderen Menschen eindringen. Kannst du dir vorstellen, wie es sein muss, dich tatsächlich im Kopf eines Genies zu befinden? Zu fühlen, wie die Gedanken sich darin bilden, so wie Funken, die ein Inferno starten. Man sagt, die Erfahrung dehnt die Dimensionen deines eigenen Geistes und verändert dich für immer. Du hast keine Ahnung, wie sehr ich es versuchen wollte. Aber ich werde Bibliothekar und habe gelernt, nicht hierherzukommen, wenn es nicht wirklich sein muss. Es ist nämlich einfacher, wenn man Begleitung hat. Sneddon sagt, wir Bibliothekare wären bibliothetische Priester, und der Preis für die Aufnahme in den Klerus ist unser Zölibat in Bezug auf die Bücher … nicht dass ich jemals, du weißt schon … mit einem Mädchen …« Sein Kopf läuft rot an. »Aber ich nehme an, er weiß, wovon er redet.«

»Sneddon ist ein famoses Kerlchen.«

Jomo biegt nach links ab, in eine Lücke zwischen den Regalen. Er tritt über den schmalen Kanal voller Wasser, der am Hauptgang entlangführt. Vor uns erhebt sich ein großer weißer Marmortisch, der sich deutlich von dem dunklen Stein dahinter abhebt und fast wie ein Altar wirkt.

Meine Knie werden weich.

Ich kann den Boden unter meinen Füßen kaum spüren und schwanke, als wäre ich betrunken. Zwischen zwei Gängen voller Bücher hindurchzugehen, die nach mir rufen, fühlt sich ein bisschen an, als wäre man beim Seilziehen selbst das Seil.

Ich muss mich immer wieder an unsere Mission erinnern.

Ich muss den Überresten von Bumblebeam einen Namen entlocken, damit Max Wu und Doug Duffie geheilt werden können. Dann möchte ich noch mehr Informationen über die Mönche sammeln und herausfinden, wo Rory MacCulloch sich verstecken könnte und was er plant. Wo er hingegangen ist; was sie getan haben; alles, was irgendwie von Nutzen ist. Das ist die Mission, und ich wiederhole sie wie ein Mantra. Die Verlockung wird mich nicht so leicht erwischen. Ich hänge schon eine Weile mit den Toten ab.

»Bereits seit Anbeginn der Zeit hat die Bibliothek der Toten versucht, die Crème de la Crème von Schottland dauerhaft zu ernten und zu erhalten. Nicht nur ihre Arbeit, ihre Werke oder Biografien, sondern die reine Essenz ihres Wesens«, sagt Jomo und wiederholt damit offensichtlich etwas, was jemand anders ihm berichtet hat. »Wir haben sie alle hier: Akademiker, Doktoren, Wissenschaftler, Erfinder, Mathematiker, Anführer aller Art … von Königen und Politikern über Militärangehörige und Gewerkschaftsführer; wir haben Künstler und Komponisten und auch Sportler; natürlich Magier; jedes Gewerk, jeder Beruf; originelle Denker jedweder Couleur. Die Bibliothek hat vorrangingen Zugriff auf die Überreste von Schottlands Toten, und dies sind die Bücher, in denen die wahre Geschichte von Schottland festgehalten und seine Zukunft prophezeit und niedergeschrieben ist.«

Diese Bücher sind lebende Entitäten – Leben, das aus dem Tod geboren wird. Jomo legt Bos Buch sanft auf das samtbezogene Lesepodium auf dem großen Marmortisch. Dahinter hängt ein riesiger, unglaublich schöner Wandteppich an der Wand, bestickt mit der Geschichte seit ihrem frühesten Anfang. Das letzte Drittel ist leer, als warte der Stoff darauf, aktualisiert zu werden.

Ehrfürchtig betrachte ich alles. Und erkenne, wie klein ich bin.

Nur ein winziger Nadelstich, mit dem bloßen Auge kaum zu erkennen.

»Bist du bereit, Buddy?«, fragt Jomo.

»Sicher, lass es uns durchziehen.«

So fantastisch das Buch auch sein mag, der fleischige Einband zieht sich einmal ganz herum, selbst über den Teil, wo eigentlich die Seiten sein sollten, also kann man es nicht öffnen.

»Streck deine Handflächen aus und drück sie hierhin, auf die leere Fläche.«

»Ein bisschen, als würde man Braille lesen, oder? Okay, dann mal los.«

Ich plugge mich ins Buch. Das weiche Fleisch biegt und streckt sich; erlaubt meinen Händen, einfach einzusinken.

Es ist, als wäre mein Körper auf links gedreht worden und ich schwebte durch den leeren Raum. Nur dass es hier warm ist und ich Natur überall auf mir spüren kann, als wäre meine Haut meine Zunge und ich hätte eine lebensstrotzende Frühlingswiese abgeleckt. Es fühlt sich wunderbar an, bis ich verblasse, wie ein Satz, der von der Löschtaste aufgefressen wird. Meine Gedanken und mein Wesen fallen von mir ab, entfernen sich von mir, fließen aus mir heraus …

Und dann trifft es mich.

Laute, qualvolle Schreie. Wut und Entsetzen jenseits jeder Grenze. Ein Schlag, als hätte ich ein Starkstromkabel berührt.

In einem Körpermeer aus Pein gehe ich unter. Ertrinke in Feuer. Hoch über mir ragt ein Geist mit einer zerzausten Pferdehaarperücke auf, beobachtet mich und fügt mir Schmerzen zu. Qualen, wie ich sie noch nie zuvor erlebt habe, explodieren in meinem Schädel. Es tut weh. Der Geist lacht. Ich rieche Tod und Verwesung. Ich muss loslassen. Aber meine Arme gehören nicht mir. Ich bin in reiner Pein erstarrt.

Und möchte, dass es aufhört. Jomo schreit etwas, doch ich verstehe die Worte nicht. Alles gerät durcheinander. O nein.

Lass es aufhören.

Reine Folter.

Schmerz schießt durch meine Nerven, bis alle anderen Gefühle und Gedanken annulliert sind, untergegangen in den elektrischen Strömungen, die mich in Stücke reißen …

XXXVIII

Ich schreie, versuche meine Hände zurückzuziehen, wehre mich mit aller Kraft. Vergesst die Schmerzen, hier geht es ums reine Überleben. Ich kämpfe rein instinktiv. Meine Zwille? Dolch? Meine Fingernägel. Ich werde nutzen, was immer da ist. Dieser Rauchgestank. Ich glaube, ich brenne. Verdammte Scheiße.

Ich öffne die Augen, und ein gleißendes weißes Licht brennt auf meiner Netzhaut.

»Ist okay, Ropa. Hör auf.«

»Bin ich tot?«, frage ich.

»Nein, du Trottel, aber du warst ziemlich nah dran. Und jetzt hör auf, um dich zu schlagen. Du hättest mich fast ein paar Beißerchen gekostet.«

Ich lege eine Hand über die Augen, um das Licht zu dämpfen. Meine Hand. Ich habe sie zurückbekommen, und das in einem Stück. Und der Rest? Nase, Gesicht, Ohren, zwei Beine; ich glaube, alles ist da. Puh. Soweit es schlechte Trips angeht, hat dieser hier wirklich den Vogel abgeschossen. Ich kneife die Augen zusammen und spähe durch meine Finger. Farben tanzen in meinem Blickfeld. Ich kann nichts klar erkennen, sondern sehe nur Formen und Schatten. Priya sitzt neben mir.

»Wo bin ich?«

»Unsere liebe Frau der geheimnisvollen Gebrechen. Und

du willst gar nicht wissen, wie viel Behandlungskosten du bereits angehäuft hast. Glücklicherweise wird das alles als Arbeitsunfall von der Gesellschaft übernommen. Wie fühlst du dich?«

»Als hätte jemand meine Haut auf links gedreht.«

»So sollte es auch sein, nach der Nummer, die ihr da hingelegt habt, du und Jomo.«

Die wirbelnden Farben vor meinen Augen verblassen, und endlich kann ich Priya erkennen, die vornübergebeugt in ihrem Stuhl sitzt. Sie hält meine Hand und drückt sanft meine Finger.

»Dein Umgang mit Patienten stinkt.«

»Ich bin eine Heilerin, keine Ärztin. Ich schieße aus der Hüfte. Was hast du dir nur dabei gedacht?«

»Alles ist in die Hose gegangen.«

»Total. Ich bemühe mich wirklich, nicht ›Ich habe es dir ja gesagt‹ zu sagen … aber ich habe es dir doch gesagt, du albernes Würstchen.«

»Lass das. Jetzt weiß ich Bescheid.«

Priya hält meine freie Hand, und ich erkenne Feuchtigkeit in ihren Augen. Ich versuche zu lächeln, aber meine Lippen sind so trocken, dass ich meine Mundwinkel kaum bewegen kann. Ich liege in einem luxuriösen Zimmer auf einem Einzelbett mit frischaufgeschüttelten Kissen. Weißes Laken über meinem Körper. Der Rauch, den ich wahrgenommen habe, stammt von einer Räucherschale auf meinem Nachttisch. Priya gibt meine Finger frei und presst die Hand auf meine Stirn.

»Ich habe Durst«, sage ich.

Sie gießt mir ein Glas Wasser ein, während ich mich langsam aufsetze. Meine Hände zittern, sodass es mir schwerfällt, das Glas an die Lippen zu führen. Priya hilft mir, damit ich trinken kann. Ich schwöre, die ersten Schlucke schmecken besser als alles, was ich bisher in meinem Leben gekostet habe. Reine Ambrosia. River taucht von irgendwo unter dem Bett auf und springt auf mich drauf. War noch nie glücklicher, sie zu sehen.

»Hey, Mädel, bei dir alles okay?«, frage ich, als sie es sich auf meinem Schoß gemütlich macht. Greyfriars Bobby war nichts gegen Rivers Loyalität, das ist mal klar ... hmmm ...

Ich schaue mir den Kittel an, in den sie mich gesteckt haben. Eines dieser Krankenhausleibchen. Verdammt, ich glaube, ich trage auch Windeln. Jepp, definitiv. Und ich bin echt in so schlechter Verfassung, dass mir das nicht mal peinlich ist. Wir sitzen ein paar Minuten einfach nur ruhig da, aber ich spüre, dass Priya irgendwas auf der Seele lastet. Steht ihr quasi ins Gesicht geschrieben.

»Ist Jomo okay?«, frage ich.

»Grundsätzlich schon, aber du kennst ja seinen Dad.«

»Wie schlimm ist es?«

Priya liefert mir die Fakten, ohne irgendwelche Verzierungen. Wie sich herausgestellt hat, war das Bo-Bumblebeam-Buch, das Jomo (mit mir zusammen, vermute ich) gebastelt hat, fehlerhaft. Es sind Jahre der Ausbildung nötig, bevor sie einem Bibliothekar erlauben, ein solches Buch anzufertigen – und selbst dann findet das nur unter der Aufsicht eines Vorgesetzten statt. Priya erklärt mir außerdem, dass es großes Geschick erfordert, die Bücher zu lesen, weswegen nur die besten Magier diese Fähigkeiten erwerben. Der Rest wird von der Bibliothek der Toten ferngehalten – in der Calton Hill Bibliothek gibt es genug Wissen für mehrere Lebenszeiten, warum also dieses Risiko eingehen? Nachdem ich die unglaubliche Verlockung dieser Bücher gespürt habe, verstehe ich den Sinn dahinter.

Aber was sagt man noch mal über das Nachhinein und Klugheit?

Anscheinend hatte ich einen üblen Krampfanfall, nachdem ich versucht habe, das Buch zu lesen. Habe mich mit dem verdammten Ding an der Hand über den Boden gewälzt und dabei geschrien wie ein Banshee. River hat versucht, das Buch anzugreifen, und diese Kombi hat Jomo dann doch davon überzeugt, dass wir die Sache übel genug vermasselt hatten und er Hilfe holen musste. Der Meister der Bücher ist Dr. Maige, also kann ich mir nur ausmalen, wie das gelaufen ist. Auf jeden Fall ist es dem guten Doktor gelungen, mich in einem Stück zu retten, und sie haben mich eilig zur Behandlung in *Unsere liebe Frau* gebracht.

Was für ein Ritt.

»Sie wollen dich sehen, Ropa. Ich muss ihnen sagen, dass du bei Bewusstsein bist. Fühlst du dich bereit?«

Nein, wirklich nicht, aber ich nicke trotzdem. Entweder ich bringe es jetzt hinter mich, oder es steht mir ewig bevor. Ist am besten, es schnell hinter mich zu bringen. Priya verlässt den Raum, wobei sie die Tür hinter sich schließt. Ich blinzele durch den duftenden Rauch und das Fenster in den Garten. Bruder Musashi sagt: »Die Wahrheit ist nicht das, was du möchtest. Sie ist, was sie ist, und du musst dich ihrer Macht beugen oder eine Lüge leben.« Es wird Zeit, die Suppe auszulöffeln.

Sir Callander tritt durch die Tür, seine Miene wirkt undurchdringlich. Dr. Maige folgt dicht hinter ihm, mit Lethington im Schlepptau.

»Wie fühlen Sie sich, Miss Moyo?«, fragt Callander, als er ans Fußende meines Bettes tritt. Mit dem Bibliothekar links von mir und dem Heiler zu meiner Rechten bin ich umzingelt.

»Ich hatte schon bessere Tage.«

»Du hattest die beste Versorgung in ganz Schottland«, meint Lethington. »Keine bleibenden Schäden. Kannst dich glücklich schätzen, junge Dame.«

»Miss Moyo, die Bibliothek ist sehr enttäuscht von Ihren Handlungen«, sagt Dr. Maige.

»Das kann doch sicher warten. Das Mädchen hat schon genug durchgemacht«, meint Sir Callander.

»Nein, das kann es nicht. Solche Vertrauensbrüche sind unverzeihlich und laufen allem zuwider, wofür meine Institution steht. Ropa Moyo, ich bin zu der Erkenntnis gekommen, dass Ihre Freundschaft mit meinem Sohn seiner Entwicklung abträglich ist. Ich muss Sie daher bitten, von nun an jeglichen Kontakt mit ihm zu vermeiden. Zusätzlich ist Ihre Mitgliedschaft in der Bibliothek ausgesetzt, bis wir sicherstellen können, dass Sie fähig sind, die Regeln einzuhalten.«

»Das ist lächerlich.«

»Sir Callander, als dieser jungen Dame Zutritt zur Bibliothek gewährt wurde, geschah das unter der Bedingung, dass Sie ihr Verhalten im Blick behalten und kontrollieren würden. Ich werde in meinem Vorfallsbericht klarstellen, dass Sie darin versagt haben, dieser Verpflichtung gerecht zu werden. Wir haben allen Grund, von unseren Besuchern Besseres zu erwarten. Das ist alles, was ich zu dieser Sache zu sagen habe. Gentlemen, Miss Moyo, ich wünsche einen guten Tag.«

Callander stößt ein erschöpftes Seufzen aus, als Dr. Maige den Raum verlässt. Ich verstehe ihn. Er ist als Mentor für mich eingetreten, aber meine Handlungen ziehen seine Glaubwürdigkeit und Stellung in Zweifel. Diese ganze Sache ist wirklich ein riesiger Clusterfuck.

»In Ordnung, ich lasse Sie beide dann mal allein«, sagt Lethington. »Auf dem Nachttisch liegt eine Glocke, falls Sie etwas brauchen.«

Er lässt mich mit Sir Callander und meinen Schamgefühlen allein. Einem Riesenhaufen davon. Und die Scham ist tatsächlich schwerer zu ertragen als die Skalpelle, die – wie es scheint – in meine Nerven schneiden. Callander schließt die Tür und setzt sich auf den Stuhl neben meinem Bett, sodass wir Seite an Seite ruhen. Er verschränkt die Beine und presst die Fingerspitzen aneinander, um sie an die Lippen zu drücken. Dann mustert er das Gemälde des Forth an der gegenüberliegenden Wand, auf dem sich der Bass Rock aus der aufgewühlten See erhebt.

»Es tut mir leid«, sage ich.

»Hmm.«

Es gibt keine andere Möglichkeit. Das ist mein Schlamassel, und ich muss dazu stehen. Dann mal los. Ich erzähle ihm alles, lasse absolut nichts aus: Thomas Mounsey, das Paterson-Vermögen, zusammen mit allem, was er bereits über Rory MacCulloch und die Mönche weiß. Die Abmachung, die ich mit Tom getroffen habe, und wie ich versucht habe, Profit aus der ganzen Situation zu schlagen. Ich lasse wirklich nichts aus … und als ich fertig bin, fühle ich mich nackt. Entblößt.

Zum Teufel mit meinem Leben.

Callander betrachtet weiterhin das Bild, bis ich es einfach nicht mehr ertragen kann. So muss es sein, vor einem Erschießungskommando zu stehen. Nur dass ich bereits ein paar Treffer eingesteckt habe. Jetzt bin ich nur noch müde.

»Das wusste ich schon«, sagt er schließlich. »Ich habe darauf gewartet, dass du es mir selbst erzählst. Eilidh Logan ist meine Patentochter. Sie ist sofort mit den Informationen zu mir gekommen, weil sie sich Sorgen um deine Sicherheit gemacht hat. Nach deinem Besuch hatte sie ein wenig recherchiert … und so leid es mir tut, dir das mitteilen zu müssen, aber Tom Mounsey ist nicht derjenige, für den er sich ausgegeben hat. Paterson hat keine lebenden Verwandten mit diesem Namen, und wir haben keinerlei Aufzeichnungen über ihn gefunden.«

Mir rutscht das Herz in die Hose. Nach all der Anstrengung stellt sich heraus, dass die goldene Gans nur dämliche Katzengoldeier legt. Ich hätte es besser wissen müssen. Hätte mehr Fragen stellen müssen.

»Du hast dich in Angelegenheiten verwickeln lassen, von denen du nur sehr wenig verstehst. Natürlich war ich etwas enttäuscht, dass du versucht hast, mich zu betrügen, obwohl du genau weißt, dass ich letztlich für dein Wohl verantwortlich bin, in allen Dingen, die mit wissenschaftlicher Magie zu tun haben.«

Ich wollte, die Erde würde sich auftun und mich verschlingen; mein Bauch fühlt sich ganz seltsam an. Ich kann die Demütigung nicht ertragen. Für mich ist es vorbei. Ich weiß, dass ich kurz vor dem Rauswurf stehe. Ist wahrscheinlich auch besser so, weil ich die Sache wirklich vermasselt habe.

Ich starre auf meine Beine und bete, dass dieses Treffen bald vorbei ist.

Mein Handy klingelt auf dem Nachttisch, aber ich kann gerade nicht drangehen.

Callander wartet, bis das Klingeln verstummt.

»Du bist sehr intelligent und einfallsreich, Ropa, aber du tätest gut daran, dir ins Gedächtnis zu rufen, dass – auch wenn du in Ausübung deiner Arbeit durchaus Leute täuschen darfst – die Grundlage unserer Beziehung Vertrauen und Integrität sein muss. Sonst verschwenden wir nur gegenseitig unsere Zeit. Denk das nächste Mal daran, dass mein Name und meine Position der Mantel sind, der um deine Schultern liegt.«

Callander steht auf. Moment mal, das war's?

»Ich bin nicht gefeuert?«

»Das wäre die einfachste Lösung, nicht wahr? Aber ich lebe schon eine Weile, Miss Moyo. Sie sind jung. Ihre Beurteilungsfehler mögen enttäuschen, aber sie kamen nicht gerade unerwartet bei jemandem, der sich noch in der Ausbildung befindet. Jetzt ist es wichtig, dass Sie sich schnell erholen und sich daranmachen, Ihre kostspieligen Fehler zu bereinigen.«

Ich könnte heulen. Und sobald Sir Callander den Raum verlassen hat, tue ich genau das.

XXXIX

Ich habe mich echt zum Deppen gemacht, und jetzt ist mir nicht mal die Gnade einer unehrenhaften Entlassung vergönnt. Ich könnte den Kopf hängenlassen und mir Eselsohren aufsetzen, aber ich kann hier nicht bloß rumsitzen und mich in Selbstmitleid suhlen. Miyamoto Musashi sagt: »Bereue nicht, was du getan hast.« Ich glaube, er meint damit nicht, dass man es einfach abtun soll, sondern dass man aus seinen Fehlern lernen, daran wachsen und weitermachen soll.

Ich muss das in Ordnung bringen.

Die Frage ist nur: Wie?

Ich rufe Gran an, um sie wissen zu lassen, dass es mir gut geht und ich der Arbeit wegen unterwegs bin. Sonst würde sie sich Sorgen machen ... und diese Extraportion Kreide brauche ich nicht zum Frühstück. Dann gehe ich die Geschehnisse der letzten paar Tage noch mal durch. Trotz meiner Schmerzen muss ich diese Sache durchschauen. Die Fakten sind doch alle da, also werde ich irgendwas Entscheidendes übersehen haben. Wäre ich Sherlock Holmes, würde ich mich jetzt in meinen Gedankenpalast zurückziehen, um diese Sache auseinanderzuklamüsern.

Ein Pfleger bringt mir etwas zu essen, aber ich will es nicht.

Was habe ich übersehen?

Dieses Bild, das ich gesehen habe, als ich das Bo-Bumblebeam-Buch gelesen habe, das Jomo gemacht hat. Ein Geist, der eine zerzauste Pferdehaarperücke trägt. Wer war das? Könnte jeder Adelige aus dem siebzehnten oder achtzehnten Jahrhundert gewesen sein. Aber ich brauche mehr.

Als ich das erste Mal mit Lewis gesprochen habe, hat er doch gemeint, Max hätte die Theorie vertreten, dass die Mönche des nebligen Ordens einem nicht auf die Schulter tippen. Man muss sie finden. Irgendwo gibt es sicher einen Hinweis, der mir durchgerutscht ist. Die Mönche sind geheim … aber sie müssen auch auffindbar sein, damit die Edinburgh-Jungs sich ihnen anschließen können.

Ich suche nach nichts allzu Kompliziertem. Habe mal in einem Podcast von etwas gehört, was sich Ockhams Rasiermesser nennt. Damit rückt man nicht seinem Bart zu Leibe oder irgendwas. William von Ockham war ein englischer Franziskanerbruder, damals, in den alten Zeiten. Er ist auf die Idee gekommen, dass man, wenn man ein Problem hat und verschiedene Erklärungen dafür abwägt, gewöhnlich die Erklärung zutrifft, die die geringste Anzahl von Annahmen voraussetzt. Diese Theorie wird ständig angewandt, in Wissenschaft, Philosophie, Medizin, wo auch immer. Vereinfachen. Nichts übertreiben. Das gefällt mir, weil damit das ganze weiße Rauschen ausgeblendet wird … und in den letzten Tagen ist es ziemlich laut um mich herum gewesen.

William von Ockham …

Wieso lässt mich der Gedanke an ihn nicht los?

Nein, ich darf mich nicht ablenken lassen. Mein Hirn ist manchmal ziemlich sprunghaft, aber jetzt ist nicht der richtige Zeitpunkt dafür. Vielleicht esse ich die Hauptspeise nicht, aber dieser Pudding mit Vanillesoße sieht wirklich gut aus. Ich brauche Zucker als Benzin für meine Denkmurmeln, oder nicht?

Köstlich.

Ich gebe River den Teller mit dem Rest des Essens, und sie fängt an zu schlingen, noch bevor alles auf dem Boden steht.

»Das Gemüse nicht vergessen.«

Komm schon, konzentrier dich. Immer der Spur des Geldes folgen.

Bei dieser ganzen Sache geht es um Zaster. Sowohl Rory als auch Tom jagen ohne Karte denselben Piratenschatz. Um ihn zu kriegen, müssen sie erst seine Existenz beweisen; die Papierspur finden, die bis zurück zum Darién-Plan, der Equivalent Company und der Bank führt. Also: Ich weiß, dass Rory Zeug aus den Archiven gestohlen hat. Ich vermute, dass dabei auch Sachen waren, die Eilidh Logan uns bei unserem Besuch nicht gezeigt hat ... was bedeutet, dass er die Nase vorn hat.

Als ich und Tom da draußen waren, hat er überwiegend Kontobücher und andere Finanzdokumente durchgesehen. Wir haben keine rauchenden Colts gefunden, sozusagen.

Was bedeutet das?

Verdammt noch mal. Mein Handy klingelt und reißt mich aus den Gedankengängen. Ich grabe es aus der Nachttischschublade.

»Also ... hallo«, sage ich, als ich den Videoanruf annehme.

»Ropamatron!«

»Ähm, ist dir nicht für alle Zeiten verboten worden, überhaupt mit mir zu sprechen?«

»Ich bin fast ausgetickt. Mein Dad erlaubt mir nicht, die Bibliothek zu verlassen, also bin ich die ganze Zeit hier rumgerannt, auf der Suche nach einer Ecke mit ein bisschen Empfang. Und ich habe endlich eine gefunden, ganz oben, in der Nähe des Eingangs. Bist du okay?«

»Alles super-duper, ging mir niemals besser. Passiert nicht alle Tage, dass ein Buch versucht, mich aufzufressen.«

»Das tut mir so unglaublich leid.«

»Ist nicht deine Schuld, Mann. Hat mich gelehrt, das nächste Mal erst mal darüber nachzudenken, wenn irgendwer mich auffordert, meinen Finger in eine Steckdose zu stopfen.« Er kichert, allerdings so leise wie möglich. Ich kann gerade so sein Gesicht vor dem dunklen Hintergrund erkennen. »Wie läuft es mit deinem Dad?«

»Wow, war der sauer. Mir sind wirklich die Leviten gelesen worden. Kann ich ihm allerdings auch nicht wirklich übel nehmen, weil du ausgesehen hast, als wärst du echt schon erledigt. Ich hätte dieses verfluchte Buch nicht machen dürfen. Ich schwöre, niemals wieder.«

»Hilft nichts, dich zu geißeln, Mann. Ist jetzt durch.«

»Ich bin so froh, dein Gesicht zu sehen.«

»Nicht schnulzig werden, Jomo, wir haben zu arbeiten. Ich muss dieses Chaos in Ordnung bringen.«

»Was immer du brauchst.«

»Behalt dein Telefon im Blick. Ich werde mich melden, wenn ich was für dich habe.«

Ich will gerade auflegen, als Jomo noch sagt: »Hey, Ropa … Du siehst in diesem Outfit wie der Knochensammler aus.«

»Er war der Bösewicht im Film. Ich glaube, du meinst Lincoln.« Damit beende ich das Telefonat.

Ich schreibe Priya, dass sie vorbeischauen soll, wenn sie eine Minute Zeit hat. Muss gerade ihre Runden bei den anderen Patienten drehen. Sie lässt mich wissen, dass ihre Schicht in einer Stunde vorbei ist und sie dann auftauchen wird.

Wo war ich?

Denk nach.

Ruf erneut meinen Sherlockmäßigen Gedankenpalast auf und packe alles in die richtigen Zimmer. Jetzt stehe ich außerhalb und schaue darauf herunter wie ein Gott. Mich drin wälzen, wie ich es vorhin getan habe, bringt nichts. Dieses Vorgehen hat mich ja erst in diese Fünfsterneeinrichtung gebracht, wo ich seltsames Räucherwerk atmen muss.

Hier geht es ums Geld.

Leuchtet ein, dass sowohl Tom als auch Rory – wer zur Hölle sie auch in Wirklichkeit sein mögen – beide Stücke des Puzzles halten. Hätte Rory die Archive nicht angegriffen, hätte Tom einen Weg gefunden. Ihm stehen die Recherchen zur Verfügung, die angeblich von seinem Vater stammen, aber das reicht nicht. Diese ganze Sache hat gezündet, als er in der Stadt aufgetaucht ist, um sich den Schotter zu sichern. Was auch immer er da in Händen hält, es muss ein wichtiges Teil des Puzzles sein, wenn Rory bereit war, ihn ins Visier zu nehmen.

Aber da fehlt immer noch was. Ich fühle das Pochen in meinem Kopf, stärker als die Schmerzen, die meine zerstörten Nervenbahnen erschüttern.

Und dann ist da noch Wilson und all sein Gelaber über jemand anderen, der mit in dieser Gaunerei drinsteckt … Rory arbeitet nicht für sich selbst. Es ist klar, dass er irgendeinem Geist dient. Aber wenn Tom nicht wirklich ein Paterson-Erbe ist, für wen arbeitet er dann? Wer profitiert am meisten von diesem Schwindel?

Eine unsichtbare Hand. Jemand, der nicht offen in Aktion treten kann, natürlich.

Etwas, was unsere gesammelte Gier gelenkt hat.

Meine Beine wippen unter der Bettdecke, weil ich langsam

auf Touren komme. Was übersehe ich hier? Fühlt sich an, als könne ich es jeden Moment packen. Also: Tom hat die Theorie, dass diese Kohle existiert … und das hat den ganzen Shitstorm erst ausgelöst.

Trotzdem, er hat nicht genug, um eine Rückerstattung zu fordern.

Weil?

Wir reden hier über die Finanzwelt – und dort zählen am Ende des Tages die Zahlen. Sie führen das große Wort. Man muss beweisen können, wohin das Geld geflossen ist. Aber Tom meinte, diese Beweise wären seiner Familie vor über hundert Jahren präsentiert worden, also ist das eine Sackgasse … außer … O mein Gott, ich bin wirklich ein Volltrottel!

»Ele-dreckmist-tar, meine liebe River.«

Es lag direkt vor unserer Nase, als wir in den Archiven waren, aber ich habe es vollkommen übersehen. Wir müssen zurück an die Wurzeln gehen, als diese ganze Sache angefangen hat. Tom hat es sogar erwähnt, aber ich war so auf den Zaster vor mir konzentriert, dass ich das unsichtbare Geld dahinter nicht gesehen habe.

Denn wenn man einen Schwindel einfädelt, die Bücher fälscht, Geld abzweigt … muss man trotzdem im Blick behalten, wo sich alles befindet. Man führt einen Satz Unterlagen für den Steuerfuzzi und einen weiteren für sich selbst. So war es schon immer.

Das Einfachste wäre, die Kontobücher mit den tatsächlichen Zahlen zu finden. Voilà, schon hat man den Beweis, den man braucht, um beim König einen Antrag auf Rückerstattung einzureichen. Aber diese Unterlagen könnten überall sein.

Wie zum Beispiel: in den ursprünglichen Safes, von magischen Sprengsätzen geschützt.

Ship Close. Ich bin mir sicher, dass ich diesen Namen kenne.

Schicke Jomo eine Nachricht, quasi: Sei mein Alfred aus der Batcave und besorg mir die Infos, die ich brauche. Dann werfe ich die Decke zur Seite und schwinge die Beine über die Bettkante. Wow, mir ist blümerant. Stütze mich am Nachttisch ab und wiege mich ein paarmal vor und zurück, um genügend Schwung fürs Aufstehen zu kriegen.

»Hey, hey, wo willst du denn hin, Lady Lazarus?«, fragt Priya aus dem Türrahmen.

»Partytime. Zieh deine Tanzschuhe an. Wir gönnen uns eine Nacht in der Old Town.«

XL

Fühle mich wie eine frischgeborene Babygazelle in der Savanne. Beine staksig, Knie weich. Habe meine Ausrüstung dabei, Rucksack, Zwille, Schal. River sieht mich an, als wolle sie sagen, sauf weniger, und Priya sagt irgendetwas über das Verlassen des Krankenhauses gegen ärztlichen Rat. Aber wenn ein Mädel gehen muss, muss sie gehen. Priya und ich sehen in unseren weißen Laborkitteln wie Arnold Schwarzenegger und Danny DeVito aus.

Ich spähe kurz durch die Glasscheibe an der Tür in Max Wus Zimmer und denke: *Halte durch, kleiner Mann.*

Auf dem Weg nach draußen muss ich mich an den Wänden abstützen, weil ich echt nicht fest auf den Beinen stehe. Aber ich schaffe es. River hält sich in meiner Nähe. Ausruhen kann ich noch, wenn ich den Holzpyjama anziehe, aber in nächster Zeit steht das nicht auf dem Plan. Und bald schon treten wir aus der Klinik in die warme Sommerluft, die mit den Düften des Gewürzgartens geschwängert ist.

Schnappe mir mein Fahrrad, und los geht's.

Bin überrascht, wie sehr ich keuche, als wir Bruntsfield Place erreichen. Habe echt Schwierigkeiten, mit Priya mitzuhalten und schwitze dabei wie ein Eber. Mein T-Shirt ist klatschnass. Aber zumindest geht es Richtung Lothian Road erst mal bergab.

Es dauert nicht lang, bis wir die Old Town und die High

Street erreichen, wo ich wegen der Menschenmassen absteige. Jede Menge Fahnen mit dem Union Jack überall. Banner verkünden:

EINE NATION, EIN VOLK, EIN **KÖNIG**, EINE FLAGGE, EIN SCHICKSAL

Einheit … genau. Ich bin nur wegen eines Schuljungen, eines Geistes und einem Wichser hier, der sich Tom genannt hat. Scheiß auf den Rest.

»Wohin jetzt?«

Ich sehe auf mein Handy und lese die Koordinaten, die Jomo mir geschickt hat. Legendär – er muss ständig die Treppen in der Bibliothek auf und ab gerannt sein, um wieder Empfang zu bekommen. Dafür hat man beste Kumpel.

»Da, der Whiskeyladen gegenüber der St. Giles' Cathedral.«

»Wieso sind die Rollläden nicht geschlossen? Sollte der Laden nicht für die Nacht verriegelt sein?«

»Komm, schnell.«

Priya gibt mir Deckung, als ich meinen Beutel mit Werkzeug zum Schlösserknacken heraushole, doch die Tür ist bereits offen. Dieses *Geschlossen*-Schild im Fenster wird die Horden nicht lange aus dem Schnapsladen fernhalten. Bisher haben sie einfach noch nicht gemerkt, dass er offen steht. Wir gehen rein, so unauffällig wie möglich. Vorbei am Tresen. Flaschen von Single Malt und Hunderte anderer Alkoholika stehen in Regalen. Ich bin in Versuchung, mir ein paar zu schnappen und später zu verkaufen – alte Gewohnheiten. Aber deswegen bin ich nicht hier.

Auf dem Linoleumboden zeichnen sich staubige Fußspuren ab.

Und führen …

… in die hinterste Ecke, zur Tür in den Keller. Edinburgh ist eine Lügnerin. Sie präsentiert eine formelle Fassade, als wäre sie in der Zeit erstarrt, doch in Wirklichkeit gab es in Hunderten von Jahren massenweise Veränderungen. Die Stadt ist wie das Schiff des Theseus, in langsamem Wandel begriffen. Und eine dieser Stätten, die früher Bedeutung hatten, war Ship Close. Das ist zwar immer noch da, aber schon vor langer Zeit von den Karten verschwunden. Hätte Jomo in der Bibliothek nicht Zugang zu den alten Stadtplänen, wäre die Adresse schwer zu finden gewesen. Aber hier sind wir nun, an dem Ort, an dem sich einmal die allererste Niederlassung der Royal Bank of Scotland befunden hat. Aber was, wenn in diesen Gewölben mit der niedrigen Decke aus Stein die geheimen Kontobücher liegen, versteckt für die Nachwelt? Diese Kontobücher sind die letzten Puzzlesteine, um herauszufinden, was mit dem Paterson-Vermögen geschehen ist.

Ein scharfer, beißender Geruch steigt mir in die Nase.

In der Luft hängt so viel Staub, dass wir kaum erkennen können, wo wir hingehen. Die Flaschen haben auch schon einen Schleier. Ich muss die Augen zusammenkneifen, weil sie tränen.

»Vorsichtig«, flüstert Priya.

Wir wandern an den Lagerbeständen vorbei, Kisten und Kartons, bis wir ganz hinten ein riesiges Loch entdecken, das in die Wand gesprengt wurde. Bingo, Miststück.

Ist dunkel dadrin; unmöglich, etwas zu erkennen.

Ich schalte die Taschenlampe an meinem Handy an und leuchte in das Loch.

Im Inneren hustet jemand. Ich presse mich vorsichtshalber neben dem Loch an die Wand. Priya verschwindet hinter einem Regal.

»Hilf mir«, ruft eine schwache Stimme aus dem Inneren. Klingt wie ein Londoner. Was zur Hölle treibt einer von denen hier?

»Wer ist da?«, frage ich.

»Ropa? Bist du das? Bitte, hilf mir.«

Woher kennen sie meinen Namen?

Ich habe diese Stimme noch nie in meinem Leben gehört. Und doch nagt sie irgendwie an mir. Ich leuchte erneut ins Loch, erhelle den wirbelnden Staub und die Trümmer dahinter. Ich sehe Priya an, doch sie schüttelt den Kopf. Zu gefährlich. River dagegen springt ohne Zögern voran.

»Bitte«, sagt die Stimme.

Ich trete ein und entdecke tief im Inneren des geheimen Raums, ganz hinten, einen offenen Tresorraum. Die Tür ist dick und sieht aus, als würde der Rost schon seit Jahrhunderten an ihr knabbern. Das schwere Atmen wird lauter, als ich mit Priya in den Tresor vordringe, dann rieche ich den Gestank verbrannten Fleisches.

»Die Mönche haben mich erwischt«, sagt der Mann. »Dieser Junge mit der seltsamen Frisur zaubert wie ein Dämon – hey Kumpel.«

Und jetzt weiß ich, wer das ist. Tom Mounsey: Schwindler, Hochstapler und Lügner, aber definitiv kein Erbe von Paterson. Kann nicht glauben, dass ich ihm seine Masche abgekauft habe. Ich habe so viel Zeit auf den Kerl verschwendet.

»Du bist definitiv kein Kumpel von mir.«

»Also bist du draufgekommen. Du bist echt clever, weißt du das? Ich hatte schon vor, dich nach dieser ganzen Sache als Agentin anzuwerben. Man hatte mir gesagt, du wärst die Schwachstelle. Deswegen habe ich mich an dich rangeschmissen. Aber sie haben sich geirrt.« Er versucht zu lachen, nur um das Gesicht schmerzerfüllt zu verziehen. »Ist nicht persönlich gemeint gewesen. Ich habe getan, was ich für König und Vaterland tun musste.«

König und Vaterland? Ein Spion.

»Ich wusste, dass irgendwas mit deinem Akzent nicht stimmt, aber ich dachte, was weiß ich schon über Kanadier?«, sage ich. »Du hattest nie vor, unsere Abmachung einzuhalten. Sobald du Ship Close entdeckt hattest, hast du mich und den Clan sitzen lassen.«

Sieht allerdings aus, als hätte er trotzdem den Kürzeren gezogen.

Sein ganzer Körper ist verbrannt. Das ist ein grotesker Anblick. Nur vom Hinsehen beginnt meine Haut zu kribbeln. Seine Kleidung klebt im Fleisch, und er hat nur noch ein paar Haarbüschel. Es ist grauenerregend … und dabei mochte ich ihn irgendwie.

Aber nichts an unserer Partnerschaft, unserem Coup, war je real. Ich bin für ihn nur ein Mittel zum Zweck gewesen. Diese Augen. Sein richtiger Akzent. Ein Engländer in Edinburgh.

Priya starrt Tom eine Sekunde an, bevor ihr medizinisches Training einkickt. Sie greift unter ihren Sitz und zieht ihre Behandlungstasche heraus.

»Dafür ist es zu spät. Wasser, bitte«, stöhnt Tom.

Ich schnappe mir eine Flasche aus dem Rucksack, schraube sie auf und halte sie vor seinen Mund. Er verzieht das Gesicht, als ich Wasser ausgieße, wobei ich versuche, seine verbrannten Lippen nicht zu berühren.

Was für ein Chaos.

»Hier, gib ihm das. Das müsste die Schmerzen dämpfen«, sagt Priya und reicht mir den trockenen Zweig von irgendeiner Blume, die ich nicht kenne. Ich biete sie Tom an. Er kaut mühevoll darauf herum, dann stößt er ein erleichtertes Seufzen aus.

»In meiner rechten Tasche ist eine Packung Kippen«, sagt er.

Die Tasche ist verkohlt, ebenso wie der Rest seiner Klamotten, aber ich entdecke die angesengte Packung neben ihm. Muss rausgefallen sein. Ich öffne sie und finde eine Zigarette, die zwar ein bisschen angekokelt ist, aber verwendbar aussieht.

Schiebe sie an Toms Lippen.

Kann aber kein Feuerzeug finden.

Tom flüstert etwas, und eine hellgelbe Flamme erscheint in der Luft. Ich bin wirklich dämlich. Flashback zu unserer ersten Begegnung … ich hatte zwar etwas gespürt, ihn aber nicht als Praktizierenden identifiziert. Natürlich ist er das. Deswegen hat Callander sich in der Advocate's Libary bei Balfour nach der Farbe der Flammen erkundigt. Ich würde das gesamte Paterson-Vermögen darauf verwetten, dass Tom für Bumblebeams Tod verantwortlich ist.

Ich war zu sehr mit der Jagd nach Geld beschäftigt, um genauer darüber nachzudenken, wer er eigentlich ist. Hat mich übersehen lassen, dass er schon bei unserem ersten Treffen meinen Namen kannte. Aber jetzt habe ich das Gefühl, es mit einem Chamäleon zu tun zu haben, das ständig die Farben gewechselt hat, um mich sehen zu lassen, was ich sehen wollte … statt die Wahrheit, die vor meiner Nase lag.

»Ich vermute, du warst nicht als verlorener Erbe hinter dem Paterson-Vermögen her«, sage ich. »Aber was haben ›König und Vaterland‹ damit zu tun?« Ich runzele die Stirn. »Was hat der König mit alledem zu tun?«

Toms Lachen schlägt ziemlich schnell in ein Husten um. »Siehst du, ich wusste doch, dass du klug bist. Das Kind mit der dämlichen Beatles-Frisur hat jetzt alles. Der kleine Bastard hat mich erwischt.« Er versucht zu lächeln, und dabei platzt seine Unterlippe auf. »Ich wollte dich nicht anlügen,

Partner, aber meine Vorgesetzten erwarten Resultate. Und manchmal, na ja, entstehen dabei Kollateralschäden.«

Hmmm. Bedeutet das, dass der König der Eine über Allen ist? Wilson meinte ja, ich würde für ihn arbeiten. Damit hat er sich doch sicher auf meine Zusammenarbeit mit Tom bezogen? Passt zu dem Gesabbel darüber, dass sie sich in der Advocate's Library um die Dinge »kümmern« werden.

»Priya«, sage ich.

Sie schüttelt den Kopf. Sie kann nichts tun. Wir sind zu spät gekommen.

»Wer ist der Eine über Allen?«, frage ich. »Wohin ist Rory MacCulloch gegangen? Hast du mit einem Mann namens Wilson zusammengearbeitet?«

»Wer immer den Geldbeutel der Magie kontrolliert, hält Schottland selbst in der Hand. Und …« Tom sieht mich an, und das Licht in seinen Augen verblasst allmählich. Er atmet langsam aus – erst ein Haufen Rauch, dann nur Luft. Dann gar nichts mehr. Er atmet nicht mehr ein. Die Zigarette klebt an seinen geöffneten Lippen.

Er ist tot.

»Kannst du mit seinem Geist reden?«, fragt Priya.

»Dafür ist es zu früh. Die Frischverstorbenen haben keine Form und sind verwirrt wie Neugeborene. Wird ein paar Stunden dauern, bis wir etwas aus ihm rauskriegen können.«

»Wir haben aber keine paar Stunden! Max wird Tom nicht lange überleben, wenn wir uns nicht beeilen.«

»Ist hier irgendwas, was uns hilft?«, frage ich und sehe mich in dem leeren Tresorraum um.

Nichts als Staub, Schutt und der leblose Körper des Spions, der sich selbst Thomas Mounsey genannt hat. Wir sind zu spät gekommen. Diese Fußstapfen, die ich oben gesehen habe. Sie führten wahrscheinlich aus dem Laden raus, weil der Staub von hier unten stammte. Aber wenn sie in der Menge auf der Royal Mile verschwunden sind …

Würde Rory zurück zur Edinburgh-Schule gehen? Nein, so dämlich kann er nicht sein. Wenn wir doch nur ein paar Minuten früher da gewesen wären. Das ist alles nur passiert, weil ich nicht schnell genug radeln konnte. Ich presse mir die Hände gegen den Kopf.

»Ich spiele ja nur ungern den Advocatus Diaboli, aber anscheinend sind wir übertrumpft worden.«

»Was hast du gerade gesagt?«

»Wir wurden übertrumpft.«

»Nein, davor.«

»Ich spiele nur ungern den Advocatus Diaboli?«

Was wollte Bo Bumblebeam eigentlich in der Advocate's Library? Sie liegt direkt hier um die Ecke. Hat er nach etwas Ausschau gehalten, oder hat er Zuflucht an einem vertrauten Ort gesucht? Zu diesem Zeitpunkt wäre er nicht Bumblebeam gewesen, erinnere ich mich selbst. Er wäre ebenfalls besessen gewesen. Und die Mönche des nebligen Ordens. Alles ist so verdammt offensichtlich. Ich bin eine … richtige Idiotin.

»Wir müssen jetzt los«, sage ich.

Als wir nach oben kommen, sind die Geier bereits in den Laden eingefallen und bedienen sich an den Flaschen. Der Laden ist rappelvoll. Alle sind so sehr mit Plündern beschäftigt, dass kaum jemand uns bemerkt, als wir nach draußen eilen.

XLI

Ich und Priya stürmen durch die Menge auf der Royal Mile und dann auf die George-IV-Brücke. River rennt hinter uns her. Zum Teufel mit den Schmerzen, Adrenalin verleiht mir Kraft. Es lag die ganze Zeit vor meiner Nase, aber ich habe es übersehen. Könnte mich treten. Mönche des nebligen Ordens. Wirkt eher seltsam, dass ein Haufen Schuljungen sich so benannt haben sollen ... aber ich dachte, es wäre eben irgendein pseudo-schniekes Hirngespinst. Wie sollte ein Schüler die Bruderschaft finden, wenn er sonst keine Informationen hat?

Der Nebel ist grau – und da ist das »nebelig«.

Die Antwort hat mein »Elementar, mein lieber Watson«-Gen angestupst, als ich über William von Ockham nachgedacht habe, aber ich konnte den Gedanken nicht richtig ... packen.

Wo findet man in Edinburgh Mönche?

Sie sind ausgestorben ... alle bis auf die sogenannten Mönche des nebligen Ordens.

Aber es gab sie früher einmal, vor der Reformation, damals, als Schottland noch katholisch war. William von Ockham war ein Ordensbruder, und das ist fast dasselbe wie ein Mönch. Der einzige Unterschied liegt darin, dass Ordensbrüder der Gemeinschaft dienen, während sich Mönche in die Einsamkeit zurückziehen. Es war nicht Ockham, der dieses Nagen in meinem Kopf ausgelöst hat; es war die religiöse Komponente. Ockham war nur der Schlüssel, der das Rätsel für mich entwirrt hat. Wir biegen nach rechts in eine kleine Gasse zwischen einem alten Pub und einem Wettbüro ab und eilen durch das schmiedeeiserne Tor auf das Gelände der Greyfriars Kirk. Ich schmeiße mein Rad auf den Boden und reiße meine Mbira aus dem Rucksack. Hier hat mal ein Franziskanerkloster gestanden, bevor es zur Kirche wurde.

Mönche des nebligen Ordens – graue Ordensbrüder. Greyfriars.

Auf dem Gelände ist es eiskalt, trotz des warmen Sommerabends. Ein klarer Hinweis auf die Anwesenheit eines Geistes.

Wer auch immer Besitz von den Schuljungen ergriffen hat, muss hier beerdigt sein … und ich weiß jetzt verdammt genau, wer das ist.

Die Kirche ragt im nachlassenden Sommerabendlicht vor uns auf. Ihre Fassade wird von fünf Fenstern beherrscht, in einem hohen Bogen angeordnet – wie ein Handabdruck aus Glas. Der Kirchhof ist weniger erhaben, eher unheimlich, gefüllt mit Gräbern und Grabsteinen. Die Denkmäler füllen fast den gesamten verfügbaren Platz. Einige der Gräber werden von eisernen Gittern geschützt; Safes, um die Toten vor Grabräubern und schamlosen Bibliothekaren zu schützen.

Ich hasse diesen Friedhof noch mehr als jeden anderen in der Stadt, weil die Tots hier echt durchgeknallt sind. Das Gelände ist von finsterer Energie erfüllt. Die Geister weigern sich, mit den Jahreszeiten zu fluktuieren, wabern in verwirrter Qual über die Erde.

Jeder in Edinburgh kennt die blutige Geschichte dieses

Ortes. Eine Minderheit von Presbyterianern hat sich den Veränderungen der Doktrin widersetzt, die Charles I. verlangt hatte. Vierhundert von ihnen wurden hierhergebracht, um gefoltert, ausgehungert und zurück in den Landfrieden gezwungen zu werden – oder sie sahen sich von Verbannung bedroht. Viele sind gestorben oder wurden als Verräter hingerichtet.

Man kann die Qualen und die Verzweiflung spüren, die in die Essenz dieses Ortes eingezogen ist und wie eine dicke Decke aus Grauen über allem liegt. Das Leiden und die schreckliche Pein, die diese Männer ertragen mussten, haben diesen Ort für alle Zeiten entstellt.

Ich wende mich nach rechts. In der Ferne, zwischen den Gräbern, steht eine Gestalt mit dem Rücken zu uns vor einem kleinen Feuer – in der Nähe eines prachtvollen Mausoleums, das von einer klassischen Kuppel gekrönt wird. Die Verzierungen sind prächtiger als die auf dem Mausoleum von David Hume auf dem Old Calton Burial Ground. Ich weiß, wer dort begraben liegt.

»Halte dich hinter mir«, sagt Priya, als wir uns nähern.

Rory MacCulloch steht fast unbeweglich da und beobachtet die Flammen. Rauch steigt in die Nachtluft. Er hat die Hände hinter dem Rücken verschränkt, das ist die Haltung eines Gentleman. Unter seiner Haut sehe ich die perückentragende Silhouette des Geistes, der mir auch in Bumblebeams Buch begegnet ist. Die Flammen brennen auf Tom Mounseys offener Aktentasche. Ein großer Haufen Dokumente wurde aufgestapelt, um das Feuer zu nähren. Wir müssen schnell sein, sonst ist alles weg.

»Sir George MacKenzie of Rosehaugh«, sage ich. »Lord Advocate, Gründer der Advocate's Library.«

»Endlich hast du meinen Namen herausgefunden, kleine

Nekromantin«, antwortet er. »Ich bewundere deine Hartnäckigkeit, aber ich fürchte, das wird dir nichts helfen.«

Er dreht sich zu uns um. Ein Bein folgt der Bewegung, das andere bleibt stehen wie davor. Diese marionettenhaften Bewegungen sind befremdlich und widerlich. MacKenzie sieht von mir zu Priya. Er atmet tief ein, um den Rauch der brennenden Dokumente in die Lunge aufzunehmen.

»Es ist Zeit, dass du dieses Reich verlässt, um niemals zurückzukehren«, sage ich.

»Ich habe meinem König und meinem Land besser gedient als die meisten, und dafür bin ich Bluidy MacKenzie getauft worden. Jetzt tue ich es wieder, nur um von einem kleinen Mädchen beleidigt zu werden, das quasi noch an der Brust seiner Mutter hängt?«

»Sie werden Rory MacCullochs Körper verlassen, oder ich schicke Sie im Namen meiner Autorität an den Anderen Ort. Und vertrauen Sie mir, niemand kehrt jemals aus dieser Ebene zurück.«

Er beginnt zu lachen, laut und lang. Das Geräusch durchschneidet die Stille. Seine Augen bewegen sich unabhängig voneinander, als hätten sie nichts miteinander zu tun. Innerhalb des Körpers erkenne ich den Schatten, der Rorys Aura umgibt. Wird eine ziemliche Aufgabe, MacKenzie auszutreiben, ohne den Körper zu verletzen. Ich hatte gehofft, dass es mit dem Namen möglich wäre, den Geist zu verscheuchen.

Ich verhandele lieber, als zu kämpfen.

»Ihr jämmerlichen Narren versteht immer noch nicht!«, schreit der Lord Advocate, sein Gesicht ist zu einer unmenschlichen Grimasse verzerrt. »Alles, was ich getan haben, habe ich für diese Nation getan. Und doch fährst du, die du mit dem Einen über Allen im Bunde stehst, damit fort, meinen guten Namen zu beschmutzen und Schottland in ein schlechtes Licht zu rücken. Jahrelang habe ich dabei zugesehen, wie Leute wieder und wieder versucht haben, unsere glorreiche Nation auf jedwede mögliche Weise zu vernichten. Diese Kinder haben Football mit meinem Schädel gespielt. Jetzt kehre ich zurück, um uns ein weiteres Mal zu schützen – und ich werde mich nicht von einem kleinen Mädchen stören lassen.«

Buhuhu, Geister und ihre verdammten Klagen. Absoluter Müll.

MacKenzie hebt die rechte Hand, und eine Thermosphäre materialisiert sich. Sie schießt auf uns zu, verfolgt von einem Schweif heißer Funken. Priya flüstert eilig ein paar Worte, und der Feuerball knallt gegen eine durchsichtige grünliche Schutzwand vor uns. Die Hitze vergeht in einem Schauer leuchtend orangefarbener Funken. Das ist ein Hitzeschild, ein Abwehrzauber, den ich erst noch meistern muss. Aber selbst dahinter spüre ich die Hitze der Flammen.

»Ropa, du musst diesen Ghul von hier vertreiben«, sagt Priya. »Du hast doch gesehen, was mit diesem Kerl im Whiskeyladen passiert ist.«

»Bin schon dran.«

Ich zupfe eine Note auf meiner Mbira, in dem Versuch, MacKenzies Harmonie zu stören – das unsichtbare Band, das ihn in dieser Welt festhält. Er jault vor Schmerz und springt zurück, wo er auf allen vieren landet. Habe ihn getroffen, aber nicht gut genug. Ich zupfe ein paar weitere Noten, treibe ihn zurück. Die Mbira ist ein Instrument, das schon seit Jahrhunderten eingesetzt wird, um sich um Geister zu kümmern, aber ich spüre seinen Widerstand gegen die Musik. Das Metall der Tasten liegt hart unter meinen Fingern.

MacKenzie schießt noch mal auf uns, heftig genug, um die Atmosphäre aufzuwühlen. Der Zauber saust als graues Schild auf uns zu, und Priya schmeißt sich nach vorn, um die Magie aufzunehmen. Ihr Rollstuhl wird von der Macht des Aufpralls nach hinten geschoben. Sie wirbelt einmal um ihre eigene Achse, murmelt eine anemoische Beschwörungsformel und schleudert die Magie mit doppelter Macht auf MacKenzie zurück.

Seine Augen werden groß, als die Druckwelle seine Brust trifft und ihn zwei Meter nach hinten wirft. Die Luft um ihn herum strahlt grünlich.

»Beschäftige ihn weiter, während ich die Dokumente rette«, schreie ich.

»Bin dran«, antwortet Priya.

Sie flüstert bereits weitere Beschwörungen und erzeugt damit eine heftige, entropische Verschiebung. Verdammt.

Ich renne hinter ihr zwischen die Grabsteine und auf das Feuer zu, dessen Flammen hoch in den Himmel schlagen. Der chemische Gestank ist so intensiv, dass ich würgen und husten muss. Wenn ich mich nur an den Poseidon-Zauber erinnern könnte.

Zum Teufel damit. Ich trete mit meinen treuen Stiefeln gegen den Scheiterhaufen. Hinter mir erhellen die grünen und orangefarbenen Blitze von Priyas Duell mit dem Geist die Kirche. Ich stampfe auf die Bücher und Dokumente, die vor mir brennen, als wäre ich bei einem Tanzabend, aber das magische Feuer scheint nicht löschbar zu sein.

»Kopf«, schreit Priya. Instinktiv ducke ich mich.

Sengende Hitze, als der Halleysche Komet über mich hinwegfliegt. Die Funken aus seinem Schweif kokeln mich an. Die Thermosphäre trifft MacKenzies Mausoleum und explodiert. Auf den Wänden bleiben Brandflecken zurück.

Verdammte Hölle, ich hätte gegrillt werden können. MacKenzie springt hin und her. Priya und er beschießen sich in einer solchen Geschwindigkeit mit Zaubern, dass mir der Atem stockt. Nie könnte ich da mithalten. Die Luft um sie herum wird von einem fast industriellen Smog verdunkelt, der mit jeder Sekunde, die das Duell dauert, dichter wird.

O Dreck, die Dokumente.

Ich schmeiße meinen Rucksack auf den Boden und ziehe den Laborkittel eilig aus, um damit die Flammen zu ersticken.

Etwas blitzt in meinem Augenwinkel auf. Bevor ich reagieren kann, trifft mich ein unglaublicher Stoß mitten in der Brust. Ich werde von den Füßen gerissen. Als ich mit dem Rücken auf den Boden knalle, schießt mir der Gedanke durch den Kopf, dass ich schon öfter Schläge eingesteckt habe … aber noch nie so.

Flammen wirbeln um mich herum.

Mein Hirn ist vernebelt.

Spüre die Versuchung, einfach die Augen zu schließen und eine Weile liegen zu bleiben. Nein, ich werde nicht in Ohnmacht fallen. Zwinge mich wieder auf die Füße. Der Boden schwankt. Jetzt weiß ich, wie sich ein Boxer fühlt, der einen Schlag gegen den Hinterkopf eingesteckt hat. Ich schaue gerade rechtzeitig auf, um zu sehen, wie Priya von einem heftigen Angriff nach hinten geworfen wird. Sie wird einfach aus ihrem Rollstuhl gerissen.

»Ich stand schon immer auf der Seite des Rechts«, schreit MacKenzie. »Das ist alles für Schottland.«

Er schmeißt eine Thermosphäre, aber Priya rollt sich sofort nach links, weg von ihrem Stuhl und hinter einen Grabstein. MacKenzie geht auf sie zu, wobei er bereits den nächsten Angriff vorbereitet. Ohne ihren Rollstuhl kann sie nicht entkommen.

Ich renne auf die beiden zu und werfe, ohne wirklich nachzudenken, meine Mbira, so fest ich nur kann. Das Instrument trifft MacKenzie. Er dreht sich mit gefletschten Zähnen zu mir um, zornentbrannt. Die Adern, die in seinem Gesicht pulsieren, sind schrecklich anzusehen. Seine Augen sind rot vor Blut. Rorys Körper ähnelt jetzt dem Monster, das in ihm steckt.

River taucht aus der Dunkelheit auf und beißt MacKenzie in den Unterschenkel, als er gerade den nächsten Zauber wirken will. Er schreit schmerzerfüllt auf und tritt nach ihr, sodass sie loslassen muss.

Das verschafft mir aber die Zeit, die ich brauche, um den Abstand zwischen uns zu überbrücken. Ich springe nach vorn und lege meine ganze Kraft in meine Faust. Treffe ihn am Kinn. Ich höre ein befriedigendes Knirschen, dann torkelt er nach hinten. Meine Hand schmerzt vom Aufprall. Er stolpert ein paar Schritte, dann lächelt er und spuckt mir zerbrochene Zähne vor die Füße. Dieser Schlag hätte einen Stier ausknocken müssen, aber nicht diesen Mistkerl. Ich greife nach meinem Dolch, doch dann fällt mir ein, dass ich zwar gegen MacKenzie kämpfe, der Körper vor mir aber jemand anderem gehört. Also hebe ich erneut die Fäuste, und zwar schnell, bevor er einen Zauber wirken kann.

Er duckt sich und boxt mich in die Rippen.

Autsch. Ich dachte, dieser Kerl soll Anwalt gewesen sein.

Bevor er mich wieder drankriegt, trete ich ihm mit meinen Stahlkappen gegen das Schienbein. Noch während er nach hinten stolpert, schickt er eine weitere Druckwelle in meine Richtung. Ich hebe die Hände, wie ich es vorhin bei Priya gesehen habe, und versuche, rückwärts auf der Welle zu reiten. Doch statt die Kraft aufzunehmen, knalle ich gegen einen massiven Grabstein. Tut weh wie Hölle.

»Prometheus«, schreie ich und starte damit ein Feuerwerk aus gleißend hellen weißen Funken.

MacKenzie schlägt sich eine Hand vor die Augen. Stinkender Smog hängt so dicht in der Luft, dass mir das Atmen schwerfällt. Ich rolle zur Seite und ducke mich, bevor er sich erholen kann. Gleichzeitig reiße ich meine Zwille aus der Tasche.

Als ich mit geladener Zwille wieder aus der Deckung springe, ist MacKenzie verschwunden.

River trottet an meine Seite.

Priya schließt sich uns an, wieder in ihrem Stuhl und bereit zum Kampf.

»Wo ist er?«

»Keine Ahnung. Haltet Augen und Ohren offen.«

Sie grinst. »Ich liebe diese Scheiße.«

»Psycho.«

Sie hebt meine Mbira vom Boden auf und stopft sie in die Tasche neben ihrem Sitz.

Ich mache mir jetzt schon fast in die Hose. Wir befinden uns auf seinem Terrain. McKenzie ruht schon seit Jahrhunderten hier und hat wahrscheinlich einen Großteil seiner Zeit damit verbracht, über diesen Friedhof zu wandern, bis er ihn wie seine Westentasche kannte. Mein Magen ist hart wie ein Stein, ich bin nervös, und mein gesamter Körper schmerzt. Meine Augen brennen von der Helligkeit des Prometheus-Feuerwerks. Der Smog verhüllt alles, als ich mich auf dem Kirchhof umschaue und nichts entdecke außer Grabsteinen, Bäumen und Trostlosigkeit.

Schritte hinter uns. Ich wirbele herum und feuer meine Zwille ab, einen Prometheus-Zauber darin. Der Stein explodiert mitten in der Luft und verteilt Schrapnell.

Nichts da.

Eiliges Nachladen.

Ein fliehender Schatten im Augenwinkel … ist nichts als ein alter Ghul, der sich aus dem Jenseits erhoben hat, um mit leeren Augen die Show zu beobachten. Ein paar andere tauchen auch noch auf. Erschwert mir die Konzentration. MacKenzie könnte hinter jedem der unzähligen Grabsteine lauern, die aus dem Boden ragen. Und er weiß, dass wir ihn verletzen können, was mich supernervös und ihn nur noch gefährlicher macht. Ein Feind, den ich sehen kann, ist mir lieber.

Wir wandern die Steigung des Friedhofs nach unten, nähern uns der Außenmauer. Er muss hier irgendwo sein. Ich kann spüren, wie er uns beobachtet und auf den richtigen Moment wartet.

River läuft vor uns her, die Nase witternd erhoben.

Das ist mein Mädchen. Finde den Wichser.

Gott, ich hasse alte Friedhöfe.

Hinter mir raschelt Laub. Ich schaue auf und entdecke eine dunkle Gestalt, die aus dem Blätterdach springt. Zusammen fallen wir auf ein Grab. Jahwe sei gedankt für das weiche Gras, aber seine Hände liegen um meine Kehle. Ich kann nicht atmen.

Priya schreit einen Zauber, aber als River MacKenzie anspringt, kann sie nicht feuern. Mein Mädel schafft es, den Ghul abzulenken. Er springt von mir herunter und rennt auf die alte Kirche zu. Ich jage ihn, als er mit unnatürlicher Grazie an der Wand nach oben klettert, bis Priya ihn mit einer Druckwelle beschießt. Er reagiert mit einem Hagelsturm aus Thermosphären, sodass ich Deckung suchen muss.

»Jetzt habe ich aber genug von deiner Respektlosigkeit, kleines Mädchen«, schreit MacKenzie. »Wird Zeit, das mal zu Ende zu bringen.«

Sein Sperrfeuer zwingt Priya zurück und droht, das Hitzeschild zu durchbrechen, das sie beschworen hat. Züngelnde, orangefarbene Flammen nagen an ihrer zerbrechlichen, grünen Barriere.

Ich springe aus der Deckung und renne auf MacKenzie zu. Gleichzeitig reiße ich Cruickshank aus der Tasche. MacKenzies Wut ist überwiegend auf Priya konzentriert, doch als er bemerkt, dass ich den Schal wie ein Lasso herumwirble, hebt er die Hände, um zu zielen.

»Cruickshank, binde ihn«, befehle ich und lasse los.

Der Schal trifft MacKenzie im Gesicht, schlingt sich eilig um seinen Kopf und fesselt dann auch die Arme an seine Seiten. MacKenzie windet sich wie wild, doch Cruickshank hält ihn fest wie eine Python. Zur Sicherheit werfe ich ihn noch mit einem Tritt gegen die Brust zu Boden.

»Hier«, sagt Priya und wirft mir meine Mbira zu.

Ich fange das Instrument auf und spiele eine wilde Melodie, nagele damit den besessenen Jungen auf dem Boden fest und durchtrenne MacKenzies Verbindung zum AllDort. Er heult hinter dem Stoff des Schals vor Schmerzen, als ich »Muzambiringa Munenyemba« spiele, wie Gran es mir beigebracht hat. Meine Daumen zupfen mit wilder Kraft, um diese uralten Harmonien zu erzeugen, die die Lebenden und die Toten verbinden und so typisch für die Shona-Magie sind. Ich unterwerfe MacKenzie meiner Autorität. Er bekommt einen Anfall, liegt zuckend auf dem Boden, doch jetzt habe ich ihn. Die Metallzungen der Mbira unter meinen schwieligen Fingern werden weicher, als meine eigene Macht an Kraft gewinnt. Jede Note ist das Glied einer Kette, das seinen Platz findet.

»De, de, zengene uyo ndiani, Rory MacCulloch sengrudze peya tsve …«

»Bitte, hör auf«, schreit MacKenzie. »Lass mich in Frieden ins AllDort zurückkehren. Ich werde dich nicht mehr belästigen, kleine Hexe.«

»Darüber sind wir schon hinaus, Sir George MacKenzie«, antworte ich.

»Hab Gnade, ich bitte dich. Alles, was ich in meinem Leben und darüber hinaus getan habe, habe ich zum Besten meines Volkes getan. Für den Ruhm Schottlands.«

»Ihr seid nicht die erste Person, die so etwas behauptet, Lord Advocate. Doch Ihretwegen sind Männer gestorben und ein weiterer Junge ist auf dem Weg dorthin. Aber nicht mit mir, hören Sie? Nicht, solange ich eine Geistersprecherin bin. Sie haben Ihre Gastfreundschaft überbeansprucht.« Ich presse meine rechte Hand auf seine Stirn. Meine Handfläche beginnt zu schmerzen, doch ich beiße die Zähne zusammen und bleibe standhaft. »Sir George MacKenzie of Rosehaugh, ich binde Sie mit meiner Autorität und breche hiermit jeden Halt an Rory MacCulloch, Max Wu, Doug Duffie oder jeden anderen aus dem nebligen Orden.« Ich muss auch die anderen einschließen, nur für alle Fälle, weil ich nicht weiß, wie viele Schüler sich der Bruderschaft angeschlossen haben.

Ein heftiger Wind erhebt sich zusammen mit meiner Wut, wirbelt Erde und Blätter auf und lässt die Bäume schwanken.

»Ich verstoße Sie von der Erde und schneide Sie vom AllDort ab, da Sie das Recht der Natur gebrochen haben. Und im Namen meiner Autorität treibe ich Sie aus an den Anderen Ort, die Ebene, von der niemand jemals zurückkehrt.«

Ein Lärm wie Donner erklingt, und am Himmel direkt über den Baumwipfeln öffnet sich ein dunkles Portal. Es ist ein formloser Fleck aus solch allumfassender Finsternis, dass es schwerfällt, ihn anzusehen. Und das Portal übt eine schreckliche Anziehungskraft aus. Sie zerrt so heftig an MacKenzies Seele, dass Rory MacCulloch einen halben Meter in die Luft gehoben wird. MacKenzie kämpft mit aller Kraft darum, in seinem Wirt zu verbleiben. Sein grotesker Geist verwandelt sich in einen alten Mann mit gepuderter Perücke, während er sich gegen den Sog des Anderen Ortes wehrt. Doch jetzt ist er hilflos.

Sobald seine Seele Rorys Körper vollständig verlassen hat, fällt der Junge schlaff zu Boden.

MacKenzie wird in die Luft gerissen.

Er sucht verzweifelt nach einem Anker, doch ich beginne noch einmal, meine Mbira zu spielen, um sicherzustellen, dass seine Harmonien das AllDort nicht finden können. Für ihn gibt es jetzt nur noch ein Ziel. Einen Ort, der gar kein Ort ist.

Und da fliegt er davon, in diese monströse Leere. Die Füße zuerst, dann der Rest. Doch er kämpft immer noch, klammert sich an den Ereignishorizont. Nur Kopf und Schultern stehen noch heraus, verzerrt und entstellt von der überwältigenden Schwerkraft des Anderen Ortes.

»Du verstehst nicht, was du tust, Nekromantin. Der Eine über Allen wird dich erwischen. Du hast diese Stadt dem Untergang preisgegeben, hast Schottland und diese gesamte Ebene verdammt.«

Ich höre auf zu spielen und zeige ihm ein V, gerade als er endlich vom Hunger des Anderen Ortes verschlungen wird.

Der Wind verstummt.

Eine Last hebt sich vom Kirchhof.

Das Portal schließt sich … schrumpft zu einem winzigen Punkt, der ebenfalls vergeht. Niemand kehrt von dort zurück. Niemals.

»Wow, das war irre«, meint Priya grinsend. »Weißt du, für ein Greenhorn bist du echt der Renner.«

»Und du hast ziemlich coole Zauber auf Lager … für eine Heilerin.«

»Schau uns an. Hier stehen wir und blasen uns gegenseitig einen, und das ausgerechnet auf einem Friedhof. Echt superkrass.«

Ich finde, Priya genießt solchen Mist ein bisschen zu sehr. Ich bin einfach nur froh, dass ich die Nummer unbeschadet überstanden habe. Bin kein großer Fan von so irrer Scheiße, aber ein Mädel muss eben seinen Job erledigen. Es sollte einfachere Wege geben, mir meinen Lebensunterhalt zu verdienen. Natürlich war es befriedigend herauszufinden, wer hinter der ganzen Sache gesteckt hat … aber ich muss zugeben, klingende Münzen wären mir lieber gewesen. Mit Befriedigung kann man sich im Laden an der Ecke kein Essen kaufen.

Ich wickele Cruickshank von Rorys Gesicht ab und werfe mir den Schal um die Schultern. Dann trete ich zurück, damit Priya den Jungen untersuchen kann. Sein Körper ist so heiß, dass man ein Spiegelei auf ihm braten könnte. Aber gleichzeitig wirkt seine Miene unendlich friedlich, und ich kann keinerlei Dunkelheit mehr in seiner Aura erkennen. Er scheint gelassen und glücklich zu sein, wie ein Kämpfer, der ausgeknockt wurde.

Priya schnappt sich ihr Medikit von unter dem Stuhl, zieht einen Kristall heraus und stellt ihn auf Rorys Brust.

»Wird er sich erholen?«, frage ich.

»Jepp. Ich werde die Klinik anrufen, damit sie jemanden herschickt.«

Aschefetzen rieseln aus der Luft zu Boden, Papierfetzen, verbrannte Seiten.

O nein.

Ich eile zu den Resten von MacKenzies geisteskrankem Lagerfeuer. Aber da ist nur noch ein Haufen rauchender Asche, ein paar versengte Seiten und ein paar Einbände. Ich schaffe es, wenige Bücher zu retten, und vielleicht sind ein paar der verkokelten Dokumente noch lesbar, aber größtenteils kann man es vergessen. Da geht die Papierspur hin.

Mir bleibt nichts anderes mehr übrig. Ich ziehe die Serviette mit Toms unterschriebenem Vertrag heraus und flüstere einen Prometheus-Feuerzauber. Eine Flamme kriecht an der Serviette nach oben, bis sie fast meine Finger verbrennt. Erst dann lasse ich los und beobachte, wie die Asche vom Wind verweht wird.

Wie gewonnen … so zerronnen.

Ich schicke Jomo eine Nachricht, dass er seinen Vater oder die Archivare zur Greyfriars Kirk schicken soll. Dr. Maige wird nicht begeistert sein über das Schicksal seiner kostbaren Dokumente, das ist mal sicher.

Ich hebe meinen dreckigen, verbrannten Laborkittel auf und zieh ihn wieder an, dann geh ich auf die Knie, um River zu untersuchen. Die Luft ist geschwängert mit Rauch und Asche, aber vielleicht leuchten irgendwo über uns immer noch die Sterne.

Als ich wieder aufstehe, ist der Friedhof voll mit verlorenen Geistern aus einer anderen Zeit. Überall um mich herum stehen die grauen Schatten von Männern in schrecklicher Mode, mit Ketten an den Füßen. Dies sind die Covenanters – Männer, die wegen ihres Glaubens verfolgt wurden. Mir wird klar, dass es dieser Schmerz ist, der ihnen nicht erlaubt hat weiterzuziehen.

Ich erinnere mich an die Worte, die meine Großmutter

einmal ausgesprochen hat, und erkläre ihnen: »Geht jetzt, meine Freunde. Ihr habt in dieser Welt nichts mehr zu erledigen. Ich befreie euch von eurem Schmerz und eurer rechtschaffenen Wut. Ich schenke euch nichts als Wärme und Liebe im Herzen, um diese Gefühle mitzunehmen in die Hallen eurer Vorfahren. Damit sie, wenn ihr das weite Land betretet, wo das Gras hoch wächst und das Vieh fett ist, wo die Sonne zweimal täglich aufgeht, einmal im Osten und einmal im Westen, sie eure Herzen gegen eine Feder wiegen können und feststellen, dass sie leichter sind. Macht euch jetzt auf den Weg, alles ist gut.«

XLII

Im Pausenraum der Klinik kippe ich auf ein paar Stühlen aus den Latschen, während Priya mich heilt. Aufgeweckt werde ich vom Duft von Kaffee. Das gleißende Morgenlicht, das durch die breiten Fenster fällt, blendet mich. Jemand hat eine dieser dünnen Krankenhausdecken über mir ausgebreitet.

»Du schnarchst wie ein Traktor«, sagt Lethington und rührt in seinem Kaffee. »Wie willst du deinen?«

»Mit viel Milch und Zucker.«

»Weißt du, es war wirklich faszinierend, Behandlungen aufleben zu lassen, die seit hundert Jahren auf dieser Insel nicht mehr praktiziert wurden. Die Neuausrichtung einer derangierten Seele, und das gleich zweimal an einem Abend! Solltest du jemals ein Interesse an Heilung und Kräuterkunde entwickeln, wäre ich mehr als glücklich, dich unter meine Fittiche zu nehmen.«

Immer noch ein wenig benommen wische ich mir den Dreck aus den Augenwinkeln. Ich kann den Rauch des Feuers noch an meiner Kleidung riechen. Aber ich fühle mich toll. Irgendwie erleichtert. Ich nehme meinen Kaffee von Lethington entgegen. Er mustert mich über seine Nickelbrille hinweg und reicht mir eine Packung Jammie Dodgers.

»Du kannst dich jederzeit an meinem Vorrat bedienen, Langfinger«, sagt er.

»Cheers.«

»Wenn du fertig bist, komm in MacCullochs Zimmer. Dein Mentor hat schon nach dir gefragt.«

Ich plündere den Kühlschrank und werfe River ein bisschen Käse zu, bevor ich meine Kekse und den Kaffee einatme. Dann falte ich die Decke und stelle die Stühle wieder an ihren Platz. Erwarte nie von irgendwem, dass er hinter dir aufräumt, das hat Gran mir beigebracht … und daran halte ich mich, egal, wo ich gerade bin. Dann strecke ich mich einmal ordentlich.

»Komm, Mädel. Die Sonne wartet nicht mal auf Könige.«

Ich gehe davon aus, dass mein Job erledigt ist, also ziehe ich den Kittel aus und hänge ihn wieder an den Haken an der Wand, neben die anderen. Große Brandlöcher auf dem Rücken und ein paar kleinere schwarze Flecken, wo mich Funken getroffen haben. Ist jetzt eher ein Netz als ein Laborkittel. Ich schnappe mir meinen Rucksack und den Rest meiner Sachen, bevor ich durch den Flur zu Rorys Zimmer gehe.

Beschwingten Schrittes wandere ich an den beruhigenden Bildern an den Wänden vorbei.

Der Duft von Kräutern und Duftölen erfüllt die Luft.

Ich komme in Rorys Zimmer an und bleibe im Türrahmen stehen. Callander steht am Fuß von Rorys Bett, neben Cockburn und einem Mann, der Rorys Dad sein muss. Er bittet mich herein, dann legt er mir eine Hand auf die Schulter.

»Lord MacCulloch, erlauben Sie mir, Ihnen Ropa Moyo vom Allgemeinen Entdeckungsdirektorat vorzustellen. Sie war maßgeblich daran beteiligt, das Heilmittel für Ihren Sohn zu finden.«

»Ich empfinde aufrichtete Dankbarkeit«, sagt der Lord

mit einem Akzent, der so nobel ist, dass er quasi seine eigenen Serviette faltet. Er ergreift meine Hand und schüttelt sie heftig. Die Piaget-Uhr an seinem Handgelenk führt mich ernsthaft in Versuchung. »Sie haben Ihrer Institution Ehre gemacht, junge Dame. Ich bin im Auftrag Ihrer Majestät in Europa unterwegs gewesen, als dieses schreckliche Debakel seinen Lauf genommen hat.«

Er ist ein klein gewachsener, rundlicher Mann in einem zweireihigen Anzug, natürlich maßgeschneidert, mit rötlichem Gesicht und einer Stupsnase, die jedem Mops Freude bereitet hätte. Rory sitzt an frische Kissen gelehnt aufrecht in seinem Bett, die Augen geschlossen und mit einem glückseligen Lächeln auf den Lippen.

Cockburn sagt: »Da wären noch disziplinarische Erwägungen. Nicht genehmigter Umgang mit extranaturalen Charakteren ist für die Gesellschaft der Skeptischen Fragenden eine ernste Angelegenheit.«

Sie mag nicht meine liebste Person auf der Welt sein, aber nach allem, was geschehen ist, sollte diesen kleinen Mistkerl seine wohlverdiente Strafe ereilen.

»Der Junge ist ein Schüler der Edinburgh-Schule. Als solcher obliegt die Verantwortung für seine Strafe uns«, sagt Wedderburn leise. Er steht neben dem Fenster. Dabei erinnere ich mich genau, wie er mir erzählt hat, dass die Schule während der Ferien keine Verantwortung für ihre Schüler trägt.

»Diese Angelegenheit ist zu ernst und muss vor dem Disziplinarkomitee der Gesellschaft verhandelt werden«, beharrt Cockburn.

»Der Rektor hat recht. Wenn die Edinburgh-Schule die Disziplinierung nicht an uns abgeben möchte, unterliegt das ihrer Verantwortung«, erklärt Sir Callander.

Cockburn wirft ihm einen gekränkten Blick zu. »Und was gedenkt die Schule zu unternehmen?«

»Es wurde kein dauerhafter Schaden angerichtet, nicht wahr? Dieser loyale Diener des Königs wäre ausgesprochen dankbar, wenn Sie gewisse mildernde Umstände für das uncharakteristische Verhalten meines Sohnes geltend machen würden«, sagt Lord MacCulloch. »Der Junge hat vor Kurzem seine Mutter verloren und leidet darunter sehr. Sicherlich können wir uns darauf einigen, dass psychische Probleme schwer auf der heutigen Jugend lasten. In Kombination mit der Trauer sollte man Mitgefühl und Verständnis aufbringen.«

»Er hat Umgang mit rachsüchtigen Entitäten gepflegt«, sagt Cockburn.

»Dann müssen Sie zustimmen, dass die Handlungen nicht allein seinem Willen entsprungen sind. Er stand unter dem Einfluss eines uralten, bösartigen Geistes.«

»So habe ich das nicht gemeint.«

»Sie haben das aber mit Ihrer Wortwahl impliziert. Es sei denn, Sie möchten Ihre Äußerung zurückziehen. Natürlich bin ich der Vater des Jungen und muss ein gewisses Maß an Verantwortung dafür unternehmen, dass ich ihn nicht angemessen beaufsichtigt habe. Aber Sie müssen verstehen, dass meine Aufmerksamkeit abgelenkt war, aufgrund der Mühen, die es bedeutet, im Namen des Königs in Europa tätig zu sein.«

Lord MacCulloch erwähnt immer wieder den König – erinnert jeden hier daran, welch gute Beziehungen er zu unserem Monarchen pflegt. Bestraft meinen Sohn, und ihr müsst euch vor einer höheren Instanz verantworten, das ist es doch, was er wirklich sagen will. Aber wir haben Regeln, oder? Auf keinen Fall kann diese ganze Sache ohne Strafe enden.

Ich vermute, Rory MacCulloch wird zumindest von der Schule geworfen. Damals, als ich mich noch im Bildungssystem befand, sind einige Kinder für sehr viel weniger von der Schule geflogen, also warte ich auf Wedderburns Antwort.

»In Anbetracht aller uns zur Verfügung stehenden Informationen gehe ich davon aus, dass unsere Reaktionen immer angemessen und im besten Interesse unserer Schüler sein müssen, und natürlich der Gemeinschaft, der wir dienen. Daher stimme ich Lord MacCulloch darin zu, dass psychische Probleme ein ernst zu nehmendes Argument sind. Rory ist ein trauernder junger Mann, der von seinem verschlagenen Standesgenossen Max Wu vom rechten Weg abgebracht wurde. Max Wu wird vom Schulbesuch ausgeschlossen. Rorys Rückkehr auf unsere Institution allerdings hängt von seinem weiteren Verhalten ab, so muss er regelmäßig mit unserem Schulpsychologen sprechen. Ich denke, das ist eine faire, angemessene und befriedigende Lösung. Soweit es Doug Duffie und den Rest der sogenannten Mönche des nebligen Ordens betrifft, werden wir herausfinden, wer sie sind, ihre geheime Bruderschaft auflösen und ihre Rehabilitierung auf einer Fall-zu-Fall-Basis angehen.«

»Jungen sind nun einmal so. Aber ich kann Ihnen versichern, dass ich mit Rory streng ins Gericht gehen werde, sobald er sich erholt hat und wieder nach Hause kommt«, sagt der Lord voller Befriedigung. Er wendet sich an Rory: »Keine Videospiele, kein Internet, keine Rapmusik und definitiv keinen Pudding für den Rest des Sommers, junger Mann.«

Wow. Das ist ja mal harsch. Max Wu wird von der Schule geschmissen – obwohl er nicht derjenige war, der durch die Stadt gelaufen ist und Leute gegrillt hat –, ich werde aus der Bibliothek ausgeschlossen, und Rory muss nur eine Weile ohne Pudding auskommen. Echt geil.

Callanders Miene ist weiter ausdruckslos, und Cockburn kocht offensichtlich vor Wut. Aber Wedderburn wirkt ziemlich entspannt, als wäre er ein Mitglied des Altherrenclubs.

»Nun, freut mich, dass diese Angelegenheit zur allgemeinen Zufriedenheit gelöst werden konnte. Ach, aber leider ist einem Diener des Königs keine Ruhe vergönnt, also werde ich mich jetzt verabschieden. Rektor Wedderburn, bitte begleiten Sie mich nach draußen. Ich habe in Ihrem letzten Newsletter gelesen, dass die Schule Spenden sammelt, um den Rugby-Pavillon zu renovieren? Lassen Sie mich schauen, ob ich dabei helfen kann«, sagt Lord MacCulloch und wendet sich zur Tür.

Ich bin wie vor den Kopf geschlagen und stinksauer. Aber wir müssen gesammelt so tun, als wäre alles in Butter, obwohl diese Sache mehr stinkt als das neue Loch.

»Sir Callander, ich muss …«, setzt Cockburn an.

»Soweit es die Gesellschaft angeht, hat die Edinburgh-Schule die Angelegenheit angemessen geregelt«, antwortet der Sekretär und folgt Wedderburn und MacCulloch aus dem Zimmer.

Cockburn kocht weiter sichtlich vor Wut, doch sie reißt sich zusammen und macht sich zum Aufbruch bereit. Ich beschließe, etwas zu riskieren, nachdem ich doch gerade Heldentaten begangen habe und eine Belohnung verdiene.

»Besteht irgendeine Chance, dass ich meinen Test bald wiederholen darf?«, frage ich.

»Wenn es nach mir geht, wird das nie passieren«, antwortet sie, bevor sie aus dem Raum rauscht.

Dreckmist. War sinnlos, es bei ihr auch nur zu versuchen. Ich werde das einfach mit Callander regeln. Im Türrahmen drehe ich mich noch mal um und sehe, wie Rory die Augen öffnet. Und dann zeigt mir der Kotzbrocken grinsend den Stinkefinger.

Manchmal muss man sich erinnern, sich nur um den eigenen Kram zu kümmern, weil man sich sonst ständig einen Kopf über Dinge macht, die nichts mit einem selbst zu tun haben. Ich glaube, Reinhold Niebuhr hat etwas in der Art gesagt. Ist immer noch wahr. Ich habe meinen Teil jedenfalls erledigt, und um den Rest müssen sich jetzt andere kümmern. Gibt nicht mehr viel, was ich machen kann, weil ich letztlich eben doch nur eine unbezahlte Praktikantin bin.

Sir Callander wartet im Flur auf mich. Seine Miene ist ausdruckslos, und ich weiß, dass es keinen Sinn hat, mit ihm über all das Zeug zu sprechen. Von Beginn an, als ich zum ersten Mal die Bibliothek betreten und mich später auch der Gesellschaft angeschlossen habe, habe ich gelernt, dass dieser ganze Magiequatsch nach einer ganz eigenen Logik funktioniert, die offenbar gar nichts mit gesundem Menschenverstand zu tun hat. Sie erzählen dir, dass Schwarz Weiß ist und Weiß Schwarz. So ticken Magier einfach.

Ist unglaublich ermüdend.

»Sie haben sich sehr wacker geschlagen, Miss Moyo«, sagt Callander.

Fühlt sich allerdings nicht so an. Rory kommt ungeschoren davon … und jede Chance, dass ich auch nur ein kleines Stück von dem Vermögen sehe, ist in Rauch und Asche aufgegangen.

»Ich bin mir nicht sicher, ob es schon vorbei ist. Diese Sache mit dem Einen über Allen nagt noch an mir«, antworte ich.

»Sprechen Sie leiser.« Callander sieht sich um, aber der Flur ist leer.

»Mir fällt nur eine Person ein, auf die diese Beschreibung passt.«

»Und wer soll das sein?«

»Der König«, flüstere ich.

Callander mustert mich streng, aber ich halte dagegen. Wer sonst sitzt über uns allen? Wer sonst hat die Macht, Spione auszusenden? Das ist Geheimdienstdreck. Erinnert mich an das, was ich über die Sowjetunion und die Amerikaner während des kalten Krieges gelesen habe. Ständig haben sie sich in den Schatten gegenseitig ein Bein gestellt.

Bei dieser ganzen Sache ging es darum, die Kontrolle über die Gesellschaft der Skeptischen Fragenden zu erringen, indem man sich ihr Vermögen schnappt. Ich weiß, dass die Gesellschaft ihre Anteile in der Bank nicht an einen anderen Ort verlagern kann. Aber der König kann diese Anteile auch nicht einfach einziehen. Zumindest nicht auf legalem Weg.

Der Beweis in Bezug auf das Paterson-Vermögen wäre der Schlüssel gewesen. Das hätte als Ausrede genügt, um jegliches Geld einzuziehen. Englische Monarchen sind solchen Winkelzügen durchaus nicht abgeneigt … fragt nur mal die Katholiken. Aber sollte der König so etwas ohne triftigen Grund tun, würde er die gesamte schottische Magie gegen sich aufbringen. Und das wäre ein echter Shitstorm. Nein, diese Herangehensweise war die sauberere Lösung. Es spielte keine Rolle, dass der Spion, der sich selbst Mounsey nannte, kein echter Nachfahre von Paterson war. Nötig war nur der Beweis für ein Fehlverhalten der Gesellschaft, um die Vermögenswerte der Gesellschaft in der Bank zu konfiszieren. Aber da kommt noch mehr … Seit der Katastrophe ist die Royal Bank of Scotland nur noch ein Schatten ihres früheren, gigantischen Selbst. Also hätten sie wahrscheinlich nicht die Kohle gehabt, um die Schulden aus dem Paterson-Vermögen zu zahlen. Wir sprechen hier von nicht ausgezahlten Dividenden und Zinsen aus über dreihundert Jahren. Wenn der König also darauf gedrängt hätte, dass das Vermögen Mounsey – alias der Krone in Verkleidung – ausgezahlt würde, wäre der Anteil der Krone danach groß genug gewesen, um die gesamte Bank zu übernehmen. Die Schulden hätten außerdem die Gesellschaft in den Ruin getrieben, weil ich mir kaum vorstellen kann, dass sie irgendwo anders noch genügend Zaster rumliegen haben, um alles zu blechen. Sicher, Callander ist ziemlich kratzbürstig, wenn es um die Unabhängigkeit der Gesellschaft geht. Aber wes Brot ich ess, des Lied ich sing. Und damit hätte der König ab diesem Zeitpunkt die schottische Magie für alle Zeit beherrscht und damit Schottland noch effektiver unter seine Knute gebracht.

Aus diesem Loch hätte es kein Entkommen gegeben … und ich stand kurz davor, genau dafür zu sorgen. Bei dem Gedanken wird mir eiskalt.

Doch die Handlungen des Königs waren so ungeheuerlich, dass sie sogar die Geisterwelt berührt haben. Und so hat sich der bekennende Monarchist Sir George MacKenzie aus einem Grab erhoben, in dem Versuch, sich zu rehabilitieren – in gewisser Weise, um Schottland zu retten. MacKenzie hat den Spion getötet, der sich selbst Thomas Mounsey nannte. Und hat dabei auch die Beweise zerstört, die nötig gewesen wären, um die schottische Magie zu verkrüppeln … Ich vermute, auf fast perverse Weise haben wir tatsächlich auf derselben Seite gestanden. Trotz der Tatsache, dass ich quasi aktiv mit der anderen Seite zusammengearbeitet habe.

Aber McKenzie hat diese Kinder ausgenutzt, um seine Ziele zu erreichen. Mir blieb keine andere Wahl, als ihn auszutreiben.

»Sie werden mit niemandem über Ihren Verdacht sprechen, nicht mal mit Ihren Freunden, haben Sie das verstanden?« Callander wirkt grimmig und aufgewühlt. »Mein Vorgänger in der Gesellschaft hat einen Angriff auf unseren aktuellen Monarchen gestartet – gerade zu der Zeit, als er während der zweiten Restauration an die Macht kam. Das war ein desaströser Fehler, der uns viel gekostet hat. Es scheint, als hätte der König nicht vergessen, dass sich die schottische Magie ihm entgegengestellt hat. Ich habe meine gesamte Amtszeit als Sekretär der Gesellschaft damit verbracht, die Auswirkungen dieser Fehleinschätzung abzumildern und beflissen jede weitere Konfrontation mit London zu vermeiden. Wir müssen sehr, sehr vorsichtig vorgehen. Verstehen Sie, was hier auf dem Spiel steht, Miss Moyo? Die Unabhängigkeit der Gesellschaft und die Zukunft der gesamten schottischen Magie.«

Ich nicke.

»Gut. Wenn Sie mich jetzt entschuldigen wollen. Wie Sie sich sicher vorstellen können, habe ich eine Menge zu tun. Bitte bereiten Sie Ihre Familie vor; ich werde Ihnen morgen einen Besuch abstatten.«

»Noch eine Sache«, sage ich. Es ist irrsinnig, aber die Institution, für die ich arbeite, beruht letztlich auf gestohlenem Geld. Ich muss zumindest versuchen, irgendeinen Vorteil für mich herauszuschlagen. »Wann kann ich noch mal die Prüfung ablegen, um ein echter Lehrling zu werden?«

»Dafür haben wir noch jede Menge Zeit. Im Augenblick müssen wir uns um wichtigere Themen kümmern.«

Damit verschwindet mein Mentor mit besorgter Miene.

Aber diese Probleme liegen über meiner Gehaltsklasse. Trotzdem hänge ich weiter in der Luft. Bin mir nicht ganz sicher, wo mein Platz in der Gesellschaft ist. Ich kann nicht ewig unbezahlte Praktikantin bleiben. Ich muss richtige Kohle verdienen, sonst werde ich mich der verdammten Geistersprecherei zuwenden müssen. Mal wieder. Nein, das wäre ein Schritt zurück. Ich habe zu viel gelernt, um noch mal damit anzufangen. Vielleicht muss ich immer noch meinen Beitrag leisten, aber auf die eine oder andere Art werde ich groß herauskommen. Zum Teufel – da fällt mir ein, dass ich noch eine Sache zu erledigen habe, bevor ich diese Klinik verlasse.

***

Es ist wärmer, als ich Max Wus Zimmer betrete – normale Raumtemperatur – nachdem ich Lewis eine »Auftrag ausgeführt«-Nachricht geschrieben habe. Die Kristalle sind verschwunden. Max ist wach. Sieht zwar ein bisschen mitgenommen aus, aber ich habe freitagabends auf dem Fleshmarket schon Schlimmeres gesehen. Seine Mutter, Connie, sitzt neben ihm auf dem Bett, Bing in einem Sessel neben ihnen.

»Die Heldin der Stunde«, sagt Priya, als ich eintrete. Ich verstehe einfach nicht, wie sie so frisch aussehen und klingen kann, nachdem sie die Nacht durchgemacht hat.

»Hast du vor, dich in nächster Zeit noch mal mit Geistern einzulassen?«, frage ich Max.

Er schüttelt peinlich berührt den Kopf.

Jeder, der noch Schamgefühle empfindet, ist in meinen Augen noch nicht unwiederbringlich verloren.

»Sobald ich herausgefunden hatte, dass der Name der Mönche auf den Greyfriars-Friedhof hinweist, musste ich diesen Ort einfach nur besuchen. Dann habe ich als nächsten Hinweis den Grabstein gesucht, auf dem der Beithir unserer Schule abgebildet ist. War wie eine Schnitzeljagd. Ein Trottel wie ich wird nicht mal zu Partys eingeladen, ganz zu schweigen von geheimen Bruderschaften … also fand ich es toll, als sie mich aufgenommen haben. Wir haben coole, arkane Magie gewirkt, die Art von Mystizismus, die an der Schule verboten ist. Es war mega, verschiedene Friedhöfe zu besuchen, durch die Ebenen zu springen, unser Bewusstsein zu erweitern. Wir hatten einfach Spaß. Und dann … dann kam Sir George MacKenzie. Wir wussten, dass wir etwas Schlimmes in die Welt eingelassen hatten, und hatten Angst. Ich konnte den Geist im Spiegel sehen und so. Er hat mich heimgesucht, ist mir überallhin gefolgt.«

»Darum musst du dir keine Sorgen mehr machen«, sage ich.

»Max ist von der Schule geflogen«, sagt Bing bitter. »Gott sei Dank. Und danke dir, Ropa.«

»Ich glaube, ich werde mich stattdessen an etwas Sicherem versuchen, wie zum Beispiel Buchhaltung«, meint Max nüchtern. »Keine Magie mehr für mich, vielen Dank auch. Ich kann gar nicht glauben, wie dumm ich war.«

Ich kann nicht umhin zu bemerken, wie mühelos für einen Schüler der Edinburgh-Schule offenbar der Übergang von Magie zur Hochfinanz ist.

»Kinder schließen sich ständig irgendwelchen Gangs an. Du bist nur zufällig Mitglied in einer ziemlich noblen Bande gewesen.«

»Zumindest haben sie keine Restaurants auseinandergenommen«, meint Priya mit einem Lachen.

Connie sieht mich mit Tränen in den Augen an. Das ist die Erleichterung einer Mutter. Und die ist doch mehr wert als alles andere. Ich habe dafür weder Mom noch Dad, aber was ich hier vor mir sehe, ist wahre, bedingungslose Liebe. Bittersüßer Dreck, der mich gleichzeitig glücklich und traurig macht.

»Wir wissen, dass wir dir nichts zahlen dürfen. Aber ich habe mit Mrs. Cockburn gesprochen, und sie meinte, ein kleines Zeichen der Dankbarkeit wäre kein Verstoß gegen die Regeln. Bitte, nimm das«, sagt Bing und gräbt in der Tasche neben sich herum. »Es ist ein schönes Poster, das du in dein Zimmer hängen kannst.«

Er reicht mir eine Versandrolle.

»Danke«, sage ich und stopfe die Rolle in meinen Rucksack. »Max, du solltest dich mal bei deinem Kumpel Lewis melden. Er vermisst dich.«

»Hat er das wirklich gesagt?«

»Musste er gar nicht«, antworte ich. »Ich weiß es einfach so.«

Kohle wäre mir lieber, und außerdem habe ich im Wohnwagen gar keinen Platz für ein Poster, aber wie man so schön sagt: Der Gedanke zählt. Am Ende des Tages kann ich mit hocherhobenem Haupt erklären, dass ich mich den Wus gegenüber anständig verhalten habe. Ich vermute mal, es wird mir als Belohnung reichen müssen, den Job gut erledigt zu haben. Doug Duffie war kein Klient von mir, also kann sich seinetwegen jemand anders den Kopf zerbrechen. Zeichnet meine Überstunden ab, ich bin erst mal fertig.

XLIII

»Komm schon, Gran, du machst mich wahnsinnig. Wir werden zu spät kommen«, sage ich und trommele an die Badezimmertür. »Izwi, hast du deinen Koffer endlich fertig gepackt?«

»Hör auf zu drängeln. Du nervst echt heute Morgen«, schießt Izwi zurück.

»Da muss ich der Kleinen zustimmen. Entspann dich, Ropa«, sagt Jomo.

»Halt die Klappe und mach die Sandwiches, Mann. Es ist ja nicht so, als ob ich dich um ein Fünf-Gänge-Menü gebeten hätte.«

»Und was soll ich tun?«, fragt Priya.

»Habe ich dir doch schon gesagt. Pack den Korb.«

Allmächtiger, es ist, als müsste ich Flöhe hüten. Alle wollen ihr eigenes Ding durchziehen. Komm schon, Gran, du bringst mich um. Es ist ein Irrenhaus, aber ich kann immer noch nicht glauben, dass die Leute um elf Uhr vormittags an einem Donnerstag so bummeln.

»Du schmierst Cranberry-Soße unter die Mayo? Wer macht denn so was?«

»Ich sollte nicht mal hier sein«, protestiert Jomo.

Sein Dad hat ihm verboten, sich mit mir zu treffen, aber Jomo meinte, na ja, scheiß drauf. Das hat er seinem Dad nicht ins Gesicht gesagt oder so; er tut es einfach heimlich.

Wir kennen uns ewig. Und außerdem, was ist das Schlimmste, was passieren kann? Sie lassen Jomo auch so schon ständig die Bibliothek putzen. Soweit es mich angeht, ist das so ziemlich das Gleiche wie die Rinderställe des Augias auszumisten.

»Und noch dazu wurde mein Buch vernichtet«, meint er verbittert.

»Ach nee. Was hattest du denn erwartet?«, gibt Priya zurück.

»Es wird im Verbrennungsofen landen. Das war mein erstes … ist egal.«

»Gran!«

Das Schloss klickt. Die Badezimmertür schwingt auf, und Gran tritt heraus, gekleidet in ein kurzärmliges Blumenkleid. Jomo pfeift anerkennend. Sie sieht atemberaubend aus, so herausgeputzt … als wäre sie die Hora des Sommers selbst. Ich trete zurück und lasse den Blick über sie gleiten. Die Leberflecken und Sommersprossen auf ihrer Haut wirken vor der wunderschönen Blumenwiese ihres Kleides wie verteilte Samen.

»Ich stehe voll hinter diesem Outfit«, sagt Priya und schießt mit ihrem Handy ein Foto.

»Du siehst toll aus«, sage ich.

»Hättest du mir ein paar Minuten mehr Zeit gelassen, hätte ich ausgesehen wie neunzehn.«

»Priya, hilfst du Gran dabei, ihre Sandalen anzuziehen?«

»Ich dachte, ich soll den Picknickkorb packen.«

»Das mach ich selbst«, sage ich und schubse Jomo von der Arbeitsfläche weg, damit ich die Fressalien einpacken kann.

»Ropa ist so herrisch«, sagt Izwi, und alle lachen. Nur ich nicht. Ich habe einiges zu erledigen, wie immer.

Kostet mich noch ein paar Minuten Flehen und Zusammentreiben, bevor ich sie schließlich alle unter Kontrolle habe und wir gemeinsam aus dem Wohnwagen in den atemberaubenden Tag treten. Ich stelle sicher, dass Gran ihren Strohhut dabeihat, für den Fall, dass die Sonne zu heiß wird. Dann schließe ich die Tür ab und weise Jomo an, sich gut um den Picknickkorb zu kümmern. Izwi fährt mit Priya in ihrem Rollstuhl. Und auch River schließt sich unserer Gesellschaft an, springt voraus, um Gebüsche und Unterholz zu erkunden. Wir gehen langsam, weil Grans Hüften nicht mehr in bester Form sind. Sie stützt sich auf mich. Ihre Augen sind auch nicht mehr so toll.

Ich habe meine Locks offen gelassen und trage Shorts, Flipflops und ein *Shatter the Shibboleth*-T-Shirt, das Jomo mitgebracht hat, damit wir im Partnerlook auftreten können. Im Gegenzug gebe ich ihm das Poster, das Bing Wu mir geschenkt hat, weil ich an den Wänden des Wohnwagens einfach keinen Platz dafür habe. Ist ein fairer Tausch.

Überall um uns herum gehen die Leute des Slums ihren Geschäften nach. Kinder spielen auf staubigen Gassen. Ein paar Fanatiker mit grünen Daumen arbeiten bereits auf ihren Parzellen. Leute winken oder grüßen uns, als unsere kleine Gruppe an ihnen vorbeikommt.

Wir überqueren die alte Steinbrücke, um den Weg zu erreichen, der auf der anderen Seite des Kanals entlangführt.

»Also wirklich, schau dich nur an«, sagt Gary O'Donohue, der am Rand auf uns wartet.

Er tippt sich an den Panamahut. Sieht in dem marineblauen Anzug und den spitzen Schuhen wie ein echter Lebemann aus. Der Mann hat für diesen Anlass sogar eine Krawatte aufgetrieben – leuchtend gelb wie die Narzissen neben dem Weg.

»Morgen, Gary«, sage ich.

»Darf ich?« Er stellt seinen Arm aus wie diese Gigolos in den alten Schwarz-Weiß-Filmen, und ich lege Grans Hand darauf.

»Und damit wurde die Braut dem Bräutigam zugeführt«, meint Priya.

»Klappe.«

Doch ich kann nicht leugnen, Gran und Gary sehen zusammen supersüß aus. Ihre Rücken sind gebeugt, ihre Kleidung ein oder zwei Größen zu weit, aber sie wandern über diesen Pfad, als wäre er ein Laufsteg. Ich schieße von hinten ein Bild von ihnen. Niemand muss mich anweisen, den beiden ihren Freiraum zu lassen, als wir im Schneckentempo vorwärtskriechen. Aber der neugierige Teil von mir möchte ihr Gespräch belauschen, wann immer Gran so laut lacht, dass Vögel aufgeschreckt werden.

»Hätte nie gedacht, dass ich mal den Anstandswauwau deiner Gran auf einem Date spiele«, meint Priya.

»Wir müssen. Bei diesen Alten kann man nicht vorsichtig genug sein. Sieh dir seine Hand an. Was hat er vor?«, meint Jomo.

»Ihr beide seid richtig widerwärtig«, sage ich.

»Abstoßend.«

»Vielleicht sogar ekelhaft.«

Priya grinst. »Wir fühlen uns geehrt.«

Für einen Radfahrer auf dem Weg in die Stadt geben wir den Weg frei, dann geht es weiter, vorbei am Bauernhof und dann an der neuesten Erweiterung des Slums neben der M8. Es gibt nichts Besseres, als so mit Freunden abzuhängen. Der ganze Druck fällt einfach von einem ab.

»Siehst du diese Weißdornbeeren an den Büschen, die überall am Kanal wachsen?«, fragt Priya.

»Sicher.«

»Mach Marmelade daraus. Die ist gut für das Herz deiner Nan.«

»Mache ich, aber Marmelade mit wenig Zucker wird schnell schlecht und wird uns durch den Winter sicher nicht reichen. Ich muss einen anderen Weg finden, sie haltbar zu machen.«

»Ich werde dir Kapseln besorgen. Ich habe auch Fencheltee, der gut für die Nieren ist. Und ich werde mal schauen, was ich sonst so im Heilmittelschrank finden kann.«

»Du bist ein Diamant, Priya. Und das meine ich ernst«, sage ich.

»Ich bin ein Saphir«, wirft Izwi ein.

»Ich nehme an, das macht mich zu einem Rubin«, fügt Jomo hinzu.

Das mag nicht gerade das sein, was ich sagen wollte, aber diese Bande ist wirklich albern. Ich vermute, die Bewegung ist supergut für Gran. So kommt sie mal aus dem Wohnwagen und von ihrer ständigen Häkelei weg. Langsam, aber sicher erreichen wir das Feld, wo der kleine Bach den Kanal kreuzt. Hier weiden Kühe; man kann sie riechen, und die Viecher beobachten uns, als wir unser Picknick auspacken.

Massenweise Insekten brummen durch die Luft.

Ich hoffe, die Gnitzen sind heute freundlich.

»Oh, meine armen Knie«, sagt Gran, als Gary und ich ihr gemeinsam auf die Decke helfen.

Dann haben wir alle unseren Platz gefunden und sind bereit für Jomos berühmte Picknickverpflegung. Ich stopfe mir die Backen voll und höre Gary und Gran dabei zu, wie sie sich in Erinnerungsgeschichten über die Zeit vor der Katastrophe ergehen. Fast, als würde man einem Audiobook lauschen. Es ist, als würden sie die Zeit ausbremsen, indem sie sich so an die Vergangenheit klammern.

Nicht dass Izwi so was interessiert; sie hat sich ein paar Sandwiches geschnappt und rennt den Bach entlang, um Schmetterlinge zu jagen und mit River zu toben.

Nachdem wir unser Picknick ungefähr eine Stunde lang genossen haben, bittet Gran mich, Izwi zu rufen.

»Es ist Zeit«, sagt sie leise.

Ich sehe auf und entdecke zwei Gestalten, die uns vom Pfad aus beobachten. Mir wird bang ums Herz. Ich ziehe mein Handy heraus und fotografiere Izwi, wie sie über das Feld auf uns zurennt.

»Komm her, mein liebes, liebes Kind«, sagt Gran. »Umarme mich.«

Ich gebe mein Bestes, mich zusammenzureißen, als Izwi die Arme um Grans Hals schlingt und ihren Kopf an ihrer Schulter vergräbt. »Sei brav und möge der Segen deiner Vorfahren immer durch deine Adern fließen«, sagt Gran.

Ich hatte nicht gedacht, dass es so schwierig werden würde. Hätte ich nur einen Zauber, der stark genug ist, um diesen Moment zu bewahren. Aber in dieser Welt ist die Zeit ein Fluss, der uns weiterträgt – und die Strömung ist einfach zu stark, um gegen sie anzuschwimmen.

XLIV

Sir Callander wartet in Begleitung einer Frau auf dem Pfad. Sie trägt ein eng anliegendes rotes Kleid mit einem Wollcape darüber, das sich über ihre Brust zieht, hat rotes Haar und trägt roten Lippenstift. Ich empfange sehr moderne Schwingungen von ihr. Ihre Bewegungen wirken effektiv, und ihre Ausstrahlung ist intelligent. Die Frau lächelt warm, als sie meine Schwester sieht.

»Izwi Moyo, ich möchte dir deine neue Schulleiterin vorstellen, Mrs. Featherstone von der Aberdeen-Schule für Magie und Esoterika.«

»Ist mir wirklich ein Vergnügen, dich kennenzulernen, Izwi. Ich habe so viel Gutes gehört. Unsere Schule freut sich sehr, dich als Schülerin begrüßen zu dürfen«, sagt Mrs. Featherstone, beugt sich vor, bis ihr Gesicht auf einer Höhe mit dem von Izwi schwebt und streckt ihr die Hand entgegen.

Meine kleine Schwester antwortet nicht, rebelliert aber auch nicht, als die beiden Hände schütteln. Gran hat sich mit ihr unterhalten und ihr klargemacht, was für eine tolle Gelegenheit das ist. Auf mich hätte sie nicht gehört. Aber ich bin mir gar nicht mehr so sicher. Ich meine, ich weiß, warum wir das machen müssen, aber es stinkt trotzdem zum Mond. Hätte ich nur das Vermögen in die Finger bekommen … aber das bringt ja nichts.

»Wir sind sehr dankbar für das Stipendium«, sage ich, als

klar wird, dass Izwi nichts sagen wird. Das Mädchen ist sturer als ein Maultier. Hätte Gran ihr nicht gesagt, dass sie es tun muss, wäre sie nicht hier. Ich lächele verlegen.

»Keine Sorge, wir werden gut auf sie aufpassen. An unserer Schule gibt es viele Mädchen in ihrem Alter. Sie wird bald Freundinnen finden.«

»Ihre Sachen?«, fragt Callander.

»Sind im Wohnwagen. Er ist verschlossen; ich werde Sie begleiten.«

»Das wird nicht nötig sein«, antwortet er. »Gut gemacht. Izwi, nimm meine Hand und auch die von Mrs. Featherstone. Braves Mädchen.«

Callander wirft einen sehnsüchtigen Blick zum Feld und beobachtet Gran und Gary, die sich ein Stück entfernt auf ihrer Picknickdecke unterhalten. Seine Haltung hat etwas Melancholisches. Es ist fast, als gäbe es da einen Abgrund, den er nicht überqueren kann. Gewöhnlich wirkt seine Miene hart und versteinert, aber jetzt macht sie einen so sanften Eindruck, dass ich gerührt bin.

»Möchten Sie noch mit meiner Gran reden, bevor Sie aufbrechen?«, frage ich.

Er zögert.

»Nein, Miss Moyo. Es gibt nichts, was ich heute sagen könnte – und nicht schon früher gesagt habe«, antwortet er schließlich. Eine Tür schlägt zu, und jetzt bekommt seine Stimme wieder ihre normale Schärfe. »Mrs. Featherstone, wir sollten Abschied nehmen.«

»Warten Sie«, sage ich.

Ich ziehe ein Handy heraus. Es ist das, das ich aus Rooster Robs Zelt geklaut habe. Ich habe auch eine SIM-Karte dafür besorgt, also funktioniert es jetzt. Ich zeige Izwi das Gerät, bevor ich es ihr in die Tasche schiebe.

»Das ist für dich, Sis. Du kannst mich jederzeit anrufen oder mir eine Nachricht schreiben.«

»Außerhalb der Unterrichtszeit«, wirft Mrs. Featherstone ein.

Ich lasse mich auf die Knie sinken und umarme meine kleine Schwester fest.

Fällt mir schwer, sie wieder loszulassen, aber ich schaffe es.

»Ich liebe dich, Schwesterchen«, sage ich.

Izwi antwortet mit einem schweigenden Kuss, bevor sie die Hände der Erwachsenen ergreift.

»Tschüss, River«, sagt sie leise, bevor sie mir einen bösen, stirnrunzelnden Blick zuwirft. Das Mädchen macht mich für diese Sache verantwortlich, und sie hat recht damit. Hätte ich härter gearbeitet, wäre ich klüger gewesen, hätte ich mehr Geld verdient, hätte sie bleiben können.

Bevor ich mich verabschieden kann, verschwimmt alles, als hätte jemand superschnell mit der Hand gewedelt. Ein Windstoß peitscht gegen mein Gesicht. Als ich die Augen wieder öffne, sind Izwi, Callander und Mrs. Featherstone einfach verschwunden. Und ich starre auf die leere Stelle, an der gerade noch meine Schwester stand.

»Der Hermes-Gang. Das ist echt krasse Magie«, sagt Priya. »Ich würde mich nicht mal daran versuchen.«

Ist mir egal. Ich weiß nur, dass ich Izwi jetzt schon schrecklich vermisse. Und ich weiß, dass es Gran genauso gehen wird – für sie wird es wahrscheinlich noch schlimmer, weil die beiden ständig zusammengehockt haben, wenn ich auf Tour war. Echte Gefährten. Aber Sis geht jetzt auf eine gute Schule – eine, die ihr bessere Gelegenheiten bieten kann, als ich es je könnte. Und nur das zählt.

»Bist du okay, Mann?«, fragt Jomo.

Ich nicke stumm. Er hat tatsächlich ein paar Barthaare auf dem Kinn. Krass, die habe ich noch nie bemerkt.

»Kommt, lasst uns zum Picknick zurückkehren. Rausfinden, was die Turteltäubchen so treiben«, meint Priya gut gelaunt. Jomo legt einen Arm um meine Schulter und führt mich zurück aufs Feld.

Ich starre ins Leere, chille mit meinen Leuten und denke über Izwi nach. Gran und Gary haben Spaß, aber ich bin einfach nicht mehr in Stimmung. Ich muss drüber nachdenken, was ich als Nächstes tun soll, um mich über Wasser zu halten, weil dieser Praktikantenmist meine Rechnungen nicht zahlen wird. Bin mir noch nicht sicher, was ich machen werde, aber ich werde mir einen Plan zurechtlegen. Das muss ich.

»Fab«, sagt Jomo, der sich das Poster ansieht, das ich ihm geschenkt habe. »Das ist Vintage. Das kann ich nicht gegen ein T-Shirt für zwei Shilling tauschen.«

»Was meinst du damit?«

»Schlag es nach, Priya«, sagt er.

Sie sucht auf dem Handy danach. »Wessen Unterschrift ist das?«

»Irgendein Kerl namens Alex«, gibt Jomo zurück.

»Ein originales Clockwork-Orange-Poster, signiert von Malcolm McDowell – dem Star – wird für gutes Geld gehandelt.« Priya zeigt Jomo ihr Display.

»Juchhu«, sagt Jomo und gibt mir das Poster zurück. »Sieht aus, als hätte Bing die Sache heimlich für dich geregelt, Mann. Komm, ich kenne einen Laden an der West Nicolson Street, der mit solchem Zeug handelt.« Er springt auf, bereit, sofort in Aktion zu treten. »Tut mir leid, Gran, aber wir müssen los. Gary, sei ein Gentleman oder du kriegst es mit mir zu tun.«

Priya zuckt nur mit den Achseln, und Gran fängt an zu lachen. Das Geräusch hallt durch das Tal, plätschert mit dem Bach durchs Gras.

»Diese jungen Leute«, sagt sie.

Bald sind wir – ich auf meinem Rad, Priya in ihrem Rollstuhl, Jomo auf seinem Skateboard und River auf Schusters Rappen – in wilder Geschwindigkeit in die Stadt unterwegs, um das Poster zu verkaufen. Es ist ein verdammt heißer Tag, und Kinder tanzen im Wasserstrahl einer geplatzten Hauptleitung. Vielleicht ist dieser Sommer so gelaufen, wie er laufen sollte. Soll doch der Herbst meine Probleme lösen.

Brutale Schwarzmagier, skrupellose weiße Magier – und ein Mann zwischen den Fronten.

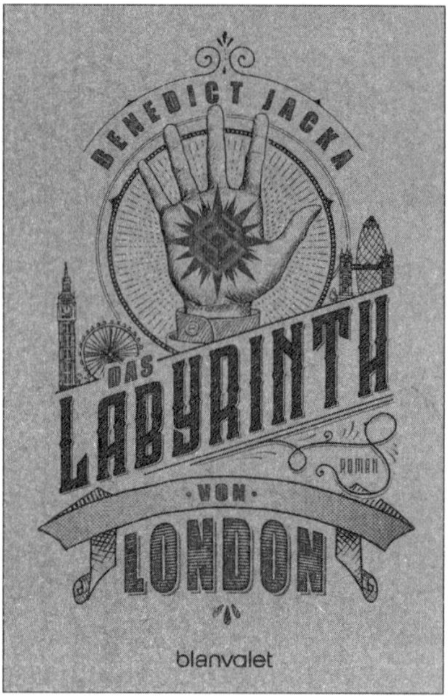

416 Seiten. ISBN 978-3-7341-6165-0

Willkommen in London! Wenn Sie diese großartige Stadt bereisen, versäumen Sie auf keinen Fall einen Besuch im Emporium Arcana. Hier verkauft der Besitzer Alex Verus keine raffinierten Zaubertricks, sondern echte Magie. Doch bleiben Sie wachsam. Diese Welt ist ebenso wunderbar wie gefährlich. Alex zum Beispiel ist kürzlich ins Visier mächtiger Magier geraten und muss sich alles abverlangen, um die Angelegenheit zu überleben. Also halten Sie sich bedeckt, sehen Sie für die nächsten Wochen von einem Besuch im Britischen Museum ab und vergessen Sie niemals: Einhörner sind nicht nett!

Lesen Sie mehr unter: **www.blanvalet.de**